# 辛弃疾

颜廷瑞　宋维杰　著

## ②鹤喉华亭

长江出版传媒　长江文艺出版社

# 目　录

# 楔 子 我沉思，我寻觅

回忆是再现往昔，回忆是再审灵魂；回忆是一种享受、一种鞭答；回忆是历朝历代遭受贬逐的圣人、贤人、武人、文人潦倒凄苦中的无奈；回忆是一生旅途临近终点时的一幕凄凉的演出。

秋风猎猎，河水萧萧。瓢泉园林里辛弃疾酣畅风云的回忆，强烈地震撼着宋宁宗赵扩开禧元年(公元 1205 年)九月九日瓢泉园林的重阳节，强烈地震撼着鹤鸣亭夕阳西下中"酩酊酬佳节"的"登高"，强烈地震撼着鹤鸣亭上心系辛弃疾的亲人、门生和仆人——他们都沉醉在辛弃疾"漫游江河湖海"寻觅"秦淮宝镜"的传奇中。那遥远的、沉郁悲壮的《念奴娇·我来吊古》的琴音歌声，似乎仍回响在天宇，仍回响在瓢泉园林，仍回响在高高的鹤鸣亭。

今日的鹤鸣亭，全然是遵照女主人范若水的吩咐布置装饰的。三个月来，她的辛郎的心神情感，仍然沉浸在京口的军营中，形容更显憔悴，身躯更显虚弱，话语更显稀少，有时长夜不眠、辗转反侧、呻吟自语！可怜而矢志不改的心上人儿，你那颗殷殷憔悴的心，什么时候才能安静自养啊？今天是九九重阳节，看来我俩是再也无力攀上"酒酬重阳节"的奇狮山了。壮心难已，我俩就相扶相挽地爬上高高的鹤鸣亭吧！

范若水吩咐七子辛秸置几十盆各色菊花于鹤鸣亭上，为她的情系朝廷的辛郎消忧解愁。辛秸领悟了，果然，烟霞灿烂的金钩、银丝、紫绣、墨锦，狂放怒射,在清爽的秋风中,袅袅起舞,营造了一个千姿百态、争奇斗艳的菊花世界。

范若水请求门生范开从山崖溪畔采来碧翠的茱萸,为她情系黎庶的辛郎爽心爽神。范开领悟了,果然,茱萸装饰的竹柱、竹檐、竹轩、竹栏,似碧玉般晶莹剔透,展现着传说中"重阳登高""茱萸驱邪"的佳话。

范若水吩咐厨娘设宴鹤鸣亭上,为她情系军旅的辛郎畅怀畅意。厨娘领悟了,捧出了半个月前特地为重阳节酿制的美酒佳肴。酒为菊花酒,由精选的糯米伴五色菊花花蕊酿造而成,清冽甜美,有明目亮睛之效;肴为蓬饵,由糯米、红枣、白果、桂圆伴三色莲蓬蒸制而成,色美、质软、清香,有益心凝神之效。这些酒肴,都是辛郎喜饮喜食之物。

范若水吩咐八子辛褎(xiù)亲自挽扶伯父辛勤驾临鹤鸣亭。三哥年近七十,近来须发全白了,腰身弯曲了,举止愈显迟滞了。愿年老的辛家兄弟共度佳节,相互享受亲情的慰藉。辛褎领悟了,他与一位青年家仆亲执藤椅,把年近七十高龄的伯父辛勤抬上鹤鸣亭,安置在父亲平时倚栏而坐的竹椅旁。

范若水吩咐男女家仆俱登鹤鸣亭,共度重阳佳节,为她情系北伐的辛郎增兴增趣。家仆领悟了,他(她)们更服理髻,风采奕奕,不分尊卑,相聚而乐,呈现出瓢泉园林特有的和谐亲密。

范若水吩咐侍女整整、香香,移琴于鹤鸣亭上,以"丝竹衔杯"之乐,为她情系士卒的辛郎抒怀抒志。整整、香香领悟了,她俩原本就是聪明绝顶的女子。她俩在置琴于鹤鸣亭菊花丛中,定位调音之后,几经悄声商议,决定选取四十一年前老师和师母在建康范府家宴推迟婚期、恋人离别时借着唐代诗人李贺那首诗句的唱和,为老师抒怀抒志。整整轻抚琴弦,香香低声而歌:

男儿何不带吴钩,收取关山五十州。

请君暂上凌烟阁,若个书生万户侯。

我有迷魂招不得，雄鸡一声天下白。

少年心事当挐云，谁会幽寒坐呜呃。

香香的歌声刚落，身边就爆起了狂热的欢呼声。辛秸高声叫喊。人们决定用这首热烈豪放的唱和，迎接瓢泉园林的男女主人登上这菊花盛开的鹤鸣亭，共度这"避灾避祸"的九九重阳节。

日斜西山，未时时分，秋风送爽。范若水挽扶着她的辛郎，正要走出他俩寝居的听泉草堂，守门人呈上的一封信函绊住了他俩的脚步。这是现任临安城禁军教习的四子辛穮（biāo）托人捎来的家书啊。范若水欣喜地用颤抖的双手开封，取出笺纸，呈现在她的辛郎的面前。辛弃疾欣喜地抚着妻子，急声催促："快读，快读信啊！"

范若水朗声读出辛穮对父母双亲孝敬的请安以及对家中兄弟家人的问好……

辛弃疾倾耳听着，欣喜回应："好，好，都好！"

范若水朗声读出辛穮禀报妻儿粗安的喜讯……

辛弃疾倾耳听着，欣喜回应："喜，喜，天伦之喜，舒心之喜！"

范若水朗朗的读信声戛然而止……

辛弃疾倾听无音，异然……

范若水神色有变，眉间起忧……

辛弃疾抚着老妻询问……

范若水折叠笺纸喃喃回答："下边是朝廷政情军情的变动，不听也罢。"

辛弃疾神情严峻，双眉剑立，呈现出激动难耐之状。

范若水含泪倚在辛弃疾的胸前，轻声劝慰："辛郎，我们已是局外人，不必再为朝廷操心了。"

辛弃疾抚慰老妻，语出乞求："夫人，我们可以不为朝廷操心，但不能不为天下黎庶百姓操心，不能不为京口军营里的军旅操心，不能不为即将走向战场的官佐士卒操心啊!夫人,读信吧,此刻我的心已是焦灼不安,已经飞向临安城了。"

范若水以面轻抚辛弃疾的胸膛,轻声而语:"可怜的人儿,你的这颗心可真是无可救药了!"语毕,她打开折叠的笺纸读起来——

> 皇上诺丞相陈自强、侍御史邓友龙关于"重战备而需授权太师"的奏请,诏令太师韩侂胄平章军国事,立班丞相之上。韩侂胄权极人臣,纳三省印信于私第,自置机速房,假作御笔,升黜将帅,威福群臣,声称"重战备"系父亲奏疏之首务,今集中权力而为之,乃采纳父亲之所请……

范若水戛然声停,一种森冷奇异的预感滞住了她的嗓匣,"重战备"与"授权太师"何干?韩侂胄为什么要扯出辛郎?难道朝廷有人想借辛郎"重战备,明敌情,勿仓猝"的奏疏反对韩侂胄仓猝出兵北伐吗?她凝眸望着神情惊异的辛郎心慌意乱了。

此刻的辛弃疾欣喜若狂之状尽失,一下子跌坐在桌案旁的竹椅上。韩侂胄借着自己奏疏中"重战备"三字弄神弄鬼了,其心莫测啊。他喃喃语出:"这是'重战备'吗?胡扯!这是借战备之名攫取最高权力,这是明晃晃的弄权!"

范若水惊恐失声:"又一个弄权者!韩侂胄真的要步秦桧、汤思退的后尘吗?"

辛弃疾的话语更加沉重了:"荒唐绝顶啊!连关乎战争胜负、士卒生死、社稷安危的战备也可以如此利用和糟蹋吗?夫人,你还记得三个月前,我托廓之去临安上呈这件奏疏受到的冷遇吗?当时右丞相陈自强以'稼轩不知深浅'待之,今忽而借此件奏疏中'重战备'一项行其奸,使我感到寒意透骨啊!"

范若水神情沉重了:"听辛郎语,我亦有'谗言三至'之忧。"

辛弃疾凄然语出:"'谗言三至,慈母不亲。'春秋时贤人曾参之母,三闻

'曾参杀人'之谣言,不得不慌张逃离啊! 大宋多灾多难,又进入了一个谣言成灾的年月。右丞相陈自强何人? 贪鄙无耻,谄事韩侂胄如奴,类高宗朝依附秦桧的何铸、周三畏之流;侍御史邓友龙何人? 巧弄口舌,惯于造神塑鬼,类孝宗朝依附汤思退的尹穑、魏杞之辈。志大才疏的韩侂胄,借着陈自强、邓友龙的口舌,终于爬上了权力的顶峰。权令智昏,自我膨胀,看不清自己,看不清敌人,看不清战场上的力量对比,看不清仓猝开战的后果,自毁长城,自毁社稷啊。"

范若水情急而语:"皇上已禅得皇位十年,皇上应该是英明的。"

辛弃疾微微摇头,似在自语:"'皇上应该是英明的',应该啊! 可十年前的那场'绍熙内禅',原本就是大宋皇室禅让史上一桩最为荒唐、最为龌龊的闹剧。绍熙五年(公元 1194 年),太上皇孝宗病故于重华宫,其子光宗怀怨父亲,拒不出福宁殿执丧,朝臣惶惶,朝廷骚乱,王公贵胄、执宰大臣,跪请于福宁殿丹墀三日三夜,光宗仍不予理睬。时为枢密使的赵汝愚和时为阁门事的韩侂胄合谋定策,请高宗的宪圣皇后(吴氏)垂帘决事,以'罹精神病'为由,逼光宗退位,禅位于年已二十七岁的儿子嘉王赵扩,尊光宗为太上皇(六年后病亡)。皇室一代不如一代的继位者,似乎都患有遗传的软骨病,尤以当今皇帝为甚。他'不慧而讷于言''每北使入见,阴以宦官代答''出宫则以小黄门举屏前导,屏上书写:少吃酒,怕吐;少食生冷,怕痛'。如此皇帝,叹为观止,连其曾祖高宗可怜的'恐金诡辩'才智也没有;连其祖父孝宗可怜的'委曲求全'的痛苦也没有;连其父亲光宗可怜可憎的'公开诮金'的胡做蛮干也没有;而是彻头彻尾、彻里彻外的懦弱昏庸,只知开口称'诺'。这就为志大才疏、头戴祖宗光环的韩侂胄提供了弄风弄云、弄水弄火的空间和机遇。况且,这位野心勃勃的太师又是皇后韩氏(韩琦的六世孙女)的叔父啊!"

范若水哀叹:"可哀的形势,可哀的皇室,可哀的皇帝啊!"

辛弃疾哀声相接,道出了内心的歉疚:"三年前(嘉泰二年,公元 1202 年)韩侂胄在朝廷的内争中,以外戚、太傅、知阁门事的绝对优势,扳倒了宗室重臣、右丞相赵汝愚,并使其流放永州,暴毙于衡州;排挤了焕章阁待制兼侍讲朱熹,并使其落职罢祠,病死于武夷山草庵之中。遂集大权于一身,并以其声势,高举'抗金'大旗,高唱'北伐'之曲,以收揽人心,分派倒赵(赵汝愚)排朱(朱熹)的心腹人物据朝廷要津。以御史中丞谢深甫(字子肃)为右丞相,封鲁公;以太学录陈自强(字勉之)为知枢密院事;以淮南转运判官许及之(字深甫)为吏部尚书兼给事中;以监察御史张岩(字肖翁)为参知政事;以平江府书吏苏师旦为枢密都承旨;以监察御史胡纮(字应期)为工部侍郎;以知潘州刘德秀(字仲洪)为签书枢密院。时吏部侍郎兼侍读彭龟年(字子寿),右正言黄度(字文叔),江东转运使、词坛名家杨万里(字廷秀)皆言韩侂胄的'抗金''北伐'乃'结党营私''自固权位'之术,或举表弹劾,或怒而斥之,或避而睥之,朝廷疑者众众。时我与陆放翁贬居山林荒野,虽憎恶韩侂胄'倒赵排朱'之嚣张残酷,但对其'抗金北伐'之论心存赞许,对其'追封岳飞为鄂王''追论秦桧主和误国之罪',削夺秦桧王爵、改谥缪丑'等举措心存拥护,遂以声和之,以力助之;陆放翁作《南园记》以颂其心志,我则出瓢泉,赴京口助其战备。惭愧啊,追悔莫及啊!年老力衰,双目浑浊,思维僵迟,终不及彭子寿、黄文叔、杨廷秀聪颖明辨啊!"

范若水急忙宽慰她的辛郎:"勿自责苛求了。世间既有以诈欺人的诡谲,自然会有君子受欺之悲哀。孔夫子有语:'不曰坚乎?磨而不磷;不曰白乎?涅而不缁……'"

辛弃疾长吁一口郁闷之气,话语爽朗了一些:"谢夫人指点。'磨而不磷''涅而不缁',我们就聊以自慰吧!夫人,请接着朗读四儿书信中朝廷端给天下臣民的奇闻奇事!"

范若水点头,放声读出:"皇上诺韩侂胄关于采纳父亲'明敌情'之奏请,遣侍御史邓友龙为贺金正旦使出使北国。现在邓友龙使金国还,声称已探明敌情:金国正为北鄙鞑靼所扰,士卒涂炭,府库空匮,国势日弱,此北伐之最佳时机。皇上诺。诏令苏师旦为安远军节度使、领阁门事;诏令邓友龙为两淮宣抚使,置两淮都督府于扬州;诏令许及之为知枢密院事兼参知政事;诏令山东、京洛招抚使郭倪率领兵马五万,待命于池州;诏令京西北路招抚使赵淳率领兵马六万,待命于鄂州;诏令京西北路副招抚使皇甫斌率领兵马五万,待命于汝州;诏令建康都统李爽率领兵马四万,待命于徽州;诏令四川宣抚使兼陕西河东招抚使吴曦率领兵马十万,待命于兴州;诏令礼部侍郎李璧为参知政事,起草北伐诏书。"

辛弃疾怆然无奈的呼号声打断了范若水的朗读:"'明敌情'! 敌情就是这样几句空话吗? 吾谁欺,欺天耶! 谋臣苏师旦、许及之就位了,统帅邓友龙登场了,都督府成立了,四川才子李璧秉承其父史学家李焘《续资治通鉴长编》的才智风采,要在文字上复仇雪耻、北定中原的豪言壮语,即将传布四海、激荡风云了。惊心动魄啊,撼天动地啊,从张浚抱恨而亡后的四十年间,江南百姓和中原黎庶殷殷期盼的一场庄严的北伐壮举,就要这样地开始吗?"

范若水哀叹了:"战争,将领士卒生死之搏,国家社稷安危之搏,谋臣苏师旦原是平江府的一名书吏,从未涉足军旅;谋臣许及之,历任宗正簿、太常少卿、大理少卿,长期掌管诸陵祭祀、礼乐、郊庙、陵寝事务,素与军旅无涉;这般谋臣,真能筹划出克敌制胜的战略战术吗? 统帅邓友龙,原是韩侂胄知平江府时的一个跟班,跟着韩侂胄青云直上、飞黄腾达,成了专为韩侂胄造神塑鬼的精灵,此等以口舌欺世的人物,真能指挥千军万马冲锋陷阵、北定中原吗? 辛郎,我此刻的心里,突地感到一种从未有过的恐惧,切心切肤的恐惧啊!"

"心灵相通,心神感应,我此刻的心中,也涌动着一种和你一样的恐惧,纷乱无奈的恐惧。"辛弃疾闭目沉思,以痛苦坦诚的声音,梳理着心中的愁思,"纷乱无奈的恐惧啊! 我实在想象不出苏师旦、许及之这样的智囊谋臣,身居华屋,是如何筹划这场北伐战争的。我实在想象不出,邓友龙这样的统帅,身居临安大内,是如何掌握战场全局、用兵布阵、协调各路兵马,以营造战争胜利的。我全然不知金兵右副元帅完颜匡统率的驻汴京的二十五万兵马的动静情状。我担心这个完颜匡会悄悄地挥师南下，直逼两淮啊！我全然不知金兵左副元帅仆散揆率领的驻郑州十五万兵马的动静情状。我担心这个诡诈剽悍的仆散揆会突然挥师东进，直逼战略重镇建康城啊！我挂牵着五路待命于池州、鄂州、汝州、徽州、兴州的三十万士卒。四十年不打仗了，他们根本不知战争是怎么回事。没有经过艰苦的，严格的，晒黑皮肤、冻裂手脚、摔得伤痕累累、疼得锥心刺骨、饿得心如铁石、苦得胆气生烟的训练，在战场上敢于刀剑见红吗？不敢刀剑见红的士卒，只能流自己的血染红对手的刀剑啊！我挂牵着这五路率领士卒的将领。苟安四十年了，他们不是'采石矶大捷''符离之战'时的海州魏胜、泗州陈敏、濠州咸方、六合郭振、水军李宝、关西将军李显忠、和尚原的吴璘，而是四十年间优容成长的一代，有的还是攀附而进入军营的大小衙内，他们在战场上能经得起战火、刀剑、鲜血的考验吗？若在血肉相搏中软了手脚、散了筋骨、昏了头脑，不仅自己会尸骨无存，也会使士卒血流成河啊！"

范若水情急了："'尸骨无存''血流成河'，这就是仓猝北伐的后果吗？难道朝廷就没有人上疏谏阻这仓猝的北伐吗？"

辛弃疾吁吟："'屈心而抑志兮，忍尤而攘诟。伏清白以死直兮，固前贤之所厚。'这是屈子倡导的为臣子的荣辱观啊！可现时的朝廷，韩侂胄已编织了一张虚实莫测的迷网，使'屈心抑志'的臣子和'清白死直'的臣子，都茫然不知所从了。因为韩侂胄毕竟不是'通金议和'的秦桧，也不是'恐金议和'的汤思退，而是四十年来振臂高呼'抗金北伐'的一位宰臣。现时占据朝廷要津的高官大臣苏师旦、许及之、邓友龙之辈，毕竟不同于依附秦桧、汤思退的何铸、周三畏、尹穑、魏杞之流，他们都是唱着'抗金北伐'的高调进入朝廷的，他们的言论张扬着'抗金北伐'的声威，而且花样翻新、舆论一律，不容置疑，变庄严的'抗金北伐'为杀伐对手的魔法和禁锢舆论的神罩，任意为之，指鹿为马，这就形成了特殊境遇中特殊的韩侂胄专权。夫人，也许穗儿的书信中，还会为我们带来朝廷'指鹿为马'的奇特景观啊。"

范若水展开书信继续读起：

　　皇上诺韩侂胄奏请，对朝廷反对仓猝北伐的臣子大开杀戒：下诏罢钱祖象参知政事；下诏罢费士寅参知政事；下诏罢刘德秀签书枢密院事。苏师旦放声诬陷钱祖象、费士寅、刘德秀三人之言论，是受父亲奏疏中'勿仓猝'三字的蛊惑……

范若水惊呆，手中的笺纸落地。

辛弃疾全然通悟了韩侂胄的诡诈，他想借用自己的名字和奏疏，鼓动这场急于发动的北伐；让自己承担这场战争万一失败后的罪责；株连反对仓猝发动这场战争的朝臣。贬居瓢泉园林的辛弃疾和高居庙堂的赵扩一样，都成了韩侂胄手中的玩偶和工具，而且没有机会辩解，没有机会抗争。他感到痛苦、悲哀、无能为力，他凄苦地呼号着："屈子之风万古不灭啊！'伏清白以死直兮，固前辈之所厚。'遭贬的钱祖象、费士寅、刘德秀三位重臣，察其权臣、谋臣之诡诈，破其权臣、谋臣之罗网，清白死直，刚正不阿，可获历代圣人贤人的赞誉了。天公地道的惩罚啊！多嘴多舌的辛弃疾理应被这帮权臣谋臣吊挂在诡诈莫测的罗网架上，成为权臣谋臣们求福避祸的肉靶。三个月前上呈的那份'重战备、明敌情、勿仓猝'的奏疏，必将成为招灾招祸的渊薮，必将成为权臣谋臣们'指鹿为马'，任意裁定的罪证，不仅招祸于今日，也许还会遗祸于后世子孙啊！诡诈莫测，不必测了；祸福莫测，测有何用！夫人，今天是九九重阳节，茱萸驱灾，菊花酒避邪，我俩该走上鹤鸣亭，避一避这朝廷政情军情变动的晦气灾祸了。"

范若水倚在辛弃疾的怀里，宽慰着她的辛郎。

夕阳西下，申时时分。辛弃疾怀着一颗憔悴欲碎的心，与老妻范若水相依相扶地登上鹤鸣亭。眼前晚霞与菊花相映而织成的瑰丽情景,使他惊讶而瞠目;微风偕霞光而卷起的浓郁花香,使他惊异而神迷;廓之与家仆呈上茱萸与菊花编织的花环、秸儿与褒儿呈上的菊花酒,厨娘与女仆呈上的蓬饵,使他快意而心醉;神龙居传来"栗色的卢"苍劲萧萧的嘶鸣声,使他如在梦中;峰峦上扬州鹤突地飞出山林,一声长啸,如一道白光划过山谷,轻盈地停落在他身边的栏杆上,使他蓦地意识到这是登临鹤鸣亭——重阳佳节的鹤鸣亭啊!就在他的心灵蓦地恍悟的同时,耳边腾起了激越壮美的男女声唱和。

辛弃疾周身一悚,如遭电击,他紧紧抚抱着身边的范若水,似乎一下子回到四十一年前范府夜宴壮别的难忘时日。他转身望去,目光蒙眬了:心上人范若水抚琴歌吟的形影,亲人范邦彦、赵氏、范如山之妻张氏、管家郭思魄、侍女范若湖深情关切的形影,迭次地闪现着。他凝眸细眺,抚琴者,侍女整整;女声歌唱者,侍女香香;伴唱者,厨娘女仆啊!他移眸男声唱和者,是范开、辛秸、辛褒、三哥辛勤和家仆啊!他的心胸扩张了,豪气勃发了,激情奔放了,和着琴声,放声高吟:"难忘建康城。难忘,建康驿馆中范家庭院的夜宴。难忘,范府夜宴壮烈的离别。'男儿何不带吴钩?'夫人,谢谢你,你用侠骨烈烈的吊古,借着唐代诗人李贺这豪气凛凛的诗句,鞭策我带着'东山岁晚,泪落哀筝曲'的苍凉,走向波涛汹涌的江河湖海,走向天寒地冻的冰雪世界!'少年心事当拏云。'谢谢你,夫人,是你用热血沸腾的伤今,激发了我对唐代诗人李贺这首诗句的理解,激励我以少年血气方刚的勇敢和抱负,带着'江头风怒,朝来波浪翻屋'的沉重,进行快意风云的跋涉,寻觅那千古传奇的'秦淮宝镜'啊。"

整整和着辛弃疾豪气干云的高吟,猛地拨动琴弦,琴音呈万马奔腾之势,豪放壮烈、气势磅礴。

范开急忙捧起酒杯疾至辛弃疾面前,辛秸、辛褒、男女家仆恍悟了,效范开之所为,同时捧起酒杯,恭立于范开身后。

范开举酒禀告："老师,《礼记》有云:'请业则起,请益则起。'晚辈有惑,起而举酒请教于老师。"

辛弃疾接过酒杯,遍视家人,点头作应。

范开语出:"老师上下求索千古传奇的'秦淮宝镜',时经一年,艰苦备尝,不知是否觅得?"

辛弃疾神情一凛,若有所思地闭上了眼睛。

琴音停歇了,人们沉默了。秋风曳动着辛弃疾空宽的衣带和稀疏的白发,他突然间显得衰老了。

范若水落泪了,她知道此刻辛郎的心仍然沉浸在临安朝廷政情军情变动的极度痛苦中,眼前这激越的抒情高吟,全然是郁结于胸的难以遗忘的回忆,全然是临安朝廷政情军情变动引发的更为沉重的吊古伤今,全然是内心焦虑情感怆楚的流露,全然是为了这"酒酬重阳节"与众同欢的亲昵表达。谁知那面"秦淮宝镜"的传奇,即将毁掉这眼前的欢乐,使辛郎的心情又将跌入"报国无门""死无战场"的苦境中。她移步琴台前,弹唱起她的辛郎在痛苦难拔的苦境中戏作的一首《鹧鸪天》。也许只有这首自侃自调的《鹧鸪天》才能唤醒辛郎的自脱自解啊!

壮岁旌旗拥万夫,锦襜突骑渡江初。燕兵夜娖银胡䩮,汉箭朝飞金仆姑。　　追往事,叹今吾,春风不染白髭须。却将万字平戎策,换得东家种树书。

激昂悲凉的琴音和歌声,搅动着亭台上人们的心,更搅动了辛弃疾与老妻心灵相通的情感:信而见疑,忠而招谤,投闲置散,终老山林,"却将万字平戎策,换得东家种树书",不也是"秦淮宝镜"照映出的自己一生悲怆的结局吗?辛弃疾和着老妻弹奏的激昂悲凉的琴音,拍栏放声,回答身边亲人们发出的询问:"忆旧感今,酣畅淋漓啊!感谢天神抚佑,感谢爱神抚佑,我终于觅得了千古传奇的'秦淮宝镜'。"

雷霆炸响啊！鹤鸣亭上猛地爆起震撼山谷的欢呼声，人们一齐拥向辛弃疾，举酒畅饮，起舞祝贺，发出种种探究"秦淮宝镜"的询问——

"宝镜得自何处？"

"宝镜如何模样？"

"宝镜果能映见人的五脏六腑吗？"

"宝镜而今何在？"

年老的辛勤举酒与辛弃疾碰杯而饮，用苍老的声音喊出："我想念茂嘉啊，他伴你觅得了'秦淮宝镜'。"

辛弃疾神情凝重了，范若水的琴音激越而昂扬。

辛弃疾和着激越昂扬的琴音拍栏放声："'有无相生，难易相成，长短相形，高下相倾，音声相和，前后相随。'老子至实至确的名言啊！千古传奇的'秦淮宝镜'，觅得了，消失了，永存了。"

人们诧异了，茫然了，倾耳静听，聚精会神。扬州鹤滑落在栏杆上，神龙居的"栗色的卢"停止了嘶鸣，连天际的晚霞和山谷的晚风都停止了舞动吹拂，只有范若水依然激越昂扬的琴声衬托着辛弃疾的拍栏吐诉："天地有情！千古传奇的'秦淮宝镜'我觅得了。觅得于燕京紫云、榆关飞雪、塞北落日，觅得于毡帐枯草、中原泪咽，黄河怒吼，觅得于'阳春召我以烟景'，觅得于'大块假我以文章'。我没有辜负长者之所期、恋人之所望，我没有辜负三更洞房婚姻延期之所约、范府五更豪饮'箔屋风月'的壮别。"

范若水的琴声随着辛弃疾的高吟，骤然变为凄苦悲凉。辛弃疾的苦吟声也变得悲凉了："世情捉弄人啊！我觅得的'秦淮宝镜'，在我视若生命的把握中无可奈何地消失了。消失于临安庙堂声震梁柱的雄辩中，消失于'夜深忽梦少年事'，消失于'梦啼妆泪红栏杆'啊。"

范若水的琴声浓重着辛弃疾愤懑的控诉，突地变得刚烈峥嵘了，一下子振作了辛弃疾撼天凌云、英伟磊落的气魄："天不容伪，唯道是从啊！天下的良知是任何权势毁灭不了的。千古传奇的'秦淮宝镜'在消失中永存了！永存于'天无私覆，地无私载'的滚滚红尘里，永存于'天行健，君子自强不息'的沸腾血液里，永存于屈子'阽予身而危亡兮，览予初其犹未悔'的坚定信念里，永存于形胜京口北固楼上'何处望神州'的感慨里……"

夕阳沉没天际，为开禧元年的九九重阳节留下了一抹殷红，照映着飞舞于空宇中的扬州鹤，笼罩着"酒酬重阳节"的鹤鸣亭和亭台上的茱萸、菊花、人影，托起了周身披着霞光火焰的辛弃疾。

# 一 雷滚九天

宋孝宗乾道元年(公元 1165 年)九月十九日黑云欲雨的黄昏,辛弃疾跳下四蹄蹒跚的坐骑,结束他的"漫游",回到了建康城。一年来的风吹雨打、霜杀雪袭,使他的皮肤变黑、形体见瘦,举止更显敏捷、神情更显稳健,在江南游侠装束——短衫、紧裤、革囊、芒鞋、青巾——的衬托下,整个人显得更加深沉干练了。陪伴他的十二弟辛茂嘉,似乎突然间改变了模样,个头比一年前高出一头,形体比一年前壮了一圈,脸盘、眉眼、神态、举止全然褪去了稚嫩之气,成了一个形容英俊、铁骨铮铮的男子汉,有了几分江南游侠的洒脱和豪气。这一切,似乎在向建康城熟识和不熟识的人们表明,他俩这一年来确实是在"漫游",而且是兴尽江南而归。

建康城依旧,"兴亡满目"之状依旧,建康驿馆中的"范家庭院"亦当依旧,只是在黑云低压下都显得沉闷模糊了。

辛弃疾按捺着久别归来的急切心跳,疾步走进建康驿馆,穿过竹林,走近青藤篱笆围绕的"范家庭院"的柴门冷清沉闷的庭院,阴暗寥落的屋舍滞止了他的脚步,冷却了他的热情。

一个月来从塞北日夜兼程南下积累的紧张、疲累、困倦,似乎一下子从骨骼脉络缝隙间冒出,吞没了一个月来急切美好的期盼,他颓然无力地倚着半掩的柴门跌坐在地上。

机敏的辛茂嘉急忙奔往驿馆东区官员公干处询问。驿馆主事外出,班值官员回答："范大人一家已于年初二月离开驿馆,其去向下官不知,也不敢违制打听。"

辛茂嘉泄气而回,以驿馆班值之语告知。辛弃疾站起,回顾茫然。

辛茂嘉悄声进言："'河朔孟尝'非常人,其离开驿馆,建康府衙也许知其情由和去处。"

辛弃疾踌躇良久,放声吁叹："去年此时,史公'奉召入朝',建康府衙诸公亦面临浩劫,今日能有谁存?只怕今日府衙冷清沉闷之状,更甚于这'范家庭院'。我真的不愿走进冷清沉闷的建康府衙啊!"

黑云翻滚,蔽竹摧屋。辛弃疾在辛茂嘉的陪伴下,牵着疲惫的坐骑,移步走出驿馆,在苍茫的暮色中,向建康府衙走去。

入夜时分的建康府衙已模糊在阴沉的夜色中, 府衙门前两盏褪了颜色的巨大红灯,惨淡无力地照映着府衙前宽阔的广场,空落落地呈现着黑黝黝的沉重苍茫。辛弃疾和辛茂嘉脚步沉重地穿过广场,走近府衙门前,一位府衙守将率领卫士十人从门内拥出,刀剑出鞘地拦阻辛弃疾、辛茂嘉于台阶之下。辛弃疾借着灯光望去,这些守将卫士无一认识,心头蓦地浮起一层不祥的预感。台阶上的守将用怀疑的目光打量着眼前两位游侠装束的夜访者,厉声呵斥："站住! 干什么的?"

辛茂嘉跨步欲语,辛弃疾伸手拦住,拱手向守将施礼："禀报将爷,在下是访山问水的。"

年轻守将厉声喝断："这里是建康府衙,有山有水吗?"

辛弃疾耐着性子,再次拱手施礼："禀报将爷,在下至此,是要拜会府衙内一位长官。"

年轻守将似乎为辛弃疾的谦逊多礼所感动,凶狠之气稍减："讲! 你要拜会府衙内哪位长官?"

辛弃疾急忙回答："军马田粮总领叶衡大人。"

年轻守将快语出口："叶衡大人已于半年前'奉召入朝'了。"

辛弃疾心头一凛，又一个"奉召入朝"啊！他三次拱手施礼："请问将爷，兵马都巡视严焕大人可在府衙？"

年轻守将略做思索，语出道："严焕，是那位会画画的大人吧？半年前已调往江阴城了。"

辛弃疾心冷透骨，不敢再询问韩元吉、赵彦端的下落了，他再次拱手向年轻守将告辞。就在他拱手未落之时，府衙内一盏马灯照路，一位官爷在府役举灯引导下大步走出府衙，年轻守将及护卫兵卒急忙列队两厢，拱手恭候晚安。辛弃疾在躲闪中举目一瞥，这不是去年"奉召入朝"的史正志吗？怎么会出现在这里？怎么会回到汤思退刀剑追杀的建康府衙？他僵住了形体手脚，举步难行了。

在辛弃疾刹那间心神懵懂的同时，史正志借着灯光望着台阶下拱手而立的"游侠"，目光闪亮，心神惊诧了：这不是因张德远蒙冤死去而毅然辞职的辛幼安吗？这不是"漫游江河湖海"、一年来渺无音讯的辛幼安吗？辛幼安身边的那位，不就是辛茂嘉吗？天地同心，辛弃疾回到了建康城！他情不自禁，高声呼唤着辛弃疾的名字，奔下台阶，抱住了发蒙发愣的辛弃疾，泪水滂沱。辛弃疾也是泪咽出声。

府衙门前，年轻守将感动了；班值卫兵感动了；黑沉沉的天宇一道闪电划过，雷声霹雳，暴雨倾盆而落。

在倾盆暴雨中，史正志高声吩咐守将和衙役："快请兵马钤辖赵彦端大人进入府衙，快请兵马都监韩元吉大人进入府衙，快在府衙内厅摆酒设宴，为漫游江河湖海归来的辛幼安接风洗尘！"

守将衙役高声应诺。


今夜建康府衙内厅的宴会，是名副其实的君子之宴：没有管弦、歌舞、名酒，也没有佳肴、俗礼、客套，只有几样小菜、几样点心、几坛清酒。天宇的雷电交加，为这清淡如水的宴会营造了肝胆相映的特殊氛围。

史正志、韩元吉、赵彦端、辛弃疾相对而坐，碰杯而饮，侃侃而谈一年来朝廷风云诡谲、反复颠倒、至今仍令人捉摸不定的变化，以及在这些眼花缭乱的变化中各派人物的命运、出乎意料的结局，为"漫游江河湖海"归来的辛弃疾，消解心头之虑、心头之忧。

宋孝宗隆兴二年(公元1164年)秋冬季节，抗金北伐统帅张浚因符离兵败及兵败后大胆创新的战备，遭受到朝廷主和派重臣汤思退(左仆射、中书门下平章事)、王之望(参知政事兼同知枢密院事)、尹穑(谏议大夫)、曾觌(知阁门事兼干办皇城司)、龙大渊(知阁门事)等人的诬陷攻击，含冤病逝。汤思退乘势追杀，罢主战派官员陈康伯(右仆射兼枢密使)、虞允文(川陕宣谕使)、王大宝(谏议大夫)、陈俊卿(中书舍人)、王十朋(侍御史)、陈良翰(左司谏)、黄中(给事中)、龚茂良(江淮都督府视军马)、张杖(吏部侍郎、张浚子)等人之职，株连建康府留守史正志"奉召入朝"，听候勘审。

更为荒唐者，汤思退为向金人表达议和的忠顺诚恳，竟丧心病狂地自坏边备，罢筑寿春城，解散万弩营，辍修海船，毁拆水柜，撤出海州、泗州、唐州、邓州的守备兵马；并厚颜无耻地宣称这些倒行逆施的愚蠢之举，是开创了"南北休兵修好"的和谐局面。

金兵元帅仆散忠义和副元帅纥石烈志宁尽识汤思退之所为，看透了临安朝廷惧战乞和的卑怯灵魂，以"和议条款"中缺"割商、秦地""交还归正人"条款的借口，于隆兴二年(公元1164年)十一月四日，在江淮战区再次发动了战争，号称八十万兵马(实为二十万兵马)，由清河口渡淮。清河口守将刘宝因"和议已成"而放松警惕，在金兵的突然攻击中，弃清河口而逃。清河口失守，金兵渡淮成功，分兵向楚州、濠州、滁州发起突然进攻。

楚州守将魏胜，率所部一万兵马阻击三万金兵于淮阳，自卯时至申时，胜负未决。金兵以两万兵马增援，魏胜力战，矢尽，依土阜为阵，谓士卒曰："我当死此，得脱者归报天子。"乃令步卒居前，骑兵为殿，进行突围，至淮东十八里处，中矢坠马而亡。楚州城破。

濠州副将杜威,以所部五千兵马拒三万金兵的围攻,血战三天三夜,弹尽粮绝,壮烈殉国。濠州城破。

金兵以三万兵马奔袭滁州。驻守滁州屏障昭关的淮东招抚使王彦亦为"和议已成"迷惑,关防懈弛,醉于安乐,金兵奔袭而来,兵营大乱。他亲上关楼眺望,见金兵旗帜而心惊,闻金兵号角声而胆寒,遂率领麾下两万兵马连夜弃关而逃。昭关未经战斗而落入金兵之手,滁州城随即陷落。

短短的半个月内,金兵席卷淮东、淮西诸城,如入无人之境,并集师于淮甸,大张旗鼓,大造舆论,大肆抢掠粮食,大肆砍伐林木,大肆捕捉造船工匠,摆出一副挥师渡江、直逼建康的架势。

就在这建康首当其冲的震动中,范邦彦从京口匆匆赶来,接走了家人,以应对朝廷可能屈从金人"交还归正人"的要求;知江阴徐子亮也在此时因愤懑焚心、饮酒过量而中风身亡,其喃喃遗言是"玉帛误国"四字,深邃而凄凉,其灵柩已由家人奉归故乡绍兴余饶安葬。

一串闷雷轰隆隆在远方滚过,带着沉重的嚎吼;窗外的暴雨声沉重地撞击着门窗,带着悲怆的战栗。辛弃疾的心疼痛欲裂了,他惦念着范家人的安危,他追悼着徐子亮的大哀,他默默地酌酒自饮,用酒浇灌着胸中的块垒,用酒浇灌着心中的思念,用酒浇灌着痛失师长的痛苦和命途多舛的无奈啊!史正志、韩元吉、赵彦端似乎都陷于愤懑难排的痛苦中,神情更为激愤,声音更为愤怨了。

金兵索要商、秦之地的塘报;金兵索要归正人的塘报;金兵八十万兵马渡淮的塘报;清河口失守的塘报,楚州、濠州、滁州失守的塘报,一波甚于一波袭进临安城,砸向福宁殿,砸向德寿宫……整个临安城震撼了,惊慌了,骚动了。

福宁殿里的赵眘,在这突来的战争面前,一下子蒙了。刚刚用玉帛买来的和平,不及玩味与品尝,倏忽间全然消失了,摆在面前的,是战争,是恐怖,是两淮疆土沦陷,是黎庶遭殃,士兵捐躯,将军断头。这是为什么啊?一种被欺骗、被愚弄、被出卖的感觉涌上心头！他恨金国狡诈无信，更恨首唱和议、心迷和议的汤思退。这个人身兼都督江淮军马之职，对江淮战区形势的剧变毫无所知，真该杀啊！他震怒了，立即下诏罢去汤思退都督江淮军马之职，下诏晋升殿前都指挥使、同安郡王杨存中为都督江淮军马，并令其前往江淮都督府治所扬州，扭转战局。谁知杨存中假太上皇之威，借口"太上皇极关注京口防务"而拒不接诏。赵眘无奈，下诏参知政事兼同知枢密院事王之望为督视江淮军马。谁知王之望竟效杨存中之所为，以"不知兵事"而求免。赵眘气急而震怒，不顾太上皇的庇护，再次下诏任命杨存中为都督江淮军马，并令其速赴扬州，调集兵马，反击金兵，收复失地，若再抗诏，定当严惩。杨存中遂接诏就任，但行至京口而驻足。赵眘无计可施，只有焦头烂额地徘徊于福宁殿内。

德寿宫里的太上皇在这突来的战争面前一下子木呆了，曾多次经受金兵追杀的条件反射，使他惊恐成疾的神经又发紧了。他首先想到的是逃跑，是南迁，是御舟泛海，是设帐山寺。但当看到床榻边欢侍的太上皇后吴氏、太上皇妃刘氏和仙韶院菊夫人时，他的发紧的神经突地松弛疲软了。年老了，禅位了，跑不动了，也没有人会跟着自己东藏西躲了。再说，天下没有第二个天堂，舍不得这里激滟空蒙的湖光山色啊！他急令内侍召左仆射汤思退进宫，亲自谕示："快遣使与金人议和，割商、秦地，遣还归正人，满足金人的一切要求……"

汤思退的回答不似往常的清爽干脆，而是吞吐喃喃："臣，臣已被皇上罢去了都督江淮军马之职……"

太上皇气堵语噎，脸色变白了……

三省、枢密院的宰执大臣们，在这突来的战争面前，一下子惊恐失神了。汤思退、王之望、尹穑、魏杞、曾觌等鬼迷心窍的"和议迷"们，根本没有想到金兵统帅仆散忠义会来这一手。这是不讲交情，这是出尔反尔，这是恩将仇报，使他们这帮"以玉帛买和平"的创造者、实践者丢尽了脸，陷于天下黎庶共恨、共指、共咒、共骂的境地。特别是赵昚在震怒中"罢去汤思退都督江淮军马"一事,更使他们心神惊悸。禅位以来,一直受气的赵昚要摆脱德寿宫的阴云压顶自行其是了,这"自行其是"的大胆妄为,也许会以他们的生命开刀。他们已顾不上江淮战区形势的恶化,而是紧急谋划着如何带着家室财宝悄悄离开临安城,逃离这金兵统帅仆散忠义送来的这一劫。只有兵部侍郎胡铨和原吏部侍郎张栻,为应对这场突来的战争日夜忙碌着、筹划着,并征得赵昚的恩准,亲赴淮东、淮西,诏令高邮守将陈敏以两万兵马拒金兵于射阳湖,诏令静海军节度使李宝率其所部三万兵马备江,诏令楚州都统制范荣收拢旧部五千兵马备淮。以此三路兵马成掎角之势,与金兵周旋,阻滞金兵南侵。

临安城的黎庶百姓,在这突来的战争面前震怒了、骚动了。敏感的太学学子们看穿了"以玉帛买和平"的荒谬,痛恨"和议迷"们的误国,相聚请愿于皇宫南门正丽门前,声讨汤思退及其亲信们的误国罪行。汤思退的亲信、参知政事周葵(字立义)急忙贴出黄榜镇压,其榜云:

> 靖康军兴,有不逞之徒,鼓倡诸生伏阙上书,几至生变。若蹈前辙,为首者重置典宪,余人编配。

"重置典宪",杀气腾腾;"余人编配",冤狱汹汹。天神有灵,雷电交加,撼天动地,欲摇落人间巍峨的殿堂;地神有知,风雨呼号,哀声遍野,似凭吊昔日冤屈的灵魂。辛弃疾望着眼前义愤填膺的史正志、韩元吉、赵彦端,神情惊骇瞠目结舌……

这是援引靖康二年(公元 1127 年)杀斩太学生陈东和抚州学子欧阳澈(字德明)残暴案例,要对现今正丽门请愿的太学生挥动屠刀啊!

靖康元年(公元 1126 年)二月,金兵围攻汴京,钦宗即位,太学生陈东伏阙上书,请诛"和议误国"的六贼以谢天下。并要求恢复坚持抗金的将领李纲兵部侍郎之职。钦宗迫于公议,听纳陈东所奏,罢黜六贼:徙蔡京于儋州,贬王黼于崇信军,编管朱勔于循州,将宦官李彦削官赐死,将宦官童贯处死于南雄,将宦官梁师成缢死于八角镇;起用李纲为尚书右丞,据城抗金。钦宗以此举赢得了民心,陈东也以此举而名震一时。靖康二年(公元1127年)四月一日,汴京陷落,徽宗、钦宗被金兵掳去,康王(赵构)即位南京(河南商丘),抗金主帅李纲遭中书侍郎黄潜善、大元帅府副元帅汪伯彦的诬陷而罢官,太学生陈东和抚州学子欧阳澈至南京,再次伏阙上书,弹劾黄潜善、汪伯彦"隐匿军情、主和误国、谗害忠良",要求起用李纲,并请赵构率师亲征,迎归徽、钦二帝。赵构大怒,以"阴相勾结,鼓倡致乱"的罪名,斩陈东、欧阳澈于南京大元帅府门前的广场。

三更梆鼓声带着湿淋淋哀怨传来,窗外的雨声似在号啕痛哭,哭声充塞了暴雨不停的天宇,九秋的凉意突如严冬的苦寒。辛弃疾默默举起酒杯,洒酒于地,祭奠三十七年前死于南京大元帅府前的太学生陈东和抚州学子欧阳澈的英灵。史正志、韩元吉、赵彦端的声音更为激越慷慨,近于控诉了。

那是大宋王朝建国两百年来皇帝亲自下令杀害伏阙上书的学子啊!恶劣,残忍,恐怖,血腥!现在不意又要施行于三十七年后的今日,舆论哗然,群情激昂,临安太学学子张观、宋鼎、葛用中等七十余人伏阙上书,直论汤思退、王之望、尹穑"和议误国"之罪,临安四郊山寺、庄田的数千归正人闻讯而至,临安黎庶从者数万,形成了临安城三十年来从未有过的请愿高潮。张观、宋鼎、葛用中等借机将百份书文散发于从者,其书文曰:

……扬州退敌之后,敌人不敢南下。汤思退首唱和议,王之望、尹穑附之,极力排挤,遂使张浚罢去,边备废弛,堕敌计中,天下为之寒心,而汤思退辈方以为得计。今敌人长驱直至淮甸,皆汤思退等三人之罪,皆可斩也。愿陛下先正三贼之罪以明示天下,仍窜其党洪适、晁公武,而用陈康伯、胡铨为腹心,召金安节、虞允文、王大宝、陈俊卿、王十朋、陈良翰、黄中、龚良茂、刘凤、张栻、查籥协谋同心，以济大计。

这是更甚于三十七年前南京大元帅府门前的伏阙上书，这是声势更为放肆、气势更为浩荡的闹事，不仅要求斩杀中枢三重臣，而且要求起用已被贬逐的十多位主战派官员。其人数之多，规模之大，前所未有啊！

赵眘大骇。江淮陷落，京都大乱，内外夹击，逼迫火急啊！学子们的请愿不无道理，和谈误国、苟且误国，是该改弦更张、以武强国了；是该起用胸怀斗志的主战派臣子了。这是翻天覆地的大换班啊。敢这样做吗？能做得到吗？在福宁殿之上，毕竟还有一座德寿宫啊。

赵构大怒。这是三十七年前陈东、欧阳澈伏阙上书事件的重演，是对着周葵发出的黄榜来的，也是对着三十七年前处死陈东、欧阳澈的那笔老账来的。他感到堵心、恐惧，他密令亲信内侍潜往京口，密召杨存中返回临安，必要时当以最严厉的手段，对付这些轻浮猖狂的伏阙闹事者。

三省、枢密院的官员也借机向赵眘逼来。

是日傍晚，参知政事王之望和谏议大夫尹穑闯进福宁殿，声色俱厉地禀奏："此次学子动乱，虽为周葵贴出的黄榜引发，但实质是反对现行国策，是为三十七年前陈东、欧阳澈事件翻案，其矛头是指向太上皇的。作为人子人臣，当以孝为本，臣等奏请圣上效太上皇三十七年前在南京的英明果敢，以霹雳手段处理这些伏阙闹事的不逞之徒。"

赵眘默然点头，挥手示王之望、尹穑退出。

是日夜初，罢官奉祠的周必大进入福宁殿。周必大于隆兴元年（公元1163年）晋职编类圣所详定官、权中书舍人兼给事中，旋即因弹劾龙大渊、曾觌除知阁门事而被罢官、奉祠。此时状若野鹤的周必大，依然是见事敏捷，出语尖刻而爽朗："圣上，学子伏阙上书，乃报国忠君之举，乃崇信圣上英明之所显，纵有不妥不当之言论，亦系情急之所致、情急之正常。臣奏请圣上万勿轻开杀戒，招惹千古骂名，当以靖康元年（公元1126年）二月钦宗处理太学生陈东伏阙上书事件为范,采纳谠论,贬逐奸佞,起用忠良,以赢得天下学子之心。"

赵昚默然点头,挥手示周必大退出。

是日深夜亥时,原江淮都督府都视军马龚茂良进入福宁殿,以罪臣之礼叩见赵昚,披肝沥胆哀声禀奏:"外患汹汹,内忧哄哄,此乃圣上执权大定乾坤之机,万万不可错过。天下学子之心可用,江南归正官民之心可用,江淮哀兵复仇之心可用,天下黎庶报国之心可用,'采石矶大捷'的机遇又一次来到圣上面前,此乃天意。勿虑道路艰险,勿虑积重难返,勿虑乌云压顶;当以霹雳手段推行新政,开辟新宇,树立新威。罪臣为圣上即将做出的英明决策欢欣鼓舞,天下黎庶都期待着雷滚九天啊!"

谶语成真,期盼成真!果然一串连环的霹雳雷声在九天滚动,先是由南而北,继而是由东而西,最终是滚动在临安城上空,而且是连环九响而停息。戴罪的龚茂良因自己的一句期盼颂语的巧合雷声而惊讶,赵昚却为这句巧合的"雷滚九天"而心生感慨、意气风发。

也许由于这个龚茂良曾是江淮都督府的一位谋士,与含冤死去的张浚有着同案同冤的情谊,也许因为这个谋士此时的进言恰恰符合了赵昚此时的所思,他霍地站起,高声吩咐内侍"进茶",并请跪伏在地的龚茂良坐于御案一侧的宫凳上。

形势逼迫赵昚做出了惊人的决定:下诏罢去汤思退左仆射、中书门下平章事之职,责居永州(汤思退行至信州,忧悸而亡);下诏罢去周葵参知政事之职,致仕离京;下诏罢去王之望参知政事之职,移知温州;下诏罢去尹穑谏议大夫之职,听候勘审。这霹雳的"四罢",不仅震骇了一群暗地谋划逃离临安的官员,也震撼了德寿宫暗里准备镇压伏阙闹事学子的太上皇,赢得了正丽门前数万学子黎庶的狂热欢呼。消息传至淮甸的金兵大营,金兵统帅仆散忠义和纥石志宁亦为之震惊。

赵昚采纳伏阙上书学子们之所奏,对中枢班子进行了大胆的重组,起用因"鼓吹北伐"三度遭受贬逐的陈康伯为左仆射兼枢密使;起用虞允文为参知政事;起用主战派官员金安节、王大宝、陈俊卿、王十朋、陈良翰、黄中、龚茂良、刘夙、张栻、查籥等充任六部、谏台要职。时陈康伯年已六十八岁,力疾诣阙,赵眘特诏"一日一朝,肩舆至殿门,仍给扶,非大事不署"。赵眘此举,又一次振奋了军心、民心和学子们激越救国之心。

太上皇闻知中枢班子改变之状,仰卧床榻,额角青筋暴起。知阁门事曾觌和龙大渊侍立于床榻前,俯身听旨,太上皇摇头闭目,两腮肌腱颤动,呈现出咬牙切齿之愤状。消息传至淮甸金兵大营,金兵统帅仆散忠义和纥石烈志宁蹙眉了,此次号称八十万兵马南下,乃敲诈之举,并未报知完颜雍,该见好就收了。再说,宋军风声鹤唳阶段已过,虞允文等强硬派再度出山,抗争反击将起啊!

赵眘以强硬果敢的姿态,颁布诏谕,断然拒绝金人"索还归正人"的要求,其诏谕曰:

> ……朕遣使约和,首尾三载,北师好战,要执不回。朕志在好生,宁甘屈己,帛币土地,一一曲从。唯念名将、贵臣,皆北方之豪杰,慕中国之仁义,投戈回归;与夫东土人民,喜我乐土;知其设意,欲得甘心,断之于中,决不复遣。尔等当思交兵衅隙,职此之由,视之如仇,共图扫荡。

这道诏谕,是宋室南渡三十多年来对南来的归正人(汉族士民)、归明人(辽、金士民)、归顺人(西夏、蕃部士民)、归朝人(原燕山府各路、州军人)最为明确的政策宣示和承诺,不仅赢得了伏阙请愿的归正人的欢呼,也赢得了安置与沦落于江南地区北方各民族士民的感激和拥护。

就在这道诏谕发出的第二天,赵眘主动派遣国信所(管理宋、金通使机构)通事王抃至金兵大营淮甸,与金兵统帅仆散忠义谈判,几经周折博弈,终于乾道元年(公元1165年)元月九日,以"割商、秦地""归还被俘人,唯叛亡者不与",余誓目略同"绍兴和议"而签订"隆兴和议",亦称"乾道和议",南北又一次形成妥协对峙的局面。

在遣使与金兵统帅仆散忠义谈判博弈的同时,赵昚以战斗的姿态,向沿江战略要津京口、建康、江阴、池州、鄂州、襄阳等地,发出了进入战备的诏令,特令京口、建康、江阴三地进入战争状态,准备随时迎击金兵的渡江南侵。为此,赵昚亲自下诏释放"奉召入朝"的建康留守史正志出天牢,雪其冤情,晋职知建康府兼都视江淮军马,负建康攻防总责;诏令建康军马田粮总领叶衡任枢密院编修,以便咨询江淮军情;诏令奉祠周必大进驻京口,代行镇江节度使之职;诏令"奉召入朝"的原濠州守将戚方为镇江都统制,以完备京口防务;诏令建康军马都巡视严焕知江阴府,接替故去的徐明之职,完备江阴防务。严焕重义多情,甫至江阴,即为徐子亮立碑于江阴君山,并亲著碑文,赞徐子亮二十二年坎坷宦仕中之忠耿和知江阴长达五年的功绩;广德军通判辛弃疾,在虞允文、叶衡、史正志等人的庇护周旋下,以病疗为名,隐去"辞职""漫游"等情状,以任广德军通判期满为由,诏令任建康府通判之职。

辛弃疾被史正志、韩元吉、赵彦端交相回忆的诡谲政情和神奇的人事变化震撼了、心醉了,忘记了雷电交加,忘记了暴雨号吼,忘记了黑云低压,一颗发热发烫的心,随着陈康伯、虞允文的东山再起而跳跃,随着主战派官员金安节、陈俊卿、王十朋、龚茂良等人的再度执权而激荡,随着朋友史正志、叶衡、严焕的冤情昭雪、再度被重用而沸腾,更为自己的时来运转而感激于怀,振奋不已。他突然觉得眼前的道路宽阔了,未来的希望清晰了,连他一年来千辛万苦觅得的"秦淮宝镜"也出头有日了。一年来积淤压抑于胸中的地火般的激情,终于爆出了雷电般的呐喊:"拿酒来,换大杯,'人生得意须尽欢'啊!"

天人相通,天人共鸣啊!果然,雷电轰鸣,暴雨号吼,壮烈着辛弃疾呐喊的声威,摇曳着室内四壁的烛光,吞没了三更时分的梆鼓声,使这个雷电风雨交加的夜晚,更显得神秘凝重了。

史正志、韩元吉、赵彦端被辛弃疾雷霆般的呼号和天宇间雷电暴雨的强烈应和震撼了、感染了,以致神情激越、心潮澎湃了。史正志急呼衙役"重开酒宴";韩元吉高呼衙役"燃烛捧酒";赵彦端吩咐衙役"以碗代杯"!俄顷,四壁蜡烛点燃,四坛美酒启封,四只青花海碗摆上酒桌。史正志捧起酒坛,斟酒青花海碗,桌案上立即呈现出酒色闪光、酒香弥漫的奇特景象。辛弃疾捧起酒碗呼号:"古剑浮萍,友谊千古啊!感谢诸位,你们用友情、心血、才智,给了辛弃疾第二次生命啊!"

史正志、韩元吉、赵彦端举酒高呼"友谊千秋",与辛弃疾碰杯而尽饮。

辛弃疾举起第二碗酒:"忠不避危,义无反顾!感谢临安城伏阙上书的七十多位学子和数万名呐喊呼号的临安黎庶!在这'重文轻武''以文制武'的奇特朝廷,也许只有学子的声音,才能穿透厚厚的宫墙!"

史正志、韩元吉、赵彦端举酒高呼"国魂不灭,社稷长存",与辛弃疾碰杯而尽饮。

辛弃疾举起第三碗酒:"昆仑砥柱,社稷干城啊!感谢陈老复出,感谢虞公进入中枢!军旅强大有望,北伐大业有望,社稷中兴有望啊!"

史正志、韩元吉、赵彦端举酒高呼"陈老复出,虞公任事,民心所系,社稷所倚",与辛弃疾碰杯而尽饮。

辛弃疾举起第四杯酒:"我往日在想,'圣上应该是英明的'。此刻我要高声喊出'圣上果然是英明的'。在这风云搏击的九十五天里,圣上展现了不凡的勇敢和才智,比四年前采石矶之战时更为光彩夺目了。更为难得的是,在这困难形势下与金人签订的、保护了归正人的'隆兴和议',为未来的北伐大业赢得了一个战略强军的时间。"

史正志、韩元吉、赵彦端举酒高呼"皇上万岁",与辛弃疾碰杯而尽饮。

四碗清酒落肚,心底思潮翻涌。窗外雨声淅沥,滋润着醺醺醉意。辛弃疾捧起酒坛,斟酒碗溢,狂饮而放声:"西汉哲人扬雄有语:'震风陵雨,然后知夏屋之帡幪也。'诚哉斯言。一个人,一个国家,总得有震风吹袭,总得有陵雨冲淋,总得有人有事逼迫敲打!逼而受辱,逼而知耻,逼而自立,逼而自强,逼而成就伟业。昔日的秦皇汉武,都是从这条受逼受迫的道路上走过来的。我此刻醉意醺醺,思绪纵横,突然觉得另有一人,值得我们格外感谢啊!"

赵彦端急询:"这个人是谁?"

辛弃疾高声喊出:"金兵统帅仆散忠义。"

史正志、韩元吉、赵彦端神情惊诧而沉思。

辛弃疾语出侃侃:"他号称八十万兵马南侵渡淮的声势,半个月内席卷江淮、攻城夺关之威风,集师淮甸极力张扬挥师渡江的架势,再一次使我们的朝廷迷途知返,再一次使朝廷'以玉帛买和平'的国策轰然破灭,再一次使握权执政的'和议迷'们原形毕露,再一次使倒霉含冤的主战派官员浴火重生。形势变化的莫测,阴差阳错般地使各派人物走到了自己设计的反面。这一切,都源于仆散忠义这个凶狠、剽悍、狡诈、多谋的对手啊!"

辛弃疾的话音刚落,韩元吉拍案而起,举酒叫好:"狂飞大句风雨来!惊天动地,惊世骇俗!幼安,我敬你一杯!"

辛弃疾与韩元吉碰杯而尽饮。

赵彦端举酒放声:"胸怀壮烈悱恻,语出凝重雄绝,敢想常人之不敢想,敢言常人之不敢言,光明磊落,英雄本色。幼安,我敬你一杯!"

辛弃疾与赵彦端碰杯而尽饮。

史正志站起,捧起酒坛,为辛弃疾斟酒,并自斟一碗,举酒而语:"古人有训,'经传之文,圣贤之语,古今言殊,四方谈异也'。幼安为异人异才,当负重任。幼安,我为你祝福!"

辛弃疾惶惶然,为史正志肃穆的神情和异乎常日的话语所撼惑,一时不知所措。

史正志微微一笑,放下酒碗,从怀中取出两件文书呈于辛弃疾面前,娓娓而谈:"这一份文书,是一年前幼安在赏心亭酒宴上委托我代呈朝廷的'辞去广德军通判'的奏表,我放大胆子堵截了,现完璧奉还。这一份文书,是朝廷下达的任命幼安为建康府通判的诏令,现时奉上,欢迎幼安就职行权。"

辛弃疾惊诧,旋即醒悟,急忙举酒向史正志致谢,并连饮三碗,以庆幸这雷电风雨之夜的友谊相聚。史正志、韩元吉、赵彦端亦豪饮三碗清酒应和。

天宇雷电轰鸣,似乎变奏着战场上"咚咚"作响的金鼓声;窗外风雨交加,似乎变奏着战场上"嘚嘚"奔腾的金戈铁马。韩元吉灵机一动,伴着屋外传来的金鼓声、金戈铁马声,拍案击节,高吟起一年前辛弃疾在赏心亭酒宴即席吟成的词作《念奴娇·我来吊古》:

> 我来吊古,上危楼、赢得闲愁千斛。虎踞龙盘何处是,只有兴亡满目。柳外斜阳,水边归鸟,陇上吹乔木。片帆西去,一声谁喷霜竹。　却忆安石风流,东山岁晚,泪落哀筝曲。儿辈功名都付与,长日唯消棋局。宝镜难寻,碧云将暮,谁劝杯中绿。江头风怒,朝来波浪翻屋。

赵彦端突悟韩元吉高吟之意,兴酒放声:"'宝镜难寻,碧云将暮,谁解杯中绿?'这是一年前幼安在赏心亭酒宴上留下的一道谜题,也是留给我们的一种牵肠挂肚的期盼。幼安,请揭开谜底吧!"

辛弃疾望着眼前韩元吉、赵彦端、史正志含笑凝视的目光,一颗醺醺醉意的心发热了,感动了,他明白朋友们需要的"谜底"是什么,他心中浮起一种"劳有所得"的欢愉。但自己所觅得的"谜底"真的是"秦淮宝镜"吗?心中仍有着"如临深渊,如履薄冰"之感,而且与范若水有着迎娶之约啊,当"以慎为键"而待时。但总不能隐而不谈,令朋友们失望啊!何以解窘?急思有得:愚者言多枝叶,智者见于未萌。这也许是此时此地最适用的方法,自己眼前的朋友,原本就是当代的智者啊!心结已解,辛弃疾举起酒碗,与赵彦端碰杯尽饮,在风雨变奏的金戈铁马声中,侃侃谈起:"'宝镜难寻',千真万确地难寻啊!我漫游古越会稽,凭吊越国大夫文种的坟茔,荒草萋萋,满目苍凉;观赏镜湖风光,烟雨蒙蒙,碧波不兴;访及耕桑渔樵,请教道长禅师,皆不知'秦淮宝镜'何在。"

窗外风雨变奏的铁马"嘚嘚"声气势稍减，似乎增添了几分凄凉。辛弃疾神情怅然，韩元吉默默摇头，赵彦端垂首叹气，史正志捧坛为辛弃疾斟酒以示鼓励。辛弃疾呷酒一口，放声谈起："我怅然西行，至古楚之江夏，泛舟五湖，在牛巢湖湖心，得一位寿高九十的巫姓老者指点，始获知有关'秦淮宝镜'的些许信息。战国时楚怀王(熊槐)二十五年(公元前304年)，楚怀王在三闾大夫屈原的辅佐下，并吞了越国，使楚国的疆界扩展到两淮江浙，引起了侍从大臣靳尚对屈原的猜忌诬谗。时楚怀王宠妃郑袖之族弟郑榛主治建邺(晋建兴元年改名建康)，行仁义之政，颇得人心。秦淮河畔一徐姓渔人从河中捞得一面铜镜，圆形，其大如九霄玉盘，能穿透锦衣铁甲照见人的五脏六腑，明察其忠奸正邪。徐姓渔人为感谢郑榛爱民之恩、期盼楚国之强大永固，遂献'秦淮宝镜'，请郑榛转呈楚怀王，以察识臣子之忠奸。郑榛居建邺已三年，对朝廷屈原、靳尚之争虽有耳闻但不知其详，遂暗交其族姊郑袖转呈楚怀王。郑袖与靳尚相善，且参与了靳尚诬陷屈原事件，并暗中以'秦淮宝镜'照视靳尚，果见其肝、胆、心脏皆呈黑绿之色。遂密藏匿之，不予楚怀王知晓。楚怀王遂日益昏庸，唯靳尚之言是听。楚怀王二十八年，也就是秦昭王(嬴稷)二十二年(公元前301年)，秦昭王遣纵横家张仪出使楚国，意在离间齐楚联盟。楚怀王怒张仪曾欺骗过自己，今又来为秦说项，遂拘囚而欲杀之。靳尚得张仪贿，以巧言惑楚怀王，使张仪得释而返秦。楚怀王二十九年(公元前300年)，秦楚交兵于汉中，楚军大败，汉中为秦占据。楚怀王三十年(公元前299年)，楚怀王听靳尚谏奏，亲自入秦谈判，以图讨回汉中。结果羊入虎口，楚怀王被秦昭王扣留。秦昭王听张仪谋，遣使至楚传秦王意：'可用秦淮宝镜换回楚王。'靳尚、郑袖无奈，献出'秦淮宝镜'。秦昭王喜得'秦淮宝镜'，改名为'秦镜'，成秦传世之宝。楚怀王仍不得释，三年后病亡于秦。唐代诗人刘长卿有诗句云：'何辞向物开秦镜，却使他人得楚弓。'这般'秦镜''楚弓'的感慨，也许是因这块'秦淮宝镜'入秦而发的吧！"

窗外风雨变奏的金戈铁马的"嘚嘚"声的气势突然变得急促强烈了，四壁烛光的摇曳抖动展现了四更时分雨夜的阴森沉沉，屋内酒桌旁的讲者听者似乎都无察觉，聚精会神地沉陷于"秦淮宝镜"由楚入秦的传奇里。他们都是学者、智者，他们都熟悉楚怀王熊槐、上官大夫靳尚、秦昭王嬴稷、纵横家张仪这些历史人物，也熟悉他们在历史上的功过是非，但此刻这些历史人物在他们的心中，都是一闪而过，只有辛弃疾口中"秦淮宝镜"的传奇牵动他们的心。韩元吉举酒为辛弃疾润喉，赵彦端举酒为辛弃疾助兴，史正志举酒为辛弃疾造势。酒兴飞扬，辛弃疾神妙飘逸、汪洋捭阖的浪漫思维更显光彩了："秦地多宝，牵动人心，宝镜入秦，更堪寻觅。我入潼关，睹鸿门，访咸阳，游阿房故迹，询问'秦淮宝镜'，应访众人皆摇头不知；询问别名'秦镜'，应访众人皆眉飞色舞，言之切切，言之凿凿，一千七百年前的奇镜传闻，似亲身经历，亲目所见，澎湃着荡气回肠的豪情。秦昭王'秦镜'在握，识魏国人范雎胸怀大略，诚心助秦成帝王之业，遂信而用之，委以客卿、相国，采纳其'远交近攻'的征战谋略，为秦国确立了统一天下的国策。秦昭王'秦镜'在握，察年轻将领白起忠勇善战，铁血心肠，封以武安君，委以统率全国兵马，征战韩国、赵国、魏国、楚国，果然四战皆捷，为后来的秦王嬴政统一六国奠定了基础。秦昭王殁，秦文王、秦庄襄王匆匆而过，秦王嬴政出。嬴政持'秦镜'识忠奸，镇压了宦官嫪毐集团的叛乱，剪除了相国吕不韦集团的弄权，重用楚国人李斯为相，制订了消灭六国的征战方略；重用老将王翦，进行统一天下的战争，灭韩、灭赵、灭燕、灭魏、灭楚、灭齐，十年时间，灭掉了割据称雄的六国，建立了历史上第一个统一的国家。秦王嬴政赢得'始皇帝'的称号。'竹帛烟销帝业虚，关河空锁祖龙居。'秦始皇三十七年(公元前210年)，始皇帝病亡，时任中车府令兼行符令事的赵高伪造遗诏，逼死始皇帝的长子扶苏，立始皇帝的幼子胡亥为二世皇帝(史称秦二世)，自任郎中令，控制朝政，掌握实权，旋即杀李斯、诛秦二世，立子婴为秦王。赵高为隐其奸邪之心，窃取'秦淮宝镜'，以铁锤击之，碎其完整，沉于长安曲江池。"

天人相通，天人共鸣啊！天宇闷雷滚动，不停不歇，拖着沉重而冷飕飕的叹息，惋惜"秦淮宝镜"的粉碎沉池；窗外暴雨呼啸，挟带着瀑布般的骤雨扑向门窗，发出碎心裂胆的哀号，悼念"秦淮宝镜"的悲怆消失。史正志默然，韩元吉怆然，赵彦端凄然而闭目。辛弃疾举酒豪饮，和着沉重的雷声、呼啸的雨声侃然语出："天不我予啊！两汉三国，晋终南北，隋唐五代，绵绵一千七百多年，岁月沧桑，'秦淮宝镜'仍在曲江池吗？秦人众声慷慨：'秦地恋宝，宝恋秦川，西不越漠，东不出关。先生有志有情，万里来秦寻觅，宝镜有灵，当以情义相报。'得秦人吉言鼓舞，我急趋长安，游览曲江池，寻觅沉池的宝镜。曲江池水阔，周长二十余里，为秦岭山谷浐河、灞河水流泛滥漫溢而成。秦昭王喜其汪洋，广植花木，筑离宫宜春苑为憩息之地；西汉文景年间，扩湖长洲，制舟造舸，建造乐游苑为皇家林园，以彰显盛世；隋文帝时期，广植荷花，改曲江池为芙蓉池，专宠南国之娇艳香酥；盛唐出手阔绰，气势逾越秦汉，在实施'八水绕长安'的水系建设中，恢复曲江池名称，以亭台楼阁、水榭游舟、百花果木、奇石奇景美化曲江池，使其成为长安官民游乐首选之地。安史之乱后，大唐衰落的一百四十年过去了，五代十国混乱的五十年过去了，曲江池依然残留着强秦盛唐繁华年月的神韵。是时正值盛夏五月，曲江池辽阔的水面，荷花斗艳，百舸争流。画桥横波，似道道彩虹；波浪翻涌，扬层层碧翠。遗有强秦之雄风啊！我觅镜于池，得到的是甜藕；我觅镜于湖，得到的是鲫鲢……曲江池之水清，碧澈见底。池底黄沙似金，映湛湛蓝天；水中游鱼阵阵，似晴空飞雁。池之岸，倒映青梅含羞；湖之洲，托出石榴似火。遗有盛唐之壮美啊！我觅镜于岸，得到的是萋萋草芥；我觅镜于洲，得到的是淋淋泥水……曲江池之水长，借浐、灞两河之躯，蜿蜒百余里。南起秦岭，系有终南山之巍峨；北系渭水，结有故都长安之豪华。岸柳消暑，沐浴轻柔之清爽；山风拂来，品味野花之芬芳。我绕池而行，处处寻觅，有影必捞，有讯必掘，三日三夜，直至太乙山谷，得到的是大海捞针的失望，是千古失传的遗憾。失望与遗憾的打击煎熬，使我心灰意冷，全身失力，扑倒于谷口一株巨大的核桃树下，昏昏然梦魇虚魂。十二弟茂嘉惊慌呼叫,引起一位过路的山野老者的怜悯同情,以民间按摩穴位之法医之,果有奇效。询其病因,摇头语出:'曲江池有镜,千古传奇,代代传说,今已不奇。三年前,传说太乙宫清清道长曾于曲江池捞得一面铜镜,哄吵月余,曾惊动官府,到头来是子虚乌有,瞎折腾而已。想不到两位江南游客,也为这个传说迷惑心窍啊!'昏昏迷魂中振聋发聩的讯息啊!山野老者离去,我挺身坐起,在茂嘉的搀扶下径直走向太乙谷口的太乙宫。太乙宫,传说中天神居住之所。古松参天,殿宇巍峨,云蒸霞蔚,仙气缭绕,仙乐飘逸,更显深邃神秘,置身其中,所闻所见,悚然有飘飘欲仙之感。一位老者在一童子的搀扶下执拂尘从天云观出迎。童子年约十二岁,着黑色道袍,结髻于项,眉清目秀,有机敏之概;老者着白色金线银线道袍,衣带生风,白发似雪,白眉寸余,白须盈尺,其声洪大,其语铿锵。天神栖居之所,果有天神隐居于此啊!我惶惶然施礼询其高寿,答曰:'过百而不计其几十。'我肃肃然询其道号,答曰:'清清。'耳之所震,目之所仰,心潮澎湃。果为前来拜见的清清道长啊!急忙拜伏于地,以所思所寻禀知。清清道长将须而语:'愚不可及,愚而可教啊!镜为何物?人事万物而已。人可为镜——圣贤可为镜,奸佞可为镜,芸芸众生可为镜;事可为镜——成功可为镜,失败可为镜,兴盛可为镜,衰亡可为镜,不死不活亦可为镜;万物可为镜——稻禾果木可为镜,风云雷电可为镜,花鸟鱼虫亦可为镜。故古人有"荣镜宇宙"之说,何不察耶!'我拜服其高论,仰慕其气度,仍以金兵屡屡南侵、朝廷屡屡失措、奸佞屡屡误国、忠贞屡屡遭殃、黎庶屡屡流离为由,恳求道长恩赐已捞得的'秦淮宝镜',供皇帝识忠辨奸、强军富民、挥师北上、收复故土、谋求天下一统。清清道长不悦,挥拂尘止我禀告,厉声责问:'汝何人耶?敢以混浑国事扰我太乙宫之清净?'我以'归正人辛弃疾'一语回答。清清道长凝眸注视而更现不悦,谓童子曰:'来访者是客,当于客斋蔬食床被礼待,明日寅时饭后,当送客人离去!'语毕,转身返回天云观。夜宿客斋,残月照窗,山风呼啸,长夜漫漫,辗转反侧,心戚戚然。觅镜之路已绝,一腔期盼成空,空落落一夜愁思,不知明日当去何处。五更梆鼓敲响,太乙宫清晨的斋醮祈祷开始。侍灯使宫观烛火通明,侍香使宫观烟雾缭绕,侍经使宫观沸腾起诵经声浪,知磬知钟使斋醮之曲高扬,太乙宫的黎明,似在这斋醮祈祷的特殊仪式中诞生。'课自己之功,修自己之道'的不懈实践,使太乙宫里的各个道场散发着诚挚、肃穆、庄严、凝重和近于呆板僵硬的气势。该离开这神仙居住之所了。我与茂嘉草草用过斋食,走出客斋,前往天云观向清清道长致谢告别。行抵天云观台阶下,机敏童子捧一漆黑木匣从天云观出,呈木匣而合掌致语:'师祖有示:以此木匣赠山东四风闸举旗起义的忠勇之士辛弃疾,无他,仰慕其心志高远。'我惊愕其洞悉些微小事,一时语塞。童子再语:'师祖有示:此匣中所存,乃三年前从曲江池捞得之物,非秦淮宝镜,而是破碎污铜十块,故不曾示人。今赠忠义辛郎,无他,释解其忠心愚昧。'我敬佩其言简意赅,请示详解。童子三语:'师祖有示:忠义辛郎生不逢时,故命途多舛,若遇一千四百年前齐国的孟尝君田文,或可借其门下的奇工巧匠,粘合破碎铜镜,还原宝镜面目,再现宝镜的神奇。今之孟尝君何在,辛郎当苦苦寻觅。'我茫然其悟语含机,从童子手中接过木匣,请见清清道长。童子笑语:'师祖正在观内为忠义辛郎沐浴斋醮,祈福远去。辛郎请上路吧!'语毕,转身返回天云观。我跪地举匣高呼:'大师安好!'泪洒台阶。"

诡异美妙的传奇,捕风捉影的传奇,才华横溢的传奇,使酒桌旁的史正志、韩元吉、赵彦端沉醉于"秦淮宝镜"的传奇和寻觅"秦淮宝镜"的传奇中,全然不知雷电匿迹、风雨停歇、黑云散尽,东方已白。辛弃疾饱含激情告别清清道长的祝福声,惊扰了门外班值的衙役,衙役推门闯入,带进了雨过天晴的安静、黎明晨曦的清爽、拂醒醺醺醉意的晨风,史正志、韩元吉、赵彦端、辛弃疾突地恍悟到雨夜已尽,黎明已至,神志也突地清醒了。史正志站起,猛地推开窗扉,东方天宇片片朝霞扑面而来,他放声高诵:"传奇的风雨雷电,传奇的雨夜豪饮,传奇的'秦淮宝镜',传奇的机缘巧遇。其实,幼安和他的'漫游江河湖海',原本就是一种快意生平的传奇啊!请问破碎的'秦淮宝镜'现在何处？"

辛弃疾回答："在我的行囊之中。"

史正志二询："要找今日之孟尝君门下的奇工巧匠修复还原吗？"

辛弃疾回答："不，我已亲手洗磨辨认、粘合修复，以全部脑汁心血为'秦淮宝镜'招魂。"

史正志三询："'秦淮宝镜'何时可以示人？"

辛弃疾回答："十天后，也就是九月三十日。"

史正志四询："这个日子有特殊意义吗？"

辛弃疾回答："九月三十日，九秋之末，是收获的日子，是天神地灵、雷公雷母、风神雨师在天宫聚会的日子，也是归正人辛弃疾'漫游江河湖海'迈步出发的日子。"

史正志五询："'秦淮宝镜'将亮相于何处？"

辛弃疾回答："原定建康，现改移京口。恭请三位师友驾临京口，见证'秦淮宝镜'的奇异功能。"

史正志举杯高呼："京口有约，义不容辞！韩公、赵公，意下如何？"

韩元吉举杯唱赞："践约京口，当观赏'秦淮宝镜'的奇异功能。"

赵彦端举杯唱赞："践约京口，当观赏幼安演出一场快意千古传奇中最为精彩的传奇！"

辛弃疾举杯向史正志、韩元吉、赵彦端致谢，四人碰杯而饮。

是日辰时，辛弃疾和辛茂嘉跨上坐骑，向京口驰去。


辛弃疾和辛茂嘉策马疾驰五个时辰，于当日傍晚酉时三刻抵达长江下游的军事重镇——京口。

西天金色的晚霞，辉映着"大江曲流"的金色波涛和"三山鼎立"的金色峰峦，真是名不虚传、美不胜收啊！

瑰丽的金山，突起于京口西侧的江心，波涛烘托，腾空百仞，殿宇栉比，亭台相连,台阁相接,形成楼上有楼、楼外有阁、阁中有亭的精巧瑰丽。金山寺的钟声,高唱着"金山寺裹山"的金碧辉煌。醉人心神,可惜无暇欣赏啊!

峟然焦山,耸峙于京口东侧江心,卧波千尺,碧流环绕,古松森森,流泉成瀑,形成了"焦山山裹寺"的奇观,果不负"江中浮玉"之美誉。相传此山因东汉末年避乱贤人焦先(字孝然)隐居于此而得名,千古流芳;此刻的水色山光似乎仍然洋溢着古朴飘逸之神韵,迷人心神,无暇拜访啊!

雄威险峻的北固山,壁立大江之边,形势陡峭,左挽金山,右携焦山,成掎角之势,控楚负吴,雄视淮扬,天赋之威啊!其山前峰,为东吴孙权宫殿之所在,晚霞辉映处,似有豪气蒸腾,壮人心神!其山之中峰,为东吴周郎屯兵之所,巨木蓊然,甜泉四出,垒石成阵,松涛起处,似乎腾起马啸兵吼之威,励人胆气!其山之后峰,为北固山之主峰,峭壁如削,威逼江流,傲视江北,气象万千,南朝梁武帝萧衍题书"天下第一山",诚不诬啊!其峰顶的甘露寺、多景楼诸多佳处,曾令历代仁人志士、文人墨客壮怀激烈!壮怀激烈,无暇欣赏,不得不匆匆离去啊!

晚霞知情知趣地消失着,夜色在霞光消失处悄悄浮出,暗淡着京口城繁华的街巷闹市,辛弃疾和辛茂嘉策马驰过苍凉的京口城侨徐大街,向北固山中峰南麓左侧的镇江军大营驰去。

"河朔孟尝"和"宗室公主"的名字是响亮的,军营班值将领指着军营内远处的红枫林区一片错落有致的屋舍回答:"红枫林区乃军营将领官佐家居之地,范大人的居所,先生可到红枫林区询知。"

辛弃疾拱手向班值将领致谢,正欲跃身上马,忽见马颈汗水淋淋,他急忙收足,手抚马头以慰,与辛茂嘉牵着坐骑,沿着弯曲的山路,走向红枫林区。

残月和繁星朦胧了红枫林区的一切,几十幢错落有致的屋舍,依山势而建,在夜风掀起的红枫波浪中,呈现出高低冥迷、忽隐忽现的奇异景观。辛弃疾神诧目呆,摇头叹息:"灵动飘逸,夜静风轻,镇江要塞,终非咸阳的细柳营啊。"

应着辛弃疾的叹息声,一缕豪情昂扬的琴音从红枫林深处传来,激越、沉痛、愤慨、急切。

辛弃疾神情一振,侧耳倾听,其曲熟悉于心,亲昵于心。他挥手将马缰扔给身边的辛茂嘉,急步循着琴音而索源,果然在百步之外的流溪修竹之旁,觅得了琴音的起处——一座简陋的工字形建筑。门户敞开,门额呈四个大字,古隶劲健——流溪修竹,前堂后室,一览无遗。振荡峰谷的雄健琴音,就是从这灯火映窗的前堂发出的啊!蓦地一声激越歌唱,乘着琴音飞出:

> 男儿何不带吴钩,收取关山五十州。
>
> 请君暂上凌烟阁,若个书生万户侯。

辛弃疾泪水潸潸,忘却了一切礼数,发疯似的跨过碛石,越过流溪,穿过竹篱,猛地推开前堂的大门,出现在范府的厅堂。

歌声停止了,琴音消失了,厅堂凝固了。

辛弃疾骤然间面对着眼前凝固的爱人、亲人、家人,恍惚间似乎走进了一场梦境之中。一年来身居北国的几次梦归,不就是这般的情景吗?心上人若水的眼含泪语、情系眉梢、欲言又止,不就是如此地牵动着自己的情怀吗?他气噎心胸,竭尽全力喊出:"天神佑我,若水佑我,我不敢爽约误期啊!"

春雷惊梦,梦幻成真,人们哄的一声从凝固中缓过神来,用惊奇、亲切、炽热的惊叹迎接辛弃疾的归来。范若水满脸泪水,疾步向前,张开双臂拥抱着她的辛郎。辛弃疾抚慰着范若水的双肩,深情地打量着爱人,他的身躯倚着门边的墙壁,慢慢下滑,猛地瘫坐于地,昏了过去。

范若水惊骇,抱着辛弃疾的头颅呼唤,厅堂里的人们乱作一团。

就在人们的惊诧慌乱中,辛茂嘉手提行囊走进厅堂,见辛弃疾倚墙瘫坐之状,急忙放下行囊,弯腰抱起辛弃疾,置于身边的一张藤椅上,转身恭敬地向诸位施礼问好,并就辛弃疾的瘫卧失礼向眼前的人们致歉:"家兄为践约践期,日夜兼程,三日三夜未眠,昨日入夜抵达建康府衙,又与留守史大人、兵马都监韩大人、兵马钤辖赵大人畅谈通宵,畅饮通宵,已是四日四夜未得片刻安歇。请诸公诸位见谅,家兄此时确是精疲力竭了。"

辛弃疾倚椅而眠,验证着辛茂嘉的道歉,厅堂里一时惊骇慌乱的人们释然了,发出啧啧的赞赏声。

范邦彦捋须而放声:"难得痴心郎,此曲最动情!"

赵氏走到辛弃疾身边,解下斗篷,覆盖着辛弃疾的身躯,轻声说道:"孩子,我和范郎看到了你的一颗重情重诺的心,此心千金难买,千载难遇!你日夜兼程精疲力竭地践约归来,拯救了我痴心痴情的女儿,也拯救了我和范郎年迈的生命啊!"

范若水扑在母亲的怀里哭出声来。

赵氏抚着女儿神情欣喜而语:"幼安归来,你该放心了。一个月来,你蹙眉疾首、寝食不安、日见憔悴的形容,使你年迈的母亲心痛滴血啊!"

范若水把头紧紧地贴在母亲的胸前。

赵氏笑了,抚着女儿求助于丈夫:"范郎,女儿泪水涟涟,你能硬着心肠旁观吗? 快发号施令吧!"

范邦彦应声高吟:"泪水涟涟,是为情发,两情相悦,地久天长。范府上下人等,从此刻起,全力筹办幼安和若水的婚礼,九月三十日,如期举行! 思隗老弟,你总负其责。记着,这个婚礼要搞得气势磅礴、奇特绝妙。我要让京口的人们全都知晓,'河朔孟尝'和'宗室公主'的东床快婿,是齐鲁壮士,是抗金英雄,是资兼文武的辛弃疾!"

郭思隗高声应诺,人们雀跃,忽而念及倚椅熟睡的辛弃疾,急忙咬住了出口的欢呼声。

辛弃疾熟睡的鼾声,却在此时雷霆般地响起……

## 二　婚礼

郭思隗接受范家老爷子在婚事筹措上"总负其责"的委托后,立即进入了筹措状态。

他心里明白,这异乎寻常的婚礼,原是一年前在建康驿馆范家庭院那场任性的、翻来覆去折腾的婚事中,辛弃疾做出的庄重承诺。在当时的建康城,凭着辛弃疾沸腾于建康城的声誉、声势和主战派朋友史正志等人的帮助,是完全可以做到的。可现在是在京口,知道辛弃疾这个名字的黎庶官员甚少。"运去英雄不自由"啊,辛弃疾一年前这一庄重的承诺,现时已成为一句空话,而且是一句极易招致流言和嘲弄的空话。范家老夫妇丢不起这个人,他俩也不会让任性的女儿遭受这个委屈, 更不会让东床快婿辛弃疾因此而再遭打击,虑事周密、行事老到的老爷又不好自己出头,遂有这"总负其责"的委托。"为人谋而当忠",这是朋友相交之义,这是先贤的遗训啊!

郭思隗在默默地、精细地绘制着这异乎寻常的婚礼的蓝图:京口这"天下第一江山"可用,京口城里侨徙大街的繁华、萧条可用,京口军营里的兵卒战马可用,京口这个名字也可用啊!可京口的"人气"呢?没有一位德高望重、关爱辛弃疾并为习俗传统、人情世故乐于接受的人物参与此事,这种不可强求的"人气"是不会形成的。时势造英雄,英雄有时也造形势啊!

郭思隗毕竟是范府的管家,百般搜寻上下求索中,他寻觅的这位理想人物,终于出现在他的心头。

郭思隗猛地睁开眼睛,几案和四壁的烛光似乎刹那间变得辉煌了。该由范家老夫妇做最后的决断了。郭思隗霍地站起,在灿烂烛光的照耀下走出前堂,向后室走去。

郭思隗走进后室书房,范邦彦急呼落座,赵氏捧茶以迎。十多年的交情,使他们之间全然免去了世俗交往中的繁文缛节。郭思隗呷了一口茶,在谈了安置辛弃疾、辛茂嘉的休息情状之后,便以直截了当的坦直进入了寻常婚礼的主题:"请示二位,婚嫁迎娶之日,一切彩礼往来、庆典定规,均可依情势而酌减,唯男方家人迎接宾朋、宴请宾朋之定规,断不可少。幼安父母双亡,孤身南归,身边仅一族弟辛茂嘉,难胜其任。若能觅得一位德高望重的人物主其婚事,则会雄其声威,壮其观感,寂寥京口亦将再现雄风。"

范邦彦急呼:"好主意!"

赵氏急询:"有这样一位人物吗?"

"有。"郭思隗回答。

"在哪?"

"临安。"

范邦彦猜度出声:"参知政事虞允文?东府旧臣史浩?右谏议大夫梁仲敏?枢密院编修官叶衡?⋯⋯"

赵氏猜度语出:"是前任参知政事辛次膺起季老先生吧?"

郭思隗点头称是。

范邦彦高声唱赞:"思隗啊思隗,亏你想得出来。可此公为官清正,忠耿敢言,力主抗金,力斥和议,以弹劾'和议卖国'遭贬奉祠十六年而显现名节,再以弹劾秦桧余党汤思退'朋比奸罔'而誉贯朝野。可现时已以疾致仕,我们能请得来吗?"

郭思隗铿锵作答:"事在人为,这就要动用二位的英名声威了。"

范邦彦豪气勃发:"讲!"

"请范兄修书'钱塘倜傥公子'王琚大人,请他鼎力相助。"

范邦彦急询:"你准备派何人前往?"

郭思隗回答:"'西湖浪子'如何?"

范邦彦决断:"妥! 此人处事机敏,辩才极佳,且生于临安,长于临安,门路极广,可成其事。时间紧迫,请其明日动身,单程五百里路,力争八日内返回!"

郭思隗拱手应诺,欲起身离去,复落座而语出:"还有一桩小事请示二位,在安置幼安和茂嘉休息时,我亲自为其放置衣物行囊,除笺纸书籍外,并无'秦淮宝镜',询及茂嘉,茂嘉茫然。二位明察,用'秦淮宝镜'迎接若水步入洞房,可是幼安的庄重承诺之一啊!"

范邦彦摇头笑语:"思隗啊思隗,何其精明一世,糊涂一时! 幼安觅得的'秦淮宝镜',不就展现在你的面前吗?"

郭思隗微笑瞠目。

范邦彦酣然高论:"'秦淮宝镜'者何? 一桩美好的传奇,一件能够映出人心忠奸直邪的传奇。幼安日夜兼程地践期践约,直至精疲力竭而昏睡不醒,还不足以展示忠耿磊落的五脏六腑吗? 还不足以实践对若水的庄重承诺吗?"

郭思隗摇头而笑答:"范兄的见解自然是高远的、深邃的,却是虚化的、无形的。它不是幼安词作《念奴娇·我来吊古》中的'秦淮宝镜'。那面'秦淮宝镜'是具体的、实在的、看得见摸得着的,而且能亮堂堂地映出幼安的雄心壮志。范兄啊,千万别小觑那面神奇的'秦淮宝镜',它是这个异乎寻常婚礼'画龙点睛'的一笔,它将使这个奇特绝妙的婚礼四海流传!"

范邦彦一时陷于沉重的无奈:"'画龙点睛'之笔,'秦淮宝镜'真有这样神奇的功效吗? 人世间哪有这种具体实在的宝物啊!"

郭思隗急语:"范兄莫愁,有一人可能救援范兄走出困境。"

范邦彦急询:"此人何在?"

"就在眼前。"

"是你？"

"不！是嫂夫人。"

范家老夫妇都愣住了。

郭思隗拱手禀报："二位明察，嫂夫人手中不是有一面'女皇铜镜'吗？那是武则天遗留于世的稀世之宝啊！"

赵氏恍悟而称赞："足智多谋的思隗，竟然使世间本不存在的'秦淮宝镜'诞生了，现形了！可这移花接木，幼安能赞同吗？能接受吗？"

郭思隗拱手解说："嫂夫人放心。江南婚礼的习俗需要一面铜镜，幼安去年承诺的婚礼需要一面铜镜，幼安一年来'漫游江河湖海'的寻觅需要一面铜镜，来日这婚礼更需要一面铜镜啊！需要是人性，需要是意愿，需要是兴趣，当铜镜现形，这拙劣的移花接木就成了民间的传说和文人笔下的传奇。"

赵氏连连点头笑了，范邦彦放声赞叹。


九月二十日日暮酉时，睡了十二个时辰的辛弃疾醒了过来，在草草地洗漱、整装之后，在范若水的陪同下，来到后室书房，向范家老夫妇请安。在恭敬亲切的请安中，范若水突然向范邦彦提出"婚礼从简"的请求："爹呀，女儿和辛郎的婚礼，还是按最古老、最原始的仪式办理吧。"

范家老夫妇全然愣住了……

辛弃疾也蓦然发呆，他根本不知范老爷已下令全家开始婚礼的筹措，而是愧疚自己践期践约的急切赶路中，未顾及关于"隆重婚礼"的承诺，一时心疚茫然。

范若水的神情愈现认真："这种最古老、最原始的婚礼可概括为'四不'——不张罗、不操办、不告亲朋、不搞花轿迎娶。挟屋一间，两床合并，一停红烛，一炉香火，夫妻对拜，花烛礼成。简简单单多好啊，爹也省得花费银两了。"

辛弃疾愧疚茫然的心境似乎得到几丝宽慰，他感激若水为自己解窘，在短短的十天里,他确实无时无力实现其"隆重婚礼"的承诺啊!

范邦彦悄然而悟,女儿在探察那个异乎寻常婚礼的筹措情况啊。他故作昏庸地应和女儿:"独出心裁的见解啊!夫人,我看就按着女儿说的这样的婚礼筹措吧!"

范若水着急而嗔怪出声:"爹,你……"

赵氏浅笑而语:"你爹被你折腾得聪明了,这不总是由着你的性子来吗?随我到卧室去,我要听听你这'最古老、最原始'婚礼的想法。"

范若水感悟了,她走到范邦彦身边附耳低语:"聪明的老爹,女儿谢你了!"语毕,转身陪着母亲走出书房。

范邦彦怡然地捋须大笑。

辛弃疾在范邦彦的捋须大笑中缓过神来,这笑声是对若水"婚礼从简"请求的赞同吗?感谢长者的宽容理解,他心语喃喃:婚礼承诺之失,报之未来,报之一生啊!他拂去心头的自疚自怨,急忙从怀中取出三封信函呈上:"燕京雷公(名驰,字靖宇)、榆关陈公(名阵,字健夫)、大定柳公(名湜,字唯道)修书向伯父问好。"

范邦彦接过信函,察其为密封,遂收于怀中,放声询问:"燕京雷公、榆关陈公、大定柳公情状如何?"

辛弃疾稍做沉思,语出:"燕京雷公,躯体癯然,神色怆然,去年八月,因拒绝金朝中都府招用而遭监视,行动已失去自由;但其凛然之风,更受燕京士人学人敬重。雷公思维敏捷,虑事缜密,见识高远,一晤而有胜过'寒窗三载'之感。"

范邦彦吟叹:"忠义如故,豪气如故,靖宇真贤人啊!"

辛弃疾接着禀报:"榆关陈公,躯体颇健,神采奕奕,仍以武馆授艺为业,门下学子逾百,不乏官衙豪门子弟,故获讯息于三教九流,得秘闻于豪门官府,弃疾受教十日,确有阔其心胸,广其视野之感。更为幸者,陈公屈驾带领弃疾做金朝东京(今辽宁辽阳)和金朝上京(今黑龙江双城)之游。"

范邦彦赞叹:"壮心不改,胆气不改,健夫真英雄啊!"

辛弃疾继续禀报:"大定柳公,以富商大贾之姿,活跃于金朝之北京(今赤峰市),锦衣麖裘,雍容华贵;宝马香车,称雄街衢;慷慨大度,宾客盈门;财路所通,多金朝万户、蒙古王爷。故塞北风云变幻之状,尽揽于胸中。弃疾寄居府中十日,承蒙柳公关爱,携之身边,赐见赐闻,夜深人静,赐饮密室,赐教弃疾,弃疾屡屡有开窍启蒙之感。"

范邦彦高吟:"柳公唯道,名副其实,行副其实。幼安,此次北国之行,可有所得?"

辛弃疾着重回答:"有。得敌'离合之衅',得我'舆复之途'。"

范邦彦神情悚然,目光闪亮,凝神以待。

辛弃疾侃侃谈起:"金朝自我徽宗政和五年(公元1115年)建国至今,已有五十年头,经历了金太祖(完颜旻)、金太宗(完颜晟)、金熙宗(完颜亶)、金海陵王(完颜亮)四个时期,现时进入了完颜雍执政的时代。建国五十年后的金国,已失去了开创者完颜旻反对辽国压迫而奋起时那种'力农积谷、练兵牧马、会盟友邻、大胆进取'的精神,过早地陷入衰败的痼疾渊薮中。"

范邦彦听得认真,移座而前。

辛弃疾提高了声调:"二十多年来,金朝贵族内部,生死之争迭起:完颜亶杀完颜宗磐(金太宗长子)、杀完颜隽(金太祖子)而篡权称帝(是为金熙宗);完颜亮杀金熙宗而篡权称帝(是为金海陵王);完颜元宜杀金海陵王而拥立完颜雍称帝(今之金主),已使金朝贵族集团陷于四分五裂状态。近闻完颜雍的皇太子完颜允恭和庶长子完颜允中已开始了争夺储位的斗争, 其结果必然使四分五裂的完颜家族走向不可挽回的分崩离析。二十多年来,金朝统治者,热衷于穷兵黩武、挥师南侵,疯狂地推行'签军制度',使所辖各地的青壮男子尽入军营,仅河北霸州、雄州两地,被'签军'的青壮男子竟达五万之众。各地黎庶为逃避'签军'之灾,四处流亡,造成田地荒芜,粮棉锐减。民以食为天,民无食,金朝的统治能长久吗?在签军制度害民的同时,金朝统治者又疯狂地推行官田制度,任意夺取百姓的耕种田作为统治者游乐的牧场、猎场,断民生路。燕京周围五百里耕地,被征做金国皇帝的'御围场',仅保州、祁州、中山三府,就有二十多万顷耕田被征为官田。"

范邦彦听得专注,再次移座而前。

辛弃疾的声音更显激越:"在爆发的官逼民反中,除了恩州(今河北清河)、应天(今河南商丘)、沂州(今山东临沂)、绛州(今山西新绛)、同州(今陕西大荔)等地汉人揭竿而起外,最为醒目者,是敌之后方东京(今辽宁辽阳)有法通和尚举旗造反,反对金朝统治者的苛捐杂税和连年用兵,响应者数千之众,皆为女真族黎庶;敌之部属契丹族,在耶律撒八、移剌窝斡的领导下,举旗造反,多达万人,占据桓州(今内蒙古自治区多伦市),移剌窝斡竟自称'契丹皇帝';前年张公德远在'江淮备战'中派遣北返的天佑军节度使耶律斡罕及其五千兵马,现已壮大近万人,再度活跃在朔州地区,直接威胁敌之西京(今山西大同);敌之盟友、鸭绿江南岸的高丽国,也借机屯兵江边,窥视着金朝的变化,随时准备越江火中取栗;更为振奋人心者,是敌之部属蒙古族,竟然出现了一位不可小觑的人物。此人名叫合不勒汗,年约三十岁,有着鹰一样的凶猛、隼一样的敏捷、狼一样的狡诈,而且极有组织才能,已被蒙古高原的众多部落,推举为'全蒙古汗',公开亮出了'自行其是'的旗帜。蒙古族的反抗崛起,对金国统治者的打击是致命的,因为金兵凶猛铁骑的战马,都是来自蒙古高原,蒙古战马的中断供应,等于砍掉了金兵南侵的双脚。"

范邦彦听得入神,三次移座而前。

辛弃疾的神情完全陷入对金国形势的析理辩解中,声音更显得急切了:"分崩离析的现状,失道寡助的现状,已使完颜雍感到恐惧。他在进一步强化河北、山东、山西、陕西、河南等地的官田制度和签军制度,继续敲诈勒索汉人的同时,高声唱起了孔孟之道和尧舜之治;对其后方的女真人地区,推行'通检推排'法令,企图以改革赋税缓解民怨;对契丹族人大讲亲近,企图瓦解契丹人的反抗;对蒙古王爷大讲和睦,并以我朝进贡的绫罗绸缎、奇珍异宝进行安抚；对鸭绿江南岸的高丽人，大讲友谊邦定，并以我朝进贡的珠玉白银求盟结交；对于我朝，则高唱'议和'，高唱'叔侄共处''和平安宁'。孔孟之道的实质何在？不就是提倡德治教化，反对暴力刑杀式的武力兼并吗？黩武成性，南侵成习的金国统治者能做到吗？尧舜之治的实质何在？在于'禅让'，在于'和平交接'。凶杀成性，夺位成习的金国统治者能做到吗？完颜雍在行骗，金国的文臣、谋士和投靠金国的汉人学者也在帮着完颜雍行骗。这荒唐的骗局，全然暴露了金国统治者的无奈。这无奈的'离合之衅'，恰恰为我朝的发愤图强提供机遇和时间。"

范邦彦全然沉浸在辛弃疾鞭辟入里的论述中，一股由彼及己的感触从心底翻涌而起，冲出嗓闸："确乎斯言，善乎斯言！敌有'离合之衅'，我之'离合之衅'也许更为可哀啊！我朝不是也以'孔孟之道''尧舜之治'治国治军吗？二十多年来，为了赢得屈辱的'议和'，杀岳飞，张宪，罢吴璘、刘锜、韩世忠、贬张浚、李显忠，一波一浪，何时中断过？时到今日，恐怕也难找出一位敢打仗、能打仗、会打仗的统兵元帅了。二十多年来，热衷于那个丧权辱国的'议和'，为了'议和'成功，逐李纲、罢胡铨、张焘、辛次膺、陈康伯，贬御史谏官刘珙、王十朋、王大宝、汪应辰、金安节等，有的还是贬了又起、起了又贬，罢了又用、用了再罢。时至今日，陈康伯病亡，辛次膺致仕，偌大的朝廷，也许今后再也听不到抗金北伐的声音了。你在建康结交的朋友陆游，去年在早朝中，因为你鸣不平而被朝廷贬为京口通判，近日又因说了一句皇帝耽于宴乐而遭龙大渊、曾觌以'交结台谏，鼓唱是非'之罪而弹劾，皇帝信近臣之诬再罢陆游京口通判之职。昨日，陆游高吟着'重入修门甫岁余，又携琴剑返江湖。乾坤浩浩何由报，犬马区区正自愚。缘熟目为莲社客，伴来喜对草堂图。西厢屋了吾真足，高枕看云一事无'的哀歌返回了故乡山阴。你在建康结交的另一位朋友周必大，半年前因强烈反对龙大渊、曾觌除阁门事而触怒德寿宫，被罢去中书舍人之职，暂居京口，行节度使之权；前忽接诏令'奉召入京'，雾山雾水，祸福莫测啊！"

辛弃疾的神色更显凝重了，朝廷国策人事的变化莫测，让他的心战栗了。

范邦彦的话语更显激愤："我朝践行'尧舜之治'已经两年，'禅让'了皇位，也'禅让'了因循苟且和对'议和'的情有独钟，'孔孟之道'中的一个'孝'字，吞噬了皇上昔日的雄心壮志和'采石矶大捷'时的英武雄风，也许不要几个春秋，临安城中不会再有一个高呼'抗金北伐'的皇上了。'杞人忧天'，不是庸人自扰，是天真的要塌了。幼安，我要听一听你'漫游江河湖海'中觅得的'兴复之途'啊！"

辛弃疾神情大振，他拱手应诺，呷茶润喉，就要开口禀报。范若水兴高采烈地闯进书房，堵住了辛弃疾冲在嘴边的话语："辛郎，别为我俩的婚礼发愁了，母亲有旨，婚礼从简，一切由父母安排。爹，你快回房安歇吧，娘等着你哩！"

范邦彦顺从地站起，言犹未尽："杞人忧天！就是天塌下来，有皇上和朝廷大臣顶着，与我们何干？我的责任，就是为你俩的婚礼出力。原始古老，一切从简。任性的女儿，对吧？"

"爹，你真聪明。"范若水撒娇地推着范邦彦走出书房，回头望着辛弃疾语出，"辛郎，快回屋休息吧！明日，我俩畅游北固山！"

辛弃疾愣住了。

## 三　北固山之游

九月二十一日,秋高气爽,深秋的京口,呈现出江南岁月中最灿烂的景色。午前辰时,辛弃疾在范若水的引导下,开始了他俩畅游北固山之行。由于辛弃疾是初来乍到,不知道路情状,自然是一切听从范若水的安排。聪明多情的范若水已在昨夜听了母亲关于"婚礼模式"的训示后,悄悄地、煞费心机地筹划好了。

她首先选择了一条偏僻的、直接通向北固山后峰峰顶的道路。这条偏僻的山路长达五里,或弯,或折,或坎,或坷,或荒草蔓径,呈现着山路弯弯的苍凉。沿途山坡上老枝纵横的古枫,为盘旋而上的山路遮风挡雨,更呈现出北固山的沉重和壮烈。

辛弃疾驻足于中峰峰顶,回头俯视镇江军大营,但见营区静静,操场寂寂,偶有三五官佐懒散现身,更突显了军营的安逸和静穆。情之所逼,哀叹出声:"镇江军大营,真为昔日东吴孙权屯兵之所吗?"

范若水坦然作答:"此毋庸置疑!这条弯曲的山路不就是明证吗?传说这条山路是紫髯郎孙权为士卒快速登临北固山后峰要塞而开。山路修成之日,孙权着红甲红胄,乘火红骏马,扬鞭驰骋于山路之上,如一团火焰旋腾而起,杯酒尚温,已立峰顶。山谷回响,松涛轰鸣,人群欢呼。"

辛弃疾应和高吟:"壮哉,紫髯郎!雄哉,东吴大帝!"

范若水再谈传奇:"传说这山路依坡之古枫,亦为孙权亲手所植。"

辛弃疾语出惊道："何以孙权亲手植古枫,其射崖荫蔽山路之老枝,尽遭斫伐?"

范若水哀声作答："这就是现时朝廷栋梁重臣的政绩功德了。去年十一月,金兵统帅仆散忠义率领几十万兵马在江淮战区发动战争,朝廷震动,皇上惊骇,下诏罢去左仆射汤思退兼任都督江淮军马之职,诏令殿前都指挥使、同安郡王杨存中为都督江淮军马,前往治所扬州调集兵马,反击金兵南下。杨存中阴为接诏任职,但行至京口却驻足不前。今年春日,'隆兴和议'成,朝廷再次以玉帛买得和平,于是,春绿江南,春绿北固山,惊魂方定的杨存中兴致勃勃,决定乘轿登临北固山欣赏春景,恶古枫老枝碍轿通行而下令斫伐。"

辛弃疾一声吁叹,移目于北固山前峰,寻觅东吴宫殿楼台之所在。收入耳目的是古松森森,雾气腾腾,溪流潺潺,飞瀑隆隆;阳光射向壑谷,蓦地呈现出光怪陆离的缥缈和空虚。他的神情随之呈现出茫然和怆楚。

范若水察辛弃疾之失望,急语慰之："九百多年的风雨沧桑,泯灭了东吴草创时期的一切,泯灭了巍峨雄伟的宫殿,泯灭了东吴京口宫廷中悲欢交织的传奇。东吴孙权父兄三世苦心经营六十多年的谋略神韵、智勇艰辛,似乎都残存于北固山后峰的天造峻险和人文传说中。辛郎,我俩该沿着这道峻险的山脊北行,去拜访北固山后峰的奇丽景物了。"

辛弃疾点头。

按照范若水思谋已定的景点,辛弃疾穿过清晖亭,仰望着清晖亭东的九级铁塔,停步于北固山后峰东侧山坡的岩壁前,为岩壁上突显而出的"天下第一江山"六个大字所吸引。这六个大字,镌刻在高耸岩壁嵌着的一块巨大条石上,波磔华美,俯仰有度,用笔遒练,结构严谨,似乎以一种灵动磅礴的神韵气概,迎接游人的到来。范若水指点做着介绍："先声夺人啊!传说这六个大字,乃梁武帝萧衍所书。"

辛弃疾赞叹："梁武帝萧衍乃汉代名相萧何的二十五代孙,史称其人'六艺备闲,棋登逸品,阴阳纬候,卜筮占决、草隶尺牍、骑射弓马,无不奇妙',在南朝诸皇帝中,堪称翘楚。可惜在治理国家的和平年月,痴迷菩萨,走火入魔,忘却黎庶,远离贤者范缜等人,亲昵奸佞萧子良(竟陵王)、侯景(丞相)、曹思之(中书舍人)之辈,最后在侯景的拥兵作乱中被囚于建康台城,在'自我得之,自我失之,亦复何恨'的哀鸣中,被活活饿死。"

范若水有感:"历史的悲哀,人生的悲哀。六百年后的人们,都在这'天下第一江山'神奇的笔墨前,缅怀着'六艺备闲'的梁武帝萧衍,却忘记他颠顸昏庸、信佛入魔的荒唐。现时不是也有人为了与侵占他半壁江山的仇敌'和议'而走火入魔吗?辛郎,由此'拱门'而上,就是北固山后峰峰顶闻名天下的甘露寺了。"

辛弃疾登上北固山后峰峰顶,云水相映中的亭台楼阁突现出"寺冠山"的壮丽景象,耳闻心仪的甘露寺、多景楼、北固亭(亦称北固楼)、狠石、蹓马涧相依相托,各具特色,闯入心胸,他腾起了一股振奋心神的感慨,禁不住赞叹出声:"云水楼台,如诗如画。"

范若水应声:"辛郎也有唐代谪仙诗人李白的感受啊!"

辛弃疾不解。

范若水放声吟出李白的诗句:

> 丹阳北固是吴关,画出楼台云水间。
>
> 千岩烽火连沧海,两岸旌旗绕碧山。

辛弃疾惊讶:"谪仙人也来过此处?"

范若水释疑:"这四句诗出于李白的诗作《永王东巡歌》,想必是登临此山而作,抑或是乘船过此仰望而为。"

辛弃疾吁叹:"'吴关''烽火''旌旗',谪仙之所见,我愚不及啊。"

忽地一曲梵音从甘露寺传来,打断了辛弃疾的吁叹。范若水挽辛弃疾步入甘露寺。甘露寺内的大殿、老君殿、观音殿、江声阁等建筑,在云水缭绕飘动中,隐现着巍峨、辉煌、精巧和神秘,游人稀疏的寂寥,更增添了这神秘的沉重。

范若水踏着殿宇中传出的袅袅梵音,为辛弃疾的畅游作导:"甘露寺始建于孙策(字伯符)据有江东六郡之时,大约是东汉献帝(刘协)建安二年(公元197年),建寺时因甘露适降而得名,是孙策行使权力的官署。其所建殿宇、亭台、楼阁,乃孙策论事决策及家人居住之所,以三国时的'孙刘联盟''孙刘联姻'而闻名,更因'丹阳北固是吴关'的形胜所凝聚的霸气灵气而永存。九百年前的甘露寺,已毁于天灾人祸,眼前的这座甘露寺,为唐代太和年间(公元827—839年)唐文宗李昂恢复增辟,甘露寺也由官署变为佛寺,供僧人诵经居住。本朝大中祥符年间(公元1006—1010年),真宗皇帝重建。历史真是巧合啊,唐文宗李昂,有如梁武帝萧衍之所好,痴迷菩萨,走火入魔,懒于朝政,在朝臣李德裕和牛僧孺的党争中,昏庸无断,最终被身边的左神策中尉仇士良软禁而死,亦如梁武帝萧衍之悲哀;本朝真宗亦梁之萧衍、唐之李昂,痴迷神灵,广建宫观,劳民伤财,民怨沸起;在卫边保境上,畏辽军如虎,热衷议和,开创了我朝'以玉帛换和平'的恶例。历史真会作弄人啊,如此这般的三位皇帝,也会在这北固山留下了名声。"

辛弃疾沉吟:"善恶无遗,功过无遗,也许可看作是历史的一种公平。"

范若水引导辛弃疾停步于大殿台阶前,殿面五间,宽阔宏大,七根粗大圆柱,雕漆生辉,气势夺人。传说三国时的大殿是孙策召对部属处理军情政务之所,其形状规模,已不可知。眼前的这座大殿,为唐文宗李昂在原地上营建,沿用"大殿"之名,且从那时开始,已变为僧人诵经敬佛的经堂了。此时梆声、磬声和僧侣们的诵经声更加起劲地从大殿里传出,滞住了游人的脚步。范若水放声压着刺耳闹心的梆声、磬声说道:"传说东汉建安十三年(公元208年),曹操率领二十万兵马(号称八十三万)南下,刘备派其军师诸葛亮渡江来京口求援。孙权与诸葛亮的会谈就是在这座大殿里,谈判竟日,达成

'同力破曹'的'孙刘联盟',孙刘以五万兵马大败曹军二十万兵马于赤壁,从而开创了魏、蜀、吴三分天下长达八十年的一段历史。"

辛弃疾哀叹:"魏、蜀、吴三分天下的历史过去了九百多年,当今宋、金、西夏、西辽、大理五分天下的形势又出现了。我朝偏安江南,我朝的孙权在哪?消失在这刺耳闹心的梆声磬声中,消失在这失去昔日豪情壮志的大殿中,消失在这被人遗忘的英武历史中,也消失在游人瞻仰'丹阳北固是吴关'的怅然踌躇离去的脚步声中。"

范若水的心情也凄然沉重了,她引导辛弃疾走向传说中曾为孙权寝居之所的老君殿。老君殿与大殿一样,也是殿面五间,廊檐高耸,气势雄伟。但不知何种原因,一把铁锁封门,更增加了范若水心情的沉重,她挽着辛弃疾走向传说中吴国太召见刘备的观音殿。

观音殿,三间开面,结构精巧。传说此殿的形状,完全是按照三国时的原型建筑的,原名"观世音殿",唐文宗李昂避讳唐太宗李世民的"世"字而改名"观音殿"。

辛弃疾步入观音殿,除一尊女相菩萨塑像坐落在殿堂中央外,殿内空空荡荡,连祭案上的烛台香炉,也堆积着一层陈旧的烛泪香灰。辛弃疾举目茫然,一颗崇敬瞻仰的心,骤然间也凄然哀痛了。范若水急忙作解:"史书上没有吴国太的名字,因为她是女人;庙堂里没有吴国太的形容,因为她是女人;这观音殿,是吴国太相亲决定'孙刘联姻'的圣地,却空空荡荡地不留一丝历史痕迹,还是因为她是女人。"

辛弃疾空荡哀痛的心胸,被范若水苦涩怨恨的话语撞击着,他神往而语出:"吴国太,一位不曾留下名字的女人,却是历史上鲜有的一位奇女人。稗官野史和民间传闻没有忘记她,口口相传,她的业绩已在黎庶心中生根成碑了。她的大奇有三。其一,奇在婚姻。她生于吴郡(今苏州),父亲吴辉(字光修),为东汉朝廷奉车都尉,后移居钱塘。她天生丽质,美艳绝伦,有'钱塘美女'之誉;且聪颖超凡,胆识超凡,钦慕郡县小吏孙坚(字文台)的英气谋略而嫁之,与孙坚并马驰骋于混乱的疆场,呈现出江南女子罕有的英烈气概。不让须眉,胜过须眉啊!其二,奇在生育教养。她生有四子一女,个个都是生有奇闻相伴:梦月入怀而生长子孙策,梦日入怀而生次子孙权,梦星入怀而生三子孙翊(字叔弼)、四子孙匡(字季佐)、女儿尚香。长子孙策,英烈果敢,刚毅大度,有'战神'之称,十六岁收领父亲残部千余人,纵横江南,九年之间,据有丹阳、吴郡、会稽、庐江等六郡,在江东地区创立孙氏政权;次子孙权,隆准紫髯,胸富甲兵,十八岁继父兄基业,周旋于群雄之中,无往不胜,称帝于武昌,国号吴,迁都于建业(今南京),与曹魏、刘汉成三足鼎立之势;三子孙翊,剽悍果烈,有孙策之风,任扬州太守,抗拒曹魏,声势赫然;四子孙匡,聪颖大度,博学强记,妻曹操族弟曹仁之女,不幸弱冠而逝;女儿尚香,资兼文武,才貌俱佳,精于剑术,其言行举止有母亲之风。民间流传'倚井教子'一事,可窥见吴国太'教子有方'之一斑。孙策初据会稽郡,会稽功曹魏胜(字园林)刚毅正直,不阿权势,有一事违孙策之旨而拒行,孙策三申,魏胜三拒。孙策怒,下令逮捕处斩,部属是魏胜之行而惧孙策之威,不敢谏阻,急禀吴国太。时吴国太正在井边汲水,急召孙策井边答对:'治人者何者为要?''礼贤下士,尊贤任能。''处事者何者为先?''明了事体,慎审而为。''会稽郡情势如何?''会稽郡初定,会稽望族仍在观望中。''魏胜何人?会稽望族中之一员。魏胜所犯何罪?违背治者意旨。治者意旨全然正确无误吗?'孙策猛省,双膝跪倒,坦然认错,亲释魏胜,为其设宴道歉,并重奖其忠信不阿。会稽望族,嘉孙策之所谓,诚心归附。其三,奇在决事决策。汉建安十三年,在'孙刘联盟'的过程中,东吴群臣赞成者寡,反对者众,且反对者多为位高的老臣。吴国太审时度势,巧妙运筹,从柴桑召回主战的东吴兵马统帅周瑜,协助孙权做出'孙刘联盟'的决定;翌年(公元209年),为了控制赤壁大战中从曹操手中夺回的战略要地荆州,'孙刘联盟'濒于瓦解,吴国太从大局出发,精巧安排,以'甘露寺相亲'保护了渡江南来的刘备,以'孙刘联姻'巩固了'孙刘联盟'。"

范若水喜极而呼："历史无言，人心有声。人心毕竟是公道的。辛郎，你仔细瞻仰，这尊菩萨塑得有些离奇，全然是一副女相。有江南女子的秀美、温柔和大方，也许当年塑造这尊菩萨的匠人，就是按照自己心中的吴国太的形容神态塑造的。辛郎，我俩该挽手同心，向这尊大奇、大慈、大悲的吴国太塑像顶礼膜拜啊！"

辛弃疾与范若水跪拜在女相菩萨的塑像前。

辛弃疾在范若水的引导下，走向倚江僻静的江声阁。传说这座诗一样美妙名字的屋宇，是孙权之妹、吴国公主孙尚香的居所，也是她与刘备成亲的花烛洞房！而今只是庑屋几间，短松几棵，怪石几块。剩有的几间庑房，也成了僧人寝居的僧舍。

辛弃疾和范若水在僧人的引导下走进僧舍，简单的床榻和褥被，简单的清苦，把传说中的美好、庄重、神韵涤荡得干干净净，不留一丝痕迹。

辛弃疾悲滞于胸，他猛地推开窗扉，眼前豁地一亮，长江就在脚下，江风、江云、江色、江声一齐拥入，似乎骤然间送来了九百年前那股英雄豪杰竞技相搏的风云，他的心胸忽地开阔了。范若水迎着江声发出清脆响亮的高吟声——

　　枕中云气千峰近，床底松声万壑哀。
　　要看银山拍天浪，开窗放入大江来。

辛弃疾连声唱赞："好一句'开窗放入大江来'！若水，你在用想象中大江飞入的磅礴神奇，为九百年前的'孙刘联姻'招魂啊！"

范若水急辩："辛郎谬误了。这首诗是本朝'三代宰辅'曾公亮（字明仲）所作的《宿甘露寺僧舍》。他老人家辅佐仁宗、英宗、神宗三位皇帝，以老成持重闻名，在夜宿这座僧舍中，大约不会想到九百年前那桩'孙刘联姻'；就是真的夜有所思，是断不会像辛郎一样坦直说出来的。"

辛弃疾赞叹有加:"老成持重的曾仲明老前辈,竟有'开窗放入大江来'的浪漫情怀,越发令人敬佩了。此人在英宗治平年间(公元1064—1067年)曾奉诏立太子,是为神宗皇帝;在神宗熙宁年间(公元1068—1071年),曾荐举王安石'大才可用',并参与了王安石的'熙宁变法';更为可敬者,在仁宗康定年间(公元1040—1041年),曾奉诏与枢密副使丁度(字公雅)编辑《武经总要》,阐注古代兵法和本朝边事计谋方略,为本朝有关军事的第一部专著。我甚仰之念之,多年来留意搜寻,终不可得,传说已毁于靖康浩劫之中。"

甘露寺外一阵嘈杂的欢闹声爆起,惊扰了僧舍里的辛弃疾和范若水。他俩走出僧舍,嘈杂欢闹声原是从甘露寺外北侧的多景楼传来,而且伴有管弦之音。范若水挽着辛弃疾依着院墙寻得后门前往,一座华丽绝伦的碧瓦红楼呈现在眼前。

多景楼,北固山风景最佳处,游人各尽其欢的仙境,与天下名楼黄鹤楼、岳阳楼齐名,其楼名取自唐文宗时宰相李德裕(字文饶)的诗句"多景悬窗牖"。

"多景悬窗牖",名不虚传啊!其楼二层结构,回廊环绕,集歌场、舞场、茶场、酒场之胜,使游人流连忘返。楼阁四周井然有序的文物、香囊、市食、蒸作、杂耍等摊点的叫卖吆喝声,张扬着京口吴郡的民俗习尚。范若水高吟着本朝大文学家曾巩(字子固)的诗作《多景楼》以张扬这壮观:

欲收嘉景此楼中,徙倚阑干四望通。

云乱水光浮紫翠,天含山气入青红。

一川钟呗淮南月,万里帆樯海外风。

老去衣裾尘土在,只将心目羡冥鸿。

辛弃疾在范若水的吟诵声中,注视着这座华丽建筑的天水相托、奇景异姿,注视着楼下歌台的管弦交响,注视着楼上舞场的长袖拂空,只觉似曾相识,这不就是九百年前孙尚香居住的江声阁吗?这座华丽的多景楼原来是按照江声阁的模样建成的。他注目于楼面的匾额,"天下江山第一楼"七个大字赫然生威,他的神志忽地归位清醒了,这是本朝大书法家米芾的笔墨真迹啊!楼下歌台传来的琴音歌声,应和着辛弃疾清醒的心神传来:

多情多感仍多病。多景楼中,樽酒相逢,乐事回头一笑空。　停杯且听琵琶语。细捻轻拢,醉脸春融,斜照江天一抹红。

范若水作解:"这是苏东坡吟出的一首《采桑子》。传说本朝元祐六年(公元 1091 年),苏东坡徙扬州,与文坛名家孙巨源、王正中相逢于多景楼,照例是饮酒、赏景、听曲、吟诗,这首《采桑子》当是苏东坡心情的祖露。孙巨源、王正中自然也有唱和之作,可惜没有流传下来。"

辛弃疾吁叹:"天有病,人知否?苏东坡毕竟是清醒之人,'乐事回头一笑空'。"

范若水急忙为辛弃疾消愁:"辛郎别忘了,这首《采桑子》的最后一句,是'斜照满天一抹红'啊!"语落,挽辛弃疾走向多景楼东侧的一个奇特景点——狠石。

狠石者,一块形若无角羊状的巨石,卧于甘露寺后花园水池之滨。九百年的风雨沧桑,花园消失了,水池消失了,遗留的这块孤零零的羊状巨石,却为当年的"孙刘联盟"和"孙刘联姻"承载了千古不朽的佐证。

范若水忙为辛弃疾解说:"传说刘备与孙尚香婚礼大典的第二天午时时分,孙权来到江声阁看望刘备,以示郎舅之亲,并携手同游后花园。刘备深知此处非久留之地,见水池之滨的这块奇异的巨石,顿生卜吉问凶之意;遂抽出佩剑,仰天默祷:'我若能返回荆州,成帝王之业,剑落石裂;若命该丧此,剁石不开。'祷毕,手起剑落,石裂成线,深过寸余。刘备大喜。孙权询其意,刘备以'为汉室祈福'作答。孙权知其诈,亦抽出佩剑,仰天默祷:'我若能讨回荆州,成帝王之业,剑落石裂;如若不能,剁石不开。'祷毕,手起剑落,石裂成线,深过寸余,与刘备的剑痕交叉,成'十'字之状。孙权大喜,刘备询其意,孙权以'为曹贼问凶'作答。两人相视而大笑。唐代诗人罗隐(字昭谏)拜谒北固山,曾为狠石赋诗。其诗曰:'紫髯桑盖此沉吟,狠石犹存事可寻。汉鼎未安聊把盏,楚醪虽美肯同心?英雄已往时难问,苔藓何知日渐深。还有市廛沽酒客,雀喧鸠聚话蹄涔。'"

范若水吟诵声落,辛弃疾赞叹声起:"罗隐一代奇人,十举进士不第,属坎坷煎熬之人,所见所语,终不同凡响。'汉鼎未安聊把盏,楚醪虽美肯同心'两句,道出了'孙刘联盟'的共同需要,也道出了'孙刘联盟'走向解体的必然,公正地为九百年前的'孙刘联盟'作解啊!"

范若水高声为辛弃疾唱赞:"辛郎亦与罗隐同心啊!"引导辛弃疾举步攀上北固山后峰绝高处的北固亭。

北固亭,北固山的头颅,北固山的眼睛:亭为八角,其柱灿然,其檐翼然,其势高、险、奇、美,西望荆襄,大江汹涌而来;东望吴、会,大江滚滚而去;北望淮南,扬州清晰可见;俯视脚下城郭,如诗如画,美不胜收。也许因为高、险、奇、美至佳至绝,上天妒之,人间妒之,神灵妒之,世俗妒之,天生一位美丽、刚烈、苦命的女子孙尚香,为这个高、险、奇、美的北固亭,增添了一段绝美的凄凉传奇。

相传东汉献帝延康元年(公元220年),曹操之子曹丕,建国于许昌,国号曰"魏",年号曰"黄初";次年(公元221年)刘备建国于成都,国号曰"汉",年号曰"章武";再次年(公元222年)孙权建国于建业(今南京),国号曰"吴",年号曰"黄武"。三国鼎立,"孙刘联盟"解体。孙权诡称母病,骗得其妹孙尚香回吴侍亲,同时起用名声不显的吕蒙为帅,谋取荆州。吕蒙不负孙权所托,出手霹雳,一个月内,攻取公安、南郡,袭取荆州,截杀关羽。蜀汉章武二年(东吴黄武元年,公元222年),刘备亲率大军伐吴,自巫峡连营至彝陵(今湖北宜昌),声势赫赫,呈必胜之状;孙权知人善用,起用陆逊(字伯言)为大都督率军迎战,吴蜀彝陵之战爆发,决战于猇亭(今湖北宜都长江北岸)。陆逊以固守疲惫蜀军,两个月闭营不出,窥其蜀军疲惫而气衰,方全军发起进攻,以火攻击蜀军战船,连烧蜀军四十余营。蜀军大败,刘备逃至白帝城,愧愤交加,次年病亡。孙尚香闻得刘备死于军中,亲临北固亭焚香遥祭,西望痛哭,纵身投江,刚烈殉情。北固山又多了一颗不朽的灵魂,供后人瞻仰凭吊。

辛弃疾心潮澎湃,思绪翻腾,吟诵声起——

何处望神州,满眼风光北固楼。千古兴亡多少事,悠悠。不尽长江滚滚流。 年少万兜鍪,坐断东南战未休。天下英雄谁敌手?曹刘。生子当如孙仲谋。

范若水惊喜而呼:"辛郎,你这一句'生子当如孙仲谋'的呼号呐喊,荡气回肠,振聋发聩,此刻我的一颗心真的快要跳出嗓闸了。"

辛弃疾急忙抚范若水以慰之。

范若水以豪情回答:"辛郎勿虑,我此刻的心态,没有忧虑,没有恐惧,只有激越。这句'生子当如孙仲谋'的凌空出世,爽朗如晴空丽日,霹雳如雷电天马,我将尽其所能,使这首胆气冲天的《南乡子》响彻京口,响彻建康,响彻临安城!辛郎,你不虚此行,我们该向这北固山告别了。"

辛弃疾应诺。两人沿着甘露寺西侧两面山崖夹峙的溜马涧——九百年前刘备与孙权并马驰骋的坡路,走向山下如诗如画的京口城。

秋色、岸柳、山气、江风、菊香、枫红、楼阁呈彩、亭台竞秀、管弦争鸣、人群熙攘、车辚马嘶,呈现京口城的钟灵毓秀。特别是城中最高处的望海楼,背依北固,面濒长江,旁视甘露,左睨金山,右睨焦山,如两扇画屏障立,呈现出天造雄伟之奇。其楼高逾百尺,雕梁画栋,彩绘飞檐,回廊伏波于江雾之内,栏杆隐现于山气之中，呈现出人工绰约之巧。其楼左右两侧，有精巧绿色小屋庭院数座，其名曰"江风居""江月居""江涛居"等，皆红砖绿瓦，高台回廊，各具风采：或为短松遮掩，或以翠竹为屏，或以花木为伴，从各个角度，以各样姿态，拥戴烘托着望海楼，与望海楼融为高低和谐、相依相托的整体，呈现出江南文化底蕴之美。其唯一功能，若汴京"春官居"，若临安之"班荆驿馆"，迎送、接待、宴请朝廷高官、各路将领、各地富商大贾、各类特殊人物；其华丽壮观，因建筑于本朝仁宗皇祐年间(公元1049—1053年)，有着明显的时代特征——逾汴京"春官居"三分，逾临安"班荆驿馆"五成。此时，红日西偏，江风微微，山气蒸腾，望海楼显现出缥缈中的朦胧。

辛弃疾停步于长长宽阔的白玉台阶下，仰望着本朝书法大家蔡襄(字君谟)挥笔题额"望海楼"三个以丈见方的大字，全然沉迷于这天设人造的奇异景观中。范若水低声吟诵着本朝书画学博士、大书法家米芾的诗作《望海楼》，伴随着辛弃疾的观赏和遐思：

> 云间铁瓮近青天，缥缈飞楼百尺连。
>
> 三峡江声流笔底，六朝帆影落樽前。
>
> 几番画角吹红日，无事沧海起白烟。
>
> 忽忆赏心何处是？春风秋月两茫然。

辛弃疾接着范若水的吟诵声吁叹："书、画、诗三才兼备的米南宫，'颠'得慷慨，'颠'得深沉，'颠'得多情，'颠'得望海楼千古流芳啊！"

辛弃疾挽着范若水快步攀登"白玉台阶"，及半，忽见一位身着戎装的将领和二位分别身着紫、蓝宽袖长袍的文士从楼内谈笑而出。范若水看得真切，心喜而停步侧身回避。辛弃疾注目细眺而诧异："那位身着蓝色长袍的文士不就是管家郭叔吗？"

范若水伴作细眺，适郭思隗与那位将领和那位紫色长袍文士走下丹墀，右拐,向着青藤为篱笆的"江风居"走去。范若水舒了一口气回答:"我看像是郭叔。"

"那位将军是谁?"

"是镇江军都统制戚方将军。"

辛弃疾早闻其名:"是濠州抗金守将戚方将军吗?"

"正是此人。现时都督江淮军马、同安郡王杨存中不在京口,他就是京口最大的官。"

"那位身着紫色长袍的文士是谁?"

"他不是文士,而是官员,是京口知府刘刚大人,是个爱民拥军的好官。这座望海楼和楼上大厅里的那幅书法极品——《醉颠望海楼》都由他管!"说话间,范若水挽着辛弃疾向望海楼走去。

# 四 俊彩莹莹辛大姑

郭思隗的组织才能确实是无与伦比的,在短短的八天里,就搞定了辛弃疾和范若水奇特辉煌婚礼所需的一切。

九月二十九日午后未时,婚礼拉开了序幕。望海楼悬灯结彩,男女侍者礼服盛装地列队门前,郭思隗和辛茂嘉以主人的身份,迎接络绎不绝的亲朋至友;江风居廊檐下的喜灯、喜幛与青藤篱笆庭院里翠竹短松上的喜带、喜球交相辉映,展现着婚礼的喜庆辉煌;特别是望海楼前长长的宽阔的台阶下,用翠竹、松枝、鲜花、红枫搭建的一座高大的迎亲台,矗立于侨徐大街一侧,一条红色地毯由迎亲台直达江风居,展现着婚礼的喜庆庄穆;这三者浑然一体,形成了一幅奇特的立体"告示",告知京口的人们:明天,齐鲁壮士辛弃疾将迎娶"河朔孟尝"和"宗室公主"的女儿范若水为妻。果然,这幅"告示"吸引了邻近的黎庶和来往的行人,他们奔走相告,爱凑热闹的人们纷纷奔向望海楼。

午后申时时分,建康嘉宾二十多人策马结队来到望海楼前的迎亲台。建康府衙官员史正志、韩元吉、赵彦端皆文士装束,着宽博长袍,戴紫罗"东坡巾",腰束红色丝绦,神情昂扬而优雅。建康四大勾栏的杖子头各带五名艺伎前来。这支色彩艳丽、阵容壮观的马队,在进入京口城后,就放松了马缰,在信马由缰的缓行中,谈笑风生,狂侃辛弃疾,狂侃范若水,狂侃这桩天作之合的婚姻。他们的言行引起了街道两侧人们的关注,遂跟踪随行,并不停地招徕沿街闲散凑趣人们加入。当马队行至望海楼台阶下,其跟踪随行的观赏凑趣者,已达二三百人之众。

史正志等嘉宾拾级而上,这群嘈杂的观赏凑趣者也蜂拥随行,使望海楼宽阔平台上列队迎接的男女侍者心惊神慌,一时不知所措。郭思隗和辛茂嘉连连赞叹,急忙奔下宽阔的平台迎接。

就在郭思隗、辛茂嘉与建康嘉宾相见的喜悦中,一辆华丽的双马四轮轿式马车辚辚作响地沿着宽阔的侨徐大街向望海楼奔来,众人同时息了声响回头望去。

飞奔的华丽马车前是一匹红色骏马作导,马背的汉子身着红色披风,凌风飘展,宛若一片红云;马车后是四匹红色骏马护随,马背上的汉子皆头裹红巾,身着红色紧装,外加红绣捍腰,人马合一,宛若四团火焰;扶轼执缰而立的驭手身着紫衫,头戴紫色幞巾,健美干练,收放自如,其驭术之精,有古之驭圣王良、造父之技。

华丽马车奔至望海楼下的迎亲台,戛然停歇,车前车后的五匹骏马,同时发出激扬的萧萧嘶鸣声,接着是响亮的喷鼻声。马车前马背上的汉子跳下马鞍,快步奔入台阶上熙攘的人群中,拨开人群,奋力而上;马车后马背上的四位汉子,同时跳下马鞍,恭立于轿门一边,执礼待命。

望海楼临近马车的观赏者,随着跳下马鞍的四位汉子的举止,把目光移向华丽的马车,刹那间,全都目瞪口呆了。

这是一架从未见过的华丽马车啊!

这确实是一架不寻常的华丽马车。首先映入眼帘的是通体鲜亮棕红的车体,车体顶部巨大的蝶式花冠,车体四周顶部饰垂的闪亮流苏,车体四角巨大透亮的琉璃华灯,琉璃华灯下吊挂的五彩锦绣菊花结……

郭思隗注目察看,那位身着红色披风的汉子不就是"西湖浪子"吗?他喜极出声:"是临安来的!是致仕宰辅辛次膺老大人的马车啊!"

这一声呼号,惊动了身边的建康嘉宾。

史正志等人惊喜不已，急声催促郭思隗速速迎接。郭思隗拱手致谢，偕辛茂嘉快步穿过沉静的人群，奔向马车迎驾。

马车轿门上的珠玉门帘被挑起，一位十五六岁的少年跳下马车，神情昂扬，风度翩翩。高高台阶上期盼观赏的人们全都愣住了。就在人们呆愣之际，一位四十多岁的妇女出现在轿门前。这位中年妇女身着红罗销金珠绣袍帔，头顶珠玉翠钗朝天髻，形容端庄，高贵典雅，由四位身着红色劲装的汉子搀扶下车，人们惊诧地发现，这四位身着红色劲装的英俊汉子，原来都是女的。

高贵典雅的中年妇女，环视四方，发出赞叹："险哉，北固吴关！巍哉，依山面江的望海楼！美哉，五彩呈祥的迎亲台啊！"

郭思隗陡地恍悟，辛大姑，辛老唯一的女儿辛大姑啊！此人芳名不显，人皆以"辛大姑"称之。传说其人性聪颖，嗜诗文，近年来侍奉于辛老身边，佐以处理日常事务，善度善豫，果敢精细，在接触的人群中有"俊彩莹莹"之誉。

郭思隗、辛茂嘉在"西湖浪子"的引导下急忙趋前施礼恭迎："向大姑请安，大姑一路辛苦。"

辛大姑含笑点头，出语云淡风轻："老父得知幼安大喜之期，欣慰至极，赞声连连。奈何体弱多病，不堪远行，特命我代其责而至京口，'会桃花之芳园，序天伦之乐事'，何辛苦之有！况且，有王伯玉的华丽马车代步，有王府四位英俊的靓女陪伴，有王府驾驭圣手刘郎执鞭，五百里路程风驰电掣，舒心畅怀啊！你是范府管家郭大人吧，我代年迈的父亲向你致敬，感谢你为幼安的婚事筹划操劳！你是十二侄茂嘉吧，一表人才，有齐鲁男儿的气概，为我们辛家增光了！祐儿，快向你郭叔行大礼，也向你十二哥行见面礼！"

少年辛助（字祐之）乃宰辅辛次膺之孙，遵姑妈指示，向郭思隗行跪拜之礼，向辛茂嘉行揖拜之礼。

辛大姑高声询问："幼安现在何处？"

郭思隗急忙禀报："按此地风俗，幼安现在新房江风居，恭候大姑亲临主持明日的婚姻大典。"

辛大姑慨然应诺："带路！去江风居！"

辛大姑走进江风居，辛弃疾给她的第一印象是高大、英俊、爽朗，有着浓重的齐鲁汉子的气概，特别是一双目光带有棱芒的眼睛，展现了男子汉罕有的刚毅和大胆。在短暂的交谈中，辛弃疾的霸气和坚定深深地震撼着她。她赞赏这种霸气，她认同这种神韵，果如父亲所语——幼安乃辛氏族门的千里驹啊！她全然喜欢上了这个乍识的侄儿了。在谈笑中，她婉拒了下榻比邻小院江月居的特殊安排，矜然以辛家长辈的身份住进江风居，切切实实地当上了辛弃疾的姑妈。

辛弃疾在这个俊彩莹莹的女人走进江风居的骤然之间，奇异地感到一股久别的气息迎面扑来。这股亲切的气息，是乡音，是乡情，是对故乡齐鲁特有的思念。在和这个女人短暂的交谈中，他奇异地生发了家庭的感觉、家庭的温暖和依靠。族姑，毕竟有同姓同宗之亲啊，对一个因国难而家破人亡的孤儿来说，就是亲的姑妈；对一个离开故乡、离开山寨、"决策南向"的归正人来说，更是一种难得的亲情慰藉。再说，族姑一家，不也是三十年前跟随当时的皇九子(赵构)南渡而寄居于临安的归正人吗？他突然感到从未有过的一股热浪在胸中沸起，冲散了感情深处的伶仃凄凉，他认同这个姑妈。

辛大姑以姑妈的身份决事了，她留侍女于江风居，熟悉厅堂屋舍、杯盘锅灶；她留辛祐之与辛弃疾共话齐鲁辛族的渊源支流和临安辛府情状，深化兄弟之欢；她征得范府管家郭思隗的恭然唱喏，按照江南习俗中"大礼前一日，男方送冠帔花粉之物至女方，以催嫁女早做打扮"的喜例，命辛茂嘉携带礼物作导，驰马直奔镇江军营内的"流溪修竹"，拜会亲家翁婆。

"流溪修竹"主人正在欣赏家人为明日"女儿出嫁"而装饰的喜带、喜联、喜幛、喜灯和送嫁宾客的酒宴摆设的喜悦中，接到管家从望海楼遣人送来"辛大姑已抵京口"的报告，他俩悬于心头的一块石头落肚，欣喜若狂。赵氏神采飞扬地说道："'西湖浪子'虽然不曾请得辛次膺大人驾临京口，能请得这位女公子前来，也算是不辱使命、不负所托了！"

范邦彦高声唱赞:"宰辅辛大人终不愧是身居庙堂二十载的中枢重臣啊! 这位辛大姑的驾临,是幼安和若水的福气,也是我俩的运气啊! 夫人明察,若这位亲家祖公大驾光临,年事已高且不去说,其地位、身价、人望、派头,能使这个婚礼活泼炽热吗? 能使参加婚礼的朋友轻松欢快吗? 能使幼安和若水小两口自由自在吗? 就连我们老两口不也得端出一副恭敬惶恐的样子竭尽全力侍候吗? 弄得不好,还会给幼安招来附势之嫌。这位女公子来得好啊,听说此人有'豪气慧心,不同凡响'之誉,大约也似我等任性而不拘小节的人物,可嘉,可敬,可赖其写出这奇特婚礼的最后一笔!"

赵氏笑了,吩咐身边的范若湖:"以酒代茶,迎接这位贵宾!"

范邦彦高声附和:"妙极! 当按照江南习俗中'大礼前一日,迎接男方来宾'的喜例,置大杯,列九杯连环酒阵,举嫁女美酒'女儿红',试一试我们这位亲家姑的酒量!"

范若湖应诺。

傍晚申时三刻,辛大姑在辛茂嘉的引导下走进喜气洋洋的"流溪修竹",范家老夫妇率领全家上下人等恭迎于柴门外,以示隆重亲切。范若水按照江南习俗应深居闺房回避,但其性情使然,她潜居于前堂左侧一室,透过窗隙,窥视着这位从临安飞来的辛家大姑——仪态美好,气宇轩昂,柔中含刚,俊秀中含有几分豁达。传闻不假,果然是"俊彩莹莹"啊!

辛大姑被请进厅堂,三张几案上红绸系颈的"女儿红"酒坛和分置的九杯连环酒阵,气势磅礴地跳入眼帘。她心潮涌动了。细微处见真情啊,这是范邦彦的本色,这是赵氏的雅意,这是江南习俗中两亲家结心结情的隆重安排,是马虎不得的。她不等主人开口,抢先举起酒杯,拱手为礼说道:"谢公主雅意,谢范兄盛情,辛家妹子先饮为敬了!"语毕,连饮三杯,亮杯见底。

范家老夫妇连呼"爽朗! 痛快!"同时举杯回敬,各自连饮三杯。

酒能见心,酒能通神,九杯连环一下子拉近了姻缘亲家情感。宾主三人神奇地生发了"不似故交,胜似故交"的豪情。

范若湖和辛茂嘉侍酒于侧,及时地为宾主斟酒助兴。

辛大姑放下酒杯,从怀中取出一封贴有红绸喜带的信函奉上,并执礼禀告:"家父仅以感激敬慕之心,向公主请安,向范兄问好!"

范邦彦接过信函,取出笺纸阅览,果然是辛老的亲笔函示。辛次膺亦宋代书法大家,以汉隶闻名于朝野,其鲜明特征,在于用笔朴厚劲媚,结构方正端庄,风格雄强古拙。览其"函示",抬头、留格、"公主"之称,尽现尊重之礼;"贤侄"之称,尽现亲切之情。其"函示"内容:

> 此函示亦作"细帖子"奉上,以赎迟发之愆。范辛联姻,蒙公主、贤侄赐爱恩准,不胜感激,不唯孙儿弃疾三生有幸,辛门亦荷深恩。特遣女儿京口致谢,并听从公主、贤侄差遣……

范邦彦览毕,急交赵氏。赵氏览而有感,语出情切:"'此函亦作细帖子,有情有义,震撼人心啊!位居庙堂的宰辅大臣,竟以民间老人之姿,以江南习俗为典,亲自呈送细帖子为孙子求婚,亘古少有啊!范郎,快举起酒杯,为我们远在临安的亲家祖翁祝酒致谢!"

范家老夫妇同时举起酒杯,面向临安,向辛次膺致敬。

辛大姑急忙起立举酒,代父回敬亲家翁婆,碰杯而欢。然后她从辛茂嘉手中接过一具红漆琴匣奉上,并执礼禀告:"家父得知若水聪明颖慧,才貌俱佳,博闻强记,酷爱诗词,尤精音律,有才女之誉,欣喜至极,关爱至极。在这大礼前一日,不敢以冠帔花粉之物相扰,仅以家藏古琴一张作贺,祝两位年轻人琴瑟友之,偕老百年。"

"这也是江南习俗中'大礼前一日,男方家给即将成为儿媳者送来礼物'的礼数啊!"赵氏赞赏着老人的用心,接过琴匣,取出古琴,置于几案,欣而赏之。其琴呈扁形长方体,通体髹漆,长约四尺,宽约六寸,七弦排列,一端支于"岳山",一端绕过"龙龈"系于背面"雁足"。凝眸细览,桐木为面,梓木为底,丝线为弦,俱呈绿色。

"难道这就是传说中汉代才子司马相如弹唱《琴歌》的古琴'绮绿'吗?"赵氏手指轻拂,琴音铮铮,清朗而悠扬,旋绕于梁间,她喜而诵叹,"堂上之音,治世之音,抒心销魂之音,高山流水之音,果有琴鸣而'得其数''得其志''得其人'的绝妙感受啊!"

范邦彦应和着夫人的诵叹而唱赞:"好一个'琴鸣而得其数、得其志、得其人'的绝妙感受!夫人,这是先贤孔子向鲁国乐官师襄子学琴时苦苦追求的一种境界吧。他老人家是否进入了这个境界,我们不得而知,可今日,我与夫人真的进入了这个美妙幸福的境界了。琴鸣而'得其数':幼安与若水的婚姻,以琴为媒,以词为魂,建康驿馆月明之夜,岳元帅遗作的一首《小重山·昨夜寒蛩不住鸣》,联结了两个青年男女素不相识的心,这种'天作之合'的恋情,不就是'天数',不就是千里有缘的'得其数'吗?琴鸣而'得其志':在这怀忧含戚的年月,何志为上?志在中原,志在北伐,志在收复故地,志在'江湖觅宝镜'。辛范两家'明月同好'的联姻,幼安和若水'绿杨同春'的结合,不就是'天遂人愿'的志趣的结合,不就是'人符天意'的'得其志'吗?琴鸣而'得其人':人以群分,人以德为尚,人以雄为杰。天可怜见,赐我一位资兼文武的辛弃疾,使我有'东床坦腹'之喜;天可怜见,赐我一位德高望重、纯信骨鲠、砥柱庙堂的亲翁,使我有'高山仰止'之幸;天可怜见,赐我一位俊彩莹莹、豪气慧心的辛大姑,并亲临京口拂照,使我有海风天雨之爽。天视自我已视,天听自我已听,天以辛门三代英杰赐我厚我,范某和夫人突然天高而明、地厚而平啊!"

赵氏抓住时机,应声唱赞,向辛大姑发出求助的信号:"'突觉天高而明、地厚而平'者,岂止我与范郎二人。镇江军营将领,京口府衙官员,建康府远道而来的朋友,京口城里仰慕幼安的年轻学子和壮士,都因为辛大姑的驾临京口而欣喜若狂。"

辛大姑反应极快,拱手向范家老夫妇发出请求:"妹来京口临行之时,家父郑重叮咛：'汝至京口，当于大礼前夕，拜访有恩、有助于幼安的亲朋至友，以表达辛家老幼真挚的谢意。'拜访之事，如何安排？妹茫然而窘迫，恭请公主、范兄教之！"语毕，举酒起立，拱手以待教诲。

赵氏举酒起立，放声而语："谢大姑信任，我听大姑差遣，愿傍大姑左右。"

范邦彦举酒起立，拱手回答："听大姑差遣，愿为马前卒，为大姑牵马作导。"

辛大姑放声高呼："谢公主雅意！谢范兄豪情！"

三人碰杯而饮，各尽三杯，在美酒"女儿红"的九杯连环中纵声大笑。

　

入夜时分，辛大姑在范家老夫妇的陪同下，以致仕宰辅辛次膺女儿的身份，拜访了镇江军都统制戚方将军，京口府衙刘刚知府，建康府远来的朋友史正志、韩元吉、赵彦端等人，拜访了因祝贺辛弃疾、范若水婚礼而住进望海楼的朋友以及在望海楼日夜忙碌的男女侍者。

虎老雄风在，辛次膺为官清廉的声誉和力主抗金北伐的壮志，仍为这些志在中原的将领官员所敬仰，更为其女公子辛大姑的谦恭知礼、诚挚热情的拜访所感动。再说，朝廷波诡云谲，说不定今日"贬逐""致仕"的官员，忽地又官复原职。爱屋及乌啊，他们希望力主北伐的老宰辅再次砥柱朝廷，他们也把这种希望寄托在老宰辅钟爱的同族孙子辛弃疾的身上。此时此刻，他们把这种"心存感激"和"心存期待"的全部狂热，投注于明日一场奇特的婚礼上。

## 五 秦淮宝镜出现了

大礼之日的九月三十日,京口的上空万里无云、通体瓦蓝,郁郁葱葱的北固山碧翠如洗、滢滢如玉,在旭日东升的秋色妩媚中,峰峦林木托起的如纱雾烟,呈现着赤橙黄绿青蓝紫的七彩奇观,辉映着京口城的一切,为辛弃疾和范若水的结婚典礼,增添了神奇浪漫的色彩。

呼啸西来的汹涌长江,也在这七彩奇观的辉映下,呈现罕见的风韵情态。江风轻拂,江烟散离,浪花闪烁,涛声吟唱,携着焦山优雅的禽鸣和金山悠扬的钟声。望海楼、江风居、迎亲台、彩虹门和迎亲台四周越集越多的人群,为辛弃疾和范若水的结婚典礼,增添了欢快喜悦的气氛。

午前巳时,一支由五十名军中艺伎组成的迎亲助兴队伍,携带着金鼓、长号等乐器来到江风居前的迎亲台。

这支军旅艺伎,以其特有的和谐男声,弹唱起古代男女情爱神圣的经典歌曲——《琴歌》:

> 凤兮凤兮归故乡,遨游四海求其皇。
>
> 时未遇兮无所将,何悟今兮升斯堂。
>
> 有艳淑女在闺房,室迩人遐毒我肠。
>
> 何缘交颈为鸳鸯,胡颉颃兮共翱翔。

皇兮皇兮从我栖,得托孳尾永为妃。

交情通意心和谐,中夜相从知者谁?

双翼俱起翻高飞,无感我思使余悲。

传说这两首《琴歌》是西汉大辞赋家司马相如(字长卿)从京师长安宦游归蜀,在当地富商卓王孙举行的盛大宴会上用古琴"绮绿"弹唱的。以这两首《琴歌》向卓王孙的才貌双全、精通音律、青年寡居的女儿卓文君传送倾慕之情。卓文君"窃从户窥之,心悦而好之",遂于深夜与司马相如私奔而至成都,演出了"文君当垆沽酒"的传奇,成了千百年来世间男女情爱史上的佳话。

应邀参加婚礼的亲朋至友从望海楼拥出,在范府管家郭思隗的陪同下,步阶而下,向迎亲台走来。他们兴致同炽,但所求各异。军营将领和府衙官员,为初交的友谊而来,为这桩大胆浪漫的婚姻而来,他们真切地希望今日这桩婚礼,完美地达到"气势磅礴、雄伟壮观、豪放浪漫、奇特绝妙"的境界,震撼京口城。建康府的师友史正志、韩元吉、赵彦端三人,却把全部心思寄托在辛弃疾二十天前建康府雷电之夜的承诺上,要观赏辛弃疾在"漫游江河湖海"中觅得的"秦淮宝镜",要见证辛弃疾九月三十日这一天"以秦淮宝镜示人"的盛况,要释解这"秦淮宝镜"背后的秘密,要欣赏辛弃疾借"秦淮宝镜"掀起的江湖雄风和千古传奇。建康城四大勾栏的朋友柳盈盈等人,怀着英雄才女"凤凰结缘"的喜悦,为辛弃疾、范若水贺喜;怀着文心脉脉、惺惺相惜的真情真意,盼望能从辛弃疾手中得到惊世惊人的华丽词章,盼望再次聆听范若水清朗绝妙的琴音。

二十二匹火红的高头大马,从镇江军大营驰过,铁蹄嘚嘚,啸声萧萧,霹雳般地停落在迎亲台前。马队中两匹战马天赋奇特的形容标志,引起了人们的注目和赞叹。

名贵啊!有一匹马体魄伟而长,通体火红,长长浓密的鬃毛中,竟然呈现出五绺橙、黄、蓝、白、黑截然分明的花纹。这不就是传说中的名驹"五花马"

吗?这金色的雕鞍、翠玉的笼头,还有脖颈上护围的百花艳丽的花环,尽显着"五花马"的神骏飘逸!

神奇啊!有一匹马形体匀称而英俊,通体浅红而闪亮,在宽阔的额面中央深红的卷毛中,竟然托出了一团晶亮的白玉,形若大盅,洁如冰雪。这不就是世间传闻的神奇名马"白玉骢"吗?这金色闪亮的雕鞍、美玉为饰的笼头、金丝编织的辔带,还有这护围脖颈的艳丽花环,尽显着"白玉骢"的风韵神采!

就在人们忘情赞叹"五花马""白玉骢"时,新郎官辛弃疾在家人辛大姑、辛祐之、辛茂嘉的陪伴下走出了江风居。马背上的四名年轻的伴郎反应极快,翻身跳下马背,拱手迎接。军乐戛然停奏,《琴歌》戛然声歇,忘情于"五花马""白玉骢"的人们,感知蓦然一闪,齐刷刷地把目光投向了向迎亲台阔步走来的辛弃疾。他身着黑色戎装,脚蹬黑色高靴,头戴红色幞头,腰扎红色捍腰,披一袭红色斗篷,在微风拂动中呈现一股雄壮英武之气。

熟悉江南习俗的街巷年长看客,因惊诧而微微摇头:好一位英俊的新郎,怎么穿了这样一套服装?这就是迎娶新娘的喜庆礼服吗?身不穿彩袍,肩不披彩带,胸不缀彩球,头不戴金花高冠,穿这副行头"赶时辰"迎新娘,真不怕被丈母娘赶回来啊!

军营将领和京口府衙官员,对其这身装束另有一种善意的解释:本朝按照木、火、土、金、水"五行相生相胜"的学说,本命属"火"。红为"火"色,故本朝皇帝从太祖起均着红色帝王服,辛弃疾虑事精细,在婚礼上以此装束避灾避祸啊!

从建康城远道而来的史正志等人,见了这身装束,心头一亮,豪情升腾:幼安的这身装扮,不就是三年前"决策南向"驰马进入建康城的那套装束吗?不就是三年前在建康城十里金色长廊迎接太上皇时的那套装束吗?这套装束原是齐鲁耿京义军的标志,也是一种理想、希望的象征,幼安在这人生最大的喜庆欢乐中,依然是志在中原啊!

仰慕辛弃疾的京口街巷血气方刚的少年们，早已被辛弃疾的这身装束激动得心潮沸腾：黑色戎装，黑色高靴，红色幞头，红色捍腰，红色斗篷，飘逸浪漫啊！他们迎着辛弃疾停步于迎亲台前的彩虹门，同声高喊，宣布婚礼开始。

　　　　"赶时辰"，迎新娘！
　　　　"赶时辰"，迎新娘！


聚集在迎亲台四周的人们，高声唱和……

迎亲队伍中的金鼓敲响，长号高奏，铙钹声起，引得二十二匹战马萧萧嘶鸣。

在这呼声、喊声、金鼓声、马啸声中，辛弃疾与四位年轻伴郎同时飞身上马；列阵于迎亲台彩虹门前的军旅艺伎，再次弹唱起《琴歌》，欢送辛弃疾和迎亲队伍，向范府住处"流溪修竹"进发！


今日的"流溪修竹"也处于秋高气爽、竹啸泉吟的吉庆欢乐中，与望海楼、江风居的欢乐相比，似乎更多了一层轻松、优雅和从容。"流溪修竹"柴门外的喜联、喜幛、喜带、喜球，迎着东升的旭日闪光，迎着潺潺的流溪欢笑，迎着拂来的山风啸吟，呈现出一派女儿出嫁的美妙和柔和。"流溪修竹"柴门口长案摆设，上置喜糖、喜果，供四邻儿童嬉戏食用，并置酒坛、酒杯、红包，以备酬赏迎亲嘉宾。庭院中几丛翠竹之间，摆放着四桌酒宴，以嫁女的家藏美酒"女儿红"和时令佳肴佳果招待四邻和男女好友。

范邦彦在"西湖浪子"的陪同下，逐桌与四邻男女好友碰杯共饮，全然沉浸在嫁女得婿、天作之合的喜庆幸福中。他在觥筹交错的美妙声响和酽酽醇厚的酒香中，等待着迎亲时辰——午时正点的到来！

在前堂宽阔的大厅里，赵氏坐在厅堂上端的一张竹椅上，神采奕奕地欣赏着四位貌美机灵的伴娘，为即将出阁的女儿悉心梳妆。

此时的范若水，周身散发着将做新娘的喜悦和幸福，她含笑脉脉地坐在厅堂中央一只宫凳上，听任嫂子、范若湖和四位邻居姐妹为自己梳妆打扮。

张氏从若湖手中接过金钗、钿合、玉簪，轻轻地插在范若水浓黑的三环髻上，发髻立即浮起一层珠光宝气，在范若水的头顶结成一个隐隐闪亮的光环，使范若水俊俏的容颜更加俊俏了。张氏转头向婆母投去请教的目光，赵氏含笑点头；伴娘甲急忙举起铜镜请范若水自照自赏，并放声询问："姐姐感觉如何？"

范若水打量着铜镜中自己的面容和发髻，惊讶地笑了："绝妙的变化啊！珠光宝气，真能改变一个人的观感，这就是对姑娘变为新娘的第一个赏赐吧，我突然感到自己富有了。"

伴娘们大笑以欢。

张氏从若湖手中接过铅华、胭脂、眉笔、香膏，为范若水做新娘之妆。巧手生春，铜镜中的范若水美若天仙。

张氏从若湖手中接过一顶花团锦簇的凤冠，戴在范若水的头上，并欢声告知："这是母亲当年出阁时喜戴的一顶凤冠，乃我家珍藏之宝，四十年来不曾示人，今日取出，灿然如新，雍容华贵之气，凌人，逼人，喜人啊！"

四位貌美机灵的伴娘都为这顶凤冠的雍容华贵所震撼，凝视目呆。伴娘丙恍然举起铜镜供范若水照镜观赏：好一顶高雅华贵的凤冠，金丝累堆成镂空之状，以翠鸟羽毛粘贴，造型庄重，制作精美，饰以翠云、翠叶、珠玉、宝石，色彩缤纷，富丽堂皇，一支翠凤展翅翔于珠宝花叶之间，美不胜收。伴娘丙赞叹出声："能戴着这样的凤冠出阁，也不枉来到人间一趟！"

范若水兴致更浓，笑语出口："谢母亲大人，看得出来，这雍容华贵的气派，还真的呈现出当年'宗室公主'的几分真实。我突然觉得自个儿的身价也有些雍容华贵了。"

伴娘们笑了，若湖笑了，张氏笑了，连雍容华贵的赵氏也笑出声来。

张氏从若湖手中接过赵氏当年出嫁时穿过的一袭红罗凤袍，双手一抖展开，披在范若水的身上。四位貌美机灵的伴娘举起铜镜，分前、后、左、右站定，供范若水审视观赏，并为范若水的美艳姿容高声吟赞——

> 伴娘甲：红罗锦绣啊，如雾如纱，
>
> 伴娘乙：祥云纹路啊，巧织光华。
>
> 伴娘丙：凤凰鸳鸯啊，双双偕舞，
>
> 伴娘丁：牡丹秋菊啊，竞放奇葩。
>
> 侍女若湖：袅娜绰约啊，流光飞霞，
>
> 嫂子张氏：天仙下凡啊，落在我家。
>
> ……

范若水在姐妹们热情洋溢的赞美声中微笑着、轻舞着，对镜欣赏着、放声应和着："红罗薄纱，祥云纹路，凤凰鸳鸯偕舞，牡丹秋菊竞放，逶迤飘展，生波起浪，这大约是京口城里最招惹女子羡慕的凤袍了！这凤袍凤冠包装的女子，大约是这京口城里最美、最风光、最招人注目的新娘了。可这高雅尊贵的新娘是我吗？是你们熟悉的范若水吗？我真怕在这迎亲时辰的午时正点，我的辛郎看错了人，找不到他心中的范若水了。"

赵氏笑语出口："凤冠显人，凤袍挈人，在这大礼之日，凤袍凤冠为新娘增色，吉庆舒心啊！女儿放心，幼安今日也会是高冠锦袍、红缨彩带，更显俊美潇洒。他登门迎亲，是断不会认错人的。"

范若水的兴致似乎更加强烈，她的话语更加任性了："谢谢母亲教诲。此时此刻，我总是感觉不到辛郎'高冠锦袍、红缨彩带'的俊美潇洒形象啊！母亲明鉴，我和辛郎原是一见钟情。我的'一见'，是在两年前建康城十里金色长廊迎接太上皇巡视的队伍里，'见'的是'决策南向'、身着黑色戎装、脚蹬黑色高靴、腰束红色捍带、头戴红色幞头的义军首领；我的'情'的萌生、专注,是在那'黑色戎装、黑色高靴'的坚定胆气里,是在那'红色捍带、红色幞头'的强烈信念里。辛郎的'一见',也许就在那天夜晚我们范家庆祝皇帝巡视的阖家弹唱的欢乐里,也许就在辛郎柴门外偷听到的琴音里,也许就在女儿随和的浅蓝短衫的淡妆里;辛郎'情'的萌生、专注,也许就在那个夜晚女儿弹唱岳飞岳元帅的遗作《小重山·昨夜寒蛩不住鸣》的意境里,也许就在女儿浅蓝短衫、不喜修饰的笨拙里。母亲啊,女儿穿的那件'浅蓝短衫'可是母亲亲手为女儿缝制的啊!"

四位貌美机灵的伴娘,全然被范若水的"一见钟情"吸引了,乐呵呵地静听着,张氏、若湖已察觉到这位任性的小姐又要"花样翻新"了,也乐呵呵地等待着;知女是母,赵氏眉梢一动,任性而喜欢"别出心裁"的女儿又要给这即将到来的"登门迎亲"添乱了,眉宇间浮出几分不安。

范若水的兴致更为昂扬了:"母亲,两个素不相识的青年男女的一见钟情,不同于青梅竹马,不同于父母之命,也不同于媒妁之言,而是一种神秘情感的自然撞击。什么由头?说不清楚;什么道理?讲不明白。母亲,此刻我的心神灵魂,正处于这种混沌不清的状态之中。"

赵氏神情肃穆而凝重,心里沸腾着四十年来积存于心底甜蜜而骄傲的情愫,她与她的范郎也是"一见钟情"。"钟情"于范郎的豪气豪情,义言义行;"钟情"于范郎的侠心侠胆和那袭燕赵江湖的鹊冠练甲和短剑骑术;"钟情"于范郎疾如雕矢、动如雷霆、静如和风细雨的气度,自己决然地背叛了"父母之命""门当户对"的宗室祖制,丢弃了宗室女子享有"三等饰有凤凰珠玉的凤冠凤袍"的特权,依照燕赵民间习俗,以马代轿投入了"河朔孟尝"的怀抱,震动了河朔重镇邢台,演出了一幕"宗室女子投奔江湖汉子"的惊世活剧,为声著河朔的范郎增添了几分光彩。遗传有律,女必似母吗?四十年前在中原邢台演出的一幕任性活剧,今日又要在江南京口再度演出吗?她把目光投向心爱的女儿,女儿神情的从容坚定,目光的渴望期待,使她的一颗怦怦跳动的心,突然间向着女儿贴护而去。

范若水毕竟是聪明才女，她熟悉母亲情感的细微变化，她抓住母亲疼女的慈爱心肠，继续着她对这桩奇特婚礼的炽热请求："母亲啊，容女儿最后一次任性吧！女儿此时真切地感到，这华贵的凤冠，重压着我的天灵盖，使我疼痛难忍；这华美的凤袍，紧紧束缚着我的腰身，使我手脚无措；这四面铜镜的照射追击，使我突然感到自己变丑了，变成了一个华衣美服包装的木偶，我的辛郎不会再为我神魂颠倒了。"

四位貌美机灵的伴娘以镜遮面而笑，张氏、若湖咬着笑声，赵氏苦笑摇头，语出："一见钟情，害人不浅，终成情痴啊！天可怜见，面对这样情痴而任性的女儿，我真的茫然无措了。"

张氏知婆母心意，急忙以安慰应和："母亲……"

"去掉她头上的凤冠，还她一窝黑云发髻！"赵氏命令若湖，"去掉她身上的凤袍，还她一身浅蓝紧身短衫！"

若湖应诺，为范若水解脱凤袍。

赵氏命令四位伴娘："举起铜镜，让她自己前后左右瞧瞧，这样一身装束，合乎今日的身份、合乎时下的风尚吗？"

四位伴娘应诺，举镜前、后、左、右站定，供范若水照镜自赏。

范若水对镜自赏自语："一个本色的范若水，一个真实的范若水，一个辛郎心中的范若水，不也很美吗？在这大礼出阁的日子，还真的有些太素气了。嫂子，请为我披上那件浅红洒金斗篷。"

张氏拾起竹椅上那件浅红洒金斗篷，披在范若水的身上。

范若水致语身边的若湖："好妹妹，请为我戴上那件母亲为我精心制作的红罗飞凤盖头。"

若湖应诺，急忙捧起一面四尺见方的红罗飞凤盖头覆盖在范若水的头上。

红罗盖头神奇啊，它飘落在范若水头上的刹那间，范若水立即变成了一位亭亭玉立、光彩艳丽的新娘，同时传出了范若水清朗甜蜜的快活声："好一面神奇的红罗盖头,它遮住了红罗外人们射来的目光,保护了我容颜幸福甜美的秘密,可我却能睁大眼睛看得清红罗外的一切。母亲、嫂子、若湖、姐妹们,请你们仔细端详我此时的形容如何?"

四位伴娘确实被范若水这套简练而不失吉庆热烈的装束吸引了,这个喊"好",那个称"奇",若湖在范若水的耳边低语:"天生丽质,小姐穿戴什么衣物,都是恰到好处。"

张氏高吟苏轼的诗句向范若水祝贺:

水光潋滟晴方好,山色空蒙雨亦奇。

欲把西湖比西子,淡妆浓抹总相宜。

范若水情动于心,语出声咽:"感谢姐妹们的支持,感谢嫂子用苏东坡的诗句为我唱赞,感谢母亲四十年后又一次为一见钟情做出的让步与包容。"

语未了,范若水跪倒在赵氏面前,扑在母亲的怀里,泣咽出声。

赵氏抚慰着泣咽出声的女儿,低声叮咛:"出嫁了,独撑门户了,和幼安好好过日子,别再任性了。"

门外金鼓声、铙钹声、鞭炮声、欢呼声爆起,相撞相谐,相依相托,组成了难以分辨的热烈乐章,整个军营住区,似乎都呈现出吉庆的浪潮:辛弃疾的迎亲马队恰在午时正点抵达"流溪修竹"。四位伴娘,闻鼓乐鞭炮声急忙走出前堂迎接,范邦彦走进大厅,看着女儿身着浅蓝短衫,肩披浅红洒金斗篷,头覆红罗飞凤盖头,神情一愣,旋即放声高呼:"午时正点,迎娶临门,大吉大喜。是若水之大喜,也是我们范家之大喜啊!"

范若水闻声扑向父亲,范邦彦抚着爱女纵声大笑。

在屋内屋外的欢笑声中,按照郭思隗的安排,男女伴娘伴郎,分别列阵于柴门内外,以《诗经》中古老情歌的唱和,开始了奇特庄严、别开生面的大礼迎娶:

女伴娘唱：

风雨凄凄，鸡鸣喈喈。

既见君子，云何不夷。

男伴郎唱：

投我以木瓜，报之以琼琚。

匪报也，永以为好也。

女伴娘唱：

风雨潇潇，鸡鸣胶胶。

既见君子，云胡不瘳。

男伴郎唱：

投我以木桃，报之以琼瑶。

匪报也，永以为好也。

女伴娘唱：

风雨如晦，鸡鸣不已。

既见君子，云胡不喜。

男伴郎唱：

投我以木李，报之以琼玖。

匪报也，永以为好也。

在这新奇的唱和声中，辛弃疾跳下马鞍，向前堂的朱红大门走去，红色披风下着黑色戎装的幼安英武、干练、俊俏，驱散了人们心头新郎不着高冠锦袍、红绸花球的疑团和遗憾，不约而同地发出了赞美的欢呼。

在这新奇的男女伴郎伴娘的唱和声中，辛弃疾走进前堂的大厅，他的山寨义军着装，立即引起了大厅内人们的震撼和关注。张氏、若湖惊奇于色：如此装束，与小姐呼应，心有灵犀吗？事前有约吗？范家老夫妇惊喜于色，一双情痴,心心相印,都不忘一见钟情模样,心喜心慰啊!红罗头盖下的范若水,竟然笑出声来。这甜甜的笑声,轰毁了大厅内刹那间的宁静,撞击着辛弃疾刹那间的迟疑,他长揖为礼,向范家老夫妇发出迎娶范若水的请求,范家老夫妇欢声应诺。赵氏吩咐女儿:"今天是你和幼安大礼的日子,幼安登门迎娶,你就和幼安牵手而行吧!"

范若水点头,伸出手来,辛弃疾伸手欲牵,却被张氏制止,并以中原礼制挟之:"幼安性急了,按中原风习,小妹出阁,当由哥哥背负而上轿上马。我家小妹只有一个哥哥——如山,现时身在湖州未归,总不能让我家妹子自己走出范家大门吧?"

辛弃疾听得真切,喜上心头,嫂子善意的捉弄,求之不得啊!他急忙转过身来,弯腰待负。范若水看得真切,向着父母跪别,站起转身,就势轻轻一跃,伏在辛弃疾的背上。

范邦彦捋须大笑,笑声朗朗。

赵氏含喜泪而笑,笑声甜甜。

张氏、若湖相视而笑,笑声盈盈,分赴左右两边,护驾随着辛弃疾背负着范若水走出大厅。

辛弃疾在张氏、若湖护驾下背负着新娘子范若水突兀地出现在前堂朱红门口,他们奇特的装扮、别致的浪漫,一下子震慑了庭院内的人们。人们的神情目光,都聚集在辛弃疾背负的新娘子的一举一动上:蓝茵茵的短衫、鲜亮亮的斗篷、红艳艳的盖头,自若的风采,骄傲的气派,恰到好处的优美形状,给人以庄重、大方、潇洒、飘逸的感触。不待人们细细咀嚼,辛弃疾快步如飞,腰身一抖,双手托起身轻如燕的范若水,稳稳地落在战马"玉花骢"的红色雕鞍上。范若水飞向马背的短暂过程中,山风有情,轻轻一拂,掀起了范若水头上的红罗盖头,露出了天生丽质的容颜。天仙般的形容,会说话的眼睛,甜滋滋的神情……范若水在惊诧中朝着前来祝贺的人们嫣然一笑,以示感谢,并急忙理好了红罗盖头。人们山呼海啸般欢呼,跟踪而来的几十位青春

少年,首先唱起望海楼迎亲台前军旅艺伎高唱的《琴歌》,鼓乐齐唱,庭院内送嫁的人们放声应和:

> 凤兮凤兮归故乡,遨游四海求其皇。
> 时未遇兮无所将,何悟今兮升斯堂。
> 有艳淑女在闺房,室迩人遐毒我肠。
> 何缘交颈为鸳鸯,胡颉颃兮共翱翔。

> 皇兮皇兮从我栖,得托孳尾永为妃。
> 交情通意心和谐,中夜相从知者谁?
> 双翼俱起翻高飞,无感我思使余悲。

《琴歌》亲切炽热,催辛弃疾飞身跨上五花马,与范若水并马而立。巧笑倩兮,美目盼兮,力拔山兮,气盖世兮。人们惊呼,好一个天作之合!

"五花马"背上的辛弃疾和"白玉骢"背上的范若水,在雄壮威武的军乐、马队和欢声喧闹的迎亲人群的蜂拥下,沿着长达五里的弯曲山路上盘旋前行,借助乐声、马嘶声和人群欢呼声,向山间的一切风景报喜。

喜讯沿着山脊北行,问候着"天下第一江山"上的所有灵魂,惊动了北固山风景最佳处的多景楼和多景楼前熙攘拥挤的游人,受到了多景楼乐伎、舞伎、歌伎热烈而近于疯狂的欢迎——

男声合唱:

> 奉君酒。
> 八马回乘汗漫风,犹思往事憩昭宫。
> 宴移南圃情方恰,乐奏钧天曲未终。

斜汉露凝残月冷，流霞杯泛曙光红。

昆仑回首不知处，疑是酒酣魂梦中。

女声合唱：

奉君酒。

一曲笙歌瑶水滨，曾留逸足驻征轮。

人间甲子周千岁，灵境杯觞初一巡。

玉兔银河终不夜，奇花好树镇长春。

悄知碧涛饶词句，歌向俗流疑误人。

男女声合唱：

劝君莫惜金缕衣，劝君惜取少年时。

花开堪折宜须折，莫待无花空折枝。

歌舞高潮时，多景楼杖子头梅丽丽率领四名舞伎，手捧鲜花美酒，奔下多景楼，把勾栏儿女的深情祝福，献给马背上英武俊俏的新郎新娘，引起了人们的拥挤、争睹和欢呼。

范若水全然沉浸在这意想不到的欢乐中。她听得真切，这歌声都是出于唐代诗人的《新乐府辞》，其中弹唱的《嵩岳嫁女筵席歌》片段，是天宫穆天子和王母娘娘的对歌。巧妙的比喻，巧妙的祝福！在深深的感激中，她赞赏多景楼勾栏杖子头梅丽丽的才智、用心和巧妙的安排，她的心真的要醉了。她透过红罗盖头向身边的她的辛郎望去，她的辛郎在意外的惊喜中，向她投来兴奋的目光。她应和着她的辛郎的作为，同时接过舞伎献来的美酒鲜花，同时把手中的鲜花抛向欢呼的人群。欢呼声山呼海啸了，近乎疯狂了。

发狂的人们从望海楼、江风居、侨徐大街、长江岸边拥来，在迎亲台前形成了人流汹涌、热情澎湃的旋涡，波浪起伏似的呼唤着辛弃疾、范若水的名字，引发了迎亲台前惊天动地、经久不息的迎接新娘子的鞭炮声。

并马行至迎亲台前的新郎新娘，应和着人们狂热的呼唤声，在马背上携手跃起，比翼齐飞似的轻轻地停落在通向江风居的红色地毯上。江南风习：新娘临门，脚不染尘啊！人群中爆起了雷霆般的鼓掌声。

辛大姑绫罗盛装地等候在江风居门前，四位红衣侍女手提红绸装饰的竹篮，把竹篮中的谷物、干果、钱币，撒在通往迎亲台的地毯上，供一群看热闹的儿童打打闹闹、争争抢抢，为这沸腾的狂乐狂欢增添童趣。江南风习：撒豆谷迎接新娘，家业兴旺啊！人群中爆起了雷霆般的叫好声。

辛家小弟辛祐之，捧着一匹红绸献于新郎新娘，令其各执一端，男前女后。红绸长九尺九寸，取恩爱天长地久之意。江南风习：红绸结缘，两心契合啊！人群中爆起了雷霆般的赞美声。

辛家十二弟辛茂嘉手捧一面红绸覆盖的铜镜交付辛弃疾。这面铜镜，外嵌精致的红漆木匣，厚重而古朴。辛弃疾接过转过身来，面对新娘范若水，猛地揭去覆盖的红绸，一团耀眼的光芒从镜面飞出，与午后未时明媚的阳光相会相融，在新娘范若水的头部形成了一个奇异美妙的光环，透过薄薄的红罗盖头，显现出范若水甜美俊俏、含情脉脉的容颜。

"云想衣裳花想容"啊！人们神迷了，惊异了，噤声了，连捧着铜镜的辛弃疾，也凝固了目光，木呆了神情。范若水在进入铜镜光环的刹那间，也惊奇茫然了：此镜何来？辛郎漫游江河湖海归来的行囊中并无此物啊！再说辛郎词作中的"宝镜难寻"，原是一种"欲明心曲"的哀叹，这哀叹中期盼的那面"照见人们五脏六腑"的"秦淮宝镜"，原本只是一个传说啊！她容光焕发地默默思索着她的辛郎带给她的这个幸福的惊喜，在她的辛郎执绸捧镜倒行引导下，一步一步地走向新屋江风居。

在神迷噤声的人群中，史正志等人全都沉迷于这离奇的"秦淮宝镜"的神奇光环中,这一切都是辛弃疾在实现"漫游江河湖海"的诺言啊!韩元吉激情昂扬地放声高呼:"'秦淮宝镜',传说中的神物啊!今日在这吴关京口城,现形、显灵了,正在演绎着一幕人间最为壮丽的传奇——爱情的传奇,人生的传奇,历史的传奇啊!"

一语惊天,一语动地!

传说中的"秦淮宝镜"的出现,一下子撞开了人们惊奇噤声的嗓闸!

人们欢呼着,赞美着,越过迎亲台,迷恋着"秦淮宝镜",迷恋着"秦淮宝镜"美化奇化的新郎新娘,向江风居拥去。

江风居门前的喜灯映日、喜带飘扬、喜联喜幛增辉,十位身着彩服的青壮男子,点燃了竹竿上丈二长的特挂鞭炮,迎接新娘进门,迎接人群助兴。

在这至最至极的火爆欢乐中,十位身着彩服的青年男子,从屋内抬出二十只巨大的竹筐,把早已备好的二百份装有喜糖、红枣、桂圆、莲子、花生等干果的礼包,分赠街巷里前来祝贺的男女来宾,并将几十瓶京口名酒"浮玉香"分赠几十位街巷长者,展现了几十年来京口城男婚女嫁婚礼中最隆重的感激和谢意。

在这至最至极的火爆欢乐中,在新郎手捧"秦淮宝镜"倒行照映下,在八位伴郎伴娘和一群亲朋至友的嬉戏逗趣下,在辛家长辈辛大姑的关切见证下,新娘范若水兴致勃勃地做完了江南习俗中"跨马鞍""过火炉""认祖祭祖""拜天地高堂""进入洞房""夫妻互拜""饮交杯酒""行合卺礼""坐虚席""坐宝贵""撒帐"等烦琐甜蜜的节目,至傍晚酉时时分,圆满完成了从姑娘到妻子的飞跃。当"送走"伴郎伴娘和亲朋至友,她的辛郎为她挑开红罗盖头时,她长长舒了一口气,"扑哧"一笑,抱着她的辛郎双双倒在数十盆各色鲜花围绕的"情爱花坛"上,辛弃疾手中的"秦淮宝镜"跌落在枕边。范若水拾起"秦淮宝镜"轻声询问:"镜从何来?"

辛弃疾紧紧抱着妻子,轻声回答:"漫游觅得。"

"是传说中的'秦淮宝镜'吗?"

"心诚则是。"

"我要鉴别其真伪！"

辛弃疾把妻子抱得更紧了："夫人性急了。这面'秦淮宝镜'鉴识人心的奇特功能，在深夜三更时分才能显现影像，并能将这种影像化为文字呈现于镜面。夫人，等待这'深夜三更'来临吧，你将是第一个鉴识我的五脏六腑的人！"

范若水沉醉了，紧紧依偎在丈夫的怀里，脉脉低语："辛郎，我已感觉到幸福的来临，这幸福……"

恰在此时，洞房门外传来十二弟辛茂嘉的召唤声："辛大姑训示，请哥嫂到酒宴酬谢嘉宾！"

范若水苦笑低语："糊涂的辛大姑，这训示来得真是时候。"

# 六 秦楼有约

在这至最至极火爆欢乐的傍晚酉时,大礼婚宴在望海楼大厅举行。大厅上空纵横吊挂的几十盏华灯,延续、浓缩了楼外迎亲台前的喜庆炽热。二十张酒席四五排列,酒席上的美酒佳肴为四盘、四碗、四食、四饮,乃京口民间婚宴的规格,采京口特产治席。四盘为鱼虾蛤蜊、雕花香肘、酒醋生藕、金山咸豉;四碗为螃蟹清羹、鲜蹄子脍、精螺野鸭、花炊鹌子;四食为芙蓉饼、肉油酥、诸色包子、荔枝甘露点心;四饮为京口佳酿"浮玉春""紫金泉",京口清汁"香薷饮""紫苏饮",取民间"事事圆满"之意,强烈地展现了京口的风习特色。每张酒席座位前,整齐地摆放着嘉宾的名签,并有侍者二人专司斟酒服役,展现了婚宴操办者的细心周到。

新郎新娘"婚宴敬酒"的仪式开始了。江南风习,由辛家兄弟辛茂嘉、辛祐之手捧酒坛跟随。

在人们祝福的欢呼声中,辛弃疾、范若水走向大厅上端、由辛大姑和郭思隗陪席的镇江军都统制戚方、京口知府刘刚、建康知府史正志、建康兵马都监韩元吉、建康兵马钤辖赵彦端等人,大厅里的欢呼声更为强烈了。

此时的辛大姑,早已沉浸在新奇、惊讶、赞赏的兴奋中。她在临安,曾随父亲参加过三次王侯公子的婚礼婚宴,奢侈的排场,奢侈的流水大宴,奢侈的百戏三日……在那奢侈的比阔比富中,新娘成了绫罗绸缎的展品,新郎成了珠光宝气的木偶,衣冠楚楚的高官,也都成了粉饰临安盛世繁荣的捐客。

父亲在经受三次折磨之后，便不再参加临安城的任何婚礼了。而眼前的婚礼新奇、真情、热血、美好，让人安心畅意。年迈的父亲若能亲临这样的婚礼婚宴，必定会捋须畅笑而赞赏。

欢呼声戛然停歇，丝竹声戛然消失，连酒席间人们窃窃私语声也戛然沉寂。辛大姑察觉而抬头，新郎新娘已行至酒席前，大厅里人们的神情目光，似乎都聚集在这桌酒席间。她与郭思隗急忙离座出席，召新郎新娘逐一拜见长者，辛弃疾、范若水亲自捧坛斟酒致谢。刘刚笑谓戚方："将军，我们也从众从俗吧，用歌声为新郎新娘祝福！"

戚方大笑而高呼："从众从俗，极好的主意！可你我二人不通音律，五音不全，就是仰着脖子、勒着嗓子高歌，那声音能听吗？能对得起新郎新娘吗？"

人们笑了，辛弃疾和范若水也笑出声来。

戚方举起酒杯向身边的朋友求助："史公、韩公、赵公，帮帮忙，救急救窘吧！"

史正志、韩元吉、赵彦端一时愣住了。

戚方不待史正志、韩元吉、赵彦端缓过劲来，求助更为急切诚恳："史公、韩公、赵公明察，建康城四大勾栏声著江南，四大杖子头德艺双馨。三年前，采石矶大捷，太上皇驾巡建康，建康城十里大街成十里金色长廊，四大勾栏搭台表演，我亲临其境，亲闻其声，其情其景至今仍萦绕于胸而不敢遗忘。青溪戏楼的《水调歌头·闻采石矶战胜》，唱出了'民心在战'的激越；桃叶渡戏楼的《七律·送堂兄赴扬州帅幕》，唱出了一颗忧国忧民的壮心；长干里戏楼的《念奴娇·危楼还望》，唱出了进取中原、统一华夏的血泪呐喊；胭脂井戏楼的《满江红·怒发冲冠》，唱出了忠国忠君的壮烈情怀。这不仅把文坛奇才张孝祥、陆游、陈亮荐知于皇帝朝廷，也大胆地张扬了岳元帅的忠心赤胆，催使太上皇为惨死于风波亭的岳元帅昭雪了冤情！勾栏艺伎，黎庶喉舌，有时比朝廷的武将死战、文官死谏更为有力有效啊！史公、韩公、赵公，你们总不会睁大眼睛看着此刻这隆重辉煌的婚宴，砸在我和刘知府的手里吧？"

史正志、韩元吉、赵彦端早已心神通悟了，有"儒将"之称的戚方果然不同凡响，这一席话是说给他们听的，是说给大厅里所有嘉宾听的，更是说给建康城四大勾栏的朋友听的。这是一种张扬，张扬着军内外艺伎们的功德业绩；这是一种激励，激励军内外艺伎们多唱好歌，把更多的诗人词家推荐给朝廷和民间；这是一种尊重，把勾栏艺伎和朝廷武将文臣等量齐观、相提并论。史正志忽地站起，举起酒杯高声呼唤四大勾栏杖子头的名字，柳盈盈、辛真真、董山山、落天雷等应声站起。史正志高声询问："将军下令了，我们怎么办？"

四位杖子头同声回答："遵将军令，勇往直前！"

她们铿锵的回答声，赢得了大厅内风暴般的欢呼，也赢得了戚方和刘刚的拱手致谢。四大勾栏艺伎们拨抚琴弦，箫笛共鸣，演奏起欢快的乐章。长于应变的青溪勾栏杖子头柳盈盈即席赋词入曲高歌：

兰闺婉婉，宝镜团团。

泻月非夜，影冰不寒。

波含龙麟，光掩凤鸾。

秦楼有约，何时鉴践？

柳盈盈的即兴才情和甜美的歌声，赢得了大厅里人们的热烈赞赏。戚方、刘刚和席间的长者都啧啧称赞："秦楼有约，何时鉴践"两句，有先得人心之高明啊！辛弃疾、范若水也为柳盈盈杰出的表现暗暗喝彩，即兴赋词入曲，确有五步之才，且胜于五步之才啊！其词句之美，多借古镜铭文，更现见识之博。

辛弃疾突地感到一股压力撞击心胸，这"秦楼有约，何时鉴践"的结语，只怕是出于史公、韩公、赵公的示意吧！难以回应啊，帐内筹划之物是不可坦露于稠人广众的；且未经贤人指点，未经高人审察，是不可孟浪出笼的；不作回答也难啊,询而不答,会败兴于众,会搅乱人心,会为这欢乐的婚宴制造遗憾,更会负"京口之约",对不起三位肝胆相照的师友——史公、韩公、赵公啊!

四大勾栏的艺伎们,为柳盈盈的首唱成功而骄傲,他们意气风发,开始了男女声混合的"二唱":

> 兰闺婉婉,宝镜团团。
>
> 泻月非夜,影冰不寒。
>
> 波含龙麟,光掩凤鸾。
>
> 秦楼有约,何时鉴践?

"二唱"中,着意对"秦楼有约,何时鉴践"两句做了特别突出的处理,形成了一种高昂急切的结尾,如愿以偿地得到了军旅艺伎和多景楼艺伎的支持,开始向新郎新娘强烈讨要"答对"的"三唱"。

在声势浩大的"三唱"中,人们把目光投向辛弃疾和范若水,他俩在面带笑容地鼓掌应和着,但眉宇间闪动着几丝焦虑,思索着如何回答柳盈盈带头发起的挑战。范若水暗暗紧握了一下辛弃疾的右手,传送其心中的关切。辛弃疾转眸向史正志望去,目光恰与史正志的目光相撞,禁不住一笑移开。辛弃疾眉梢一挑,焦虑尽消,紧紧握着范若水的左手,悄声说出两个字:"三更。"

大厅里声势浩大的"三唱"结束了,乐曲仍在强有力地响动着、飞旋着、冲击着,承载带动着大厅里人们的心跳和期盼。范若水在人们炯炯目光的挑战中,微微一笑,清爽自信地饮尽杯中酒,赋词入曲,放声高歌:

> 团团宝镜,浪清波澄。
>
> 龙吟云滚,虎啸风生。

月素齐眉,星映情浓。

荷莲临池,践约三更。


大厅里的人们,都在急切静听中凝神噤声了。这也是即席赋诗,这也是即席入曲,人在镜中,情在镜中,清香荷莲将显形于镜中,明确无误地回应了人们期盼"践约"的要求。"范家才女",名不虚传啊!

在人们凝神噤声的默默赞赏中,辛弃疾及时而出,挽起妻子的手臂开始了男女声"二唱":


团团宝镜,浪清波澄。

龙吟云滚,虎啸风生。

月素齐眉,星映情浓。

荷莲临池,践约三更。


夫妻二人的男女声"二唱",因相和相谐的艺术处理,使歌声更加生动活泼,使情感更加深刻诚挚,使韵味更加优美感人。夫妻,美丽的新郎新娘联袂牵手的倩影,使大厅里的人们感动了、狂欢了,兴之所至,情之所至,同时放开歌喉,开始了"践约三更"的"三唱"。

歌声震撼大厅。各位宾客轮流前来祝贺,辛弃疾、范若水与众人碰杯抒情、碰杯论艺、碰杯谈唱,以至于范若水面红耳赤,似有不支之状。辛弃疾为妻代饮,赢得大厅内掌声雷动。

歌声震撼大厅。建康府史正志、韩元吉、赵彦端得到"践约三更"的回答,心潮澎湃,激情沸腾。韩元吉请席前侍者捧来九只三两大杯,一溜儿摆在酒桌之上,赵彦端捧起佳酿"紫金泉"酒坛,斟满九只大杯。酒阵堂堂,酒香四溢,建康三友与新郎新娘碰杯豪饮。范若水已是面红耳赤、醉意蒙眬,揖礼向建康三友求饶。建康三友不允,辛弃疾豪气勃发,手抚妻子而高呼:"勿忧,我代卿饮,六杯佳酿,象征'六六大顺'。举酒来!"

当尽饮第六大杯时,辛弃疾身子一晃,腿脚发软而踟蹰。范若水急忙搀扶,辛弃疾跌扑在范若水的怀里。

辛弃疾喜醉了,喜醉在新娘子的怀里,江南习俗,称之"醉怀",是夫妻和和美美之祥兆。大厅里的人们"哄"的站起,喜庆的欢呼声代替了歌声。大厅里的人们举杯祝贺,掀起了豪饮的狂欢。在人们举杯豪饮的狂欢中,建康三友突然面面相觑地发呆发愣了。辛弃疾喜醉了,"践约三更"的回答还能兑现吗?头脑发热的祝酒,失之计较的祝酒,糊涂毁约的祝酒,后悔不及啊!

在史正志三人发呆发愣、自咎自怨的后悔中,戚方自酌、自饮、自语:"辛弃疾怕是真的醉了……"

## 七　首尾隐现的"河图洛书"

大厅婚宴因"辛弃疾酒醉在新娘子怀里"而掀起的狂欢高潮,于二更时分宣告礼成。

乐之至极和酒的效用,使众位嘉宾似乎都忘却了新郎新娘"践约三更"的答对。也许他们压根儿就没有关注"践约三更"的承诺,也许他们已无力参与"践约三更"的活动,也许辛弃疾的"酒醉"使他们认定"践约三更"的承诺已经流产,他们带走了这个婚礼气势磅礴、雄伟壮观的欢乐,为望海楼和江风居留下了繁星莹莹、微风轻拂、花烛照窗的宁静雅致。

郭思隗悄悄地返回"流溪修竹",他要向范家老夫妇报告这个婚礼婚宴的完美成功,并报告辛弃疾和建康朋友令人关注的"秦楼之约"和"践约三更",以及辛弃疾的"醉怀",以便男女主人能有一个应对的准备。

戚方和刘刚在随从的陪伴下走出望海楼,返回各自的府邸,在侨徐大街分别处的话别交谈中,他俩断定辛弃疾的"酒醉"有诈,断定今夜的"践约三更"一定会引出一桩意想不到的传奇。他俩望着年轻的亲随自嘲自谑:"我俩年长新郎新娘二十多岁,总不能像年轻人一样去洞房窗外蹲墙脚啊!"亲随笑了。

辛真真、董山山、落天雷来到望海楼柳盈盈的住室,同声赞扬柳盈盈即兴赋诗入曲的才智,着重询问歌词中"秦楼有约"一句的内容真相。柳盈盈答以实情——今日来京口途中,史公正志曾以"十天前辛弃疾与我等三人有约"见告,但"约"的内容我确实不知,"约"的真相,我亦不晓,歌唱中"秦楼有约"之出,是突然间从王安石诗句"当年谩留华表语,而今误我秦楼约"中闪出,我也在寻觅其内容和真相啊!

艺伎同心,这四位杖子头都是人精,她们开始了一连串有关"秦楼有约"疑点的猜测:戚方、刘刚为什么要借用我们的力量强化婚宴的炽热?是早有预谋,还是灵机一动?史公三人为什么合谋而给辛弃疾灌酒?是自觉的"自毁约期",还是一时冲动?辛弃疾是真的"酒醉"吗?她们议论着、寻觅着其中的奥秘。

建康三友聚集在望海楼史正志的住室,他们首先议起柳盈盈误"京口之约"为"秦楼有约"之事,韩元吉摇头而赞赏:"'秦楼有约'妙奇,增添了几分神秘胭脂之气!"史正志、赵彦端亦含笑而点头。他们在"自毁约期"的后悔中,探索着辛弃疾"酒醉"的用心。他们了解辛弃疾的雄杰不凡和志趣高远,更了解辛弃疾的幽咽悲慨和虑事深沉,他们把"践约三更"的希望寄托在辛弃疾的"酒醉有诈"上。

此时,在江风居厅堂里,辛大姑兴奋未减。她换上便装后,倚于青藤躺椅之上,在四位侍女的侍奉下,品茶解酒,吁叹出声:"好一个奇特浪漫的婚礼,今日真是大开眼界啊!"

年长的侍女十分乖巧地应和:"大姑所言极是。今日婚礼都是在临安城里很难看到的。这一切足以展现范家不同常人、不同凡响的人脉人望。"

辛大姑点头放声:"可我之所见,仍有许多茫然不解啊!'秦淮宝镜'何物?不就是传说中的一面铜镜吗?何以如此牵动人心,连将军戚方、知府刘刚也情为所系?'秦楼有约'为何?是什么样的约定?为什么由建康城一位勾栏女子提出?'践约三更'何讲?我真担心这一连串层出不穷的传奇花絮要闹个通宵不眠啊!"

年长侍女十分乖巧地应和:"看来新郎的心与大姑的心是相通的,他的豪饮'酒醉',也使这些层出不穷的传奇花絮'酒醉'了。"

辛大姑摇头放声："不，我疑心新郎的豪饮'酒醉'也是一个更为传奇的花絮。"

年长的侍女愣住了。

辛家兄弟辛茂嘉、辛祐之走进厅堂。

辛茂嘉趋前禀报："禀大姑，军旅朋友已返回军营，多景楼朋友已返回北固山，戚方将军、刘刚知府和军营府衙的朋友已返回府邸，建康朋友居住的望海楼已熄了灯火。侄儿和祐之弟巡视庭院四周，无一位嘉宾来访。"

辛大姑点头："这样就好，关闭大门吧！"

辛茂嘉应诺。

辛大姑询问辛祐之："你大哥现时情状如何？酒醒了吗？"

辛祐之禀报："大哥和衣卧于洞房里鲜花围绕的床上，仍然是沉醉不醒。嫂子十分焦急，连衣着也不及更换，坐在床边侍候。"

辛大姑摇头感慨："造孽啊，一个美妙的花烛之夜，硬是被一个'豪饮酒醉'搅成这个样子，真是苦了如花似玉的'范家才女'。唉，这样也好，省去了什么'践约三更'的莫名其妙和年轻嘉宾'喜闹洞房'的翻天覆地，该我们安稳地睡一会儿了！"

年长的侍女十分乖巧地应和："二更鼓声响过多时，请大姑寝居安歇。"

辛大姑点头站起，行至厅堂门口，回头叮嘱辛茂嘉："告诉你新婚嫂子，千万别忘了五更天的'新妇拜堂'。"

辛茂嘉应诺。


此时的花烛洞房，确如辛祐之所语，酒醉的辛弃疾和衣仰卧于数十盆各色鲜花围绕的"情爱花坛"上，浴巾覆额，双目紧闭，不时地响起酒醉的鼾声；侍于床边的新娘子范若水不敢须臾离开，她紧握着她的辛郎的双手，轻声呼唤着她的辛郎。突地，几点响亮的敲门声惊扰了她，似乎是辛茂嘉清亮的声音传来："嫂子，大姑已进寝居安歇。大姑叮嘱嫂子，千万别忘了五更天的'新妇拜堂'。"

好大姑,真烦人啊! 范若水漫应了一句:"知道了。"

就在她"知道了"三字出口的同时,她的辛郎猛地睁开眼睛,笑逐颜开,刹那间恢复了原有威武刚烈的虎气,扔掉了额头的浴巾,挺身坐起,抱住了她,亲吻着她,爱抚着她。她惊喜而喃喃询问:"心上人啊,你没有酒醉,你是假醉……"

辛弃疾朗声回答:"我要是真的酒醉,能有此时我俩的'践约三更'吗? 心爱的人啊,你忘了一年前的九月三十日三更时分,我承诺要用觅得的'秦淮宝镜'迎接你进入洞房,向你亮出我的五脏六腑。我要是不酒醉,又如何应对建康府远道而来的朋友。"

范若水幸福地躺在辛弃疾的怀里,她的全身酥柔了,什么也不愿想了。

此时洞房门外跟随辛茂嘉传达辛大姑训示的辛祐之,被洞房内关于辛弃疾"假醉"的答对惊诧得几乎喊叫出声,幸被辛茂嘉举掌捂住。兄弟俩嬉戏相约,并肩倚洞房之门倾耳静听。

洞房里的辛弃疾,手捧木匣护装的"秦淮宝镜"呈献于范若水:"兰闺婉婉,宝镜团团。夫人,请借这秦淮宝镜的奇特功能,检验辛弃疾的五脏六腑吧。"

范若水甜甜地笑了,接过"秦淮宝镜"仔细打量,疑而询之:"兰闺婉婉,宝镜团团。辛郎,这就是你觅得的秦淮宝镜吗?何其眼熟如此,像是在什么地方见过? "

辛弃疾笑语作答:"夫人明鉴。庄生梦蝶,梦中他自己成了翩翩起舞的蝴蝶。夫人一年来不是总在梦想我早日觅得秦淮宝镜吗? 堪称'范女梦镜',自然会产生一见如故之感。"

范若水赞语出口:"想得浪漫,辩得有理,我心服口服了。辛郎,我要临镜一览了! "

范若水举镜自览,突然惊诧而呼:"辛郎快瞧,你这秦淮宝镜失灵了! "

辛弃疾疾声反诘："何以见得？"

范若水高呼："这镜面所显现者，不是你披肝沥胆的辛弃疾，而是发髻散乱的范若水。"

辛弃疾大笑而语："夫人，你违反了秦淮宝镜今夜测试的目标。此时秦淮宝镜测试的对象，不是夫人的花容月貌，而是辛弃疾的五脏六腑。夫人，快闭上眼睛，秦淮宝镜自会调整视角，找准目标，展示其奇异功能。"

范若水笑了："秦淮宝镜，天下能量最大的魔术师啊！姑且听之，姑且试之。"语毕，顺从地闭上眼睛。

辛弃疾迅速从木匣内取出铜镜藏于身后，欢声而语："夫人，请观览你手中的秦淮宝镜吧！"

范若水睁开眼睛，铜镜消失了，木匣底部显现出一部书写工整的文稿，文稿首页，赫然闪耀着四个大字——御戎十论。

范若水一下子灵犀通悟了，心头发热，激动、喜悦、幸福……种种无以名状的情愫相沸相煎，汇成一汪热泪涌出："这是辛郎漫游江河湖海之所得。一年的艰难险阻，一年的心血煎熬，终于不负恋人所期、友人所望、家人所盼，可以硬朗朗地做人了！这是辛郎觅得的真实的'秦淮宝镜'啊！这心血铸成的四个大字，袒露了辛郎灵魂中最核心、最真切的理念，不论高低、优劣、深浅、雅俗，都是辛郎劳心之作，都是辛郎才智谋略之结晶。夫妻好合，如鼓琴瑟，琴瑟友之，夫唱妇随，该为辛郎觅得这面真正的秦淮宝镜高声唱赞了！"范若水神情一振，从木匣中取出装订整齐的《御戎十论》置于几案红烛下，贪婪地静心阅览。

范若水是视书如命的，此时全然沉迷于这篇《御戎十论》精辟卓识的兴奋中。她在仓促的阅览中，高度赞赏论者对金国"外强中干""离合之衅"等政治死结的揭露阐述，有着现实的、历史的精妙辩证，在"知彼"上达到了朝廷从来不曾有过的深度；她高度赞赏论者在"知己"上提出的大胆而坚定的见解和谋划，同样有着现实的、历史的精妙辩证：破除朝臣中荒谬的"南北定势"论,树立进取中原的信心;破除军事上"被动挨打"的痼疾,倡导主动谋敌的雄风;破除朝廷对归正人、归明人、归顺人、归朝人的无端猜疑,施行信居两淮,给以田地、室庐、器具、种粮等宣抚政策,分为保伍,加以训练,平时为民,战时为兵,以加速西淮战场的建设;破除朝廷用人上急功近利、沮谋见疏之弊,倡导君以断、臣以忠的职治之风,使宰相、计臣、将领于奋激中自见其才,达到"一纲既举,众目自张"之政局,以成中兴之功;破除战争中轻率仓促的积习,研讨北伐方略,重视齐鲁战场,以其"形易势重"的战略优势,兵出山东,席卷河逆,威逼幽燕……

"幽燕"二字入目,牵肠挂肚啊。唐代诗人陈子昂的诗作《登幽州台歌》从心底浮出:"南登碣石馆,遥望黄金台。丘陵尽乔木,昭王安在哉?霸图今已矣,驱马复归来。"陈子昂的哀歌唱得太久了,论者唱出了铿锵的战歌:幽燕可复,霸业可图,奔腾的马匹,不再是陈子昂归隐的单骑,而是论者北伐的千军万马!

范若水此刻忘其所在,忘却了身边的辛郎,拍案高呼:"幸运啊,我是天下最幸运的人,第一个看见了传说中的神物'秦淮宝镜',第一个看到了'秦淮宝镜'奇异的功能:忽而成圆,忽而成方,忽而如芬芳莲池,忽而如广寒月空,忽而繁星灿烂,忽而电闪雷鸣,忽而战场厮杀,忽而宫廷纷争。镜面上呈现的每一个图景,都是论者的心血精气铸造啊。"

辛弃疾急忙趋前安慰妻子。

范若水从沉迷中醒来,恍然笑了,为"秦淮宝镜"增彩增辉:"辛郎别动,'秦淮宝镜'真的知情知意啊,在明晃晃的镜面上,真的托出了你的五脏六腑。"

洞房外倚门倾听的辛茂嘉和辛祐之,都被洞房内范若水惊喜的喊声震撼了、吸引了。辛祐之惊诧而发呆——"秦淮宝镜"真有透视人们五脏六腑的功能吗?他转眸望着身边的辛茂嘉,似求回答。辛茂嘉在茫然思索中不置可否。而洞房内范若水的声音传出,给了他两一个更为离奇的回答:"辛郎,闭上你的眼睛,听信我公正无私的判决吧!这是你的肝脏,清晰鲜亮,藏血主筋,在诸气调和中呈现出抑郁之色,只怕是思虑过度之故。自我排解吧,仍不失为壮士之肝。这是你的肺脏啊,透明无尘,通络主气,呈现呼吸畅通之美,勇士之肺啊!这是你的脾脏,膈形隆凸,津门凹陷,贮血液而主运化,津液充沛。然,气血似呈疲软之状,为过度劳累所致;若不知自疗自养,必致气血双亏之虚。这是你的肾脏啊,全然似胎儿蜷卧的模样,藏精液而主骨生髓,为人体生命之本,其华在发,发周身之阳气,呈湿润强健之势。善矣哉,大丈夫之肾脏啊!辛郎听真,你的一颗心在镜面上显现了!"

天人相应啊,在辛弃疾的心脏显现于"秦淮宝镜"镜面的同时,三更鼓声响起,在这个宁静的深夜三更,其声甚响,其势甚伟,似乎要唤醒京口城熟睡的人们。

三更鼓声响着,洞房门外的辛茂嘉突地想到酒席间唱和中的"秦楼有约"和"践约三更"。此刻自己"听洞房"于门外,难道就没有人"听洞房"于窗下吗?他拉着辛祐之的手,悄悄走过长廊,悄悄推开通向庭院的大门,察看着庭院里的情景。廊檐下一溜儿华灯,多数已烛尽熄灭,只有三两盏华灯尚存残烛残火,等待着五更时分再燃红烛、再放光华;满天的繁星闪烁,营造着庭院的朦胧和朦胧中的宁静;宁静中的花木丛竹,似乎静悄悄地注视着洞房两帘纱窗射出的亮光,等待着范若水深情的声音再度传出。

辛茂嘉、辛祐之兄弟俩在不见人影、不闻虫声的宁静夜色中,悄悄来到洞房窗下,倾听"洞房"。范若水深情的声音适时响起,而且比洞房门外听到的,更为响亮,更为清晰:"这是什么样的一颗心啊?生动鲜活,晶莹坦荡,红彤彤没有一丝一毫的杂质杂色。上苍可鉴,这是一颗彻头彻尾忠耿坦诚的心胸啊!这颗心怦怦地跳动着,为北伐呐喊,为中原呼号,为强军鼓吹,为强国声嘶力竭。它不怕遭人诬陷,它不怕引火烧身,它不怕大祸临头,它一团正气,毫无畏惧啊。这颗心是以血通神的。它运行着心智、心仪、心学、心机和心术,创造着经世治国的良方和战场上克敌制胜的谋略。于是'审势第一''察情第二''观衅第三''自治第四''守淮第五''屯田第六''致勇第七''防微第八''久任第九''详战第十'一整套的御戎雄论问世了。它闪烁着忧国、忧民、忧军、忧战的血花啊！这颗心是以血通情的。'天生神物,圣人则之;天地变化,圣人效之。'这秦淮宝镜显现的这颗心、这个人,能得圣人们的接纳和信任吗？上苍啊,我求你了……"

范若水深情激越的呼号声在庭院上空缭绕着、回响着。夜风骤起,摇曳着庭院里的花木丛竹,吹打着江风居的竹帘门窗。长江的涛声突然显得雄壮猛烈,一股浑厚浩荡之势拥进江风居庭院。

在夜空繁星加速闪烁的欢闹中,丛竹里走出三位笑声朗朗的汉子,辛茂嘉、辛祐之惊诧回头;是建康嘉宾史公正志、韩公元吉、赵公彦端啊!同时,花坛旁站起了戚将军年轻英武的亲随;不曾睡觉的辛大姑在两位侍女陪同下也出现在庭院台阶下。辛茂嘉、辛祐之一时高兴地发呆了。

韩元吉放声高吟:

> 阴阳妙用表三才,却问阴阳底许来。
>
> 若识阴阳由动静,何人更作有无猜。

洞房的纱窗霍地推开,辛弃疾、范若水笑盈盈地并肩出现在窗口。辛弃疾拱手致语:"'秦楼有约''践约三更',动静有常,心灵相通。请诸公诸友原谅,辛弃疾几乎因豪饮酒醉而爽约。此刻所得者,是友谊,是关爱,是支持,是同心同胆的生死之交啊！我和若水衷心地感谢了！"

史正志拱手致语:"'秦楼有约''践约三更',幼安忠国忠君之心,天地可鉴！妙矣哉,'秦淮宝镜'仙化而离去,留下的是一部新的'河图洛书'。古语云:'凤鸟至,河出图;龙马现,洛出书。'史载大禹得'河图洛书'而治水,周武王得'河图洛书'而灭商,秦始皇得'河图洛书'而六定一,汉光武得'河图洛书'而中兴汉业。在这'践约三更'的美妙时光,新娘子得'河图洛书'而放声呼号,不仅创造了千古花烛之夜的传奇,更为大宋江山的一统唱出了吉祥前景的赞歌啊!新的'河图洛书'者何?首尾隐现,仍然是个谜啊。"

戚将军的年轻亲随拱手致语:"'秦楼有约''践约三更',将军心奇而向往,断定会有更美更好传奇发生,特遣我隐身听闻。此刻闻得新的'河图洛书'降临世间,天下之幸,大宋之幸,可我无法向将军报告这'河图洛书'之所述所云啊!"

辛大姑感慨放声:"'秦楼有约''践约三更','秦淮宝镜'突地仙化,却冒出了一部'河图洛书',可真是'传奇花絮迭出'啊……"

辛大姑的感慨声刚落,隐身于篱笆外的郭思隗现身站起,放声高吟:"'秦楼有约''践约三更',官场文坛之美谈啊!天高听卑,天会听见诸位的呐喊,天会接纳这经世治国之策——新的'河图洛书',天会信任创造新的'河图洛书'的大智大勇之士!"

人们惊异郭思隗的出现。赵彦端惊喜而呼:"天高听卑,世人殷切的期盼啊!天应当是耳聪目明的,我此刻求知之欲甚切,恭请诸公诸友,同赴花烛洞房,焚香顶礼,拜读新的'河图洛书'。"

史正志、韩元吉、年轻亲随知赵彦端逗趣之意,同声应和。

范若水一时窘然,辛弃疾高声欢迎。

郭思隗笑呵呵走进柴门,拱手为礼:"禀报诸公,我家主人将于明日,不,今日午后未时,在'流溪修竹'举行家宴,恭请诸位光临!"

人们欢呼应诺。

赵彦端询问:"郭公的篱笆外现身,也是天意的安排吗?"

郭思隗笑呵呵拱手语出:"和诸公一样,'践约三更',受天意的驱使啊!"

辛大姑借兴高呼:"此刻这江风居庭院的'天',就是重情重义的衮衮诸公。我这里有礼了,请诸公赏给新郎新娘半个花烛之夜吧!请诸公明察,窗口并肩贴腮的新郎新娘焦急的、眼泪巴巴的,叫人心疼啊!"

庭院里爆起了欢快的笑声,连窗口并肩贴腮的新郎新娘也笑出声来。人们在史正志高喊"遵大姑训示,放新郎新娘一马"的叫嚷声中离去。

辛大姑吩咐身边的辛茂嘉:"告诉你新婚嫂子,五更天的'新妇拜堂'推迟至午时正点!"

辛茂嘉应诺,转身跑至窗前,以辛大姑的训示告知。范若水高兴地喊了一声"感谢大姑",便用力地放下珠帘、关上窗扉。

## 八 《美芹十论》出世

十月一日午后未时,应邀赴宴的嘉宾戚方、刘刚、史正志、韩元吉、赵彦端、辛大姑和建康城四大勾栏杖子头十人,在郭思隗的迎接引导下,乘马结队、谈笑风生地来到红枫尽染的"流溪修竹"。坐骑萧萧的嘶鸣声,传送着嘉宾临门的喜讯,"流溪修竹"屋内立即传出了迎接嘉宾来临的琴音歌声,似乎依然延续着昨夜江风居"秦楼有约"的风雅欢乐。其歌曰:

> 紫案焚香暖吹轻,广庭清晓席群英。
>
> 无哗战士衔枚勇,下笔春蚕食叶声。
>
> 乡里献贤先德行,朝廷列爵待公卿。
>
> 自惭衰病心神耗,赖有群公鉴裁精。

别开生面的迎宾啊!这些嘉宾中的半数都是进士出身,都有着贡院就试的经历,乍听乍悟,心中腾起亲切之感。戚方和刘刚神情昂然,果如亲随所报,范家老夫妇在为其东床快婿搭建"黄金台"啊,但愿这"流溪修竹"中的"黄金台"能产生一位燕国名将乐毅般的人物,为我们懦弱的大宋成就光复故疆的伟业。

郭思隗机敏放声:"这琴音是我家小姐范若水偕侍女若湖所弹奏,这歌声是我家男女主人所歌。"

韩元吉乃诗坛里手，放声高呼："先声夺人啊！男女主人之所歌，是我朝先贤、欧阳文忠公的诗作《礼部贡院阅进士就试》吧，此时此地，适然妙然！请诸公下马，这柴门之内，就是别样的山野'贡院'啊！"

嘉宾们应和着跳下马鞍，走进"流溪修竹"柴门。眼前的情景，使他们凝视注目了——堂屋门前，齐腰高的一株文官花，在午后阳光的照射中，繁花朵朵，由红、由白、由碧而转为紫。与堂屋阶下紫色绒布覆盖的长案和长案上紫色高大的香炉融为一体，香炉里点燃着三炷粗大的紫色菩提祭香，紫烟缭绕，在清风轻拂中，娉娉袅袅向堂屋飘去，形成了一种"紫气东来"的神韵。

在琴声铮铮中，范邦彦和赵氏偕女儿范若水、女婿辛弃疾热情出迎，将十位宾客引入厅堂。厅堂上端的一架四扇云母屏风上，工整地呈现着八个大字——请业则起，请益则起。这是古礼中学堂、学府尊师之道啊，嘉宾的身份突然间变为师长了。一张罕见的圆形餐桌置于厅堂中央，十把高背座椅环绕，座椅高背正面的红色缎带上，恭恭敬敬地书写着嘉宾们的名签，宛若贡院监考的"权知贡事"；桌面上杯盘盏筹列置，桌面中央是由八盘佳肴组成的梅花图形，梅花图形核心，是一坛贴红佳酿，醒人双目；厅堂下端餐桌七步之遥，置一紫布覆盖的五尺木桌，上置陶壶一只，水杯一盏，木桌后置一木制方凳，其状颇似礼部贡院经生就试的"试桌"。此种情景，径直引发了嘉宾们对欧阳文忠公诗句"焚香答进士，撒幕待经生"的联想。特别是男女主人范邦彦和赵氏的临席作陪及新婚夫妇辛弃疾、范若水的执壶作侍，更展现了隋唐以来科举场外学子、经生"投刺""请托"的习俗遗风，勾起了嘉宾们对"投刺""请托"中趣闻趣事的记忆：唐代诗人李白，曾"投刺"于时任渝州刺史的李邕（字泰和），本朝文坛三苏（苏洵、苏轼、苏辙），曾"请托"于时任益州知府的张方平（字安道），今日"流溪修竹"这美酒佳肴的"投刺""请托"，真的要产生又一个李白、苏轼吗？

嘉宾们在惶恐纷乱的思索联想中，被男女主人恭请入席，辛弃疾、范若水急忙执壶斟酒。范邦彦高举酒杯热情致语："唐代诗人王勃有语：'十旬休假,胜友如云;千里逢迎,高朋满座。'寒舍'流溪修竹'原非洪都滕王阁,但今日'千里逢迎''高朋满座'之盛况,不啻洪都楼台。诸位师友光临,不仅使蓬荜生辉,且已呈'腾蛟起凤'之美和'紫电青霜'之雄。天降之喜啊,范邦彦和夫人赵氏,仅以故都汴京名肴和'军中佳酿'恭迎诸位师友!"

范邦彦热情诚挚的话语,一扫嘉宾们骤然间的惶恐凝重。这杯酒是师道中的迎师礼啊,女主人赵氏举杯起身逐一敬酒的豁达亲切,一下子活跃了席间的气氛,厅堂里爆起了相戏相谑的笑声。席间掀起了第一轮觥筹交错的高潮。

范邦彦再次举杯敬酒:"师道有法,敬师以束脩。今日束脩者何?八盘菜肴,一坛清酒。酒名'箔屋风月',诸位师长明鉴,此酒乃梁红玉女侠创法酿造,并以此酒激励三千精兵奇袭金兵汝州大营,歼敌两千,得'军中佳酿'美誉。今日以家藏仅有数坛敬迎诸位师友,始觉心神安然。这八盘菜肴,名曰:沙鱼脍、莲子鸭、牡蛎炸肚、麻炊鸡虾、羊舌托胎、花炊鹌脯、五味酒酱蟹、润熬獐内炙,乃故都汴京遇仙酒楼、王楼山洞、清风酒家、鹿家分茶的看家美味,为夫人亲自下厨烹制。惜厨艺不精,色味失传,徒具其名,但夫人敬师敬友之心,确是十分真诚的。"

美酒托着深情,佳肴托着真诚。嘉宾们频频举杯、频频举箸,盛赞男女主人强烈深沉的故园情怀和赵氏的精湛厨艺,并把幽咽凄苦的中原之思和曲折悲怆的偏安之耻,转化为雄健进取的期盼。席间掀起了第二轮觥筹交错的高潮。

赵氏心领了,感动了,在从容亲切频频浅饮作谢后,举酒放声:"孔夫子有语:'三人行,必有我师焉。'我家范郎,性愚钝而尚知学习,生平尊师之途有二:一曰有事求诸朝,一曰有事求诸野,朝野兼之,从不偏废。既仰慕秦之商鞅、汉之张良,亦仰慕齐之弹铗叹息的门人冯骥和汉之游艺街头的浪子东方朔。贤者为师,不计门第;智者为师,不计尊卑,故收益大焉。今日座上诸位,在我和范郎心中,皆现代的商鞅、张良、冯骥、东方朔啊!尊师之道,敬酒三杯,我执弟子礼了!"语毕,赵氏神情恭然,连饮三杯。

席间的掌声爆起,嘉宾们争相举酒应和。十位嘉宾中,除辛大姑前日与赵氏有过短暂的会晤外,其余九人,都是久闻其名的第一次会晤。诚然,朝廷南渡三十多年来,流落江南的"宗室"男女早已掉了身价,但在"以血统为尊"的江南,这些已失去特权的宗室男女,仍然张扬着强做的高贵和优越。眼前这位赵氏据说按照宗室辈分,当是今日太上皇的妹妹,也就是当今皇帝的姑姑,可这谦恭的姿态,能和那显赫的身世挂上钩吗?

这位奇女子令人由衷地敬佩啊!戚方、刘刚首先站起,向这位一向低调、很少抛头露面的赵氏举杯致敬!

史正志、韩元吉、赵彦端,举杯回应女主人,亦豪饮三杯。

柳盈盈、辛真真、董山山、落天雷,喜形于色,放开了职业上的禁忌,大口饮起酒来。

辛大姑举着酒杯,凝视着眼前的"宗室公主",心潮澎湃,为其言其行折服。她霍地站起,高声唱赞,为她的"亲家母"豪饮三杯。

酒过三巡,范邦彦推出了这次家宴的主角——他的女婿辛弃疾:"礼曰:'请业则起,请益则起。'今请教于诸位师长者,解当前形势之惑,解心中欲为之惑,解辛、范两家祸福莫测之惑。辛弃疾,我的这位女婿,生性刚烈,作风大胆,惯于逆常理而行。去年,悲于张公德远之冤死而愤然辞职,使我与夫人惊骇心悸;继而漫游江河湖海,以寻觅传说中的'秦淮宝镜',使我与夫人骨冷胆寒;前日闻知已觅得'秦淮宝镜',使我和夫人茫然惶恐;昨夜又得知所谓的'秦淮宝镜'原是几页妄谈国事军事的'河图洛书',使我与夫人神魂战栗。特请诸位师长驾临草屋,借诸位师长之高才大智,审查其所谓的'河图洛书',传道授业,听之察之,训之教之;荒失者谴之,谬误者毁之,则辛门幸甚、范门幸甚,小婿辛弃疾和小女范若水亦幸甚。邦彦和夫人长揖拜托诸位师长了。"

谐语感人啊,戚方谐语应和:"美酒销魂,佳肴爽神,范公和'宗室公主'

已将我等架上'权知贡事'的宝座,我等能不遵从范公和'宗室公主'的训示,勉为其力,'鉴裁'这横空出世的'河图洛书'吗？"

席间响起了嘉宾们赞同的笑声和掌声。

赵氏高声急语辛弃疾:"幼安,快拜谢诸位师长,快献上你觅得的'秦淮宝镜'！"

辛弃疾欢声应诺,行至酒席下端五步处,长揖而跪拜,行学子之礼,在席间诸位"权知贡事"的肃穆关注中,起身而坐落在"就试"木桌之后的矮凳上。范若水捧一面黑漆木制镜匣置于木案之上,辛弃疾打开木制镜匣,取出的是一部厚厚的文稿。席间的"权知贡事"们几乎是同时凝聚了神情,屏住了呼吸,专注了目光,为一部厚厚的文稿所吸引。连席间的范家老夫妇以及出入厅堂的郭思隗等男女家仆,都噤声凝神了。整个"流溪修竹"刹那间呈现出一种异样的宁静。辛弃疾在这异样的宁静中,开始了情出肺腑、气涌血奔的"就试"禀报:

### 御戎十论

　　臣闻事未至而预图,则处之常有余;事既至而后计,则应之常不足。虏人凭陵中夏,臣子思酬国耻,普天率土,此心未尝一日忘。臣之家世,受廛济南,代膺阃寄,荷国厚恩。大父臣赞,以族众拙于脱身,被污虏官,留京师,历宿、亳,涉沂、海,非其志也。每退食,辄引臣辈登高望远,指画山河,思投衅而起,以纾君父所不共戴天之愤。尝令臣两随计利抵燕山,谛观形势,谋未及遂,大父臣赞下世。粤辛巳岁,逆亮南寇,中原之民屯聚蜂起,臣尝鸠众二千,隶耿京为掌书记,与图恢复,共籍兵二十五万,纳款于朝。不幸变生肘腋,事乃大谬。负抱愚忠,填郁肠肺。官闲心定,窃伏思念:今日之事,朝廷一于持重为成谋,虏人利于尝试以为得计,故和战之权常出于敌,而我特从而应之。是以燕山之和未几而京城之围急,城下之盟方成而两宫之狩远。秦桧之和反以滋逆亮之狂。彼利则战,倦则和,诡谲狙诈,我实何有? 唯是张浚符离之师粗有生气,虽胜不虑败,事非十全,然计其所丧,方诸既和之后,投闲踩蹦,由未若是之酷。而不识兵者,徒见胜不可保之为害,而不悟夫和而不可恃为膏肓之大病,亟遂龇舌以为深戒。臣窃谓恢复自有定谋,非符离小胜负之可惩,而朝廷公卿过虑、不言兵之可惜也。古人言"不以小挫而沮吾大计",正以此耳。

　　恭唯皇帝陛下。聪明神武,灼见事机,虽光武明谋,宪宗果断,所难比拟。一介丑虏尚劳宵旰,此正天下之士献谋效命之秋。臣虽至愚至陋,何能有知,徒以忠愤所激,不能自已。以为今日虏人实有弊之可乘,而朝廷上策唯预备乃为无患。故罄竭精恳,不自忖量,撰成御戎十论,名曰美芹。其三言虏人之弊,其七言朝廷之所当行。先审其势,次察其情,复观其衅,则敌人之虚实吾既详之矣;然后以其七说次第而用之,虏故在吾目中。唯陛下留乙夜之神,沈先物之机,志在必行,无惑群议,庶乎"雪耻酬百王,除凶报千古"之烈无逊于唐太宗。典冠举衣以复韩侯,虽越职之罪难逃;野心美芹而献于君,亦爱主之诚可取。唯陛下赦其狂僭而怜其愚忠,斧锧余生,实不胜万幸万幸之至。

## 审势第一

　　用兵之道,形与势二。不知而一之,则沮于形、眩于势,而胜不可图,且坐受毙矣。何谓形? 小大是也。何谓势? 虚实是也。土地之广,财赋之多,士马之众,此形也,非势也。形可举以示威,不可用以必胜。譬如转嵌岩于千仞之山,轰然其声,嵬然其形,非不大可畏也,然而暂留木拒,未容于直,遂有能迂回而避御之,至力杀形禁,则人得跨而逾之矣。若夫势则不然,有器必可用,有用必可济。譬如注矢石于高墉之上,操纵自我,不系于人,有轶而过者,抨击中射,唯意所向,此实之可虑也。自今论之,虏人虽有嵌岩可畏 之形,而无矢石必可用之势,其举以示吾者,特以威而疑我也,谓欲用以求胜者，固知其未必能也。彼欲致疑，吾且信之以为可疑；彼未必能，吾且意其或能；是亦未详夫形、势之辨耳。臣请得而条陈之：

虏人之地，东薄于海，西控于夏，南抵于淮，北极于蒙，地非不广也；虏人之财，签兵于民而无养兵之费，靳恩于郊而无泛恩之赏，又辅之以岁币之相仍，横敛之不恤，则财非不多也；沙漠之地，马所生焉；射御长技，人皆习焉，则其兵又可谓之众矣。

以此之形，时出而震我，亦在所可虑，而臣独以为不足恤者，盖虏人之地虽名为广，其实易攻，唯其无事，兵劫形制，若可纠合，一有惊扰，则愤怒纷争，割据蜂起。辛巳之变，萧鹧巴反于辽，开赵反于密，魏胜反于海，王友直反于魏，耿京反于齐、鲁，亲而葛王反于燕，其余纷纷所在而是，此则已然之明验，是一不足虑也。

虏人之财，虽名为多，其实难恃，得吾岁币唯金与帛，可以备赏而不可以养士；中原廪窖，可以养士，而不能保其无失。盖虏政庞而官吏横，常赋供亿民粗可支，意外而有需，公实取一而吏七八之，民不堪而叛；叛则财不可得而反丧其资，是二不足虑也。

若其为兵，名之曰多，又实难调而易溃。且如中原所签，谓之"大汉军"者，皆其父祖残于蹂践之余，田宅罄于捶剥之酷，怨忿所积，其心不一；而沙漠所签者，越在万里之外，虽其数可以百万计，而道里辽绝，资粮器甲一切取办于民，赋输调发非一岁而不可至。始逆亮南寇之时，皆是诛胁酋长、破灭资产，人乃肯从，未几中道窜归者已不容制，则又三不足虑也。

又况虏廷今日用事之人，杂以契丹、中原、江南之士，上下猜防。议论龃龉，非如前日粘罕、兀术辈之叶。且骨肉间僭杀成风，如闻伪许王以庶长出守于汴，私收民心，而嫡少尝暴之于其父，此岂能终以无事者哉。我有三不足虑，彼有三无能为，而重之以有腹心之疾，是殆自保之不暇，何以谋人？

臣亦闻古之善觇人国者，如良医之切脉，知其受病之处而逆其必殒之期，初不为肥瘠而易其智。官渡之师，袁绍未遽弱也，曹操见之，以为终且自毙者，以嫡庶不定而知之也。咸阳之都，会稽之游，秦尚自强也，高祖见之以为"当如是"矣，项籍见之以为"可取而代之者"，以民怨已深而知之。盖国之亡，未有如民怨、嫡庶不定之酷，虏今并有之，欲不亡何待！臣故曰："形与势异。"为陛下实深察之。

察情第二

两敌相持，无以得其情则疑，疑故易骇，骇而应之必不能详；有以得其情则定，定故不可惑，不可惑而听彼之自扰，则权常在我而敌实受其弊矣。古之善用兵者，非能务为必胜，而能谋为不可胜。盖不可胜者乃所以徐图必胜之功也。我欲胜彼，彼亦志于胜，谁肯处其败？胜败之情战于中，而胜败之机未有所决。彼或以兵来，吾敢谓其非张虚声以耀我乎？彼或以兵遁，吾敢谓其非匿形以诱我乎？是皆未敢也。然则如之何？曰："权然后知轻重，度而后知长短，定故也。""他人有心，予忖度之，审故也。"能定而审，敌情虽万里之远可定察矣。今吾藏战于守，未战而长为必战之待；寓胜于战，未胜而常有必胜之理。彼诚虚声以耀我，我以静应而不轻动；彼诚匿形以诱我，我有素备而不可乘；胜败既不能为吾乱，则故神闲而气定矣。然后徐以吾之心度彼之情，吾犹是彼亦犹是，南北虽有异虑，休戚岂有异趣哉！

虏人情伪，臣尝熟论之矣：譬如狩狗焉，心不肯自闲，击不则吠，吠而后却；呼之则驯，驯必致啮。盖吠我者忌我也，驯我者狎我也。彼何尝不欲战，又何尝不言和，为其实欲战而乃以和狎我，为其实欲和而乃以战要我，此所以和无定论而战无常势也，犹不可以不察。曩者兀术之死，固尝嘱其徒使与我和，曰："韩、张、刘、岳，近皆习兵，恐非若辈所敌。"则是其情意欲和矣。然而未尝不进而求战者，计出于忌我而要我也。刘豫之废，亶尝虑无以守中原，则请割三京；亶之弑，亮尝惧我有问罪之师，则又谋割三京而还梓宫；亮之殒，褒又尝缓我追北之师，则复谋割白沟河、以丈人行事我；是其情亦真欲和矣，非诈也。未几，亶之所割，视我守之人非其敌，则不旋踵而复取之；亮之所谋，窥我遣贺之使，知其无能为，则中辍而萌辛巳之逆；褒之所谋，悟吾有班师之失，无意于袭，则反复而有意外之请。夫既云和矣而复中辍者，盖用其狎而谋胜于我也。

今日之事，揆诸虏情，是有三不敢必战，二必欲尝试。何以言之？空国之师，商鉴不远，彼必不肯再用危道，万一猖獗，特不过调沿边戍卒而已，戍卒岂能必其胜，此一不敢必战也。海、泗、唐、邓等州，吾既得之，彼用兵三年而无成，则我有攻守之士，而虏人已非前日之比，此二不敢必战也。契丹诸胡侧目于其后，中原之士扼腕于其前，令之虽不得不从，从之未必不反，此三不敢战也。

有三不敢必战之形，惧吾之窥其弱而绝岁币，则其势不得不张大以要我，此一欲尝试也。贪而志欲得，求不能充其所欲，心唯务于侥幸，谋不暇于万全，此二欲尝试也。

且彼诚欲战耶，则必不肯张皇以速我之备。且如逆亮始谋南寇之时，刘麟、蔡松年一探其意而导之，则麟逐而松年鸩，恶其露机也。今诚必战，岂欲人遂知之乎！彼诚不敢必战耶，贪残无义，忿不顾败，彼何所恤？以母之亲、兄之长，一忤其意，一利其位，亮犹弑之，何有于我？况今沿海造舰，沿淮治具，包藏祸心，有隙皆可投，敢谓之终遂不战乎？大抵今彼虽无必敢战之心，而吾亦不可不防其欲尝试之举。彼于高丽、西夏，气足以吞之，故于其使之至也，坦然待之而无他；唯吾使命之去，则多方脁鲜，曲意防备。如人见牛羊未尝作色，而遇虎豹则厉声奋臂以加之，此又足以见其深有忌于我也。彼知有忌，我独无忌哉！我之所忌不在于虏欲必战，而在于虏幸胜以逾淮，而遂守淮以困我，则吾受其疾矣（御之之术，臣具于《守淮》篇）。

昔者，黥布之心，为身而不顾后，必出下策，薛公知之以告高祖，而布遂成擒。先零之心，恐汉而疑罕开，解仇结约，充国知之，以告宣帝，而先零自速败。薛公、充国非有风角鸟占之胜、枯茎朽骨之技，亦唯心定而虑审耳。朝廷心定而虑审，何情不可得，何功不可成。不求敌情之知，而观彼虚声诡势以为进退者，非特在困吾力，且失夫制胜之机为可惜。臣故曰："知敌之情而为之处者,绰绰乎其有余矣。"

## 观衅第三

自古天下离合之势常系乎民心,民心叛服之由实基于喜怒。喜怒之方形,视之若未有休戚;喜怒之既积,离合始决而不可制矣。何则?喜怒之情有血气者皆有之:饱而愉,暖而适,遽使之饥寒则怒;仰而事,俯而育,遽使之捐弃则痛;冤而求伸,愤而求泄,至于无所控告则怒;怒深痛巨而怒盈,服则合,叛则离。秦汉之际,离合之变,于此可以观矣。秦人之法惨刻凝密,而汉则破觚为圆,与民休息,天下不得不喜汉而怒秦;秦人则役繁赋重不恤,而汉则宽仁大度,务从简约,天下不得不喜汉而怒秦。怒之方形,秦自若也;怒之既积,则喜而有所属,秦始不得自保,遂离而合于汉矣。

方今中原之民,其心果何如哉?二百年为朝廷赤子,耕而食,蚕而衣,富者安,贫者济,赋轻役寡,求得而欲遂,一染腥膻,彼视吾民如晚妾之御嫡子,爱憎自殊,不复顾惜。方僭割之时,彼守未固,此讻(xiōng,争辩)未定,犹勉强姑息以示恩,时肆诛戮以贾威;既久稍玩,真情遂出,分布州县,半是胡奴,分朋植党,仇灭中华。民有不平,讼之于官,则胡人胜而华民则饮气以茹屈;田畴相邻,胡人则强而夺之;孳畜相杂,胡人则盗而有之;民之至爱者子孙,签军之令下,则贫富不同而丁壮必行;民之所惜者财力,营筑馈饷之役兴,则空室以往而休息无期;有常产者困窭(jù,贫寒),无置锥者冻馁。民初未敢遽叛者,犹狥于苟且之安,而恤(xù,惧怕)于积威之末。辛巳之岁,相挻(shān,引发)以兴,矫首南望、思恋旧主者,怒已深、痛已巨,而怒已盈也。逆亮自知形禁势格,巢穴迥遥,恐狂谋无成而窜身无所,故疾趣淮上,侥幸一胜,以谋溃中原之心而求归也。此机不一再,而朝廷虑不及此,中原义兵寻亦溃散。吁!甚可追惜也。

今而观之,中原之民业尝叛虏,虏人必不能释然于其心,而吾民亦岂能自安而无疑乎?疑则虑患深,操心危,是以易动而轻叛。朝廷未有意于恢复则已;诚有意焉,莫若于其无事之时,张大声势以耸之,使知朝廷偃然有可恃之资;存抚新附以诱之,使知朝廷有不忘中原之心。如是,则一旦缓急,彼将转相告谕,翕(xī,一致)然而起,争为吾之应矣。

又况今日中原之民,非昔日中原之民。曩者民习于治而不知兵,不意之祸如蜂虿(chài,蛇蝎)作于怀袖,智者不暇谋,勇者不及怒。自乱离以来,心安于斩伐而力闲于攻守,虏人虽暴,有王师为之援,民心坚矣。冯妇虽攘(năng,刺)臂,其为士笑之。孟子曰:"为汤武驱民者,桀与纣也。"臣亦谓今之中原离合之衅已开,虏人不动则已,诚动焉,是特为陛下驱民而已。唯静以待之,彼不亡何待!

## 自治第四

臣闻今之论天下者,皆曰:"南北有定势,吴楚之脆弱不足以争衡于中原。"臣之说曰:"古今有常理,夷狄之腥秽不可以久安于华夏。"

夫所谓南北定势者,粤自汉鼎之亡,天下离而为南北,吴不能以取魏,而晋足以并吴;晋不能以取中原,而陈亦终于毙于隋;与夫艺祖皇帝之取南唐、取吴越,天下之士遂以为东南地薄兵脆,将非命世之雄,其势固至于此。而蔡谟亦谓:"度今诸人,必不能辨此。吾见韩庐东郭踆俱毙而已。"

臣亦谓吴不能以取魏者,盖孙氏之割据,曹氏之猜雄,其德本无以相过,而西蜀之地又分于刘备,虽愿以兵窥魏,势不可得也。晋之不能取中原者,一时诸戎皆有豪杰之风,晋之强臣,方内自专制,拥兵上流,动辄问鼎,自治如此,何暇谋人? 宋、齐、梁、陈之间,其君臣又皆以一战之胜,蔑其君而夺之位,其心盖侥幸于人之不我攻,而所以攻人者皆其自固也。至于南唐吴越之时,适当圣人之兴,理固应耳,无足怪者。由此观之,所遭者然,非定势也。

且方今南北之势,较之彼时已大异矣。地方万里,而劫于夷狄之一姓,彼其国大而上下交征,政庞而华夷相怨,平居无事,亦规规然模仿古圣贤太平之事,以诳乱其耳目。是以其国可以言静而不可以言动,其民可与共安而不可与共危,非如晋末诸戎,四分五裂;若周秦之战国,唐季之藩镇,皆家自为国,国自为敌,而贪残吞噬、剽悍劲勇之习,纯用而不杂也。且六朝之君,其祖宗德泽涵养浸渍之难忘,而中原民心眷恋依依而不去者,又非得为今日比。臣故曰:"较之彼时,南北之势大异矣。"

当秦之时,关东强国莫楚若也,而秦楚相遇,动以数十万之众见屠于秦,君为秦虏而地为秦墟。自当时言之,是南北勇怯不敌之明验;而项梁乃能以吴楚子弟驱而之赵,救钜鹿,破章邯,诸侯之军十余壁者皆莫敢动,观楚之战士无不一当十,诸侯之兵皆人人惴恐,卒以阬秦军,入函谷,焚咸阳,杀子婴,是又可以南北勇怯论哉?方怀王入秦时,楚人之言曰:"楚虽三户,亡秦必楚。"夫岂彼能逆知其势之必至于此耶?盖天道好还,亦以其理而推之耳。故臣直取古今常理而论之。

夫所谓古今常理者:逆顺之相形,盛衰之相寻,如符契之必合,寒暑之必至。今夷狄所以取之者至逆也,然其所居者亦盛矣。以顺居盛,犹有衰焉;以逆居盛,固无衰乎?臣之所谓理者此也。不然,裔夷之长而据有中夏,子孙又有泰山万世之安,古今岂有是事哉!今之议者皆痛惩往者之事,而劫于积威之后,不推项籍之亡秦,而猥以蔡谟之论晋者以藉口,是犹怀千金之璧,不能斡营低昂,而摇尾于贩夫;惩蝮蛇之毒,不能祥覈(hé,核实)真伪,而褫(chǐ,剥夺)魄于雕弓。亦已过矣。故臣愿陛下:姑以光复旧物而自期,不以六朝之势而自卑,精心强力,日与二三大臣讲求古今南北之势,知其不侔而不为之惑,则臣固当为陛下言自治之策。

今之所以自治者不胜其多也:官吏之盛否,民力之优困,财用之丰耗,士卒之强弱,器械之良窳(yǔ,坏),边备之废置,此数者皆有司之事,陛下亦次第而行之,臣不能悉举也。顾今有大者二,陛下知之而未果行、大臣难之而不敢发者,一曰绝岁币,二曰都金陵。臣闻今之所以待虏,以缗计者二百余万,以天下之大而为生灵社稷计,曾何二百余万之足云?臣不为二百余万缗惜也。钱塘金陵俱在大江之南,而其形势相去亦无几矣,岂以为是数百里之远而遽有强弱之辨哉！臣不为数百里计也。然而绝岁币则财用未可以遽富，都金陵则中原未可以遽复，是三尺童子之所知，臣之区区以是为言者，盖古之英雄拨乱之君，必先内有以作三军之气，外有以破敌人之心，故曰："未战养其气。"又曰："先人有夺人之心。"今则不然：待敌则恃驲好于金帛之间，立国则借形势于山湖之险，望实俱丧，莫此为甚。使吾内之三军，习知其上之人畏怯退避之如此，以为夷狄必不可敌，战守必不可恃，虽有刚心勇气，亦销铄萎靡而不振，臣不知缓急将谁使之战哉！借使战，其能必胜乎？外之中原民心，以为朝廷置我于度外，谓吾无事则知自备而已，有事则将自救之不暇，向之袒臂疾呼而促逆亮之毙、为吾响应者，它日必无若是之捷也。如是则敌人将安意肆志而为吾患。今绝岁币、都金陵，其形必至于战。天下有战形矣，然后三军有所怒而思奋，中原有所恃而思乱，陛下间取其二百余万缗者以资吾养兵赏劳之费，岂不为朝廷之利乎？然此二者在今日未可遽行。臣观虏人之情，玩吾之重战，而所求未能充其欲，不过一二年必以战而要我，苟因其要我而遂绝之，则彼亦将自沮，而权固在我矣。

议者必曰："朝廷全盛时，西、北二虏亦不免于赂。今我有天下之半，而虏倍西、北之势，虽欲不赂，得乎？"臣应之曰："是赵之所以待秦也。"昔者秦攻邯郸而去，赵将割六县而与之和，虞卿曰："秦之攻赵也，倦而归乎？抑其力尚能进，且爱我而不攻乎？"王曰："秦之攻我也，不遗余力矣。必以倦而归矣。"虞卿曰："秦以其力，攻其力所不能取，倦而归；王又以其力之所不能攻以资之，是助秦自攻也。"臣以为虞卿之所以谋赵者，是今日之势也。且今日之势，议者固以东晋自卑矣。求之于晋，彼亦何尝退金陵、输岁币乎？

臣窃观陛下圣文神武，同符祖宗，必将凌跨汉唐、鞭笞异类，然后为称，岂能郁郁久居此者乎？臣愿陛下酌古以御今，毋惑于纷纭之论，则恢复之功，可必其有成。

古人云："谋及卿士，谋及庶人。"又曰："作屋道边，三年不成。"盖谋贵众、断贵独,唯陛下深察之。

## 守淮第五

　　臣闻用兵之道,无所不备则有所必分,知所必守则不必皆备。何则?精兵骁骑,十万之屯,山峙雷动,其势自雄,以此为备,则其谁敢乘?离屯为十,屯不过万,力寡气沮,以此为备,则备不足恃。此聚屯分屯之利害也。臣尝观两淮之战,皆以备多而力寡,兵慑而气沮,奔走于不必守之地,而撄虏人远斗之锋,故十战而九败。其所以得画江而守者,幸也。且今虏人之情,臣固以论之矣,要不过以戍兵而入寇,幸成功而无内祸;使之逾淮,将有民而抚之,有城而守之,则始足以为吾患。夫守江而丧淮,吴、陈、南唐之事可见也。且我入彼出,我出彼入,旷日持久,何事不生?曩者兀术之将曰韩常,刘豫之相曰冯长宁者,皆尝以是导之,讵知其他日之计,终不出于此乎?故臣以为守淮之道,无惧其必来,当使之兵交而亟去;无幸其必去,当使之他日必不敢犯也。为是策者,在于彼能入吾之地,而不能得吾之战;彼能攻吾之城,吾能出彼之地。然而非备寡力专则不能也。

　　且环淮为郡凡几?为郡之屯又几?退淮而江为重镇,曰鄂渚、曰金陵、曰京口,以至于行都扈跸之兵,其将皆有定营,其营皆有定数,此不可省也。环淮必欲皆备,则是以有限之兵而用无所不备之策。兵分势弱,必不可以折其冲。以臣策之,不若聚兵为屯,以守为战,庶乎虏来不足以为吾忧,而我进乃可以为彼患也。

　　聚兵之说如何?虏人之来,自淮而东,必道楚以趣扬;自淮而西,必道濠以趣真,与道寿以趣和;自荆襄而来,必道襄阳以趣荆。今吾择精骑十万,分屯于山阳、濠梁、襄阳三处,而于扬或和置一大府以督之。虏攻山阳,则坚壁勿战,而虚盱眙、高邮以饵之,使濠梁分其半,与督府之兵横击之,或绝饷道,或邀归途。虏并力于山阳,则襄阳之师出唐、邓以扰之。虏攻濠梁,则坚壁勿战,而虚庐、寿以饵之,使山阳分其半,与督府之兵亦横击之。

虏并力于濠梁,而襄阳之师亦然。虏攻襄阳,则坚壁勿战,而虚郢、复以饵之,虏无所获,亦将聚淮北之兵以并力于此,我则以濠梁之兵制其归,而山阳之兵自沭阳以扰沂、海。此正所谓:不恃敌之不敢攻,而恃吾能攻彼之所必救也。

臣窃谓:"解杂乱纷纠者不控卷(quān,弓弩),救斗者不搏撠(jǐ,接触),批亢捣虚,形格势禁,则自为解矣。"昔人用兵,多出于此。故魏赵相攻,齐师救赵,田忌引兵疾走大梁,则魏兵释赵而自救,齐师因大破之于桂陵。后唐庄宗与梁相持于杨刘、德胜之间,盖尝蹙而不胜,其后用郭崇韬之策,七日入汴而梁亡。兵家形势,从古已然。

议者必曰:"我知捣虚以进,彼亦将调兵以拒,进遇其实,未见其虚。"是大不然。彼沿边为守,其兵不过数万,既已厚屯于三城之冲,其余不容复多。兵少而力不足,未能当我全师者,又非其所虑也。又况彼纵得淮,而民不服,且有江以为之阻,则犹未足以为利。我得中原,而箪壶迎降,民心自固,且将不为吾守乎?如此则在我者甚坚,而在彼者甚瑕(薄弱)。全吾所甚坚,攻彼所甚瑕,此臣所谓兵交而必亟去,兵去而不敢复犯者此也。呜呼!安得斯人而与之论天下之哉!

## 屯田第六

赵充国论备边之计曰:"湟中积穀三百万斛,则羌人不敢动。"李广武为成安君谋曰:"要其辎重,十日不至,则二将之头可致者。"此言用兵制胜以粮为先,转饷给军以通为利也。必欲使粮足而饷无间绝之忧,唯屯田为善。而屯田盖亦难行。

国家经画,于今几年,而曾未睹夫实效者,所以驱而使之耕者非其人,所以为之任其责者非其吏,故利未十百而害已千万矣。名曰屯田,其实重费以敛怨也。何以言之?市井无赖小人,为其懒而不事事,而迫于饥寒,故甘捐躯于军伍,以就衣食而苟闲纵,一旦警急,擐甲操戈以当矢石,其心固偃然自分曰："向者吾无事而幸饱暖于官,今焉官有事而责死力于我。"且战胜犹有累资补秩之望,故安之而不辞;今遽而使之屯田,是则无事而不免耕耘之苦,有事而又履夫攻守之危,彼必曰："吾能耕以食,岂不能从富民租佃以为生,而轻失身于鏖戮?上能驱我于万死,岂不能捐穀帛以养我,而重役我以辛勤?"不平之气无所发泄,再畎亩则邀夺民田、胁掠酒肉,以肆无稽,践行阵则呼愤扼腕、疾视长上,而不可为用。且曰:"吾自耕自食,官何用我焉。"是诚未睹夫享成之利也。鲁莽灭裂,徒费粮种,只见有害,未闻获利,此未为策之善。

如臣之说,则曰:向者之兵怠惰而不尽力,向者之吏苟且而应故事。不如籍归正军民厘为保伍,择归正不厘务官,擢为长贰,使之专董其事。且彼自虏中被签而来,未耦之事盖所素习。且其生同乡井,其情相得,上令下从,不至生事。唯官为之计其闲田顷亩之数、与夫归正军民之目,土人以占之田不更动摇,以重惊扰。归正之人家给百亩,而分为二等;为之兵者,田之所收尽以予之;为之民者,十分税一,则以为凶荒赈济之储。室庐、器具、粮种之法一切遵旧,使得植桑麻、蓄鸡豚,以为岁时伏腊婚嫁之资。彼必忘其流徙,便于生养。无事则长贰为劝农之官,有事则长贰为主兵之将,许其理为资考,久于其任,使得悉心于教劝。而委守臣、监司核其劳绩,奏与迁秩而不限举主。人孰不更相劝勉以赴功名之会哉。且今归正军民散在江、淮,而此方之人,例以异壤视之。不幸而主将亦以其归正,则求自释于庙堂,又痛事行迹,愈不加恤。间有挟不平、出怨语,重典已絷其足矣。所谓小名目者,仰俸给为活,胥吏沮抑,何尝以时得?呜呼!此诚可悯也,诚非朝廷所以怀诱中原忠义之术也。

闻之曰:"因其不足而利之,利未四、五而恩逾九、十。"此正屯田非特为国家便,而且亦为归正军民之福。

议者必曰:"归正之人常怀异心,群而聚之,虑复生变。"是大不然也。且和亲之后,沿江归正军民,官吏失所以抚摩之惠,相扳北归者莫计,当时边吏亦皆听之而莫为制,此岂独归正军人之罪?今之留者既少安矣,更为屯田以处之，则人有常产而上无重敛，彼何苦叛去以甘虏人横暴之诛求哉！若又曰"恐其窃发"，且人唯不自聊赖，乃攘夺以苟生，诚丰沃矣，何苦如是？饥者易为食，必不然也。诚使果耳，疏而远之于江外，不犹愈于聚乎内而重惊扰乎？且天下之事，逆虑其害而不敢求其利，亦不可言智矣。

盖今所谓御前诸军者，待之素厚而仰之素优，故骄。骄则不可复使，此甚易晓也。若夫州郡之卒异于是。彼非天子爪牙之故，可以劳之而不怨，而其大半出于农桑失业之徒，故狃于野而不怨。往年尝猎其丁壮劲勇者为一军矣，臣以为可辈徙此军，视归正军民之数，倍而发之，使阡陌相连，庐舍相望，并耕乎两淮之间。彼其名素贱，必不敢倨视归正军民而媒怨；而归正军民视之，犹江南之兵也，亦必有所忌而不敢逞。势足以禁归正军民之变，力足以尽屯田之利，计有出于此者乎？

昔商之顽民相率为乱，周公不诛，而迁之洛邑，曰："商之臣工，乃湎于酒，毋庸杀之，姑唯教之。"其后康王命毕公，又曰："不臧（善，好意）厥（那个）臧，民罔攸劝。"始则迁其顽而教之，终则择其善而用之。圣人治天下未尝绝物固如此。今归正军人聚于两淮而屯田以居之，核其劳绩而禄秩以诱之，内以节冗食之费，外以省转饷之劳，以销桀骜之变，此正周人待商民之法，秦人使人自为战之术，而井田兵农之遗制也。况皆吾旧赤子，非如商民在周之有异念，术而使之，天下岂有不济之事哉！

## 致勇第七

臣闻行阵无死命之士，则将虽勇而战不能必胜；边陲无死事之将，则相虽贤而功不能必成。将骄卒惰，无事则已，有事而其弊犹耳，则望贼先遁，临敌遂奔，几何而不败国家事。人君责成于宰相，宰相身任乎天下，可不有以深探其情而逆为之处乎？盖人莫不重死，唯有以致其勇，则惰者奋、骄者耸，而死有所不敢避。呜呼！此正鼓舞天下之至术也。致之如何？曰：将帅之情与士卒之情异，而所以致之之术亦不可得而同。何则？致将帅之

勇,在于均任而投其所忌,贵爵而激其所慕;致士卒之勇,在于寡使而纾其不平,速赏而恤其已亡。臣请得而备陈之:

今之天下,其弊在于儒臣不知兵,而武臣有以要其上,故阃外之事,朝廷所知者胜与负而已;所谓当进而退、可攻而守者,则朝廷有不及知也。彼其意盖曰:"平时清要,儒臣任之;一旦扰攘,而使我履矢石!吾且幸富贵矣。岂不能逡巡自爱,而留贼以固位乎!"向者淮上之帅,有迁延而避虏者,是其事也。臣今欲乞朝廷于文臣之中,择其廉重通敏者,每军置参谋一员,使之得以陪计议、观形势,而不相统摄。非如唐所谓监军之比。彼为将者心有所忌,而文臣亦因之识行阵、谙战守,缓急均可以备边城之寄;而将帅临敌,有可进而攻之之便,彼知缙绅之士亦识兵家利害,必不敢依违养贼以自封,而遗国家之患。此之谓均任而投其所忌。

凡人之情,未得志则冒死亡以求富贵,已得志则保富贵而重其生。古人论御将者,以才之大小为辨,谓御大才者如养骐骥,御小才者如养鹰犬。然今之将帅,岂皆其才大者,要之饱则飞去,亦有如鹰者焉!向者虹县、海道之帅,有得一邑、破数舰,而遽以节钺,使相与之者,是其事也。臣欲乞朝廷靳重爵命,齐量其功,等第而予之。非谓无予之,谓徐以予之,且欲使之常亹亹(wěi,勤勉)然有歆慕未足之意,以要其后效。而戒谕文吏,非有节制相临者,必以资级为礼,与左选人均,毋使如正使、遥郡者间有趋伏堂下之辱,如唐以金紫而执役之类。彼被介胄者,知一爵一命之可重,而朝廷无左右选贵贱之别,则亦矜持奋励,尽心于朝廷,而希尊荣之宠。此之谓贵爵而激其所慕。

营幕之间,饱暖有不充,而主将歌舞无休时;锋镝之下,肝脑不敢保,而主将雍容于帐中;此亦危且勩(yì,劳苦)矣。而平时又不予之休息以养其力,至使之舁(yú,抬)土运甓(pì,砖),以营私室而肆鞭挞,彼之心怀愤挟怨,唯恐天下之无事、以求所谓快意肆志者而邀其上,谁肯挺身效命以求胜敌哉!兵法曰:"视卒如爱子。"故古之贤将,有与士卒最下者同衣食而分劳苦。臣今欲乞朝廷明敕将帅,自教阅外,非修营、治栅名公家事者,不得私有役使，以收士卒之心。此之谓寡使而纾其不平。

人莫不恶死，亦莫不有父母妻孥之爱。冒万死、幸一生，所谓奇功斩获者，有一资半级之望，朝廷较其毫厘而裁抑之；赏定而付之于军，则胥吏轧之、主将邀之，不得利不与。敌去师捷，主将享大富贵，而士卒有一命又复沮格如此。不幸而死，妻离子散，香火萧然，万事瓦解。未死者见之，谁不生心？兵法曰"军赏不逾时"，而古之贤将，盖有为士卒裹创、恤孤者。臣今欲乞朝廷遇有赏命，特与差官携至军中，呼名给付；而死事之家，申敕主将，曲加抚劳，以结士卒之欢。此之谓速赏而恤其已亡。如此则骄者化而为锐，惰者化而为力。有不守矣，守之而无不固；有不攻矣，攻之而无不克。

凡兹数事，非有难行重费，朝廷何惜而不举，以收将卒他日之用哉？臣窃观陛下向尝训百官以宠武臣，隆恩数以优战伐，是诚有意于激励将卒矣；然其间尚有行之而未及详，已行而旋复弛之事。欲望陛下察臣所以得于行伍之说如此，而明付之宰相，使之审处而力行之，庶几有以得上下之欢心，而急难不至于误国，此实天下之至计也。

## 防微第八

古之为国者，其虑敌深，其防患密。故尝不吝爵赏以笼络天下智勇辩力之士，而不欲一夫有忧愁怨怼、亡聊不平之心以败吾事。盖人之有智勇辩力者，是皆天民之秀杰者，类不肯自已，苟大而不得见用于世，小而又饥寒于其身，则其求逞之志，果于毁名败节，凡可以纾忿充欲者，无所不至矣。是以敌国相持，胜负未决，一夫不平，输情于敌，则吾之所忌，彼知而投之，吾之所长，彼习而用之。投吾所忌，用吾所长，是殆益敌资而遗敌胜耳，不可以不察。传曰："谨备于其外，患生于其内。"正圣人所以深致意，而庸人以为不足虑也。

昔者楚公子巫臣尝教吴乘车射御，而吴得以逞。汉中行说尝教单于毋爱汉物，而汉有匈奴之忧。史传所载，此类甚多。臣之为今日虑者，非以匹夫去就可以为朝廷重轻,盖以为泄吾之机,足以增虏人之颉颃耳。何则?科举不足以尽笼天下之士,而爵赏亦不足以尽縻归附之人,与夫逋(逃亡)寇穷民之无所归、茹冤抱恨之无所泄者,天下亦不能尽无,窃计其中亦有杰然自异而不徇小节者矣。彼将甘心俯首、守死于吾土地乎?抑亦坏垣越栅而求试于他域乎?是未可知也。臣之为是说者,非欲以耸陛下之听而行己之言,盖亦有见焉耳。请试言其大者:

逆亮之南寇也,海道舟楫,则平江之匠实为之;淮南唯秋之防,而盛夏入寇,则无锡之士实悉(jì,怨恨)之;克敌弓弩,虏兵所不支,今已为之;殿司之兵,比他卒为骄,今已知之。此数者岂小事哉!如闻皆其北归之人、叛军之长,教之使然。且归正军民,或激于忠义,或迫于虐政,故相扳来归,其心诚有所慕也,前此陛下尝许以不遣矣。自去年以来,虏人间以文牒请索,朝廷亦时有曲从,其间有知诗书识义分者,如解元振辈,上章请留,陛下既已旌赏之矣。若俗所谓泗州王等辈,既行之后,得之道理,皆言阴通伪地,教其亲戚诉诸虏庭,移牒来请,此必其心有所不乐于朝廷者。若此辈虽阘茸(tà rǒng,微贱)无能,累千百万举发以归之,固不足恤,然人之度量相越、智愚不同,或其中亦有所谓杰然自异者。患生所忽,渐不可长。臣愿陛下广含弘之量,开言事之路,许之陈说利害,官其可采,以收拾江南之士;明昭有司,时散俸廪,以优恤归明归正之人。外而敕州县吏,使之蠲(juān,免除)除科敛,平亭狱讼,以抒其逃死蓄愤无所申诉之心。其归正军民,或有再索而犹言愿行者,此必阴通伪地,情不可测。朝廷既无负于此辈,而犹反复若是,陛下赫然诛其一二,亦可以绝其奸望。不然,则纵之而不加制,玩之而不加恤,恐他日万一有如先朝张源、吴昊之西奔,近日施宜生之北走,或能驯致边陲意外之扰,不可不加意焉!

臣闻之:鲁公甫文伯死,有妇人自杀于房者二人,其母闻之不哭,曰:"孔子贤人也。逐于鲁而是人不随,今死而妇人为自杀,是必于其长者薄、于其妇人厚。"议者曰:"从母之言则是为贤母,从妻之言则不免为妒妻。"今臣之论归正归明军民,诚恐不悦臣之说者以臣为妒妻也。唯陛下深察之。

## 久任第九

臣闻天下无难能不可为之事，而有能为必可成之人。人诚能也，任之不专则不可以有成。故孟子曰："五谷，种之美者也，苟为不熟，不如稊稗。"何则？事有操纵在我，而谋之已审，则一举而可以遂成；事有服叛在人，而谋之虽审，亦必持久而后可就。盖自古夷狄为中国患，彼皆有争胜之心，圣人方调兵以正天诛，任宰相以责成功，非如政刑礼乐，发之自己，收之亦自己之易也。朝而用兵，夕而遂胜，公卿大夫交口归之，曰："此宰相之贤也。"明日而临敌，后日而闻不利，则群起而媒蘖之，曰："宰相不足与折冲也。"乍贤乍佞，其说不一，于是人君亦不能自信，欲求之立事，难矣哉！

臣读史，尝窃深嘉越句践、汉高祖之能任人，而种、蠡、良、平之能处事：骤而胜，遽而败，皆不足以动其心，而信之专，期之成，皆如其所料也。观夫会稽之栖，五年而吴伐齐，虚可乘也，种、蠡如不闻；又四年，吴伐齐，虚可乘也，种、蠡反发兵助之；又二年，吴伐齐不胜，而种、蠡始袭破之，可以取之，种、蠡不取；又九年而始一举灭之。盖历二十又三年，而句践未尝以为迟而夺其权。丰沛之兴，秦二年，汉败于薛；汉元年，高帝厄于鸿门；又二年衄(nǜ，失败)于彭城；又三年，困于荥阳；又五年不利于夏南。良、平何尝一日不从之计议，然未免于龃龉者，盖历五年而始蹶项立刘，高帝亦未尝以为疏而夺其权。诚以一胜一败，兵家常势，惩败狃(niǔ，贪)胜，非策之上。故古之人君，其信任大臣也，不间于谗说；其图回大功也，不恤于小节；所以能责难能不可为之事于能为必可成之人而收其效也。

虏人为朝廷患，如病疽焉。病根不去，终不可以为身安。然其决之也，必加炷刃(手术)，则痛亟而无后悔；而其销之也，止于傅饵(敷药)，则痛迟而终为大患。病而用医，不一其言，至炷刃方施而傅饵移之，傅饵未几而炷刃夺之；病不已而乃咎医。吁！亦自惑也。

　　且御戎有二道，唯和与战。和固非常策，然太上皇帝用秦桧一十九年而无异论者，太上皇帝信之之笃而秦桧守之之坚也。今日之事，以和为可以安，而臣不敢必其盟之可保；以为战为不可讲，而臣亦不敢必其兵之可休。唯陛下推至诚，疏谗慝，以天下之事尽付之宰相，使得优游无疑，以悉力于图回，则可和与战之机，宰相其任之矣。

　　唐人视相府如传舍（旅店），其所成者果何事？淮蔡之功，裴度用而李师道遣刺客以缓师，高霞寓败而钱微、萧俛以为言，宪宗信之深，任之笃；令狐楚之罢为中书舍人，李逢吉之出为节度，皆以沮谋而见疏。故君以断、臣以忠，而能成中兴之功。

　　而顷者张浚虽未有大捷，亦未至大败，符离一挫，召还摈路，遂以罪去，恐非越句践、汉高帝、唐宪宗所以任宰相之道。

　　非特此也，内而户部出纳之源，外而泉曹总司之计，与夫边郡守臣、屯戍守将，皆非朝夕可以责其成功者。

　　臣愿陛下要成功于宰相，而使宰相责成功于计臣、守将，俾其各得专于职治，而以禄秩旌其劳绩，不必轻移遽迁，则人无苟且之心，乐于奋激以自见其才。一纲既举，众目自张，天下之事犹有不办者，臣不敢信其然也。

## 详战第十

　　臣闻鸱鸮不鸣，要非祥禽；豺狼不噬，要非仁兽。此虏人虽未动而臣固将以论战。何则？我无尔诈，尔无我虞。然后两国可恃以定盟，而生灵可恃以弭兵。今彼尝有诈我之情，而我亦有虞彼之备，一诈一虞，谓天下不至于战者，惑也。明知天下之必战，则出兵以攻人，与坐而待人之攻也，孰为利？战人之地，与退而自战其地者，孰为得？均之不免于终战，莫若先出兵以战人之地，此固天下之至权、兵家之上策，而微臣之所以敢妄论也。

　　详战之说奈何？详其所战之地也。兵法有九地，皆因地而为之势。不详其地、不知其势者，谓之"浪战"。故地有险易、有轻重。先其易者，险有所不攻;破其重者,轻有所不取。今日中原之地,其形易、其势重者,果安在哉?曰:山东是也。不得山东则河北不可取,不得河北则中原不可复。此定势,非臆说也。古人谓用兵如常山之蛇,击其首则尾应,击其尾则首应,击其身则首尾俱应。臣窃笑之,夫击其尾则首应、击其身则首尾俱应,固也;若击其首则死矣,尾虽应,其事有济乎?方今山东者,虏人之首,而京、洛、关、陕则其身其尾也。由泰山而北,不千二百里而至燕,燕者虏人之巢穴也。自河失故道,河朔无浊流之阻,所谓千二百里者,从枕席上过师也。山东之民,劲勇而喜乱,虏人有事,常先穷山东之民;天下有变,而山东亦常首天下之祸。至其所谓备边之兵,较之他处,山东号为简略。且其地于燕为近,而其民素喜乱,彼方穷其民、简其备,岂真识天下之势也哉。今夫二人相搏,痛其心则手足无强力;两阵相持,噪其营则士卒无斗心。固臣以谓:兵出沭阳(海州属县),则山东指日可下;山东已下,则河朔必望风而震;河朔已震,则燕山者,臣将使之塞南门而守。请试言其说:

虏人列屯置戍,自淮阳以西,至于沔、陇(海州防御去处,故此不论),杂女真、渤海、契丹之兵不满十万。关中、洛阳、京师三处,彼以为形势最重之地,防之为甚深,备之为甚密,可因其为重,大为之名以信之。扬兵于川蜀,则曰:"关、陇、秦、汉故都,百二之险。吾不可以不争。"扬兵于襄阳,则曰:"洛阳吾祖宗陵寝之旧,废祀久矣,吾不可以不取。"扬兵于淮西,则曰:"京师吾宗庙社稷基本于此,吾不可以不复。"多为旌旗金鼓之形,佯为志在必取之势,已震关中,又骇洛阳;以骇洛阳,又声京师。彼见吾形、忌吾势,必以十万之兵而聚三地,且沿边郡县亦必皆守而后可,是谓"无所不备则无所不寡"。如此,则燕山之卫兵、山东之户民(女真山东之屯田者不满三万,此兵不俱可用)、中原之签军,精兵锐卒必举以至,吾乃以形牵之,使不得遽去,以势留之,使不得遂休,则山东之地固虚邑也。山东虽虚,窃计青、密、沂、海之兵,犹有数千,我以沿海战舰,驰突于登、莱、沂、密、淄、淮之境,彼数千兵者,尽分于屯守矣。山东诚虚,盗贼必起,吾诱群盗之兵,使之溃裂四出;而陛下徐择一骁将,以兵五万,步骑相半,鼓行而前,不三日而至兖、郓之郊,臣不知山东诸郡将谁为王师敌哉!山东已定,则休士秣马,号召忠义,教以战守,然后传檄河朔诸郡,徐以兵蹑其后,此乃韩信所以破赵而举燕也。天下之人,知王师恢复之意坚,虏人破灭之形著,则契丹诸国,如窝斡、鹧巴之事,必有相轧而起者。此臣所以使燕山塞南门而守也。彼虏人三路备边之兵,将北归以自卫耶?吾已制其归路,彼又虞淮西、襄阳、川蜀之兵,未可释而去也。抑为战与守耶?腹心已溃,人自解体,吾又将突出其背而夹击之。当此之时,陛下筑城而降其兵亦可;驱而之北,反用其锋亦可;纵之使归,不虞而后击之亦可。臣知天下不足定也。

然海道与三路之兵,将不必皆勇,士不必皆锐。盖臣将以海道三路之兵为正,而以山东为奇;奇者以强,正者以弱;弱者牵制之师,而强者必取之兵也。古之用兵者,唐太宗其知此矣,尝曰:"吾观行阵形势,每战必使弱常遇强、强常遇弱。敌遇吾弱,追奔不过数十百步;吾击敌弱,常突出自背反击之,以是必胜。"然此特唐太宗用之于一阵间耳。臣以为天下之势,避实击虚,不过如是。苟曰不然,必将驱坚悉锐,由三路以进,寸攘尺取,为恢复之谋,则吾兵为虏弱久矣,骤而用之,未尝不败。近日符离之战是也。假设陛下一举而取京、洛,再举而复关、陕,彼将南绝大河,下燕、蓟之甲,东逾泗水,漕山东之粟,陛下之将帅,谁与守此?曩者三京之役是也。借能守之,则河北犹未病;河北未病,则雌雄犹未决也。以是策之,陛下其知之矣。

昔韩信请于高祖,愿以三万人北举燕、赵,东击齐,南绝楚之粮道,而西会于荥阳。耿弇(yǎn)言于光武,欲先定渔阳,取涿郡,还收富平,而东下齐。皆越人之都而谋人之国,二子不以为难能,而高祖、光武不以为可疑,卒藉之以取天下者,见之明而策之熟也。由今观之,使高祖、光武不信其言,则二子未免为狂。何者?落落而难合也。如臣之论,焉知不有谓臣为狂者乎!虽然,臣又有一说焉。为陛下终言之:

臣前所谓兵出山东,则山东之民必叛虏以为我应,是不战而可定也。议者必曰:"辛巳之岁(公元1101年,徽宗赵佶建中靖国元年),山东之变已大矣,然终无一人为朝廷守尺寸土以基中兴者,何也?"臣之说曰:"北方郡县,可使为兵者,皆锄犁之民,可使以用此兵而成事者,非军府之黥卒,则县邑之弓兵也。"何则?锄犁之民,寡谋而易聚,惧败而轻敌,使之坚战而持久,则败矣。若夫黥卒之与弓兵,彼皆居行伍,走官府,皆知指呼号令之不可犯,而为之长者更战守,其部曲亦稔熟于其赏罚进退之权。建炎之初,如孔彦舟、李成辈,杀长吏,驱良民,胶固而不散者,皆此辈也。然辛巳之岁,何以不变?曰:"东北之俗,尚气而耻下人。当是时,耿京、王友直辈奋臂陇亩,已先之而起,彼不肯俯首听命以为农夫下,故宁撄城而守,以须王师而自为功也。"臣尝揣量此曹,间有豪杰可与立事者,然虏人薄之而不以战,自非土木之兴筑、官吏之呵卫,皆不复用。彼其思一旦之变,以逞夫平昔悒快勇悍之气,抑甚于锄犁之民。然而计深虑远,非见王师则未肯轻发。陛下诚以兵入其境,彼将开门迎降唯恐后耳。得民而可以使之将,得城而可以使之守,非于此焉择之,未见其可也。故臣于详战之未而备论之。

　　辛弃疾朗朗的禀报声戛然而止,一场剖腹交心的"就试"完成了,厅堂里万籁无声,所有的人似乎都被辛弃疾拉进这篇有关军国大事的方略的思考中。

　　辛弃疾将近一个时辰的"就试",其心至诚,洋洋洒洒的万言《御戎十论》的字里行间,悲愤的呼号声,恳切的请求声,犀利的雄辩声……震撼着人们的灵魂,使听闻者耳不觉累,目不觉涩,头脑突觉清爽,心胸突觉亮堂。西晋文学家陆机(字士衡)在其所著《文赋》中感慨的"精骛八极、心游万仞""观古今于须臾,抚四海于一瞬",也许就是这种神奇的感觉吧!席间"权知贡事"们,似乎仍在"时速变缓"、不曾察觉的"须臾""一瞬"中,享受着这种灼热人心的真诚。

　　一部洋溢着智慧与理想的美文的征服力,有时会使人们的灵魂陶醉而痴迷,即便是虚无缥缈的幻影,也会使人心向往而忘我。老子《道德经》中描绘的"道可道,非常道,名可名,非常名""无为而无不为"的洒脱迷离的世界,庄子《齐物论》中追求的"天地与我并生,万物与我为一"的蝶化圣地,不是享受着一代又一代学者、智者的膜拜吗?辛弃疾禀报的《御戎十论》,诚然不如《道德经》般深邃奥秘,不如《齐物论》那样扑朔浪漫,但其独具的呕心沥血之美,雄毅自强之美和这美的电闪雷鸣,正在征服着厅堂里人们的心灵。席间的"权知贡事"们,都在洋洋洒洒的《御戎十论》中享受着战地烽烟雄威壮美的震撼。

戚方全然沉浸于悲喜交加的激越情感中。

自绍兴十一年(公元1142年)九月,岳元帅屈死风波亭、韩元帅失权西湖滨后的二十年间,临安中枢仍然不知悔改地热衷于与金国"和议",更加丧心病狂地视军旅为"和议"的碍物,疑之、厌之、贬之,遂使军旅日益艰困,军魂日益失落,庙堂之上,除了强化临安皇宫大内的戒备外,对各镇军旅备战之事,几乎是无人问津:其间纵有遭贬重臣陈康伯、辛次膺、胡铨等人的"强军呼吁",但无人回应。金兵南侵,朝廷惊骇,虽有力主抗金文武臣僚虞允文、张浚、刘锜、李显忠等人"率部反击"和"浴血奋战",但都是朝廷危难时的"用而招之"和危难过后的"用完弃之"。士卒在默默中死去,将领在默默中凋零,军旅之哀,莫此为甚啊!突然,雷霆炸响了,江河怒吼了,一部昭雪耻辱、强国强军的策论出现了,一个老兵的心能不激动吗?一个老兵的血能不沸腾吗?一个老兵的情感,能不为这部洞察敌我、鞭辟入里的雄文欢呼唱赞吗?举旗抗金的辛弃疾,聚义山寨的辛弃疾,"决策南向"的辛弃疾,确有燕国名将乐毅的才智谋略啊!可歌舞升平的临安,真有燕昭王这样招贤尊贤的人物吗?他的思绪为这部《御戎十论》及其进奏者辛弃疾的命运,飞向了五百里外的临安城。

"天风海涛之曲,犀利精辟之音,以位卑人微之躯,指点河山,臧否朝政,侃侃万言《御戎十论》,明晃晃提示了二十年来国策大略的荒谬缺失,并提出匡正之策,才情横溢,豪气凌云啊!"刘刚在惊奇和震撼中,认识了初次谋面的辛弃疾。他赞赏其才智,赞赏其胆识,也为其直言不讳而提心吊胆。他默默自语,血气方刚的辛弃疾,你以这部《御戎十论》进奏,就不怕朝廷热衷于"和议"的权势人物口诛笔伐吗?在提心吊胆的关爱中,他反复琢磨着这惊世惊人的《御戎十论》,竭尽心力地过滤着那些新颖、精妙、刺激人心的理念的用语和文字,为辛弃疾搜寻那些可能引人猜疑、引人周纳的语句行文,以尽其长者"把关"之责。《审势》之论、《察情》之论、《观衅》之论三论之旨,在于揭示全国的外强中干,并有"离合之衅"可乘,借以破除临安朝廷怯敌惧战之痼疾,树立朝廷北伐必胜之信念。其论证充分,结论严谨,态度谦恭,确无不妥之处。自己听闻之后,不也突然产生"北伐必胜"的昂扬感受吗?其《自治》之论、《守淮》之论、《屯田》之论、《致勇》之论、《防微》之论、《久任》之论、《详战》之论七论之旨,在于革新内政,强国强军,处处闪烁着智慧的火花和雷电之声威。《自治》之论中的"屯兵三城""批亢捣虚",《屯田》之论中的"收屯田之利""揽归正人心",《致勇》之论中的"明敕将帅""关爱士卒",《防微》之论中的"重用智能辩力之士""严惩阴通伪地之徒",《久任》之论中的"不间于谗说,久任宰臣""不恤于小节,期酬国之大功",《详战》之论中的战略决策"险有所不攻,轻有所不取""出兵山东,威震河朔,直逼燕山",等等,启人心智、励人奋进啊!他的心神思维,呈现出平日少有的飞扬激荡,由辛弃疾想到唐初贞观五年客居中郎将常何府中的齐鲁汉子马周(字宾王);由《御戎十论》联想到马周代中郎将常何起草上呈的疏论二十余事,为唐太宗李世民查询所知而赏识,即日召见马周,授监察御史之职;由唐太宗李世民联想到近年来意气再度风发的赵眘及其英明霹雳的"四罢"——罢左仆射、中书门下平章事汤思退之职,罢参知政事周葵之职,罢参知政事王之望之职,罢右谏议大夫尹穑之职。他满怀兴奋地为辛弃疾祝福了。

"雄健的胆识,雄健的谋划,雄健的意志和理念的结合啊!"史正志、韩元吉、赵彦端沉浸在极度欣喜幸福的享受中。他们不同于戚方,更不同于刘刚,他们了解辛弃疾悲慨幽咽的身世,了解辛弃疾雄杰不凡的胆识,以及志趣高远的追求;他们了解两年前辛弃疾进奏《论阻江为险须藉两淮疏》和《议练民兵守淮疏》遭受冷落的悲哀，一年前辛弃疾因张浚含冤逝世而毅然辞职的悲愤；更了解辛弃疾"漫游江河湖海"寻觅"秦淮宝镜"的深沉用心。他们与辛弃疾有着心灵相通的"京口之约"，他们在全神贯注听闻辛弃疾朗读《御戎十论》激越自信的声浪中，没有意外和惊诧，只有亲切的感发、理解和赞同。

史正志的心头，蓦地闪现出两年前在建康府衙自己的住室，张德远看到辛弃疾呈献的图示和《论符离之战》时狂喜大欢的情景和为保护辛弃疾而焚烧《论符离之战》时苍凉悲切的呼号："我要为大宋保存一位天才的兵家，要为北伐大业保存一丝希望！"天怜大宋啊！强国强军的《御戎十论》横空出世了，大宋的一位兵家站起来了，张公可以瞑目了。

有着浓厚诗人气质的韩元吉，忽地想到今年夏日陪同友人游览京口金山寺时吟成的那首《江神子·金山会饮》，情不自禁地默默心吟，强烈地感觉到这首词作中词眼词魂，全然符合此时的情景！他悠悠然陶醉了。

性情平和、思维缜密的赵彦端，骤然间对比自己年轻十岁的辛弃疾，产生了一种师长的敬重：才智不在年长，才智不在位高啊！朝廷偏安江南三十多年来，名臣名将、仁人志士呈强国奏疏者不乏其人，但有如这篇《御戎十论》气势磅礴、切中时弊、精练可行者，闻所未闻。历史有鉴，前贤有鉴：战国末年，客卿李斯上呈秦王嬴政的《谏逐客书》，以"今逐客以资敌国"的鲜明尖锐论点，批驳了秦宗室大臣主张"逐客"的昏庸短视，为秦王嬴政采纳，为秦国保留了来自燕、韩、赵、魏、楚、齐等国的大量人才，以有功于强秦的一统天下而千古不朽；西汉时，长沙王太傅贾谊呈《治安策》于汉文帝（刘恒），鉴于诸侯王封国日益强大，危及全国统一的现实，建议用"众建诸侯而少其力"的奇谋大略，削弱诸侯国的势力，以巩中央政权，但不为汉文帝采纳——后来发生的吴楚七国之乱，证实了贾谊预见的正确及其《治安策》的千古不朽。辛弃疾和他的这篇切中时弊、举措坚定有力的《御戎十论》的前景如何啊？他的思索滞住了。

"号角声惊天，铁骑声动地，雷霆般的朗读声激励心神啊！"建康城四大勾栏杖子头在《御戎十论》带来的风云激荡中，全都一时忘我了。辛弃疾在《御戎十论》中描绘的是她们根本不熟悉的另样世界：两国对峙的世界，两军厮杀的世界……她们真切地感受到辛弃疾的才华横溢、志存高远。她们在这从未有过的心神激动中，不知言所当言、行所当行，一下子变得六神无主了。

"《御戎十论》，一连串传奇中最雄壮、最震撼人心的传奇！"辛大姑生在宰臣之家，长期侍奉于父亲之侧，二十年来，朝廷诡谲莫测的纷争和变化，养成了她机敏的心机、豁达的性格，锻炼了她识人识才的才能。《御戎十论》中所谋划的一切，也许就是中兴大宋的一服良方，年轻而资兼文武的辛弃疾也许就是未来北定中原、扭转乾坤的军旅统帅。她忘记了自己此时已是辛弃疾的姑妈，心之所使，情之所驱，在众人深沉思索的沉默中，她放声高吟唐代诗人李白狂放自负的诗句，为辛弃疾及其《御戎十论》唱赞：

> 大鹏一日同风起，扶摇直上九万里。
>
> 假令风停时下来，犹能簸却沧溟水。
>
> 时人见我恒殊调，见余大言皆冷笑。
>
> 宣父犹能畏后生，丈夫未可轻年少。

在厅堂人们的惊骇中，辛大姑发出激越的呼唤："幼安，捧着你的《御戎十论》，唱着李白的《上李邕》，以战斗的姿态，去闯一闯死气沉沉的临安城！"

辛大姑的风雷举动，立刻赢得了厅堂里所有人掌声如雷的赞同。

范邦彦借势高呼："掌灯燃烛，换杯易盏，重开酒宴，一醉方休！"

赵氏应诺，亲自点燃了厅堂四壁烛台上的红烛，厅堂一派通明。辛弃疾和范若水应诺，急忙换杯易盏，捧出佳酿"箔屋风月"，并斟酒盈杯。

琴声缭绕，美酒飘香。戚方举杯向辛弃疾祝贺。他毫无保留地谈出了对这篇《御戎十论》的赞赏和支持，并期待辛弃疾能成为中兴大宋的乐毅，率师北伐，直抵燕山。他壮怀乐观而语："今日之临安，陈老长卿（康伯）上月病逝，皇上亲赐挽联旌其忠诚业绩;虞公彬甫在朝主政;洪适景伯任参知政事,此人乃'忠宣'使者洪皓的长子,性情随和,亦从善若流之人。此时进奏这篇强国强军的雄论,也许是最佳时机。"

刘刚简明扼要地逐条谈论了他对《御戎十论》听闻后的所想和所思。他以唐代贞观年间出身卑微的谋臣策士马周喻今日之辛弃疾,并发出了真诚赞美的感叹。但他隐去了对《御戎十论》进奏后的担心,以长者的关怀委婉而语:"幼安聪颖过人,谦恭过人,思虑精细过人。这篇强国强军的雄论,我看还是定名为《美芹十论》为好。"

辛弃疾举酒向二位敬谢。

琴音缭绕,美酒飘香。史正志饱含深情而语:"《御戎十论》,洋洋万言,千真万确是展现大宋兵家忠心赤胆的'秦淮宝镜'啊!张公德远地下有知,当捋须大笑而称赞!"

性情奔放的韩元吉,放声高吟,以其今年夏日吟就的《江神子》向辛弃疾祝贺:

> 金银楼阁认蓬莱。晓烟开。上崔嵬。风引孤帆,谁道却船回。鹏翼倚天鳌背稳,惊浪起,雪成堆。　翩翩黄鹤为谁来。醉持杯,共徘徊。四面江声,脚下隐晴雷。织女机头凭藉问,何处更、有琼台。

赵彦端接着韩元吉的激情高吟,神情凝重地举杯高呼:"'感时思报国,按剑起蒿莱。'天怜大宋,辛弃疾和他的《御戎十论》横空出世了,这是上苍赐给大宋扶危安邦的治国大才李斯、贾谊啊!但愿临安居大位者,是雄才大略的秦始皇,而不是'可怜夜半虚前席,不问苍生问鬼神'的汉文帝。"

机敏的范邦彦察觉到琴音酒香中抒怀荡气的议论,已进入了言路的禁区,急忙以更为炽热的举措引导。他放声应和:"师友之言,如古剑之磊落,如佳酿之芬芳,如裘衣美食护其肤腹啊!幼安、若水,快抚琴放歌作谢!"

人们举杯欢呼。

范若水捧出辛大姑赐的那张古琴,弹弄起曲牌《南乡子》;辛弃疾长揖作礼,放声唱起《登京口北固亭有怀》:

何处望神州,满眼风光北固楼。千古兴亡多少事,悠悠。不尽长江滚滚流。 年少万兜鍪,坐断江东战未休。天下英雄谁敌手? 曹刘。生子当如孙仲谋。

歌声飞出"流溪修竹"庭院,飞向京口兵营,飞向北固山峰,飞向满天星辰。

## 九 临安传来的讯息

"流溪修竹"家宴后的翌日午前巳时,建康城前来祝贺婚礼的嘉宾二十多人走出望海楼,返回建康城。

史正志、韩元吉、赵彦端气宇轩昂地策马扬鞭,在昨夜重开酒宴的豪饮狂欢中,他们已讨得了辛弃疾《美芹十论》的正本和承担了进奏临安朝廷的重任。三人的保证是遵照隆兴元年(公元1163年)六月十九日赵眘禅得大位时颁发的"置鼓以延政谏,立木以求谏言"和"各地府衙负言路畅通之责"的煌煌谕示,将派出三人三骑护送《美芹十论》进入临安,径投登闻鼓院,并请密友、现任枢密院编修官叶衡(原任建康军钱粮总管)随时关注以告。

建康城四大勾栏杖子头拍马驰骋。在昨夜重开酒宴的豪饮狂欢中,她们已讨得了辛弃疾的词作《南乡子·登京口北固亭有怀》并商定同时在四大勾栏弹唱推出,为辛弃疾的再现辉煌造势。

与此同时,辛大姑乘坐的华丽马车,沿着侨徐大街,辚辚作响地向东门奔去。

车内的辛大姑在侄儿辛祐之的陪伴下,倚坐在特制的榻椅上。她闭着眼睛,在回味昨夜重开酒宴的豪饮狂欢中,辛弃疾和范若水亲自呈上由范若水亲笔抄写的《美芹十论》副本,恭请祖公(辛次膺)审阅的情形。幼安知礼,若水知情,这样地恭敬。她双手接过《美芹十论》副本时,泪水几乎夺眶而出。昨夜,范家老夫妇遵照江南习俗,孝敬辛家祖公(辛次膺)彩缎一匹、长袍一袭、油蜜蒸饼一盒、孙媳范若水亲手纳制的黑绒棉鞋一双、绣有松竹菊梅的高枕一副,使她神情激越而大出意外。范邦彦侠而尊礼,赵氏贵而亲和,结姻为亲,大喜大乐啊。她接过赠礼,豪饮三杯,代父亲作谢。之后范家老夫妇以京口名酒"浮玉春"十坛请代为礼赠王琚,她欣然应诺,并代王琚致谢。戚方提出以铁军护送辛大姑返回临安,她拱手谢拒,戚将军笑语:辛大姑代辛老驾临镇江军大营,理当护驾,况且辛大姑袖中携有千古传奇的"秦淮宝镜"啊。她纵声大笑而首肯。

萧萧马嘶声和车轮辚辚的作响声惊动了沉浸在幸福回忆中的辛大姑,她忽地睁开眼睛,揭开轿帘一望,急呼驭手刘郎停车,在辛祐之的搀扶下走下马车。马背上的四位侍女,急忙跳下马鞍恭候吩咐。辛大姑留恋地久久地回望京口城,似在自言自语:"意之所向,全不莫隔。幼安、若水,我在临安等着你俩。"语毕,由辛祐之搀扶,登上马车,高呼驭手刘郎加速前行。

"流溪修竹"家宴后的第六天(十月初七),是江南婚礼习俗中"七日拜门"回娘家的日子。辛弃疾和范若水商定离开京口前往建康定居,遂借"七日拜门"之机,回到"流溪修竹"向父母双亲和家人告别。全家聚于厅堂,其乐融融,范邦彦连声称赞:"自立门户,自力更生,人伦之常,美哉人生!"

赵氏心疼女儿,含泪点头,语出:"让若湖跟你去吧。"

身边的范若湖急忙应诺:"我离不开姐姐。"

范若水抚着若湖摇头谢拒。

赵氏笑语:"你不谙锅灶,疏于家务,想让幼安跟着你挨饿受累啊!"

范若水闻言,扑在母亲怀里哭了。

嫂子张氏亦楚楚落泪。

辛弃疾见状,心酸气噎而泪水盈眶,提出要向为自己婚事操劳的郭叔(郭思隗)致谢告别。范邦彦笑而回答:"你俩来晚了,昨日我已请他去了临安城。"

辛弃疾会意,转过头去,泪水滚落。

十月八日,辛弃疾、范若水带着辛茂嘉、范若湖回到建康城,居住在建康府衙后侧小巷史正志为他俩安排的一座名叫"紫荆枇杷"的庭院里,过着僻静、优雅的蜜月,等待着临安的讯息。

在此期间,辛弃疾不顾师友史正志、韩元吉、赵彦端的劝阻,以"优雅适意"的心态投入了"建康通判"的职能事务,由于友情的激励和责任心的驱使,他很快将"通判"这个"乃如别驾实为闲官""仰人鼻息、小心谨慎"的苦差事,变为"有所学、有所得、有所为"的强烈追求,特别是对"通判"职能中"财政、赋税、战时专任钱粮之责"的使命,更为热衷与关切。查阅资料,废寝忘食;研究琢磨,如醉如痴;并做出下乡、上山、入湖考察实情的决定。

在建康欢度蜜月的第十天,几乎是同时,辛弃疾和范若水接到了四大勾栏杖子头的请柬——定于今日黄昏酉时,推出男女合唱新歌《南乡子·登京口北固亭有怀》,恭请光临指导。

同时受邀,让辛弃疾和范若水既喜且忧,分身乏术啊!在全家人进言献策中,一个妥当的应对策略在"紫荆枇杷"产生了——辛弃疾将赴长干里勾栏听歌致谢,范若水将赴青溪勾栏听歌致谢,辛茂嘉将持辛弃疾、范若水的信函赴胭脂井勾栏听歌致谢,范若湖将持辛弃疾、范若水的信函赴桃叶渡勾栏听歌致谢。

时至申时二刻,就在大家整装待发时,史正志急匆匆地叩门而入,不待人们施礼迎接,便紧紧抓住辛弃疾拱起迎接的双手,神情肃穆地轻声说道:"虞公彬甫罢官奉祠了。"

"罢官"者何?不就罢去"参知政事兼枢密院事"的职能吗?"奉祠"者何?不就是困居宫观,发薪优养,不许过问政事吗?辛弃疾在震撼中愤怒了,他挥拳咆哮:"虞公何咎?虞公何罪啊?"

史正志唉声谈起:"上呈《美芹十论》的三名官员刚从临安返回,在离开临安前的一个时辰,忽地听到虞公'罢官奉祠'的消息,震惊失魄,急趋叶衡住宅询知。梦锡默而不语,只是唉声叹息,虞公'罢官奉祠'之旨,昨夜才从大内传出,朝廷'离合之衅'又起了。"

"离合之衅又起!"辛弃疾的神情沉闷严峻了。他突然想到二十天前在京口"流溪修竹"岳父大人对朝廷现状的分析判断,哀痛的呼号冲嗓而出:"言之不诬,预言成真,我朝离合之衅也许更甚于北国啊!"

史正志急语:"叶公特意托请返回建康的官员致语幼安静观其变、苦待其变,皇上应当是英明的。"

辛弃疾发出苦涩的笑声:"谢谢叶公,静观其变、苦待其变,金玉良言啊!"语毕,回头叮咛妻子若水,"各带十两白银,作为贺仪前往四大勾栏。"

范若水点头。

史正志放声应和:"我和韩公、赵公也接到四大勾栏杖子头的请柬,已吩咐府衙全体官员,分为四路前往四大勾栏听歌祝贺。幼安的词作《南乡子·登京口北固亭有怀》一定会响彻建康城。"

辛弃疾、范若水、辛茂嘉、范若湖同时施礼向史正志致谢。

天遂人愿,期盼成真,今夜的建康城,果然轰动在四大勾栏同时演唱辛弃疾词作《南乡子·登京口北固亭有怀》的热潮中,特别是"生子当如孙仲谋"的强烈呼号,激动着建康城官员、士人、学子的心,带动着这首歌曲在大街小巷更为广泛地流传。


建康城轰响着"何处望神州"的歌声,词作者辛弃疾却在"静观其变,苦待其变"的焦虑中煎熬着。时令"大雪"的十一月十三日夜初戌时三刻,史正志冒着纷飞的雪花和呼啸的寒风来访。辛弃疾趿履而出,将他迎进孤灯纸窗、空旷清冷的客厅。主客三人围火盆而坐,在火烹铜壶�9�9作响的茶香弥漫中,享受着寒夜殷殷友情暖身暖心的幸福。

史正志从怀里取出一封信函,交与辛弃疾,语出道:"这是叶公派专人送来的信函,其内容,主要是有关虞公被'罢官奉祠'的离奇遭遇,请二位阅览。"

室内的气氛一下子凝重了。辛弃疾接过信函,郑重地打开阅览,并一页一页地传给范若水阅览,其信函传达的讯息是:

两个月前,金国使者完颜仲抵临安,倨寒不敬,猖狂至极,辱及至尊,令人发指。朝廷中枢大臣钱端礼等,在金国使者面前,卑躬屈膝,曲意奉迎,丑态百出,亦令人发指。虞公独自奋起抗争,含冤遭贬。《美芹十论》,或将步昔日《论阻江为险须藉两淮疏》和《议练民兵守淮疏》的后尘,沉沦于昏庸的无声无息中……

信函尽览,辛弃疾闭着眼睛。他心里憋得慌,欲言无语,欲哭无泪。失落、失据的愤怒和悲哀,似乎在揉碎掏空着他的灵魂,皇上真的要步太上皇的后尘吗?

信函尽览,范若水手中的笺纸失落于地。她茫然失神,心中煎滚着痛苦和哀伤。叶公在信中关于《美芹十论》命运的预测,含意分明,含意凄惨,含意无奈啊!

史正志望着眼前闭目沉思的辛弃疾和失神憔悴的范若水,原本凄然无奈的心神更加苍凉凄绝了,哀声发出骨冷心寒的叹息:"前景黯淡,前途艰辛啊!就是天怜大宋,虞公再度复出,按照'奉祠'朝制,也得熬尽三十个月。三十个月,两年半的时间,九百多个难熬的日日夜夜啊!"

辛弃疾猛地睁开眼睛,哀声请求:"史公,批准我去江北两淮考察吧!我要摸清那里民间的财政赋役实情,那里是我们的战场啊!"

史正志意外而震撼,辛弃疾终非平庸之人,心境非凡、豪气干云、拿得起,放得下啊。他泪涌眼眶,一把抓住辛弃疾的双手,语出情深:"幼安……"

辛弃疾凄然一笑:"史公,我这颗心,不能没有一个安托之处啊!"

史正志点头泪落:"幼安,我的好兄弟,江北比这里更冷啊!"

辛弃疾含笑点头。

## 十 江北察访

十一月十五日午前巳时,辛弃疾、范若水派人送范若湖返回京口"流溪修竹",留辛茂嘉看守家院,便怀揣建康府衙的牒文,骑马前往江北六合地区察访。他俩乘船渡江后,便匆匆赶路,至落日酉时,才赶到六合县衙所在地六城镇。

六城镇原为秦始皇统一六国后所建,名曰棠邑,至今已一千三百多年,其规模宏大,青砖城垣和通向南北东西的宽阔官道,已呈苍老、荒芜、颓废之状,但仍展现着"襟江带滁,屏障建康"的雄威姿态,仍然隐隐拂动着嬴政时古镇棠邑的凛冽气息。

辛弃疾和范若水突觉一股振奋之力通贯全身,缓解了近一个月来的苦恼忧烦,遂扬鞭催马,闯进了六城镇铁锈斑驳、城楼坍塌的东门,在大街两侧倾斜欲倒的鳞次栉比的屋舍楼阁中,找到了六合县衙。

接待他俩的,是一位年约二十四岁的年轻官员。其人中等身材,眉清目秀,神情坦然,亲自移椅礼迎,斟茶待客,呈现质朴勤勉、彬彬敏敏的气质。辛弃疾询其职务,答曰县尉(主管治安)。询其姓名,答曰夏中玉;询其籍贯,答曰扬州;询其任职时日,答曰三个年头。辛弃疾喜其回答精练明确,遂捧出"牒文"呈视。夏中玉在认真验看"牒文"之后,便吩咐衙役备酒、备肴、备火盆,并亲自率领辛弃疾、范若水至县衙后院一间住室安歇。

这间住室简而陋,但十分整洁,木榻两张,方桌一个,座椅四只,摆设有序;榻上被褥衾枕,似新近浆洗之物;桌上酒杯茶具,锃亮闪光;四只座椅,均置布垫,给人以任事认真严谨之感。范若水连声称赞。

在衙役送来火盆、捧来瓷盆温汤供客人洗漱之后,厨师及时捧来酒肴置于方桌之上。酒为无名浊酒,肴为民间小菜四样(五香豆、炒鸡蛋、炸毛虾、烹莲藕)、食为两碗米饭,简朴自然。夏中玉在举酒向客人表示迎接之后,便以侍者身份挪椅后移,恭坐等待客人的吩咐。这一切辛弃疾都看在眼里,心里有几分看重这位年轻的县尉了,遂以"六合形胜"询之。

夏中玉应询而答:"六合,古名棠邑。《县志》有载,秦始皇二十六年建县命名。因六合山有六峰,峰峰相连,形胜奇特,隋朝开皇四年(公元584年),隋文帝杨坚下诏更名为六合。其地理形态,北高南低,北部为山丘冈地,中部为河谷平原,南部为洼地圩田,主产稻谷、小麦、大豆,古有'六合粮仓'之称。其形胜所处,西邻安徽来安县,东邻仪征、扬州,北邻安徽天长县,南临长江,古有'襟江带滁,屏障金陵'之冲。其境内有河溪六十余条,有各类塘坝一千多个,有大小村落一百多处,男女人口约十万。民风淳朴,古有'侠义六合'之誉。"

辛弃疾听得认真,感慨年轻县尉对六合形势如此熟悉和热爱,不多见啊! 他连声叫好,并以"六合名胜"询之。

夏中玉应询谈起:"六合名胜亦多。近三十多年来,由于金兵南侵,战乱频仍,许多名胜如'灵岩古刹''龙池鲫鱼''龙津桥飞虹奇观'几成传说,唯南北两座山峦名胜,还是切切实实地存在着。六合东南部名胜瓜埠山,雄峙长江北岸,瓜埠山下的瓜埠镇,距这六城镇仅十里。《县志》有载,瓜埠镇建于东汉元初六年,是南北古驿道必经之地,其瓜埠渡口与长江南岸的栖霞渡口相互衔接,为古时兵家必争的要津。隋唐时代,瓜埠镇居民为三百户,人丁为两千多口,华屋鳞次,店舍栉比,南北商贾云集,车水马龙,繁荣之状,不啻江南商埠。其镇东山水交融处,有一游乐处,因楼阁华丽精巧而得名,名曰'西楼',莲湖兰舟,管弦歌舞,为瓜埠一绝,至今仍留有古之雅趣。大人若至瓜埠,小人愿服侍大人一游。瓜埠山顶,有一座规模宏大的行宫,名曰'佛狸祠',亦称'太武真君庙'。《县志》有载,南北朝时,北魏皇帝拓跋焘率领十万铁骑南下,击败了南朝宋军统帅王玄谟(字彦德)的二十万兵马,直抵长江北岸,建大营于瓜埠山顶,呈雄视江南之势。隋唐以来几百年间,凡游览瓜埠山这座名胜的文人墨客,皆留有苍凉悲凄的诗句。历史无声,历史有情啊!”

辛弃疾听得入神,他对这位年轻的县尉另眼看待了。是啊,“历史无声”,这几十年来,金国的几任皇帝都在统兵南侵,而我们的朝廷却在年年高唱和平!是啊,“历史有情”,前车之覆、后车之鉴,眼前这位年轻的县尉,不是胸怀着震撼人心的忧愤吗?

夏中玉的声音似乎变得更为悲切焦虑了:“六合西北部的金牛山距这六城镇仅二十里,山势不高,东趋扬州,西射安徽天长县,枕水而立,以山为骨,以水为魂,山水相伴,酷似卧牛戏水,故得‘金牛山’之名。《县志》有载,山透迤而巧秀,水蜿蜒而娇美,春日杜鹃花开,遍山火红;夏日草木滴翠,一派葱茏,秋日山果累累,四野飘香;冬日白雪皑皑,峰峦晶莹;古有‘六合仙境’之美。可今日,这仙境中的居民约为千人,因其山地黍豆薄收,生计艰难,春夏二季,多以砍柴卖薪为业,秋日则以捋摘山果出售糊口,冬日则以伐木烧炭谋生。其所居之所,多为茅屋草扉,结庐为藩,严寒逼迫之状,可想而知。况且近几年来,物价飞涨,税赋又加,更增添了寒苦之窘迫。金牛山名胜仙境中的悲叹呻吟之声,耳不忍闻。”

辛弃疾此时确有“耳不忍闻”之感,他抬头向妻子望去,范若水已是泪眼蒙蒙。他忽地站起,举酒打断了夏中玉的诉说:“明日,去金牛山!”

范若水拭泪站起,举酒应和。夏中玉急忙起身,跨步向前,高举酒杯:“向大人和夫人敬酒,小人愿为大人带路前往金牛山。”

辛弃疾和范若水在夏中玉的引导下,走向寒风呼啸、白雪皑皑的金牛山,走进金牛山下一个名叫“金牛垤”的村镇。这个村镇坐落在一块方圆约二里的垄坂上,布置纵横有形,建筑多为青砖灰瓦;几处亭台楼阁,格外显眼,俱已呈现陈旧衰落之状;屋舍前后无数落叶的桑槐杨柳在寒风中嗖嗖抖动;亭台楼阁屋角的驼铃,在寒风中呜呜呻吟。整个金牛垤,弥漫着一种凛人心神的寒意,真有"不寒而栗"之感。金牛垤与金牛山之间,是一泓宽为半里的湖水,湖面一层薄薄的结冰,滞住了岸边的轻舟,自然也就滞住了山民出进金牛山的脚步,为这寒风呼啸中的金牛垤增加了寂寞阴冷之感。

有赖于夏中玉对金牛垤乡情民情的熟悉了解,他们很快找到了金牛垤村镇的姜姓里正。这位里正年约五十,见来客是一对年轻夫妻,见面就向他们行晚辈之礼,又为县尉夏中玉亲自陪同,更为热情,遂安置客人于金牛垤最好的驿馆里,并吩咐驿馆小吏派出专人供暖侍食,随时听候客人召唤。

夏中玉在安置妥帖之后,要返回县衙六城镇。临行,他向辛弃疾、范若水执礼告别:"金牛垤居民三十多户,得商贾物流之利,多为此地富裕之家。山民散居于金牛垤四周十里之外,冬日天寒地冻,道路坎坷难行,祈大人和夫人珍重。"

辛弃疾听得明白,握夏中玉之手、拊夏中玉之背而笑语:"中玉干练精明,我们是朋友了!"

范若水亦执礼向夏中玉致谢。

夏中玉返回六城镇了,辛弃疾和范若水开始了全神贯注的农村察访。他俩在姜姓里正的帮助下,察访了金牛垤店铺、摊贩、仆役、佣妇之家。其常年纺织、洗濯、缝补、炊爨(cuàn)、陆拾枣栗、水捉螺蛳,寒暑不辍、风雨无歇的辛苦劳作,每日所得,不过铜钱二百文;三口之家,每日二餐,每人日食米一升,早佐咸菜,晚佐菜羹,生计尚可维持;五口之家,则常有米尽炊断之忧,且有百文取二的赋税必交啊!其垤里上户,为一致仕归里的县令之家,县令年约五十,有清廉之誉,所居庭院一座,内有瓦房十间,四壁亦属简朴,月俸因致仕而减半,为铜钱六千文,米一石五斗;十口之家,日食二餐,每人日食米一升四合,寒衣棉,暑衣葛,衣食无忧,但其全部家产,除房产外,银两积储仅为铜钱四十贯。

辛弃疾和夫人察访了金牛埂四周贫困的农家。多数所居是茅房草屋,养有耕牛一头,种得薄田二十亩左右;寻常年景,风调雨顺,亩产粟米七斗左右,两季收成,可得粟米十七八石,菜蔬自种自给;三口之家,日用二餐,每人日食米一升,尚有粟米出售,以解油盐衣物之需。"十升取一"的赋税,也可按时如数上交,全年劳作所积,除茅屋耕牛外,仅存铜钱五六百文。若遇灾荒年景,每亩薄田收成不过二斗三斗,则灾难临门,四壁空空,二膳不继,天地不应,哀声四起;其孤寡病患、地少人多之家,则面临生离死别之哀痛啊!

察访了农家之后,他们又察访了金牛山下一位陈姓山民。其人身强体壮,生性坦直,以山木为资,供养父母妻儿全家五口;春夏季节,每日负薪入市,可得铜钱百文左右,秋季每日摘采山果入市,可得铜钱一百五十文左右,冬季伐木烧炭入市,三个月内,可得铜钱十至十五贯,全年可得铜钱四十二贯左右。每日二餐,大人小孩平均每日食米一升,全年需购粟米十余石,每升粟米市价为铜钱四十文,全家年需花去铜钱三十余贯,赋税为"百文取二",全年油盐花销、衣被缝补、节日蜡烛黄表,均以数百之计,全年劳作所剩铜钱,不满一钵啊!山民中有以打猎为资者,有以寻宝(灵芝)为资者,有以盗木放排为资者,也有以剪道劫财为资者,若天不时予,政不清明,灾荒频仍,食不果腹,此类散居山民,为福为祸就难得说了。

天知人意!一个月来,随着辛弃疾察访的深入,天气越来越冷,寒风越刮越急,飞雪越来越大,辛弃疾原本因《美芹十论》杳无音讯而空落寂寞的心,此时已被察访中越来越多的沉闷凄凉情景所压抑,而且是越积越多、越压越重。这就是两淮黎庶生活的真实情状吗?这就是国力资源的所在吗?他每每深夜踱步于寝居,发出"十年生聚,十年教训"的苦吟。

"十年生聚,十年教训",原是春秋末年越国大夫文种(字子禽)献给越王勾践卧薪尝胆、发愤图强的"八字箴言"。越王勾践听取了,实践了,终于雪耻灭吴,成就霸业。"十年生聚,十年教训",朝廷执权者有这样的胆识吗?"十年生聚，十年教训"，一个"十年"，又一个"十年"啊。范若水为苦吟的丈夫系心担忧。

时令"大寒"的腊月十七日清晨，大片大片的雪花肆虐般飘落着，预示着一场暴雪的来临。

在金牛垤外的一条小路上，辛弃疾和范若水肩负手提着装有多样年节用物的沉重布囊，急匆匆地奔向十里外金牛山下一个令他俩昨夜寝食不安的山民之家。

昨日察访中，这个五口之家苦难潦倒的情景，使他俩心痛心栗：在四壁萧索的茅草屋里，饥饿和寒冷正在吞噬着祖孙三代五个人的生命。这个家的主人周原老人现时已六十二岁，他原是南京（商丘）州学一位壮怀激烈的年轻教授，在惨痛的靖康二年商丘城一次"伏阙上书"中，他参加了州学学子陈东和杭州学子欧阳澈弹劾中书侍郎黄潜善和大元帅府元帅汪伯彦"主和误国"、要求"起用抗金主帅李纲"的请愿。朝廷出兵镇压，陈东和欧阳澈以"鼓倡致乱"之罪名被杀，追随者周原受到"削职停薪"之罚。俄而朝廷南迁，他携年轻的妻子追随在南京新即位的康王渡江南下，到处漂泊，成了一个名副其实的归正人。

命运捉弄人啊，在四处申告无人理睬的无奈中，周原沦落于金牛山下，以山木为资，成了一个外来的山民。生子周棐，一个心地善良、身强体壮的男子汉，娶了一贤惠的儿媳。香火有继，晚年有托。三年前在这样寒冷的腊月，儿媳产下了双胞胎的男婴，自己却因产后中风而丧失生命，甚于朝廷"见疑""疏漏""遗忘"的灾难，又降落在这个茅屋之中，思念商丘故里的归正人又在苦难中煎熬了。

命运捉弄人啊！三个月前的九九重阳节，周棐在打猎中跌入山谷，双腿骨折，被伙伴背回，病卧床榻，请郎中接骨治疗，花尽了平日里节衣缩食的全部积蓄，骨折的双腿仍然是肿胀欲裂，痛不可触。羊卖了，鸡卖了，茅屋抵押了，老伴累倒了。空空四壁中，老伴无力的呻吟声，儿子痛苦的叹息声，孙子嗷嗷的待哺声,使累受打击的老人周原绝望了。他紧紧抱着呼饥喊饿的两个孙子,泪水滂沱,自思自疚:"古人所谓的无踪无影专门残害穷人的'三尸神'真的存在吗?真的依附在我的身上吗?三十七年前,在故乡商丘,自己看错了那个人,又死心眼地追随那个人渡淮南下,以图有一日光复故土。'上尸青姑,伐人眼。'自己确实是有眼无珠,到头来连个归正人也不是啊!'中尸白姑,伐人五脏。'灵验啊,儿媳产子而亡,不仅惨伤着全家人的'五脏',也惨伤着全家人的'六腑'啊!'下尸血姑,伐人胃命。'灵验啊,断粮了,断炊了,胃空了,真真切切的'下尸血姑,伐人胃命'啊!"

周原抱紧两个因饥饿而失声的孙子,闭上了眼睛。突然,柴门被推开,一股寒风乱雪闯进屋内。周原睁开昏花的眼睛,两位周身滴答着雪水的汉子出现在他的面前,他拭去蒙蒙的泪水,是昨日正午前来察访的男女游人!

辛弃疾心碎了,气噎了,他放下沉重的麻袋,撕开袋口,双手捧出救命的粟米献给发呆发愣的周原老人。

范若水已是哽咽抽泣,她急忙打开布囊,捧出烧饼、馒头、糖果,献给周母,送给两个孩子,送给床榻上双腿骨折的周棐。

周原老人号啕大哭,抱着两个孙子猛地跪倒在辛弃疾面前。辛弃疾泪水滴落,他猛地扶起周原老人,抱抚着两个孩子,痛哭失声,从怀中取出为骨折周棐治病的二贯铜钱,放在周棐的床头,挽着哽咽哭泣的范若水,向主人施礼告别,走出茅屋,走进漫天飞舞的暴雪中。

暴雪狂卷,寒风怒吼,辛弃疾挽着范若水顶着肆虐的风势,踩着没漆的积雪艰难地前行着。他似乎在借用刺骨的寒风,拂去心头的悲痛、压抑和愤怨;他似乎在借用这肃杀一切的严寒,重招意志上的坚定、自信和激越。他停住脚步,转身眺望半里外那座冰封雪盖的周家茅屋,望着屋顶一缕被暴风欺压而不屈的袅袅炊烟,冷气蒙蔽的眼睛一下子闪亮了;冻僵的双颊一下子活动了,一颗堵在胸口的心一下子就位了。身边的范若水发出心灵相通的赞叹声:"茅屋炊烟,袅袅而上,暴风雪中暖心暖身的热流啊!"

辛弃疾转身凝视着妻子范若水：雪漫发鬓，雪漫衣襟，双腿深陷于没膝的积雪中，寒气冰结了弯弯的双眉和长长的双睫，突显着雪水冷浸的红扑扑的面颊和一双明亮刚毅、含笑欲语的眼睛。他心疼了，歉疚了，猛地抱起妻子，背在自己的背上，大步顶着暴风雪前行。范若水几经恳辞和抗拒无效之后，安静贴在丈夫的背上，双手紧紧扣在丈夫的前胸。她从丈夫呼呼的气息中，听到丈夫的心跳，她贴在丈夫的耳边低语："心跳加速，神色凝重，沉默无语，脚步匆匆。辛郎，你又在劳神焦思了？"

辛弃疾踢雪前行，默默点头。

范若水贴颊询问："为谁劳神？为谁焦思？"

辛弃疾既不摇头，也不点头。

范若水呵气嘘其耳而笑语："我可要浪言猜度了！"

辛弃疾默默点头。

范若水放声猜度："风雪欺人，思绪劳劳。辛郎又在思念流落在淮扬地界的三哥辛勤和那一万名被辛郎从金兵大营召唤南来的山寨义军兄弟吧？"

辛弃疾放慢了脚步，气息似乎有些沉重，默默点头。

范若水的猜度更显得急切了："劳劳于心，如煎如焚啊！辛郎是担心他们此时的生计，也如周原老人一样的窘迫凄凉。"

辛弃疾猛地加快了脚步，摇头号吼，发泄着心中积淤的痛苦愤怨，回答着妻子深情的关切，向这漫天飞雪的空旷天宇，诉说着自己的心声："不！我不是担心他们的生计，我是担心他们的现在和未来，也在担心我们自己的命运啊！我的心上人啊，你知道，这些山寨兄弟和周原老人是两种人。周原老人是青袍学者，在这兵荒马乱的年月，是弱者，除了嘴上的斯文，两手空空，什么也没有；面对生计失落、生命有危，只会叹息、忍受、牢骚、愤怨，临死也窝窝囊囊、冷冷清清。流落在淮扬地界的山寨兄弟断不会这般老实，任命运宰割，在这战乱频仍的年月，他们是强者，是在刀尖上过日子的人，面对生计失落、生命有危，他们会抢、会反、会聚啸山林。他们纵然不会北上投降金国，但会杀贪官、诛污吏、劫官仓,甚至会劫富济贫、杀人放火,混搅淮南江北,祸及北伐大业啊!"

辛弃疾脊背上的范若水听真了、记牢了、情沸了,她用双手为丈夫抚颊送暖、焐耳驱寒,用高扬清脆的感知声为她的辛郎唱和:"思绪劳劳,惊天动地!辛郎,此刻我才真正领悟到《美芹十论》中'屯田之论'的精妙谋略和深沉用心。那是足粮足饷的'屯田',那是为三十年来千百万归正人、归明人、归顺人、归朝人扎根落户的'屯田',那是丰富国力资源的'屯田',那是战场建设的'屯田',那是引导归正官兵步入正道的'屯田',那是'平时为民,战时为兵'军民合一的'屯田',那更是体现朝廷大政国策和皇上一统天下、恩被四海的'屯田'。天可怜见,辛郎这样忠心耿耿的臣子,皇上能忍心弃于荒野草丛不理不睬吗?"

蓦地一阵激越的马啸声传来,暴雪狂舞、暴风狂啸的寂寥旷野刹那间似乎多了一层生气。范若水抬头望去,这里已近金牛垞街口,在街口东边几十丈处,两位汉子牵着坐骑在暴风雪中艰难地前行着。她惊诧地发现,走在前面的汉子,好像是辛茂嘉?果真是茂嘉啊!她拍打着辛弃疾的前胸疾呼:"快放下我!快放下我!"

辛弃疾不解,背托着妻子的双手托得更紧更牢了。范若水笑叱:"快放下我,十二弟来了!"

辛弃疾惊喜地放下脊背上的妻子,举手遮雪凝目细眺,看得真切,确是茂嘉和县尉夏中玉。范若水助兴高呼:"风雪亲人来,天降大喜啊!"

辛弃疾挽着范若水,高声召唤着夏中玉和辛茂嘉的名字,前行迎接。朋友兄弟相逢于金牛垞街口,互道安康,其乐融融。辛茂嘉迫不及待地从怀中取出一封信函呈交辛弃疾。

辛弃疾接过信函,看到信函上只有"辛弃疾亲启"五字,函首未写收信人地址,函尾不署发信人籍贯姓名。

辛茂嘉急忙禀知:"昨日午后未时,留守史大人召弟至府衙示知,临安来人带有一封兄长亲启的信函,命弟即刻起程赶往六合县六城镇呈交兄长。并郑重训示,路途小心,千万不可丢失。多亏县尉夏大人鼎力相助,亲自冒着暴风雪引导,我才能顺利地见到兄长,不至于误时误事。"

辛弃疾兴起,拱手向夏中玉致谢:"恭请中玉大弟驿馆休息。夫人,今晚大摆宴席,为中玉大弟驱冷驱寒!"

范若水高声应诺,在嬉戏欢笑声中,接过夏中玉手中的马缰,缓向驿馆走去。

从金牛垤街口到辛弃疾寄居的驿馆约五百步之遥,手中的"临安来函"越来越急切地牵动着辛弃疾的心。他乐观地感到《美芹十论》上呈朝廷已近两个月,总该有个响动了。他心急了,耐不住了,在抵达驿馆门口借着驿馆侍役的出门迎接和范若水礼请夏中玉进入驿馆的热闹时刻,停步于门外,避开众人的注视,打开信函,取出笺纸阅览。从字迹上立即辨别出是郭叔所赐,欣喜若狂,神情大振,移步于门外槐树下,凝神阅览:

……听风楼主人示知:《美芹十论》已入中书门下月余,如泥牛入海,无讯无息。近日谏院、御史台突然掀起一场声势浩大的风暴,弹劾幼安越职言事之罪。暗中倡其事者,有猜为前权知閤门事兼干办皇城司曾觌暗中煽动。听风楼主人郑重示知:钱端礼乃至尊亲家翁,曾觌乃昔日建王府内知客……

"越职言事之罪"六字入目,辛弃疾的头脑"嗡"的一响,心神悚然,双目昏花,一种灾祸临头的痛苦感受"嗖"的传遍全身,双腿似乎无力支撑健壮的身体。他咬紧牙关经受头脑中一片空白的茫然,恢复了理性的思索。自己在《美芹十论》的开篇,曾有"典冠举衣以复韩侯,虽越职之罪难逃,野人美芹而献于君,亦受主之诚可取,唯陛下赦其狂僭而怜其愚忠"的奏请,但韩国君主韩昭侯不奖"典冠"为其醉酒而加衣御寒之功,反而罪其"典衣""典冠"。其词亦存于史:"其罪'典衣',以为失其事也;其罪'典冠',以为越其职也。"全然是昏昏而恩怨颠倒的罪罚;而战国时期的法家集大成者韩非子竟为韩昭侯的恩将仇报诠释解脱:"非不恶寒也,以为侵官之害甚于昏。"亦昏昏恩怨颠倒之论啊!

韩非子一副呆板形容的出现,使辛弃疾悚然联想到"暗中煽动"的曾觌,心神更加悚然了。曾觌其人,原是皇上为建王时王府的内知客,是建王亲信的侍臣;建王禅得皇位后,即任知阁门事兼干办皇城司,掌管朝会、游幸、宴享赞相礼仪和拱卫皇城,以内侍遣亲信士卒侦察臣民动静,为皇帝耳目。前年因与知阁事龙大渊朋比为奸,恃宠而骄、广收贿赂事发,出任淮西副总管,此时返回临安,再现猖狂,再炼冤狱,实堪忧啊!忧者,不唯是辛弃疾的命运,不唯是《美芹十论》的命运,更株连着几十位亲朋师友的命运啊!辛弃疾忘却了前来送信的夏中玉和辛茂嘉,忘却了正在驿馆内按照他的吩咐"大摆宴席"的妻子范若水,他全然陷于厄运临头的痛苦懵懂中,任暴风雪肆虐扑来。

驿馆里忙碌的范若水,突然想起她的心切"临安来信"的辛郎,急忙吩咐辛茂嘉出驿馆召唤。辛茂嘉跑出驿馆,在暴风雪中举目张望,不见一个人影。他惊慌地透过肆虐的暴风雪仔细搜寻,忽见门外左边不远处一株雪压冰挂的槐树下,堆起了一个雪人。他心惊肉跳地蹚着积雪奔向"雪人",并大声呼唤着。辛弃疾猛省,转过头来,把冻僵的手中的信函塞进怀中,他的双腿已是扎扎实实地冻僵了。辛茂嘉扑上前来,把辛弃疾从深没的积雪中拖出,并为兄长拍打头上、肩上、身上的积雪。他衣裤上的积雪已冻结一层寒冰,宛若一件晶莹的银甲。辛茂嘉情急,躬身扛起冻僵的辛弃疾走向驿馆。

辛弃疾被辛茂嘉扛进驿馆,周身雪水淋淋地倚在坐椅上。范若水、夏中玉和驿馆的仆役们都看呆了。范若水扑向丈夫,心痛而怜怨地双拳捶打着辛弃疾的胸膛泣诉:"你,你这是犯傻啊!"

辛弃疾身热了,心热了,四肢不再麻木僵硬了。他望着妻子笑语:"唐代诗人李白有诗曰:'燕山雪花大如席,片片吹落轩辕台。幽州思妇十二月,停歌罢笑双蛾摧。'夫人,我们这金牛山的雪花也不小啊,也有着'北风号怒天上来'的气势,劳夫人提心吊胆地牵挂了。快扶我进屋换下这身上的冰雪铠甲,参加迎接中玉大弟的酒宴啊!"

范若水也读过李白的这首诗作《北风行》,也赞赏李白在这首诗作中展现的丰富的想象、炽热的情感和浪漫豪放的个性,辛弃疾引用这首诗作的豪情豪气,特别是"幽州思妇十二月,停歌罢笑双蛾摧"两句,惹得她哭笑不得!她嗔怪地望着她的辛郎,在夏中玉、辛茂嘉和驿馆仆役的欢笑声中,搀扶着她的辛郎走进寝居。

迎接夏中玉的"大摆宴席"在驿馆厨房一侧的一间狭小的餐厅举行。几支烛光驱散了夜初的昏暗,一盆炭火驱散了阴沉的寒冷,一张餐桌、四把座椅干净整洁,餐桌上的酒肴展现了山野村镇驿馆酒宴的特色:佳肴六大盘——豆豉豆腐、蒜蓉粉丝、辣瓜儿、莼菜笋、爆竹藕卷、腊肉雪里蕻;美酒一坛,名曰"金牛清酿",为金牛垤烧锅酿制,性醇而烈;面食二样,一为藕粉圆子,一为五香烙饼。这般规模水平,在这暴雪断路、暴风封门的隆冬时日,驿馆确实是尽其所有了。

辛弃疾、夏中玉、范若水、辛茂嘉礼让入席,各据一方;夏中玉居首位,辛弃疾、范若水居左右陪席,辛茂嘉居下席,依礼举杯,豪放而欢。

辛弃疾此时已是块垒堵心,在感觉上已有"剑悬头顶"之危。但他不愿破坏一个月来兄弟朋友难有的一次欢聚,更不愿破坏夏中玉冒着暴风雪送来讯息的兴致。他在借酒消愁、借酒忘忧,在举杯豪饮中依然带有勃勃豪情和虎虎生气。

酒能消愁,酒能助兴,酒能掩饰痛苦,酒能张扬追求,觥筹交错,共抒友情。二更鼓响,辛弃疾和夏中玉已有七分醉意,相约来年春天,共作"六合西楼"之游,以豪饮击掌之欢,礼成了今晚这个酒宴的高潮。

辛茂嘉搀扶着夏中玉走进楼上一间雅室,夏中玉带着七分醉意倒卧在床榻上;辛茂嘉为其脱靴、置枕、盖被后,自己也带着几分醉意倒卧在相邻的床榻上。须臾，屋内对床相应地发出了雷霆般酣睡的鼾声。

辛弃疾和范若水相扶相搀地走向寝居。在走进寝居的刹那间，辛弃疾的神情骤然清醒了，他长长地吁了一声叹息，颓然地躺在宽大的床榻上。范若水惊异而语："你没有酒醉吧？"

辛弃疾苦笑点头，从怀中取出"临安来函"呈于妻子。范若水接过信笺，坐在床榻边细览，久待久盼的讯息原是碎心断肠的噩耗啊！"越职言事之罪"六字闯入眼帘，一阵寒气凛身凛心，她双手发抖，信笺落地，烛台落地，室内一片漆黑。她浑身战栗，跌倒在丈夫身边，哽咽出声，泪水横流。

窗外的北风号吼着，暴雪撞击着窗扉，给黑暗的寝居增添了一层寒冷。辛弃疾抚抱着胸前的妻子轻声低吟：

> 倦客新丰，貂裘敝，征尘满目。弹短铗，青蛇三尺，浩歌谁续？不念英雄江左老，用之可以尊中国。叹诗书、万卷致君人，翻沉陆。　休感慨，浇醽醁。人易老，欢难足。有玉人怜我，为簪黄菊。且置请缨封万户，竟须卖剑酬黄犊。甚当年、寂寞贾长沙，伤时哭。

悲愤而痛苦，好一首神奇美妙的《满江红》啊！范若水点亮蜡烛，伏案、展纸、提笔、濡墨，一字不漏地将该词追记于纸上，凝神欣赏，凝神思索，心头蓦地呈现出一幅幅牵动心弦的历史画面——

"倦客新丰。"这是唐代谋臣马周落魄潦倒、倦居长安新丰旅舍饮酒浇愁的情景啊！唐代诗人李贺曾有诗句为马周鸣不平："吾闻马周昔作新丰客，天老地荒无人识。"可有谁知道，辛郎今日之倦居金牛驿馆，忍着生死莫测的痛苦，为了友朋亲人的开心豪饮作兴啊！

"貂裘敝，征尘满目。"这是战国时期纵横家苏秦(字季子)游说秦王不成，黄金用尽、貂裘破烂、失意而归的狼狈情景啊！本朝诗词大家苏轼曾为苏秦的失意唱出同情之歌："炙手无人傍屋头，萧萧晚雨脱梧楸，谁怜季子敝貂裘。"当年的苏秦,在萧萧晚雨中,尚有一件破旧的貂裘驱凉。天可怜见,今夜的辛郎连一件暴风雪浸湿中替换的衣衫也没有啊!

"弹短铗,青蛇三尺,浩歌谁续。"自然是战国时期齐国孟尝君(田文)的门客冯驩(亦名冯谖)弹铗高歌的情景了:"长铗归来乎,食无鱼""长铗归来乎,出无舆""长铗归来乎,无以为家。"怀才不遇之象尽显矣!青史有情,潦倒的马周,失意的苏秦,弹铗的冯驩,延续了历史上一种铮铮作响的忠愤不平之歌。天可怜见,命运凄冷坎坷的辛郎,不也延续高吟着这悲壮忠愤的铮铮浩歌吗?

"不念英雄江左老,用之可以尊中国。"这不就是辛郎延续唱出的铮铮浩歌吗?岳飞"老"于风波亭,韩世忠"老"于湖滨寓所,张浚"老"于贬途小店,无数英雄豪杰"老"于报国无门和荒唐的和议中。血泪的江左,寂寞的江左,纸醉金迷的江左啊!

"叹诗书万卷致君人。"辛郎又在唱悲愤不平的浩歌了。一代人杰苏东坡,曾有过"胸中万卷,致君尧舜,此事何难"的自信自负,几经贬逐之后,终于悟出了"读书万卷不读律,致君尧舜终无术"的可哀和无奈。

"翻沉陆。"沉重而悲怆的字句啊!一个"翻"字,揭示了西汉武帝时街头奇才东方朔(字曼倩)"避世金马门"的凄凉和汉武帝识才、爱才、忌才、埋才的可怕渊薮。史载东方朔以街头异士好古书、爱经术、多外家之语进入长安,以公车上书三千奏牍进见汉武帝,以诙谐滑稽之风赢得帝喜,以奇谋奇智之才解帝之难,内政外交建树卓然,遂以太中大夫之职侍于帝侧。"木秀于林,风必摧之;堆出于岸,流必湍之;行高于人,众必非之。"群臣称东方朔为狂人,帝亦目之为狂,遂建金马门居养而羁之。《史记》有载:东方朔"酒酣,据地而歌曰:陆沉于俗,避世金马门,宫殿中可以避世全身,何必深山之中,蒿庐之下。"其奇才奇智,埋没于金马门,惜哉!究其因,在汉武帝眼里,东方朔毕竟是一个街头杂耍啊!以古论今,辛郎在当今皇上的心中……

"休感慨,浇醽醁(líng lù),人易老,欢难足。"辛郎以酒浇愁了,故有今夜的豪饮。愁上添愁，故请出了一生坎坷的诗词大家苏轼，心灵相通地想到了苏轼的词句："浅霜侵绿，发少仍新沐。冠直缝，巾横幅，美人怜我老，玉手簪黄菊……"并化为"有玉人怜我，为簪黄菊"的哀叹。可怜的辛郎，在这隆冬的暴风雪中，哪里还有傲霜的黄菊，怜惜你的，只有不尽不干的泪水啊……

"且置请缨封万户。"辛郎伤心了，心冷了。西汉博士弟子终军(字子云)上书汉武帝评论国事，请缨杀敌，奉命出使南越国，晓谕南越王举国内附的光辉业绩和机遇与自己已无缘了。当今皇帝赐予的，可能只是"越职言事"的罪罚……

"竟须卖剑酬黄犊。"辛郎在忍恨而自觅慰藉啊！他从西汉渤海太守龚遂(字少卿)那里似乎觅得了这种慰藉。时渤海饥荒，龚遂招抚起事农民，开仓济贫，劝民农桑，令民卖剑买牛、卖刀买犊，渤海大治，黎庶得福。可这种入山归耕、压抑悲愤的无奈慰藉，真是辛郎此时的所期所求吗？

"甚当年、寂寞贾长沙，伤时哭。"这才是辛郎此刻怆楚心境的哀痛啊！西汉文帝时，政论家、长沙王太傅贾谊，数次上书陈政事，不为汉文帝采纳，伤时而哭，英年早逝，千古悼之。此时的辛郎，是借贾生的酒杯，浇自己心中的块垒啊！他侧笔反跌，无穷的气势，无穷的悲愤，吟成了这首满腔悲愤的《满江红·倦客新丰》，不也是"臣窃唯事势可为痛哭者一，可为流涕者二，可为长太息者六"的心灵袒露吗？

范若水沉浸在这首奇特而容量极大的词作中，心潮沸腾了。她放声唱赞："好一队意气风发、豪气撼人的忠耿之士的行列啊！参与'贞观之治'的马周，'合纵五国抗秦'的苏秦，为孟尝君田文'市义于薛'的冯谖，'精忠报国'的岳飞，老死江左的韩世忠、张浚，胸中'诗书万卷'的苏轼，千古奇人东方朔，'请缨报国'的终军，'卖剑酬黄犊'的龚遂，'才情绝伦'的贾谊，都进入了辛郎这篇呕心沥血、剖肝亮胆的词作，各以其坎坷人生赐教于辛郎，激励辛郎唱出了这首忠愤悲壮的《满江红·倦客新丰》。是啊，这些壮怀激烈的风云人物，哪个没有坎坷经历，哪个没有起伏煎熬，哪个没有光耀历史的亮点。'贞观之治'是君臣和谐之歌，'合纵抗秦'是折冲筵席之歌，'市义于薛'是深谋远虑之歌，'江左哀伤'是悲时悲势之歌，'诗词吟世'是心灵奔放之歌，'避世金马门'是悲愤怆楚之歌，'请缨报国'是壮烈人生之歌，'卖剑酬犊'是亲民爱民之歌，'伤时而哭'是人臣至忠、至爱、至悲之歌。辛郎，我们能以这些光耀千秋的英雄人物为师、为友、为伍，成也光彩，败也光彩啊！"

范若水激情洋溢的唱赞声震撼着寝居，却没有得到一丝一毫的回应。她茫然、心诧地转头扑向床榻，扑向床榻上她的辛郎，手掌落在她的辛郎的额头。滚烫的发烧和病痛的唉唉声，使她心悸战栗。她惊慌地奔出寝居，敲响了辛茂嘉和夏中玉安歇的房门。

# 十一  辛弃疾病了

辛弃疾病了，发着高烧，烧得神志迷糊。范若水抓住丈夫的手，泪水涟涟；辛茂嘉忙着为辛弃疾增被暖身、凉敷退热；夏中玉亲自夜请金牛垤郎中为辛弃疾诊治。

时值四更时分，屋外的暴风雪似乎更大更狂了。四更天的严寒，闯进门窗，带来了凛冽的极寒，辛弃疾的病状不见好转，而且有加重之势。五更时分，在人们焦虑无奈的煎熬中，夏中玉和驿馆主事带着一位郎中走进寝居。

这位郎中姓韩名楚，年约六十，在这金牛垤一带有"韩三怪"之称。一怪是长相奇特：方形大脸，两道弯眉，鼻孔朝天，一副瘦长的身躯架着一袭灰色长袍，头戴一顶仙桃巾，长年春夏秋冬如一，不修边幅，人们"怪"之。二怪是医具奇特：胸前挂着一件分为若干口袋的围腰布囊，口袋内分置三五寸的竹筒，竹筒内分置各种药物，似带有一座小型药店，不带医童，独来独往，人们"怪"之。三怪是医风奇特：其人生性狂狷，寡言少语，不讲俗套，有病就看，实话实说，看完就走，医资不计，不给不要，少给不怪，多给不退，人们"怪"之。这"三怪"中，自然也含有乡间人们的亲切敬意。

韩楚落座于辛弃疾的病榻边，凝眸向辛弃疾面部一扫，目光似乎不曾停留，便抓起辛弃疾的手臂闭目号脉，凝神思辨良久，猛地睁开眼睛，用力揭开辛弃疾覆盖的被衾，解开辛弃疾的裤带，以被衾遮掩，仔细察看其病发之状，阳具红肿，阴囊胀起，睾丸肿大；以手抚之，辛弃疾皱眉而忍其疼痛；以手按其脐腹,辛弃疾咬牙忍其剧痛。韩楚覆被,疾手从胸前布囊一竹筒中取出银针两支,以疾速精准的动作,扎入辛弃疾两臂肘处的穴位,双手分别轻捻,目视辛弃疾神色的变化,当发现辛弃疾呼吸舒缓、眉头呈平和之状,即拔出银针,收入竹筒。又从另一竹筒中取出药丸十粒,大如黄豆,通体墨黑,付辛茂嘉令其温水送病人服下;再从另一竹筒中取出药丸九粒,其状如枣,黑中透红,嘱其日服三次,每次一粒。然后他长长吁了一口疲劳沉重之气,抬起头来,郑重地报告病情,似在自语:"此疾为寒凝气滞而发,呈恶寒肢冷之状,透入脐腹阴囊,故高烧不退。其疾或为寒疝,或为狐疝,某医术浅陋,不敢肯定,也不敢说谎,确无治愈之方。若此疾由内心忧郁寒气侵入骨骸而成为疢疾,则更加堪忧。故请诸位大人速送病人返回建康,急请名医治疗。在返回建康途中,万勿骑马,以免阴囊受损;勿徒步跋涉,以免小肠跌下阴囊而酿成大疾。此时所服所留之药丸,乃驱寒退烧之药,两个时辰后即可见效。"

韩楚语毕,起身整饰衣装,呈不辞而别之状。辛茂嘉急忙呈上二两纹银作谢,韩楚坦然收讫,放入胸前布囊之中,默然离开。行至寝居门口,他陡地停步,转过身来,厉声叮嘱:"此疾最忌饮酒!"语毕,快步离去。

韩楚的最后叮嘱,更加浓重了寝居里的沉默。不待范若水开口,夏中玉向驿馆主事发出指令:"速备带篷马车一辆,以三床被褥做垫,两个时辰后,我要亲自护送辛大人返回建康。记住,马要脚力健壮的,车夫要御术高超的!"

驿馆主事应诺离去。

腊月十八日午前辰时,辛弃疾在范若水、辛茂嘉、夏中玉的伴护下,乘着马车,离开金牛垤驿馆。由于积雪封路,行进艰难,是日夜晚,借宿于六城镇县衙,于十九日黄昏时分,回到建康城内"紫荆枇杷"。辛茂嘉搀扶辛弃疾下车,入堂,进入寝室安歇;范若水急请夏中玉和田车夫老大进入客厅歇息。因客厅清冷,她忙于为客人生炉火驱寒,烹热茶增暖,暗中吩咐辛茂嘉速去附近的金陵酒家为客人安置住处,并订来一桌酒席为客人解饥解饿。半个时辰后,辛茂嘉带着金陵酒家仆役二人,抬着一只中型食盒归来。金陵酒家仆役熟练而快速地在客厅的圆桌上摆好了精美的杯盘碗筷,恭立一侧,等待主客入席。

病卧床榻的辛弃疾,得知金陵酒家的仆役已摆设家宴,忍着疼痛挣扎坐起,要亲自为客人祝酒。范若水以乡间郎中韩楚的最后叮咛劝阻,辛弃疾吁叹:"儒以文犯法,侠以武犯禁,我已入战国法家韩非子的'五蠹'之列,生死病患,何惧之有!夫人,侠义人生,立身之本,我不能知恩不报,我不能愧对救援我们于暴风雪中的朋友啊!"范若水咽泪点头,架扶着忍痛举步的辛弃疾走出寝室。

田老大见状,惊讶而感动,世间有这般侠义的病人吗?夏中玉见状,疾步趋前,紧紧抓住辛弃疾的双手语出:"先生带病临席,礼重了,中玉承受不起啊!"

辛弃疾大笑,恭请夏中玉、田老大入坐上席,他与范若水分居在左右陪席,辛茂嘉居末席侍酒。

金陵酒家仆役,适时而利落地打开食盒,取出佳肴八样:糟猪头、獐鹿脯、腊肉、炙骨头、炖鳗鳝、醉螃蟹、窝丝姜豉、韭花茄子;食品二样:七色烧饼四斤、猪肉韭菜包子四斤;美酒两坛:建康名酿"秦淮春"。巧妙排放,佳肴热气腾腾,香气盈室。金陵酒家仆役依礼启开酒坛后拱手离去。

辛茂嘉举起酒坛,斟酒入杯,酒香四溢,爽神销魂。辛茂嘉呈热茶于辛弃疾面前,辛弃疾推开茶杯,喝令辛茂嘉:"斟酒!"

辛茂嘉笑而迟疑。

夏中玉急语:"先生,韩郎中有嘱,此病严禁饮酒,请先生以茶代酒。"

辛弃疾纵声大笑:"朋友相聚,无酒不欢。韩郎中的叮嘱自然要听,但这舒心抒怀之酒不能不饮啊!"

范若水知辛弃疾侠义感恩之心,捧起酒坛,笑语唱和:"两者兼顾,少饮为佳,我为辛郎斟酒!"

辛弃疾望着妻子点头致谢,转眸客人,举杯相邀:"天意机缘,人生快事啊!这第一杯酒,当为我等五人两天一夜暴风雪中的患难友谊干杯!"

人们唱和,举杯尽饮。

辛弃疾二次举杯:"天意机缘,我有好运啊!在病患中,有幸遇到形容神奇的韩楚郎中,针灸活气,赐药驱寒,并声称两个时辰之后烧退气舒。其言铮铮,两个时辰之后,果如其言,真神医也。夫人,我们高举酒杯,遥向神医韩公致谢,为他的健康长寿干杯!"

范若水应和举杯,与她的辛郎同时尽欢。夏中玉、田老大、辛茂嘉亦应和干杯!

辛弃疾第三次举杯:"天意机缘,我得神助啊!在命途多舛的困境中,有幸遇到了救急救难的田大叔。在雪漫大地危情种种的险途上,田大叔凭着精妙如神的技艺飞车,流畅平稳地落在这紫荆枇杷相拥相抚的庭院里。其技艺胆略,直逼春秋时赵简子的驭手王良和西周时穆王的驭手造父。真是天下驭手中的神人啊!夫人,快举起酒杯,向我们的田大叔敬酒致谢。"

范若水应和,举杯同向田老大敬酒致谢。

此时的田老大,全然懵懂在辛弃疾亲切的感激和赞扬中。他不知道辛弃疾所说的王良、造父是什么人,但他听得出来,这两个人也是赶车谋生的车夫。从来没有这样看重一个车夫的读书人,更没有一个称车夫为"大叔"的官员啊!他感到周身清爽而生力,也感到双眼有些潮湿了;他伸手举起餐桌上的酒坛豪饮。辛弃疾放声叫好,忽地扶案而起,亦举起酒坛豪饮应之。辛茂嘉、夏中玉一时目呆了。田老大放下酒坛,热泪盈眶,欣然落座,喃喃而语:"谢先生,谢夫人,我一个车夫,心里从来没有这样的滋润痛快啊!"

范若水猛地喝下杯中酒,含笑语出:"田大叔,我谢你了,你的豪情豪意,使我的辛郎病愈三分。你看,我的辛郎已能扶案而起了。"

辛茂嘉、夏中玉应和着举起酒杯,向田老大敬酒。田老大热泪滂沱。

辛弃疾的兴致似乎更高更浓了。他亲自捧起酒坛,为夏中玉斟酒三杯,也为自己斟酒三杯，第四次举杯语出："天意机缘，我是吉星高照，不负六合之行啊！在古名棠邑的六合要津，有幸结识了年轻英俊的中玉大弟。他的聪明睿智，为我描绘了一幅六合县人情、世俗、形势、资源的全景图，使我行有所依，动有所据；他侠义豪情，亲自送我到'卧牛戏水'的金牛山下，使我看到了江北山区村镇各层黎庶的真实生活情状！他果敢决断，救了我一条性命！这三杯美酒，表达我和夫人对中玉大弟的衷心感谢，并有三件大事相求。"

夏中玉站起拱手："请先生训示。"

辛弃疾郑重语出："其一，郎中韩公有'三怪'之誉，是大真大实之人，技高而德卓。他对我病情的分析、诊察、判断鞭辟至精，我已铭记五内。请中玉大弟代我向韩公致最殷切的敬意。其二，金牛山下的周原老人，三十年来命途坎坷，朝廷亏欠了他，现时已是凄凉晚年，全家处于危难之中。恳请中玉大弟能尽其所能，加以照应，万勿使其绝户灭门。其三，道听途说，二十年来，约有百名归正人被朝廷安置于金牛山区荒芜之地。朝廷赐地、赐屋、赐牛、赐种、赐农具，令其耕作自给自食，颇有成效。我本打算亲自前往，实地考察，以增见识。奈何病发而打算落空，遗憾于心。恳求中玉大弟能抽暇前往考察，以实情告我。"

辛弃疾语毕，举酒连饮三杯，以示敬意。

夏中玉急忙举杯，恭然领命，承诺道："两个月后，春暖花开，中玉将再抵建康城叩门拜见先生，禀报三件大事的着落情状，并恭迎先生和夫人作瓜埠山西楼兰湖之游。"语毕，举酒连饮三杯，执弟子之礼。

辛弃疾的神情因夏中玉的坚定回答更加高扬了，他扶案站起，拱手向夏中玉和田老大致谢，并转语十二弟："茂嘉，今夜你放开酒量陪田大叔和中玉大弟作彻夜饮，要饮得你们三人酣畅淋漓，酩酊大醉！"

辛茂嘉高声应诺。

辛弃疾挽着范若水笑语："夫人，我的病束缚了他们的酒兴，妨碍了他们的豪饮，我俩这就知趣地退席吧！"

在人们的笑声中,范若水搀扶着辛弃疾向田老大、夏中玉告辞。

翌日辰时,辛茂嘉陪着夏中玉、田老大来到"紫荆枇杷"寝居里向辛弃疾辞行。由于昨夜辛弃疾违背郎中韩楚的叮嘱而饮酒,他的病情委实是加重了,睾丸痛如针扎,已不能下床站立,只能在床榻上倚被而坐地接待前来辞别的患难朋友。

田老大昨夜酒宴后,在金陵酒家与夏中玉的对床夜语,了解了辛弃疾叱咤风云的经历,心里一直翻腾着惊奇、崇拜、信任和引以为荣的激情,以致夜不能寐,神魂一直处于酒意阑珊中。此时,他站在辛弃疾的病榻前,神志突地全然清爽了,话语也突地顺溜铿锵了:"大人,来日你再领兵打仗,别忘了我,我能为你赶车送粮送草啊!"

范若水笑语感谢:"大叔,你放心,辛郎不会忘记你的。"

辛弃疾挺身坐起,笑语感谢:"大叔,谢你吉言,我若再领兵打仗,一定叫你当运粮官!"

田老大满意了,连声叫好。

夏中玉对辛弃疾昨夜"舍命陪酒"的侠义气概感念于心,也担忧于心。他真怕辛弃疾的病情会转入如韩楚郎中所谓的"寒气侵入骨骸而成为疢病";他忍着鼻腔的酸楚,双手扶辛弃疾倚被而歇,喉头不禁哽咽出声。辛弃疾领略关切辞别之意,执夏中玉手而放声:"昨夜饮酒回,兴奋而心神爽然,提笔成《菩萨蛮》一首,赠中玉大弟留念。记住,回到六城镇再展开阅览。夫人,用那首《菩萨蛮》为中玉大弟送行吧!"

范若水应诺,从书橱中取出一轴纸卷,呈交夏中玉;取出纹银五两、美酒两坛、糕点数盒酬谢田老大,并与辛茂嘉一起送患难朋友上车离开"紫荆枇杷",驶出门前的狭小街巷,驶向江边渡口。

在田老大驱车驶向江边渡口的扬鞭飞行中,扶轼而立的夏中玉,胸中仍然滚动着辛弃疾病卧床榻赠词及其叮嘱的喜悦、疑虑和沉重,似乎有一团闹心的闷气堵在胸口。他忍耐不住了,急匆匆从布囊中取出辛弃疾的词作《菩萨蛮》阅览：

> 　　与君欲赴西楼约，西楼风急征衫薄。且莫上兰舟，怕人清泪流。　　临风横玉管，声散江天满。一夜旅中愁，蛩吟不忍休。

　　怆楚而令人心碎的情感流露啊！夏中玉心痛了，哽咽了。田老大察觉而回头询问，夏中玉语出道："先生的病情，比我们想的还要严重啊！"

　　田老大闻得，猛地勒住了马缰。马腾起前蹄而立，发出萧萧的嘶鸣声，惊骇了街道两侧行人驻足观望。

　　就在车停马嘶的同时，史正志、韩元吉、赵彦端走进了"紫荆枇杷"。他们三人今日卯时已从辛茂嘉口中得知辛弃疾病发的情状，已得知可能有"恶寒侵入骨骸"之危，便以朋友间的戏谑打趣为辛弃疾减轻心神的负担，遂大谈新婚夫妇山野访贫问苦的善行，大谈健夫娇妻踏雪寻梅的雅趣、暴风雪中新婚夫妻"相濡以沫"的甜蜜等琐事。

　　辛弃疾感激三位师友关切爱惜的用心，精神大振，也以戏谑打趣应之。大谈金牛山的"卧牛戏水""雪大如席"、奇事奇闻等，以博得师友的开心，直至范若水捧盘献茶进屋，才打住了朋友间一个月来不曾有过的舒心笑谈。

　　在人们举杯品茶的欢愉中，辛弃疾从睡枕下取出郭思隗的"临安来函"交朋友们阅览。

　　"越职言事之罪"六字，如动地闷雷，使史正志、韩元吉、赵彦端陷入了惊恐的沉思。

　　这封"临安来函"，第一次明确无误地传达了三个月来关于《美芹十论》进入朝廷高层视野的讯息。讯息，是来自临安城内的"听风楼"。"听风楼"的主人，不就是"钱塘倜傥公子"王琚吗？王琚何许人？本朝英宗皇帝的驸马王诜的孙子，手眼通天之人物啊！

　　这"越职言事之罪"，本是皇帝拒谏和借以诛杀谏臣的利剑，现已悬于幼安的头顶,随时都可能落下。这个悬剑的杀手,不是别人,正是今上的亲信首辅钱端礼和皇帝的耳目之臣、前任权知阁门事兼干办皇城司的"议和迷"曾觌啊!

辛弃疾铮铮的话语,打破了寝居内的沉寂:"剑悬头顶,我心坦然。所不安者,一份上呈皇上的奏章《美芹十论》,只怕会株连三位知我、爱我、助我的师友,我耿耿于怀啊!"

韩元吉的愤怒爆发了,声震屋宇:"昏庸的首辅钱端礼当贬!奸佞混账的曾觌当杀。"

赵彦端发出了哀叹:"剑收剑落,全凭那个人的一句话了。"

辛茂嘉兴冲冲地走进寝居,见状迟疑,茫然不解地低头禀报:"有一位老人抵门拜访,自称是济世堂坐堂的陶嗣鹊,并说是应邀前来。"

辛弃疾、范若水一时蒙了。

史正志放声叫好:"管他'剑悬头顶',管他'一语祸福',我们当前的第一要务,是治病,治好病!快恭请济世堂坐堂陶嗣鹊进屋!"

辛茂嘉应诺离去。

韩元吉高声助兴:"幼安,这位陶嗣鹊医生,据说是南唐皇帝李璟御医陶洞天的四代孙子,也是杏林中的高手,人称神医啊!"

辛弃疾、范若水急忙向三位师友致谢。此时,年约六旬、仙气仙骨中带有几分倨傲之气的陶嗣鹊,由医童提匣跟随,在辛茂嘉的引导下走进寝居。

南唐御医四代传人陶嗣鹊的祖传诊病气势,果然是不同凡响。他净手取洁、搓手生热,聚精会神地开始了望、闻、切、问。

陶嗣鹊平静从容地闭合眼睛,不露声色地掩饰着心头强烈的惊骇。这种类似寒疝、狐疝的疾病,强烈地呈现出气血上升、肝肾虚弱、经脉之气阻绝不通的病象。这是杏林中传闻的"筋骸之疢"的典型症状,是自己行医四十多年来第一次见到的,若不及时救治,待到气竭肝伤、经脉纵伸不收、时便清血、手足抽搐,则性命绝矣!此病亦名"薄厥""瘨疢""日死不治",源于抑郁、忧愁、压抑、伤神浸筋入骨而成，多出现于才智志士之身。传说西汉政论才子贾谊，因患此疾殁于三十三岁;唐代诗坛浪漫才子李贺，因患此疾殁于二十六岁;本朝学界奇才、王安石的儿子王雱(字元泽)，因患此疾殁于三十二岁。杏林有语:"'筋骸之疾'，天下忧患之士生命将终之鹈鴂，杏林对手神医身败名裂之无常。"他突然感到周身似乎结了一层寒冰，寒气入骨，接着是一种从未有过的愧疚。患病者何人?抗金英雄辛弃疾啊!请医者何人?建康留守父母官史正志啊!医者仁心，先祖遗训;医者义胆，江湖所赐。不能辱没人格，不能辱没行医四十多年的生涯，更不能辱没先祖御医二百多年来的名声啊!他决定拼着老命一搏，要么伴着辛弃疾的"鹈鴂先鸣"而自毁名声，要么随着辛弃疾的雄风再起而光彩杏林。他猛地睁开眼睛，目光炯炯而热烈，迎着史正志等人焦虑期待的目光，伏案提笔，开出一服治病药方，礼貌性地呈与史正志审定，并侃侃放声，展现了南唐御医四代传人高超的医术:"病为'筋骸之疾'。其乃忧心、抑郁、恶寒三者交加浸筋入骨所致。治病之途温经散寒，养血养肝，舒坦经脉，补中益气。因其病在腠理，汤药之所不及，故除煎服药汤外，当辅以外熨针灸。"

陶嗣鹊精辟的病情拆解，立即驱散了寝居内人们的担忧和焦虑，连病榻上倚被而坐的辛弃疾的神情，一下子也显得轻松了。

陶嗣鹊再一次展现了南唐御医四代孙的自信:"为了使患者早日痊愈，有几项要求，患者和患者的家属务必遵守其一，一个月内，患者必须卧床休息，勿再为家事、国事操劳。其二，一个月内，患者当谢绝一切朋友的拜访，以免干扰治疗。当然，眼前的这三位朋友除外。其三，一个月内，患者禁酒、禁食辛辣之物。其四，医病药物应指定专人取回，并由专人按照药方要求亲自煎熬，以防意外和药力流失。其五，一个月内，外熨针灸由我亲自操作，每日午前辰时进行。其来往车辆，当由官府负责，且需保证准时准刻。其六，一个月内，患者严禁房事。其七，药方中所需药物及特殊药物，均由济世堂负责筹备购置。后天午前辰时开始治疗。"

陶嗣鹊语毕,不待人们回答致谢,彬彬有礼地向人们拱手告别,然后,径自转身,走出寝居,快步离去。提匣医童急忙跟随而去。范若水亲送。

寝居的人们,都被陶嗣鹊的自信架势和洒脱的离去弄蒙了,在回味这七项严厉的要求中,感觉到充满希望的欣喜。赵彦端放声赞叹:"两百多年前南唐御医的医术、气派、倨傲和一言九鼎显形了、开眼界了,在七项要求侃侃的训示中,我的膝盖突然间觉得有些发软了。"

史正志笑了,戏谑地为陶嗣鹊解脱:"两百多年前,祖传御医的气势逼人啊!只怪我们六个人中,没有一个是南唐皇帝李璟的传人,只能看着这位御医传人颐指气使了。凭良心说,他的这七项要求,可算得上是句句箴言,字字珠玉啊!"

韩元吉应声凑趣:"陶嗣鹊,杏林中的人杰啊,所提的七项要求都十分到位,特别是第六条中的'患者严禁房事'六字,幼安当字字落实!"

人们随着韩元吉这"字字落实"四字出口,轰地欢笑声爆起,连倚被而卧的辛弃疾也笑着挺起了腰身。此时范若水返回,见众人欢笑相应之状,亦笑逐颜开,双手合十而语:"谢天谢地,感谢御医传人为我们带来了这几天来不曾有过的希望和欢乐。"

人们同声唱和。


今天是大年三十,辛弃疾疾病的治疗已进入了第九天,是严格按照陶嗣鹊的七项要求进行的。

陶嗣鹊老人依然是按时到达,默默尽力。九天之内,二次调整药方,今日果然出现了病情好转的迹象:辛弃疾食欲大增,面色呈现红润,脐腹疼痛减轻,阴囊消肿。

辛弃疾倚被答陶嗣鹊老人问:"感觉良好,病愈矣!除周身乏力外,似无不适之感,头脑不再是昏昏沉沉了。"

这是九天来辛弃疾第一次对病情好转的欣喜回答。众人皆喜。

　　唯陶嗣鹊似乎不曾察觉众人欢快的心情,依然冷静地闭着眼睛,琢磨着病情的走向。他心里明白,眼前患者的"食欲大增"和"面色红润",完全是卧床静养、体力恢复的必然;这"脐腹疼痛减轻"和"阴囊消肿",完全是外熨、针灸驱寒养气的功效,都是枝叶上的改善。而"经脉之气阻绝"之状如故,"经脉纵伸不收"之状如故,表明药物仍有不对症之缺,当竭其心血以求其解。而患者气之抑郁、血之耗损、精之竭枯,已有侵入肝肾之状,此为心疾,光靠药物是不行的,还须寄希望于患者的自解自救。何以自解自救?只能求助于"天地合力",求助于元旦来临,爆竹除忧,桃符却愁,在节日火树银花的狂欢中,冲散患者经脉筋骸中的郁块愁结了。他睁开眼睛,霍地站起,发出了指令:"揭去大门上'谢绝来访'的告示,欢迎亲朋至友前来探视! 院内张灯结彩,鸣鞭放炮,喜迎元旦佳节!"语毕,不待人们回答,彬彬有礼地向人们拱手告别,快步离去。

　　这是陶嗣鹊处事果敢明快的又一展现啊! 人们在骤然的懵懂中恍悟了:病人病情好转,需要热闹了。范若水满怀喜悦扑向她的倚被而卧的辛郎,辛茂嘉、范若湖都笑出声来,辛弃疾也微微摇头地笑了。

　　陶嗣鹊的指令自然是一言九鼎,他的一句"张灯结彩、鸣鞭放炮、喜迎元旦佳节"的宣示,立马使范若水等人行动起来,"紫荆枇杷"的冷清寂寞立刻被窗绽春花、绛烛笼纱、爆竹声声、宾客临门笑声朗朗替代了。在建康城除夕之夜到佳节"破五"夜锣鼓喧天、花灯如星、满街歌舞的狂喜狂欢中,辛弃疾也呈现出十多天来不曾有过的兴奋。

　　可宣示营造这种气氛的陶嗣鹊老人,却似乎不知元旦佳节已经来到,五天来他依然是除亲自操作外熨、针灸外,总是不厌其烦地亲尝药味,并亲察便溺。他眉头紧皱、双唇紧闭、神情肃穆,似乎流露出一种不易察觉的焦虑。

　　此时陶嗣鹊老人的心情,确实是沉重的、混乱的、焦虑的。这几天来,他自信欢度佳节的大欢大乐必将驱散辛弃疾心神中的忧愁悲凄和抑郁封闭,有益于经脉的畅通、气血的舒展。可三天来切脉理气之所得,是病人喜悦时的兴奋掩盖经脉之气的梗阻，是病人兴奋后的抑郁加重了气血上冲脏腑的力量，造成了经脉气结的增大。病人何其抑郁如此不能自拔呢？昨日入夜时分，他特意造访了史正志，得知辛弃疾上呈皇上《美芹十论》之忠耿所得，却是"越职言事之罪"的荒唐和眼前身处于"剑悬头顶"的险危，幽咽怨愁，难咽难断啊！他的一颗心突地坠落于冰窖之中，凄冷而寒绝，医者有治病之术，却无救心之技啊！在无措无奈的痛苦绝望中，他突然想到一个月前建康城瓦肆勾栏的艺伎们争唱辛弃疾词作《南乡子·登京口北固亭有怀》的强烈轰动，特别是那句"生子当如孙仲谋"激荡九霄、遏云裂石，构成了震撼人心的最强音，不也能回击而震撼辛弃疾抑郁的心结吗？情之所急，话语出口："请四大勾栏艺伎来！快请……"

众人闻言皆惊。情急失态的陶嗣鹊恍悟而急忙闭唇收音，心中默默自嘲：南唐御医四代传人，面对顽疾，无计可施，竟求助于勾栏艺伎，天下奇闻啊！他轻轻抽回切脉的手指，笑着站起，语出坦荡真诚地发出指令："请勾栏艺伎来！病人需要勾栏艺伎们震撼人心的歌声啊！"语毕，不待范若水回答，彬彬有礼地拱手告别。

辛弃疾和范若水仍在惊诧懵懂中，他俩相视而笑，不解地微微摇头。辛茂嘉急匆匆走进寝居，高声禀报："一刻前，府衙史大人亲随前来告知，伯父伯母从京口来到建康。"

天外飞来的佳音啊！范若水喜极而泪出，辛弃疾喜极而唏嘘。

辛茂嘉平缓气息，继续禀报："史大人亲随说，伯父、伯母是昨夜戌时三刻乘车进城的，因夜已深，且不知'紫荆枇杷'的具体地址，故至府衙打听，适遇史大人，遂安置于建康驿馆。亲随传史大人话语，今日午时正点，在建康驿馆设宴为伯父、伯母接风，特请嫂子驾临建康驿馆。"

范若水拭泪默然。

辛弃疾推枕而起，高声吩咐："茂嘉，速去街头雇得一辆马车，请若湖小妹着节日盛装，陪你嫂子去建康驿馆，迎接两老人。"

辛茂嘉应诺离去。

范若水一下子扑在辛弃疾的怀里，声音哽咽而颤抖："辛郎，父母来，当喜；可我已是惊弓之鸟，怕悬顶之剑突然下落。"

辛弃疾双手抚抱着妻子，轻声安慰着："'祸兮，福之所倚！''河朔孟尝'何人？义誉江湖，逢凶化吉之士。'宗室公主'何人？佳世菩萨，金花汤沐之仙，我俩的福气，也许就倚伏在两位老人的肩上啊！夫人，你也该对镜梳妆了，这半个月来，我的病痛憔悴了你的容颜，消磨了你的才情灵气。我百罪莫赎啊！夫人，现时这一副仆役、药奴、婢女的模样，父母看见会心如刀绞的。"

范若水伸手捂住辛弃疾的嘴巴，破涕一笑，向梳妆台走去。

## 十二 天地合力

范家老夫妇来到建康城,是专程,还是临时决定的?半个月前,在辛茂嘉匆匆忙地迎请范若湖的京口之行中,他遵照范若水的叮咛,向范家老夫妇隐瞒了辛弃疾病情的严重,只以"在金牛山因暴雪引发冻伤感冒"禀告。他俩相信了,继而心疑了,若仅是"冻伤感冒",何需若湖前往?况且幼安壮心受挫,上呈《美芹十论》亦泥牛入海,祸福莫测。父爱母爱,日夜挂牵,"流溪修竹"的年节喜庆,也呈现出茫然的沉重和不安。

就在这茫然的沉重和不安中,大年初三晚上,他俩接到郭思隗从临安派人送来的两封信函:一封信函是王琚所赐,一封信函是辛大姑所赐。范邦彦打开王琚的赐函一看,草草的两行文字闯入眼帘——病重卧床,盼老友前来临安一晤。

范邦彦心发颤了,手发抖了,又是一个不利的流年啊!他把笺纸交给夫人,赵氏一览,脸色也怆然发白了,语出询问:"何时动身?"

"明日清晨。"范邦彦回答,顺手拿起辛大姑所赐信函正要打开,突地停手,心想祸不单行啊,虽生不迷信,但心里发怯;该借夫人"金花汤沐"之福运,换换手气了,遂把手中的信函交与夫人拆阅。赵氏会意,凄然一笑,接过信函,郑重打开,取出一沓笺纸,笺纸的第一页上,赫然是两个清秀醒目的大字——诞语。

"诞语",荒诞之语,放荡之语啊!赵氏急忙坐于几案前,拨亮灯光,凝神阅览。

闻言,赵氏情不自禁地拍案唱赞:"'俊彩莹莹',辛大姑身居京都临安宰辅之家,看得明白、真切,看穿了那些人的五脏六腑。这样的'诞语',也许有益于幼安病体的康复!范郎,我俩明日的临安之行,当绕道建康!"

建康驿馆的宴会。在同忧同惜的举酒交谈中,范家老夫妇了解了辛弃疾病情的真相,知晓两个月来临安三次讯息对辛弃疾的打击,揪心于陶嗣鹊为辛弃疾医病中的困惑和无奈,洞悉此时辛弃疾的症结仍然在《美芹十论》不死不活的煎熬中发展着、增大着。若水、若湖的"形容憔悴"和"忧心忡忡"更加重了他俩一时难以承受的忧心和焦虑。赵氏的心突似一块玉石坠入寒气腾腾的冰谷中,冷得心神颤抖。前日夜初接到辛大姑的信函,算是临安传来的第四个讯息。石破天惊的讯息,也是玉碎蓝田的讯息啊!这样的讯息,现时正在遭受着"剑悬头顶""病疚筋骸"打击的幼安能经受得起吗?她真的后悔这绕道建康之行。

范若水在侍奉辛弃疾二次服药后带着范若湖赴建康驿馆迎接父母去了,辛弃疾不愿岳父岳母伤怀,他披衣下榻,高声唤来辛茂嘉为他绾发、理鬓、刮须、修面。

辛茂嘉照办了。

一番整饰之后,辛弃疾似乎心安了,置身床榻,倚枕而卧,等待着岳父岳母的光临,并致语辛茂嘉:"别忘了陶嗣鹊老人的医病要求,抽时亲自去四大勾栏,邀请我们的那些朋友前来助兴。"

辛茂嘉高声应诺。

午后申时三刻,"紫荆枇杷"门外辚辚的马车声和萧萧的马嘶声,宣告着范家老夫妇的到来。"紫荆枇杷"庭院里的春联、春幛、彩灯、彩球营造的年节炽热气氛,使他俩感到意外;辛弃疾身着裘衣的干练洒脱,使他俩感到欣喜;辛弃疾病室的整洁清爽,使他俩感到激动。这一切都是女儿、女婿怕父母见病乱伤心而着意所为啊！他俩把目光投向女儿和侍女，若水和若湖都注目于幼安而泪眼蒙蒙。他俩刹那间恍悟了，这一切都是幼安所为。他俩望着执礼奉茶的辛弃疾，双眼也有些蒙蒙了。

范邦彦在目光蒙蒙中，突然感到一股力量冲击心胸，幼安这样的汉子能轻易为"筋骸之疾"打倒吗？这样的汉子的心志、情感、能量，是断不可以平常人心态气质衡量的。临安传来的第四个讯息——诞语，也许会在幼安的心灵上、躯体上产生奇异的功效。

在范邦彦心神飞扬的激动中，辛弃疾等人向父母双亲行年节跪拜之礼。赵氏按江南习俗，急忙从行囊中取出冠梳、珠翠、缎匹、锦纱等物以赏赐，并特以硬木匣中一株百年山参为辛弃疾健体作补。

辛弃疾感激涕零，怆然语出："小婿以文招祸，累及父母双亲，自罚自斫，五内如焚如煎啊！"

范邦彦放声高吟："忠而蒙冤，谠而受罚，至诚至贤者逆龙须而遭诛，皆人间之大悲大哀啊！我和你的母亲为《美芹十论》的泥牛入海而焦虑，为荒唐的'越职言事之罪'而错愕，为你'剑悬头顶'的处境而惶惑。前日，偶遇一位仙境高人，以其霹雳、离奇、深奥的高论，尽扫我满怀的惆怅、忧愁、焦虑啊！"

偶遇高人的离奇讯息，立即止住了室内人们的哀伤。众人皆专注地看向范邦彦。

范邦彦神情肃穆地讲起："在远古年代，华夏大地有南北二帝对立，北有北狄国，占据塞外大漠，皇帝名始均，建都海市，其治下黎庶，多以射猎为生；南有寿麻国，坐拥中原江南，皇帝名南岳，建都蜃楼，其治下黎庶，多以农桑为业。南北二帝争锋百年，先是南强北弱，后为北盛南衰。不记其何年何月何日，北帝始均'以力为宗'，率领铁骑入侵中原，以血流成河的残忍凶杀，驱逐寿麻国'以和为宗'的皇帝南岳丢弃中原，沦落江南。在这胜负悲欢之日，北国皇帝始均暴饮而醉亡，传位传'力'于儿子北狄。南国皇帝南岳，怀疾饮鸩而自杀，传位传'和'于儿子季格。新的一轮南北争锋，移位于大江南北展开。"

前所未闻的远古的南北争锋啊,室内的人们都凝神注目了。辛弃疾的神情更加专注;赵氏已猜得她的范郎在借辛大姑"诞语"之题而发挥,微微摇头。范若水翻阅过《山海经》,记得有"北狄国""寿麻国"这个名字,而且同列于《大荒西经》中,但不曾有过争锋百年的记载。她疑惑地注视着侃侃而谈的父亲,心中默语:言有妄,妄有为啊!

范邦彦已感知眼前亲人们的关注,神情似乎变得忧伤了:"高人有论,南北新的一轮争锋移至大江南北展开。由于北狄国所辖地域天寒地冻、五谷不兴,其财力、物力贫瘠匮乏,根本不能保障几十万兵马横渡大江,只能却步于中原江淮,靠榨取中原江淮黎庶的骨肉以图存。新继位的北狄皇帝,继承了父亲'以力为宗'的骁勇、残暴的禀性,又有着自身虚伪、狡诈的心机,在洞察其无力渡江南进的窘迫中,遂以软硬兼施、战和并用之术,以诈惑敌,以诈富国,演出了一幕幕时而高唱议和,时而恐吓威逼,时而离间收买等花样翻新的活剧。寿麻国新继位的皇帝季格,在物华天宝、山川锦绣的江南,浑浑噩噩,不思国破家亡之恨,仍然遵奉父亲南岳'以和为宗'的国策,昏庸绝顶地'以玉帛买和平''以土地买和平''以贬逐忠耿谋臣买和平'等荒唐之章。在这场'枭雄对傻瓜''流氓对呆子''绑匪对白痴'的荒唐游戏中,北国的铁骑雄兵掠取江淮地区一座一座城池,一步一步地逼近大江;南国的议和迷们带着兵丁,赶着一批一批满载粮食、布匹、金银的车辆滚向北国。荒蛮的塞北已变成了富庶殷实的江南,锦绣的江南已变成哀鸿遍野的塞北。更为荒诞者,北国用南国纳贡的财力物力养肥壮大的兵马,以更加强暴的战争威胁、恐吓着酥软了骨头的南国。"

室内的亲人们似乎一下子都定影定形了。辛茂嘉感到惊奇,远古和今日的南北争锋,何其相似;范若湖睁大了眼睛,四年前金兵血洗新息县城的惨状又浮现眼前;辛弃疾不知何时已挺身坐起,眉宇间洋溢着深沉的思索。

范邦彦的神情更显激越:"高人有论,这荒唐的'惊天动地',激怒了时刻关注人间是非善恶的天神。天高听卑啊！就在某年的年节前的十月隆冬，在寿麻国都城蜃楼，突地爆响起一串撕裂天宇的炸雷，雷声震撼着皇城。"

冬日无雷，晴空无雷啊！辛茂嘉、范若湖有些诧异，连赵氏也在哂然一笑地微微摇头。

范邦彦看在眼里，他的声音更显得坚定有力了："高人有论，这冬日晴空的炸雷，就是古诗《上邪》中那位忠贞女子所歌吟的'冬雷震震夏雨雪，天地合，乃敢与君绝'的那个'冬雷'啊！它是逆时逆势之雷，它是震古烁今之雷，它是天上雷公为人间忠耿之士演奏的光彩乐章啊。"

范邦彦着意张扬着这震震"冬雷"的离奇："高人有论，这震震'冬雷'炸响之后，有雷声击冲碎裂的片片月光，若雪花飞舞般地定点洒落在大内宰执大臣议事的殿宇，并立马化作一部珠玉闪光的奏章，句句腾着火焰，字字闪着剑芒。触目惊心啊！宰执大臣目瞪口呆，只见奏章上署名'耕父'二字，急忙捧着奇异的奏章趋步进入天寿殿，呈献于皇帝季格。时皇帝季格正高卧锦帐之中，消劳养神，其太子寿麻侍于锦帐之外。太子寿麻聪明，雄姿英发，并具有千古难得之奇，正立无影（他立于太阳底下，人们看不到他的身影）、疾呼无响（他大声高呼，人们却听不到他的声音）。他接过奏章凝神而览，其针砭朝政之失，皆鞭辟入里，刀刀见血；其痛斥几十年来'以和为宗''为和而偏安江南'的种种劣迹；其自强救亡之策是倡发愤图强，倡农桑富国，倡刀剑强军，倡以'战'为志，倡以'战'中兴……寿麻不自禁地跪拜于床榻前，启开锦帐，恭呈奏表请父皇阅览。皇帝季格恢恢地阅览奏章至'针砭朝政之失'一节，突觉周身皮肤似有被层层揭撕之痛，逐索然大怒，掷奏章于地，踢翻跪请在床榻前的寿麻，跳下床榻，厉声询问：'呈此奏章者谁？'宰执大臣惶恐伏地叩头回答：'野人耕父。''何其如此猖狂？'宰执大臣叩头禀报：'民间传说，此人年逾百岁，预知天数，有山野神仙之称，常游玩于清冷之渊，每从渊中出入，都会有闪光出现，每当人们看到这个闪光，就预示着这个国家行将衰败。今夜的冬雷震震和月光片片，也许就是此人出入清冷之渊的闪光……'皇帝季格惊恐了:'此人现居何处?'宰执叩头回答:'民间传说,此人居住之所,在京都东南三百里的一座小山。此山的名字叫丰山。'皇帝季格发疯了,下令了:'立即派出兵马三千,捉拿妖人耕父……'不待宰执应诺,太子寿麻拾起奏章,忽地站起,在火光照耀下,他张口疾呼:'父皇,看一看这察探精审的救亡之策吧!听一听这纲目完备的自强之谋吧!'神奇啊!'正立无影'的寿麻现出了英武的身影。宰执大臣愣住了,跪伏的宫女抬头了,皇帝季格一时失神地木呆了。只有殿堂里跳跃的火把为寿麻的'正立无影'欢腾着。神奇啊,'疾呼无响'的太子寿麻声震殿宇,传之殿外,遏云裂石了。皇帝季格惊诧地失去知觉,殿堂外百十位文武臣僚惊诧地拥入殿堂。寿麻捧着奏章站立,在火光闪烁中愈现高大魁梧,他朗读奏章的声音,愈现激越铿锵,在殿堂内外滚动着、传布着。殿堂里火光跳跃,文武大臣欢呼着,寿麻高举着富国强兵的奏章,他的四周闪耀出一个红彤彤、金灿灿的光环,气势逼人,光辉灼人。文武大臣向着神奇的光环跪倒,发出势如滚雷的万岁声。"

天人相应啊!寝室内亲人的心神,全都专注地沉浸在这神奇的、虚幻的光环中,室内寂静无声。病榻上挺身端坐的辛弃疾高声急语地打破了这浓重的宁静:"离奇的传说,聪明的诞语,它描绘了一幅古代离奇的南北争锋的全景图,它演出了一场遗恨千古的人生悲喜剧,给失败者草裹伤口、舌舔鲜血、奋起冲杀的勇气和希望。请父亲示知,这位创造高论的高人是谁?"

范邦彦从怀中取出"临安来函"交给辛弃疾。辛弃疾打开一看,惊诧出声:"辛大姑!"

赵氏双目含笑,致语辛弃疾:"这个'高人'还有你的这位信口开河、歪释辛大姑精美文字语言的岳父大人。"

辛弃疾连连拱手向岳丈作谢,范若水一下子扑在父亲的怀里。

范邦彦抚着女儿深情说道:"形容已现憔悴的女儿,在这'诞语'创造者辛大姑的背后,还有一个饱经沧桑、洞察世情、年已七十四岁高龄的致仕宰辅,他可是真正的高人。"

辛弃疾兴致勃发,放声高呼:"茂嘉、若湖,快捧酒来!"

辛茂嘉、范若湖一时发愣了:医嘱严禁饮酒呀!

范若水急忙转过身来:"辛郎……"

辛弃疾语出乞求:"若水,我,我心里高兴……"

范若水用手捂住辛弃疾的嘴巴,高声唱和:"辛郎,我陪你举酒痛饮!"

这个夜晚,范若水陪着辛弃疾的"举杯痛饮",其实只饮了三杯:第一杯酒,是为元旦佳节全家人在建康城欢乐聚会饮的;第二杯酒,是为父母双亲的健康长寿和慈爱关怀饮的;第三杯酒,是为"高人"辛大姑和致仕祖公辛次膺精妙的诞语高论饮的。

聪颖的范若水,既满足了她的辛郎的心愿,又巧妙地执行了陶嗣鹊的医嘱,辛弃疾的酒杯中,每次只斟半杯酒……

翌日清晨,昨夜"高人高论"带来的欢快,似乎仍然在"紫荆枇杷"弥漫、荡漾着。众人早起,洒扫庭院,烧锅做饭取水制茶,以迎接年节来访之客和准时诊病而至的陶嗣鹊老人;范若水的神情似乎比往日轻松了许多,按时按点为她的辛郎煎制药汤。

辰时正点,一阵敲门声响起,柳盈盈偕司箫、笛的两位歌伎,在煦和的春光中来到"紫荆枇杷",甫一进门,就感受到了这里的变化。几天不见,"紫荆枇杷"沉闷的气氛全然变了,变得热气腾腾了,柳盈盈沉重、压抑的心情一下子也随而放开了,眉头舒展了。几天前的大年初一,她来"紫荆枇杷"拜年祝福,在着意张罗的年节炽热气氛中,辛茂嘉和范若湖都显露出一种故作欢快的拘谨;病榻上的辛弃疾似处于极度的疲惫中,在互道"新春快乐"的交谈中,明显地失去了往日的侠气豪情;在问及辛弃疾的病情心境时,范若水的神情有几分怆楚,话语滞涩,特授以辛弃疾的病中词作《满江红·倦客新丰》作答。她反复诵颂这首慷慨悲壮之作,把一个相知者、崇拜者的理解与感受融入了这首词作中,以两天一夜的时光,对《满江红》曲谱进行了"以意为先,以情为先"的变通和改进,已获得了青溪勾栏听众们的同声称赞。

天人相应啊,天公作美啊,此时这"紫荆枇杷"洋溢的欢快和喜悦,恰为这首词作的吟唱提供了最佳的氛围。天可怜见,但愿这首插上了音乐翅膀的《满江红·倦客新丰》,能给病榻上的辛弃疾带来些许的慰藉。

柳盈盈一行三人被范若水请进客厅,范若湖捧茶以献,寝居内传出辛弃疾高扬欢快的迎接声:"欢迎啊,大宋歌坛女侠!感谢用琴音歌声为我医治心灵创伤的朋友!"

柳盈盈走进寝居,向辛弃疾请安祝福:"禀报辛大人,千古奇篇《满江红·倦客新丰》又使青溪勾栏爆棚走运了!现已是门庭若市,独领风骚,震动建康城。今日进府听审,乞大人指教。"

辛弃疾挺身坐起,因体力衰弱用力过甚,引发咳嗽,范若水急忙移被而倚之。辛弃疾舒气坦然,放声高吟:"'海内贤豪青云客,就中与君心莫逆。'女侠怜我,关爱备至,告罪女侠,容我倚被听教了。"

柳盈盈揖礼作谢,在范若水陪同下走出寝居。堂屋客厅,琵琶声起,箫笛伴奏,柳盈盈放声高歌:

> 倦客新丰,貂裘敝,征尘满目。弹短铗,青蛇三尺,浩歌谁续?不念英雄江左老,用之可以尊中国。叹诗书、万卷致君人,翻沉陆。 休感慨,浇醽醁。人易老,欢难足。有玉人怜我,为簪黄菊。且置请缨封万户,竟须卖剑酬黄犊。甚当年、寂寞贾长沙,伤时哭。

琵琶声清亮婉转,横笛声清脆高扬,洞箫声浑厚幽咽,歌唱声声情并茂,完美地展现了词作中八位贤人奇人坎坷遭遇中的苍凉和悲愤。

一时无言,大家全然沉浸在青溪勾栏女侠及其伙伴优雅动听的琴音歌声和高超的艺技中。

与此同时,陶嗣鹊走进了"紫荆枇杷"的大门,令他诧异的是,今日门口竟无辛茂嘉恭身迎接,而一阵琴音歌声却从屋内传出。他快步走近堂屋门口,突被一股怆楚凄凉的琴音歌声绊住了脚步,遂站稳脚跟,侧耳静听。是一支《满江红》啊!他凝神细辨,其词作竟是悼念历史上几位坎坷贤人奇士的挽情挽语,他的心情一下子变得极冷极寒了。糊涂的家人,混账的歌伎,弹唱这样招灾招祸的歌曲,不是为我的病人消愁解忧,而是为我的病人添忧添堵,要我的病人的命啊!他愤怒至极,抬脚"砰"的一声踢开堂屋之门,对低头弹唱的柳盈盈发出炸裂的怒吼:"停!别唱啦!"

歌声琴音戛然而止,堂屋里的人们全都愣住了。全在这极度的寂静中,陶嗣鹊疾步走进寝居,抓过辛弃疾的手臂,凝神切脉诊病。

他惊讶了,病情似乎向好的方面转化。难道是药物生效了吗?他微微摇头:自己下的药物无此神奇。爆竹除忧吗?桃符却愁吗?火树银花舒心吗?他微微摇头:除夕元旦已过数日,效力何其来迟!勾栏歌伎琴音歌声的魅情魔力吗?他突然感到方才响在耳边的《满江红》曲牌特异、新颖张扬,其词曲确有着雄杰不凡的抱负,确有着震撼人心的气势和威力。原因真的在此吗?他霍地站起,望着柳盈盈急忙询问:"快说,你唱的那首《满江红·倦客新丰》何人所作?"

柳盈盈一时不解其意,窨然迟疑。

范若水急忙为柳盈盈解窨:"这首词作《满江红·倦客新丰》乃辛郎病中吟成。"

陶嗣鹊惊喜高呼,并向柳盈盈拱手请求:"好,好!请杖子头抚琴再歌,我要聆听,我要受教,我要释疑解惑!"

柳盈盈一声应诺,轻抚琴弦,吟声而歌。

柳盈盈在"一曲三唱"中,完美地展现了辛弃疾对历史上这些贤人奇士的崇敬之情;强烈地展现了辛弃疾对历史上这些伤时而怨愤、伤时而呼号的贤人奇士的哀悼;铁骨铮铮地展现了辛弃疾对历史上那些昏庸误国、忌才杀才者的抨击和愤怒。

歌声停了，琴声停了。柳盈盈手抚琴弦，似仍沉浸在《满江红·倦客新丰》所营造的特殊情感和特殊神韵中。

床榻边座椅上神情肃穆的神医陶嗣鹊，立即抓过辛弃疾的手臂切脉诊疾。他神情专注双目紧闭，一切似乎都凝固了，他已仙化为一尊陷于沉思的白玉雕像。突地，雕像动了，雕像活了，他轻轻推开辛弃疾的手臂，向着范若水和怀抱琵琶的柳盈盈深深一躬，庄重语出："夫人，你和勾栏侠女都是医心医神的神医啊！老夫感谢你们二位了！幼安无忧了。"

此后一年，由于神医陶嗣鹊的精心治疗，辛弃疾的病情基本痊愈。神医声称再有一年，辛弃疾的体质精力，将恢复到病前的最佳状态。人们以极大的欣喜和信任期待着。

## 十三 隆兴和议

弱国的皇帝难当啊！

福宁宫里的赵眘，在禅得皇位的三年内，经受着内忧外患无休无止的折磨。年近四十本应"不惑"的他，现时却是浑浑噩噩，在难决难断中度着时日，整个人似乎已呈现出几分龙钟之态。

他是隆兴元年(公元 1163 年)禅得皇位的，在符离兵败的灾难和悲哀中，开始了迟到的帝王生涯，导致年迈忠勇的张浚被贬离临安，凄然命丧于穷巷小店，也把他自己置于"主和"官员弹劾的侧目冷光之中。掉价失威的屈辱啊！

隆兴二年(公元 1164 年)十二月，在金国兵马气势汹汹的威逼和朝廷主和官员气势汹汹的"奏请"下，与金国签订了"隆兴和议"。这是他帝王生涯中签订的第一个和约。这是一个什么样的和约啊？是在二十多年前屈辱的"绍兴和议"后又一次屈辱的投降和出卖，出卖了原来已经割让的唐州、邓州、和尚原、方山原，而今又割让了商州、秦州。并签订了"金、宋二帝以叔侄相称"的条款。愧对祖宗，奇耻大辱啊！

乾道元年(公元 1165 年)正月初七，一个永世难忘的日子。这一天，宗正少卿魏杞(字南夫)以通问使的身份，携带"隆兴和议"的签约文本，押着"岁币"出使金国。临行前偕副使王抃进入福宁宫向皇帝请行，并呈上签约文本请皇帝审定。赵眘看到书式"侄宋皇帝眘谨再拜致书于叔大金圣明仁孝皇帝阙下"这样几行文字时,面色苍白,泪水盈眶,两腮的肌肉似乎在微微发抖。魏杞、王抃吓坏了,跪伏于地,低头不敢仰视。

赵眘自知失态,忍气吞声,出语解窘:"朕在思念靖康年间殁于北国的臣民啊!尔等出使金国,当奏知金国皇帝:南北和议,亲如一家,河南洛阳、巩县等地乃我朝先帝陵寝之地,金国理当归还;并奏知金国皇帝改定书式,不用尊号,不称阙下。"

魏杞、王抃齐声应诺,奉旨而行,于正月二十三日抵达金国中都(燕京)。金国皇帝完颜雍召集诸军将领举行盛大宴会以待,敕令宋国通问使魏杞跪举"隆兴和议"签约文本,按照"书式"禀奏。

魏杞本为主和官员,此时不以为耻,反而为荣,遵金国皇帝敕令,跪举签约文本高声禀奏:"侄宋皇帝眘,谨再拜书于叔大金圣明仁孝皇帝阙下!"

完颜雍纵声大笑,打断了魏杞的朗声禀奏,高声宣布:"朕决定以宋国侄赵眘进贡的'岁币'二十万银两,赏赐出席今日宴会的诸军将领!"

金国君臣振臂欢呼,举杯痛饮,狂舞狂欢,把魏杞、王抃及其随员十多人晾晒于地上,以"视若无物"辱之。宴会后,魏杞忍气吞声以赵眘谕示"归还河南洛阳、巩县先帝陵寝之地"及"改写书式"之事请示金国皇帝,完颜雍阴笑而答:"好!侄赵眘不忘孔孟之道,孝敬祖先,其心可嘉,朕心甚慰。请使者告知侄赵眘,朕愿派二十万兵马,护送宋国先帝的陵寝迁往江南。至于改定书式一事,不许改动一字!"

魏杞闻得,瞠目结舌。

二月二十八日,魏杞、王抃及其使团成员返回临安,魏杞严令使团成员严格保守此行与金国会谈的秘密,不许向任何人泄露,便与王抃急匆匆走进福宁宫书房,就有关"索取河南洛阳、巩县等地"和"改定书式"二事向皇帝密报。当赵眘听到金国皇帝完颜雍阴森森地回答"朕愿派出二十万兵马护送宋国先帝的陵寝迁往江南"时,他如遭雷击,喃喃作语:"这就是宋金和议?这就是叔侄之约?这就是亲善和睦?这就是朕用玉帛买来的和平?"他气噎胸喉,想呕而不能,想吐而不能,神志昏昏而不知所措。

恰在这时,参知政事兼权知枢密院事钱端礼(字处和)疾步入宫,跪地禀奏:"圣上,左仆射陈康伯大人猝亡于官署。"

神志昏昏的赵昚,乍闻而呆,蓦地睁大了眼睛。

钱端礼哀声禀奏:"陈大人晋见圣上后返回集英殿,行至官员值宿房舍,突然病发而跌倒,用轿子抬到家中,就气竭而亡。其遗言仅三字:'抗金兵'。"

哀音灌顶,哀音刺心,赵昚突然间清醒了,痛而思痛,心如刀绞。九个月前,陈康伯几次上表反对签订"隆兴和议"的坚定情景浮现在心头。他挥手赶走了报灾的魏杞、王抃和报丧的钱端礼,"哇"的一声哭出声来。他怕为臣下所知,急忙咬住了哭声,仰面闭目,任两行泪水顺着双颊流淌。他默默地忏悔着:"朕愧对忠耿老臣陈康伯啊!朕禅得皇位之初,陈公放弃清静的致仕生活,应朕之召,以年近七十的病弱之躯再度出山,辅佐于朕,居左仆射兼枢密使之位,总揽政务之权,兢兢业业,勤勤恳恳,运筹帷幄,倡言北伐。可朕多次拒绝了他反对与金国和议的奏请,愚蠢地听信了主和臣子的主张,签订了'隆兴和议',用屈辱买来的和平,原来是一个虚幻的魔影。忠耿的老臣,你临终时的三字遗言,是对朕这个昏庸皇帝的挂牵,也是对朕昏庸灵魂仍怀有希望的拯救啊!"

翌日(三月初一),赵昚亲率朝廷百官至陈康伯府邸吊唁,亲自焚香致哀,当场宣示"赐授太师之衔、谥号文恭"。其祭祀规格之高,为大宋君臣关系之所罕见。

三月六日是"七祭"之日,陈康伯灵柩回归故乡江西信州弋阳。赵昚亲率朝廷百官护送灵柩至临安南门外,举行隆重的送别仪式。哀乐致丧,百官垂首,赵昚亲笔书写巨大"奠"字,亲手贴于灵柩之首,并亲自执拂送行。其送葬规格之高,亦为大宋君臣关系之所罕见。

四月十日,陈康伯的灵柩归葬于江西信州弋阳县新政乡九龙岗,赵昚敕令立"旌忠显德"之碑,以誉其功业之不朽。碑文为赵昚亲拟亲书:"三度锦衣归故里,两扶红日上青天。"其评价之高,情谊之深,亦为大宋君臣关系之所罕见。

四月十二日,赵眘发出诏令:以虞允文参知政事兼知枢密院事,继陈康伯之后总揽军政大权;并以原普安郡王府教授、知成都府、力主北伐的老臣王刚中(字时亨)同知枢密院事,为虞允文之助。

赵眘这些有异于"隆兴和议"和平气氛的重大举措,立即引起了朝臣们的强烈关注。因为他们根本不知通问使魏杞从金国带回的金国皇帝完颜雍轻慢赵眘的阴毒威胁,便把这些举措的出现与陈康伯丧事过格的礼仪联系起来。特别是虞允文出任"参知政事兼知枢密院事"的总揽军政大权和对王刚中出任"同知枢密院事"的重用,使主和派官员诧异不安,使主战派官员振奋鼓舞。

在几天来主和与主战、诧异与振奋暗流撞击的四月十八日早朝中,主战派官员、中书舍人王稽中把一份奏疏呈现于赵眘面前:

> 臣每念国朝罕有世家,唯将家子能世其家。有曹彬之子玮、种世衡之子谔、谔之子师道,皆世为良将……今国家闲暇,正当选将。万一用武,仓卒不可得之。请于大将之家,选武勇能世其家者尊显之,万一用武,不至无将。若其无虞,不妨阴壮国威……

赵眘览尽而大喜,语出嘉之,并敕令吏部侍郎陈俊卿可进武臣荐举兵将官册。

皇上要亲自抓军事了,皇上要亲自抓将领了。主战派官员放声欢呼,主和派官员皱眉欢呼,"隆兴和议"签订几个月来沉闷的朝廷,终于爆响了一阵霹雳的惊雷。

赵眘的这些举措传出皇宫高高的围墙,临安城的黎民百姓,争相传诵。

传进德寿宫,太上皇连连摇头,默而不语。

金国皇帝完颜雍闻言，沉思阴笑，为了弄清临安朝廷的真实动态，以回访的名义派出通报使完颜仲及其随员十多人，气势汹汹地奔向临安城。

完颜雍此举立即引起了赵昚的特别关注，他敏锐地意识到金国使者的到来，可能是自己这半年多来一系列的朝政举措招来的，可能是朝廷主和官员通风报信引来的，当然也可能是为了敲诈玉帛而来。不论出于何种原因，都需认真对待。他立即召见钱端礼、陈良祐和王抃商议会谈事宜，决定以这三人组成奉迎使团，以钱端礼总负其责，并嘱其"善加接待、慎与会谈，勿授金国使者以柄"。

钱端礼等奉旨而行，立即以最高住宿规格安置金国使团住进班荆驿馆，陈良祐和王抃亲自侍奉年轻的金国使臣完颜仲住进班荆驿馆楼上最华丽的房间，并派出两名侍役专职侍奉。

年轻的完颜仲不仅不感谢主人的"善加接待"，而且赤裸裸地摆出了一副盛气凌人的架势。他的第一个要求是，"按照'隆兴和议'第一条款'金宋二帝当以叔侄相称'的协议，叔皇帝的使者驾临侄国，侄皇帝当以叔国习俗，以宫女侍奉叔皇帝的使者"。

钱端礼得知惊骇失据，急忙进入福宁宫书房禀报。赵昚闻知，气噎嗓喉，一时说不出话来。

钱端礼喃喃禀奏："圣上明察金国使臣完颜仲，他，他是以'隆兴和议'第一条款'金宋二帝当以叔侄相称'为据啊。"

"这是打上门的耻辱，这是在朕的心灵伤口上撒盐啊！"赵昚咬紧牙关沉默着。

钱端礼低声禀奏："圣上，会议尚未开始，金国的意图尚不可知。小不忍则乱大谋，正如圣上谕示，我们不可授金国使者以柄啊！"

赵昚仍然沉默无语，良久，微微点头。

钱端礼悄然退出福宁宫，奉旨而行，命王抃带着两名宫女进入金国使臣完颜仲的房间。

翌日午前辰时，按照前一夜双方代表的约定在班荆驿馆华丽的议事厅进行会谈。双方代表相对而落座，不及主方代表陈良祐开口致辞，金国使臣完颜仲抢先发作，厉声提出了第二个蛮横的要求："按照'隆兴和议'第一条款'金宋二帝当以叔侄相称'的协议，宋方以礼部侍郎和使金通问国信所参议官这等低下的官员与叔皇帝的使臣会谈，是对叔皇帝的不敬，必须更换。"说完带领手下拂袖而去。

钱端礼闻知，连连摇头，频频顿足，在责怪陈良祐"无胆无识、无能无力"后，自己也心神恍惚、心惊肉跳地急忙进入福宁宫书房，以详情跪奏于皇帝。

赵昚闻知，面色铁青，拍案无语，双目呆呆地盯视着跪在桌案前的钱端礼。钱端礼连连叩头请罪，赵昚双目一闭，重重地跌坐在御椅上，心中滚动着痛断九肠的难堪和悔恨："又是'隆兴和议第一条款'，这无尽无期的屈辱何时才能洗刷啊？"

桌案前钱端礼的释解请求声传来："金国使臣完颜仲以我方代表职务低下而发难，其卑鄙用心在于抬高他自己的身价，臣愿偕中书舍人周必大参与会议，以满足其无聊无耻的要求。"

赵昚微微摇头，几丝苦笑闪现在眉头。他"摇头""苦笑"的，是钱端礼的昏庸糊涂和有眼无珠的鬼迷心窍；他"摇头""苦笑"的，也是自己的昏庸软弱、用人不明和此时此刻的应对无策。他突然想到前几日已立嫡长子邓王赵惇为皇太子，皇太子妃乃钱端礼之女，这种姻亲关系也许有助于钱端礼与金国使臣的会谈。他茫然地微微点头示知他的亲家翁和他宠信的大臣钱端礼。

钱端礼会意，叩头站起，奉旨而行。

会议的第三天午前辰时正点，以参知政事兼权知枢密院事钱端礼、中书舍人周必大、礼部侍郎陈良祐、国信所参议官组成的高规格的宋国奉迎团和金国使臣完颜仲及其随员会谈于班荆驿馆华丽的议事厅。由于临安的再次让步，会场呈现出一种和谐的气氛。但在主方首席代表钱端礼宣布会谈正式开始的一瞬，完颜仲突地从袖中甩出一封信函，以更加骄横的嚣张气势，提出了他的第三个要求:"按照'隆兴和议'第一条款'金宋二帝当以叔侄相称'的规定,宋国侄皇帝当亲至班荆驿馆领受叔皇帝的敕令。"

会场气氛陡地变了,这是突然变脸的突然袭击啊!钱端礼一下子蒙了。周必大拍案而起,戟指完颜仲厉声斥责:"放肆!这是在临安,容不得尔等撒野!"

完颜仲似有准备,冷声一笑,以手拍打长案上的信函高声回答:"今年年初,侄皇帝遣使北上,向我国叔皇帝请求乞赐归侄国先帝陵寝之地,这道敕令,就是我国叔皇帝对侄皇帝的正式敕令回答,难道侄皇帝不应该亲自前来领受吗?"

什么"先帝陵寝之地"?什么"乞求赐归"?什么"正式敕令"?周必大一概不知,一下子僵住了神情和气势;钱端礼、陈良祐亦不知"乞求""赐归""先帝陵寝之地"的来由,全都陷于错愕的茫然;王抃是知道内情的,但已得北上使者、宗正少卿魏杞的保密严令,只能低头不语。此时,昏庸糊涂的钱端礼在错愕的茫然中忘记了国格人格,乱了方寸,露出了怯懦的本相:"完颜尊使,我是参知政事兼权知枢官院事钱端礼,我愿代替侄皇帝领受叔皇帝的敕令,行不行?"

完颜仲忽地站起,以拳击案,厉声回答:"不行!按照'隆兴和议'第一条款规定,叔皇帝的敕令必须由侄皇帝亲自前来领受!"语毕,率领金国使团离席而去。

始料不及的惊天结局啊!宋金高规格的会谈刚刚开始,就在完颜仲的一记击案声中结束了。"叔皇帝的敕令,必须由侄皇帝亲自前来领受"的命令,竟然是从一个小小的年轻骄横的金国使者口中喊出的,这不是硬生生扇皇上的耳光吗?临安高规格的奉迎团成员全都傻眼了。钱端礼失神地跌坐在椅子上,哭丧着脸,喃喃自语:"皇上能亲自来领受这敕令吗?我怎么向皇上交代啊?"

周必大顿足捶胸:"奇耻大辱啊!"

是日午后未时,这惊天动地的会谈结局,由失魂落魄的钱端礼带进了福宁宫书房。赵眘挥手赶走了跪伏在桌案前连连叩首请罪的钱端礼,就势双手抱着头颅扑伏在桌案上,用额头叩击着桌案:"打上门的侮辱,打上门的猖狂,特别是那句'叔皇帝的敕令,必须由侄皇帝亲自前来领受'的叫喊,全然是置朕于死地的鬼符啊!这就是朕用玉帛、土地、尊严买来的'隆兴和议'吗?这个'和议'的精髓原来只是'侄皇帝'三个字。'侄皇帝'是什么?是天下第一号奴才,是丧权辱国是连金国小小的使者都可以任意吆喝的奴才啊!'隆兴和议'签订至今,不到一年的时间,天天不是都在威逼恐吓之下为贡'岁币'、贡珠宝而熬尽心血、熬尽力气吗?这是什么样的'和平'啊?这是比战争更为惨烈、更为卑鄙的悄然无声的'和平'啊!荒唐啊,皇帝当到这个分上,算是人世间最可耻的悲哀了。若再顶着'侄皇帝'的头衔,低头弯腰地向班荆驿馆走去,还算是个人吗?还不如一头撞死在这福宁宫书房来得痛快啊!金国皇帝完颜雍会做出反应的,不就是一场战争吗?符离兵败是一场战争,采石矶大捷不也是一场战争吗?"

在赵眘知耻而勇气后起的沉思中,王抃悄悄进入福宁宫书房。他悄悄地跪倒在皇帝的书案前,悄声禀奏:"圣上,参知政事兼枢密院事虞允文去了班荆驿馆。"

赵眘突地抬起头来,神情凝重,眉宇间腾起一团杀气,两眼充满血丝。王抃心头一凛,心存高远而生性优柔寡断的皇上,确已被完颜仲的骄横挑衅激怒了。他心机一动,应和着赵眘此时心境继续悄声禀奏:"圣上,虞大人在集英殿从周必大口中得知完颜仲无状之章,怒火中烧,不及请求圣上,只身前往班荆驿馆,以'妄自尊大、枉解和约、不敬宋帝、破坏和议'四大罪状,训斥完颜仲。"

赵眘蓦地觉得一股快意涌上心头,同时眼前闪现出虞允文刚正凛然的形影——板荡识诚臣啊!他把灼然的目光投向了跪伏在书案前的王抃。

王抃更加恭顺地悄声禀奏着:"圣上,完颜仲慑于虞大人的声威,骄横之状稍有收敛，虞大人遂以三项严厉措施逼完颜仲低头认罪，向圣上叩头道歉。其一，召回侍奉完颜仲的两位宫女，以驿馆小厮代之；其二，限制金国使臣及其随员的人身自由，不得走出班荆驿馆；其三，若完颜仲拒不认罪，仍骄横顽抗，将受到'扣押流放'之罪。"

赵眘突觉一股暖流涌上心头，周身似有扬眉吐气之感，急声询问："金国使臣有何反应？"

王抃依然是恭顺地悄声禀奏着："金国使臣完颜仲声嘶力竭，以外事交往中'两国交战，不杀来使'之说而抗议。虞大人义正词严，在外事交往中'以其人之道还治其人之身'之说而批驳：建炎三年(公元1129年)我国礼部尚书洪皓(字光弼)使金，金国宰相完颜宗翰(亦名粘罕)逼洪皓仕伪大齐傀儡皇帝刘豫，洪皓不从；再逼洪皓接受金国官职，洪皓力拒，遂被完颜宗翰扣押流放于冷山，艰苦备尝，凡十五年。虞大人以参知政事兼知枢密院事的身份告诫金国使臣完颜仲：'虞某亦有权扣押流'破坏和议、不尊宋帝的金国使臣，大宋虽无冰雪封冻的冷山，但有毒蛇出没的荒芜海岛，足够完颜仲享受十五年与毒蛇相处的孤岛宁静生活。'并以三天为限，令完颜仲做出明确的选择。"

赵眘一下子眉头舒展，意形于色，呈现出从未有过的豪爽之气。三十年来，在宋、金两国无数次的交往会谈中，我方使者和官员，从未有过这样的硬气、无畏，这样的挥洒自若，连朕这个皇帝也享受到帝王的崇高、尊贵和傲视天下的威严。好一个虞允文，这雷霆般的"扣押流放""毒蛇荒岛"的奇策妙语，亏你想得出来！

书案前跪伏的王抃，目视赵眘神情的变化，暗暗地盘算着，乐极生悲，该是皇上哭丧着脸的时候了。他依然是恭顺地悄声禀奏着："圣上，虞大人拂袖离开班荆驿馆，完颜仲在半个时辰的发蔫之后，忽地癫狂发作，头撞墙壁，号吼叫骂，诬虞大人的所作所为是圣上指使，并泄露金国皇帝完颜雍对圣上在签订'隆兴和议'后重用虞允文、王刚中、王稽中等人的不满，叫嚷主帅仆散忠义将进军巴蜀,副帅纥石烈志宁将挥师南下江淮。其随员们似怕完颜仲再泄露军机,一拥而上摁倒完颜仲,以手巾塞进其嘴巴,并一齐跪倒,要微臣奏请圣上完颜仲疯癫之疾发作,会谈已无法进行,恭请圣上开恩,解除扣押,放他们带着病废的完颜仲北返。"

风云骤变,赵昚一下子又蒙了:他弄不清完颜仲的疯癫是真是假,其所讲的"进军巴蜀""挥师南下"是真是假,但他相信完颜仲所讲金国皇帝完颜雍对自己在签订"隆兴和议"后所作所为的不满是真实的,更相信金国使团在"北返"之后就会有一场战争爆发,金兵主帅仆散忠义会以"扣押流放"为借口"进军巴蜀",金兵副帅会以"扣押流放"为借口"挥师南下"。他的心神一下子沉重起来:"战争临头了,当竭尽全国之力以迎战,当再创采石矶大捷的辉煌,天心民心都需要这样一场辉煌啊。可战争的胜负,不仅取决于民心、财力、物力,最关键的因素,取决于精兵强将,这样能征善战的将领士卒在哪?三十年来,力主北伐、令金兵闻风丧胆的岳飞、韩世忠、刘锜、张浚、吴玠、李显忠等人,大都屈死、冤死、老死;张浚的贬途病亡,李显忠的贬离军旅,都是朕的昏庸所致,就连采石矶大捷中收复海州的魏胜将军、收复泗州的陈敏将军、收复濠州的戚方将军、收复六合的郭振将军、收复楚州的李实将军、收复嵩州的庄隐将军,朕也未加眷顾,他们现在何处,现任何职,朕也浑然不知。冷静思之,心视全军,在朕的头脑中,所幸存者,唯年老统帅、四川宣抚使、守蜀名将吴璘(字唐卿)一人而已。且近日蜀报有奏,年已六十五岁高龄的吴璘已染病卧床。"

无帅可遣的悔恨,无法弥补的悔恨,使赵昚全然陷于窘迫、无措的境地。

跪伏在书案前的王抃注目于赵昚的神情变化,他的眉梢微微一动,依然恭顺悄声地禀奏着:"圣上,完颜仲的妄自尊大,已遭到虞大人的厉声斥责和扣压流放的威慑,已强烈地显示了我国国威和虞大人的胆识。现时完颜仲惧而疯癫,其随员十多人皆惶恐无状,跪请圣上广开天恩,宽恕他们的无知和失礼,免去他们流放'毒蛇荒岛'之惩罚。他们知道,只有圣上才能改变虞大人的决定,恩被他们这些卑微的金国官员。圣上,微臣不是怜悯这些金国使者,而是担心这些头脑简单、举止鲁莽之徒,万一有个好歹,我朝如何向金国皇帝交代,也许会因此而引发一场战争。"

战争真的会因此而爆发吗?赵眘一颗窘迫、无措之心,一下子紧张起来,心头再一次闪现出虞允文刚正凛然的形影,微微摇头,怨尤浮起:刚正惹祸,凛然招灾,一向处事谨慎的虞彬甫何其孟浪如此啊!他竭力控制着慌乱的心神,保持皇帝的尊严气度,语出:"金国使臣完颜仲的疯癫之疾,当遣御医及时疗治;其随员十多人的惶恐惊骇,当以善言慰之。使者建节衔命,办理具体事务之人,传主子之意,行主子之托,纵有骄横失礼之举,其罪在于主子,对其使者,勿责之过严、罚之过重。"

王抃见赵眘情已入彀,高声唱赞:"圣上慈悲,恩被金国狂野愚昧之辈啊!微臣大胆奏言,若圣驾亲临班荆驿馆,对其金国使者训之、教之、怜之、释之,彼等定会叩拜天恩,诵颂圣上再生之德,并将传布于金国君臣黎庶。"

赵眘真的入彀了,令出:"传卤簿车辇候驾,朕将亲临班荆驿馆!"

王抃高声应诺,叩头站起。他正要离去,虞允文急匆匆走进书房。王抃惶然恭立一旁,拱手为礼。虞允文不屑一顾,神情凛然拜跪于书案前,高举奏表,哀声奏请:"臣虞允文有急情呈奏圣上。"

赵眘愕然,面呈不悦之色。王抃见状,灵机一动,以昔日内侍之职急忙从虞允文手中接过奏表,转呈皇帝。

赵眘展开奏表阅览:

……金国使臣完颜仲,偃蹇不敬,骄横猖狂,践踏使者礼数,丧失使者身份,佯作疯癫,破坏和议,罪大恶极。臣奏请圣上下诏,斩杀金国使臣完颜仲,以张国威……

赵眘掷奏表于书案,怒色勃然,情急声厉:"斩杀金国使臣完颜仲,以张国威？虞允文，你私至驿馆，浪言招祸，现又呈奏表请斩金国使臣，你真的是发疯发癫了吗？"

虞允文强项昂首禀奏："先贤有语：'君待臣以仁，臣事君以忠。'臣蒙圣上信任，忝为参知政事兼知枢密院事，忠君之事，不计生死。臣无法容忍金国使臣的骄傲凶蛮、狡诈猖狂和朝廷一些臣子的曲意逢迎、为虎作伥。臣斗胆请示圣上，此时仪仗、卤簿、车辇集于宫外何去？参知政事钱端礼大人侍于仪仗、卤簿之旁何为？"

赵昚一时诧异愣住了。

虞允文叩头放声："该不是圣驾要亲临班荆驿馆平息金国使臣的疯癫猖狂吧？圣上，断不可踏进班荆驿馆一步啊！"

赵昚突地恍悟了，他陡地想起金国使者完颜仲曾蛮横提出的"叔皇帝的'敕令'必须由侄皇帝亲自前来领受"的要求，恍悟到王抃进入书房的"悄声禀奏"可能是钱端礼的指使，恍悟到自己险些自毁名节、自毁尊严。他怒目向王抃望去，王抃自知受钱端礼指使，犯有"曲意逢迎""为虎作伥"之罪，"扑通"一声跪倒，俯伏于地。赵昚终于发出一声冷森森的怒吼："滚！"

王抃连连叩头，在冷森森的"滚"字的震撼中退出了书房。

书房是一派冷森森的寂静，虞允文望着倚椅仰面闭目、神色寂然的赵昚，哀声禀奏："圣上，金国使者此行，名义上是针对我方要求归还先帝陵寝之地和修改和约'书式'而来，但臣以为其主要目的是针对圣上几个月来革新朝政、起用主战派官员、亲自关注军旅事务而发。完颜仲种种荒唐骄横的所作所为，在臣看来，其险恶用心，是以威胁恐吓、为我朝主和派官员打气，激起我朝主战派官员的不满，制造朝廷群臣纷争的混乱，在混乱中探知圣上革新朝政的实情。班荆驿馆三日之内，挑衅连连；延和殿内，纷争蜂起，势同水火。臣忝为参知政事兼知枢密院事，不能不维护国家荣誉和圣上的威严，不能不以霹雳手段应对之。臣是要让金国皇帝完颜雍知道，大宋皇帝陛下，不仅有几个胆怯乞和的使者，还有无数忠于大宋皇帝敢于拼杀的臣子，还有无数枕戈待旦的将领。这样挺身面对，以圣上所居之位，在气势上就与金国皇帝完颜雍平等了，足以抗衡了，在'哀兵必胜'上足以压倒虚伪阴险的完颜雍！"

赵昚长长吁了一口憋闷之气，虽仍然闭目，气息似已显平静，呈倾耳听闻之状。

虞允文提高嗓音禀奏："圣上，兵者，诡道也。完颜仲的骄横凶蛮是诈，以战要挟是诈，疯癫哀求也是诈，其目的在于乱我阵脚，挫我气势，逼我就范；臣以其人之道，还治其人之身，严词斥责是诈，限制行止自由是诈，扣押流放是诈，其目的亦在于乱敌心志、挫敌气势、逼敌就范。臣确信这'奏请斩杀金国使臣完颜仲'的消息传出，完颜仲就会抖落身架，乖乖地坐在谈判桌上的。在这关键时刻，臣仅以'韬光养晦'四字敬献于圣上。"

赵昚双目睁开，双眉舒展，侧耳倾听的神情更现专注了。

虞允文禀奏之声更显坚定有力："臣所谓的'韬光养晦'，不仅是掩藏才华、收敛锋芒，更为重要的是，胸怀韬略，埋头苦干，积蓄力量，以图最后石破天惊的一搏！圣上明察，臣所谓的'韬光养晦'，是内外有别的机谋应和；对外忍辱负重，以弱示敌，以玉帛贿敌，咬紧牙关，不争一旦之长；不争一时之胜；对内，以发愤图强治吏，以同仇敌忾教民，以马革裹尸、血染疆场励军，以严刑峻法惩处贪腐误国、残暴害民之徒，以十年为期消除因循苟安、怯战畏战之风，树立军民一体敢战敢胜、能战能胜之豪气！臣所谓的'韬光养晦'，是缓行优柔平静之政，厉行生杀予夺之威。'生杀予夺'乃天授帝王之权力，不仅是内政上治官、治吏、治将、治兵之根本，更是外事上纵横折冲的要求。今日臣与金国使臣以诈对诈之斗争，已为圣上行使'生杀予夺'之权提供了极佳的时机和条件，乞圣上巧妙用之：当收则收，当放则放，当予则予，当夺则夺，以天纵英明的决断，赢得这场尊俎折冲的全胜。臣披肝沥胆，请求圣上'以臣为鹄'！"

赵昚听明白了，心生感激。疾风知劲草啊！他忽地挺身坐起，声厉令出：

"来人！"

虞允文抬起头颅，汗水湿额。

甘昇闻声进入书房。

赵眘谕示："设座，奉茶！"

甘昇神情一怔，立即奉旨而行。

赵眘离开书案，走下高台，伸手搀扶起汗湿额头的虞允文，深情而语："先生请起，你我君臣作倾心之谈。"

赵眘与虞允文作"倾心之谈"的第二天，便以虞允文"请斩金国使臣完颜仲"的奏表交付钱端礼，托其组织"廷议"。事关完颜仲的性命，这是从来不曾有过的事情，一下子就震动了朝臣，也震动了班荆驿馆被限制自由行动的金国使者——这是比"流放荒芜蛇岛"更为可怕的惩罚啊！

在延和殿大张旗鼓的"廷议"中，六部尚书、侍郎以其"朝廷重臣"皇帝亲信的绝对优势，猜度着皇帝诏令其家翁钱端礼主持廷议的特殊含意，鹊声沸起，夸夸其谈，纷纷指责虞允文的所作所为是"头脑发胀""恃位弄权""不顾大局""破坏'隆兴和议'"，并深文周纳，认为虞允文上呈"请斩金国使臣完颜仲"的奏表，是对皇帝的要挟，当令其辞职去位；谏院谏官和御史台侍御史们，强烈弹劾奉迎使团钱端礼等人有辱圣命、昏庸误国、懦怯纵敌，使金国使者猖狂骄横、无法无天，强烈赞赏虞允文的忠君忠国、爱憎分明，并赞同虞允文上呈"请斩金国使者完颜仲"的奏表；没有资格参加"廷议"的九寺五监的判寺事、判监事们，也闻风而动，乘势而起，集于延和殿前，态度鲜明地站在谏官、侍御史一边，赞同虞允文的所作所为，更为甚者，竟然提出"金国使者当全部斩首"的要求。

"廷议"在乱哄哄的争吵声中结束，已是黄昏时分。耷拉着脑袋的"廷议"主持人钱端礼，确实已被朝臣中多数人强烈的近于发疯的仇金、恨金的愤慨气势吓傻了。

他是临安人，以荫入仕，时年五十六岁。他的官宦生涯顺风顺水，全靠

"和议"二字。隆兴元年(公元1163年)符离兵败,他附宰辅汤思退上书奏请"和议",由礼部侍郎迁任淮东宣谕使(可监督地方,参与理政);他入奏诋劾抗金主帅张浚"轻躁出师,误国明甚",再迁签书枢密院兼权参知政事;他参与了与金国使者的谈判,并推动"隆兴和议"的达成,三迁参知政事兼权枢密院事。接着是他的女婿邓王赵愭(qǐ)又被立为太子,一下子又提高了他的身价。

"春风一夜吹香梦"啊,"和议"二字已使他登上了朝廷权力的高峰,足以和"忠义谋臣"虞允文抗衡了。谁知骄横凶蛮的完颜仲不仅危害着"隆兴和议"带来的和平,也直接搅乱了他这顺风顺水的政坛优势,真是可恶可杀啊!

他毕竟是官场老手,是精于算计之人。他不愿看到"隆兴和议"遭受危害,更不愿看到宋金之间再起战端。他认为当前最迫切的任务,是排除虞允文的"头脑发胀""恃位弄权",是转化完颜仲的骄横凶蛮为知礼制怒,是保证金国使臣完颜仲的生命安全,是推动宋金谈判能继续进行。他看得清楚,这道"廷议"谕示的下达,分明是针对虞允文的"奏请"来的。但他拿捏不准的是皇上对虞允文这个"奏请"的态度。圣意难猜啊!

他毕竟是熟悉赵昚的,也是用过一些工夫专门琢磨过赵昚的为人,特别是他的女婿邓王赵愭近日被立为太子后,他对赵昚的了解似乎更深入更确切了一层。赵昚是善良的,但也优柔寡断;赵昚是志向高远的,但只是好高骛远;赵昚是主张北伐以匡复祖业的,但只是不谙兵事的一腔热血;赵昚是勤勉的、爱民的、孝悌的、遵守祖制的,但都是不敢越雷池一步的孝悌、爱民和敬祖。这样的皇帝,在升平大治的年月,也许会赢得一个"贤明"的称号,但在南弱北强的形势下,在几十年来因循苟且的熏陶中,惧怕战争、惧怕丢失这残缺的江山和偏安江南的安逸,只能以玉帛土地买和平,以降低身价买和平,以强颜作欢买和平。这样的皇帝,愿意看到"隆兴和议"毁灭吗?愿意看到因一颗金国使臣的头颅而引发战争吗?不会的,断不会的。皇帝会充当"隆兴和议"和金国使臣完颜仲生命的保护者,一个出于无奈的保护者。

钱端礼在狂喜而自信的思索中，很快找到了借用皇帝权力的有效办法，极力夸大和张扬六部重臣对虞允文的反对和斥责，极力压缩和弱化九寺五监官员仇金、恨金的情绪和对虞允文的支持；极力展现"廷议"中两股势力对虞允文"奏请"反对与造成的平衡，自然而然地彰显出他请求皇帝"圣断"的恭敬和合理。

该去福宁宫向皇上请求"圣断"了。钱端礼霍地站起，转过身来，蓦地发现王抃从门内一侧一张座椅上匆忙站起。他心头一亮，向王抃招手。王抃快步向他走来。

垂拱殿"廷议"虞允文"请斩金国使臣完颜仲"的消息传到班荆驿馆，完颜仲骄横凶蛮的心态一下子轰毁泄气了，突然感到身居异邦的恐惧和悲哀——使臣出使敌国，如羊入虎口，尊俎折冲失败是会丢掉性命的，在万里之外的讯息封锁中，会突然消失得无踪无影。三十年前，宋国使者、礼部尚书洪皓使金至都城会宁，被前辈完颜宗翰扣押流放于冷山达十五年之久，宋国几次遣使询问，前辈完颜宗翰以"其人已南归"回答。今日之危，若扣押流放于蛇岛，或尸骨无存，虞允文也会以"其人已北归"回答的。金国会因一个完颜仲的死亡向宋国开战吗？不会的，断不会的。现时的金国，在轰轰烈烈的外衣下，隐藏着起伏不定的离合：西夏蠢动于西，高丽、契丹伺机于东，蒙古勃起于北，中原汉人起事于山东、河朔、陕川。高喊孔孟之道的皇帝完颜雍正在离合不定的动荡中经受着折磨，就是有心借机挥兵南下，也无力占据两淮、横渡长江啊！绝望啊，临安城轰响的仇金、恨金的呼喊声震撼着班荆驿馆，这坐以待毙、度时如年的滋味焦心焦肺啊。

就在完颜仲焦心焦肺的入夜戌时三刻，王抃悄然进入班荆驿馆，悄然会见了金国使臣完颜仲及其随员，以朋友的身份和同情表达了慰问之意，并以垂拱殿"廷议"中大部官员叫喊"金国使者当全部斩首"激烈情状告知。这真是更为震撼、更为可怕的讯息啊，金国使者全都失色、失态了。金国在兴起的几十年间,在反抗契丹统治的斗争中,在抗辽灭辽的战争中,在与西夏、高丽的交往中,常以斩杀来使张扬国威。以己推人,以金推宋,更加重了心神的恐惧、哀伤和绝望。王抃走近木呆的完颜仲,抚肩而语:"钱公正在周旋,一切取决于我国皇帝的仁慈了!"语毕,悄然离去。

金国使臣完颜仲呆滞的目光闪亮了……

垂拱殿"廷议"的翌日午前辰时,钱端礼气宇轩昂地来到班荆驿馆,与完颜仲进行了半个时辰的密谈,然后气宇轩昂地离去。

垂拱殿"廷议"后的第三天卯时早朝,群臣毕集于垂拱殿丹墀前,依序排列,颇显庄重肃穆。忽见金国使者十多人在钱端礼的引导下,整装整冠而至,且列队于靠近丹墀的特殊位置。群臣诧异不解而交头接耳,"嗡嗡"声哄起。就在这"嗡嗡"声向丹墀强劲滚动的时刻,赵昚在甘昇的高声唱赞中驾临丹墀。群臣急忙高呼"圣上万岁",拜跪迎驾。金国使者十多人亦放声高呼"圣上万岁",并行跪拜大礼。完颜仲高举信函叩头禀奏:"金国使臣完颜仲拜见大宋皇帝。臣奉我主完颜雍之令,出使大宋,敬呈国书于大宋皇帝。敬颂圣上万岁万万岁!"

甘昇快步走下丹墀,接过完颜仲手中的"国书",快步走上丹墀,转呈赵昚。

赵昚接过"国书",打开,阅览,喜形于色,高声发出诏令:

于西湖丰乐楼摆酒放宴,迎接金国使者。着参知政事钱端礼作陪,酒宴后与金国使者共赏西湖美景"三秋桂子""十里荷花"。

丹墀下,钱端礼高声奉旨。

丹墀下,金国使者同声高呼"大宋皇帝万岁"。

丹墀下,早朝的群臣一时都茫然木呆了。

西湖丰乐楼宴请金国使者后的第五天，在钱端礼与金国使者热络会谈的和谐气氛中，朝廷突然爆发了"钱端礼违制接受李宏敬献玉带"一案，钱端礼与李宏合谋，以"虞公知此事"而推卸罪责。在前权知阁门事兼干办皇城司曾觌的暗中唆使下，御史台善于看风使舵的御史们，立即把弹劾的矛头指向虞允文，并以"违制失职"定罪。赵昚遂以虞允文"为鹄"，罢"参知政事兼知枢密院事"之职，并令其"奉祠归养"，同时发出了"生杀予夺"的诏令：

晋钱端礼为参知政事兼知枢密院事。

晋司农上卿洪适为参知政事，权知枢密院事。

晋吏部侍郎叶颙为签书枢密院事并参知政事。


虞允文被罢官了，不争不辩、无声无息地离开了朝廷。

新的朝廷中枢成立了。钱端礼成了首辅，大权在握。精于识别金石拓本的洪适和一贯主张裁汰冗兵的叶颙明显地展示着朝廷中枢的和平和谐色彩。

完颜仲又抖擞威风，带着虞允文被罢官的讯息，押送宋国进贡的金银细软，怀里揣着赵昚再次请求"归还先帝陵寝之地"和"修改书式"的信函，志得意满地返回北国。

群臣中的主战官员，面对赵昚的决策全都傻眼了，在无可奈何的摇头吁叹中，建康府衙派出专人专骑送来的辛弃疾的奏疏《美芹十论》由登闻鼓院送进集英殿，经首辅钱端礼、辅臣洪适、叶颙例行公事般地浏览审阅后，于十一月下旬以"恭请圣裁"的高明技法呈上了福宁宫书房赵昚的案头。

案头上辛弃疾上呈的《美芹十论》跃入赵昚的眼帘，他的目光突地闪亮专注了。也许是《美芹十论》这个名字引发了他的兴趣，他知道《列子·杨朱》中有则"美芹"的典故："昔人有美戎菽甘芹子者，对乡豪称之，乡毫取而尝之，蜇于口，惨于腹，众哂而怨之。"《美芹十论》，展现了奏疏者的谦逊啊！奏疏者的名字,立即引起了他印象模糊的联想:是三年前"决策南向",以五十铁骑奔袭金兵五万大营的辛弃疾吗?是曾经上呈《论阻江为险须藉两淮疏》和《议练民兵守淮疏》的辛弃疾吗?也许是这件字迹清秀、约有一万五千字的奏疏适时迎合了他心中急切而饥渴的追求——追求虞允文所献"韬光养晦"的"胸怀韬略""腹藏机谋"。他顺手翻页浏览,心神嗖的一振,似一股热流透遍全身,高声召来甘昇厉声谕示:不许一切大臣进见奏请,不许任何声音在书房外干扰。甘昇应诺离开了,赵昚紧闭书房之门,通宵达旦地详细阅览《美芹十论》。

"朕第一遍阅览的所得,是笔势浩荡、气势磅礴,确有雷滚九天之势。特别是《美芹十论》中的前三论《审势》《察情》《观衅》,以锐利的目光,翔实的事例,深入的分析,得出了我有'三不足虑'、敌有'三不敢必战'的明确判断。壮朕胆气,一扫朕心头久压不散的黑云雾霾啊!辛弃疾,罕有之才啊!朕第二遍阅览精研《美芹十论》之所得,是智略辐辏,英伟磊落,谋及内外,论其古今,使朕眼花缭乱、目不暇接。《美芹十论》中的后七论,《自治》《守淮》《屯田》《致勇》《防微》《久任》《详战》等,相互照应地构成了一幅光彩夺目的蓝图——横扫几十年来'南北定势论'的蓝图!自治强国的蓝图!成就朕中兴伟业的蓝图!辛弃疾,将帅之才!朕第三遍阅览精研《美芹十论》之所得,是谋事精当,纲举目张,前景辉煌。朕确有才智不逮之虑,凝神思之,不胜惶恐:《守淮》聚兵守备之论,朕似懂非懂;《屯田》足兵足饷之论,朕似通非通;《久任》宰臣将帅之论,涉及祖制,朕心惮然;《详战》之战略辉煌,朕心神为之赞颂,但因不谙兵事,胸存疑焉。此时朕之情状,确如古人所语:'念吾邦之横陷兮,宗鬼神之无次,闵先嗣之中绝兮,心惶惑而自悲。'但朕不气馁,朕不灰心,朕将依辛弃疾在《久任》中所语:'臣读史,尝窃深嘉越勾践、汉高祖之能任人,而种、蠡、良、平之能处事。'朕将以越勾践、汉高祖为范,借才智朝臣之力,以实施这幅成就中兴伟业的蓝图。但愿朝廷辅臣,也能以文种、范蠡、张良、陈平为师,成就朕的心愿啊!"

书房静极了,书案前的鹤灯依然跳动着光焰。赵昚毫无倦意,仍然沉浸在联想翩翩的追求中。突地五更钟声传来,截住了他思绪如潮的求索,一股兴奋轻松的舒坦漫遍周身。他伸腰站起,活动着双臂走向南窗,用力推开窗扉,黎明中一阵微风拂面,送来了江南冬初带有几分凉意的清爽,随即浮现出一种对酒当歌的情趣。他猛地关上窗扉,转身高呼:"来人!"

整夜守候在书房门外的甘昇闻声进入书房,恭身待命。

赵昚向甘昇轻声谕示:"进酒!"

皇上从不贪杯,平时很少饮酒,五更饮酒是从封为普安郡王至今的二十年间从来不曾有过的,甘昇怀疑自己听错了。

赵昚摇头微笑,亲切语出:"进大内特制佳酿蔷薇露来!"

甘昇听真了,急忙应诺,奉旨而行。

赵昚自斟自酌,连饮三杯。第一杯酒为辛弃疾上呈的《美芹十论》而饮,第二杯酒为自己以越勾践、汉高祖为范而饮,第三杯酒为他的宰辅大臣能以文种、范蠡、张良、陈平为师而饮。他原本酒量不大,此刻又饮酒过急,只觉酒劲上头,热遍全身,四肢生力,舒服极了。他自斟第四杯酒,高高举起,慷慨语出:"天可怜见,朕要依这《美芹十论》之所述,唱出一支中兴大宋的壮歌。"

赵昚雷厉风行地开始了他"中兴大宋"的追求。十二月一日卯时早朝之后,他在福宁殿书房首先召见了他的首辅钱端礼,甘昇遵照赵昚的谕示,以贡茶极品"大红袍"款待。钱端礼受宠若惊,赞语出口:"此茶中极品'大红袍'啊!皇恩浩荡,臣三生有幸啊!"

赵昚大悦:"一茶可款首辅语,朕知足了!"语毕,手捧辛弃疾的奏疏《美芹十论》询问,"此件奏疏《美芹十论》卿可阅览?"

钱端礼似早有准备,拱手回答:"臣已阅览。煌煌一万五千余字,为两年来各地府衙官员奏疏字数之最。"

赵昚微笑而语:"卿有何高见,朕极愿听闻。"

此时的钱端礼仍沉浸在"皇帝礼遇金国使者""罢逐虞允文""重组中枢班子"的喜悦中。他断定皇帝已在金国使臣骄横凶蛮的威逼下退缩了、妥协了,便以"姻亲"之臣的特殊心态,大胆地谈出他对《美芹十论》的看法:"圣上,此'奏疏'虽名曰'美芹十论',以谦卑之态上呈,但奏疏者在十论中的态度并不谦卑,而是盛气凌人,嚣张而不知法度。臣草草浏览一遍,竟汗湿衣衫,其存疑不解者有三。"

赵眘倾耳静听。

钱端礼呷茶一口,语气增强,侃侃谈起:"其一,这《美芹十论》中的前三论《审势》《察情》《观衅》,尽述金国人力、财力、军力及其内外离合之状,极细极丰。据臣所知,此奏疏者本人乃广德军一通判,虽曾为山东义军归正之人,何能对金国内情深知如此?难道他在北国有谍通之人?"

赵眘心头一震,他虽对钱端礼的"和议"情结有所了解,但没有想到其人竟别具心机,诛心之论,要人命啊!他依然神情专注地静听着。

钱端礼目视皇帝的神情专注依然,其答对更加强硬露骨了:"其二,奏疏者在《美芹十论》的《自治》论中,公然主张'绝岁币,都金陵'。臣视之刺目,思之胆寒!圣上明察,今日宋金关系,呈军力、财力两翼。就军力而言,金强我弱;就财力而言,我富金贫;就整体形势而言,呈相峙相倚之状。斗而和,和而斗,不离不弃,不弃不离。臣几年来一直认为,军力逞强于一时,财力逞强于一世。民间有语,有钱能使鬼推磨,有钱能使神拉车。现时的金国皇帝完颜雍不也崇信我们的圣人贤人孔子孟子的说教吗?奏疏者'绝岁币'之论,势必打破宋金相峙相倚的局面,势必触怒金国,势必导致比符离兵败更为惨痛的灾难。至于奏疏者的'都金陵'之论,更是包藏祸心。圣上明察,建都临安,乃太上皇根据天时、地利、军情、民心做出的英明决定,而奏疏者浪言诋毁,说什么'待敌则恃欢好于金、帛之间,立国则借形势于湖山之险,望实俱丧,莫此为甚'。这不是明目张胆地攻击今之太上皇吗?是可忍孰不可忍。"

赵眘的心头,突然浮起一阵愤怒和酸楚:这就是朕的首辅吗?这就是朕需要的文种、范蠡、张良、陈平吗？媚敌的嘴脸、媚敌的议论暴露无遗，也展现了朕的昏庸啊！他耐着性子，不动声色地静听着。

钱端礼目视赵眘神色如常，其答对更为激烈了："其三，奏疏者在《美芹十论》的'久任'论中，以古讽今、含沙射影，为近年来被圣上贬逐的宰臣将帅喊冤叫屈，为符离兵败的张浚翻案，竟然在《美芹十论》中高喊'张浚虽未有大捷，亦未至大败，符离一挫，召还揆路，遂以罪去，恐非越勾践、汉高祖、唐宪宗所以任宰相之道'。犯上作乱，狂妄至极！这样的奏疏者，目无朝制，目无君父，还不该流放千里以示惩戒吗？"

赵眘被钱端礼阴毒荒谬的答对激怒了，再也忍不住了，他忽地站起。钱端礼误以为皇上神情的变化是缘于辛弃疾为张浚的翻案，也立即随着皇上的起立而站起，并恭立挺胸，准备领受皇上处置辛弃疾的谕示。赵眘望着眼前神情昂扬急切的钱端礼，微微摇头，发出了一声失望的、苍凉的叹息："唉，朕受教了！"语毕，挥手示钱端礼离去。

十二月三日卯时，赵眘急匆匆地结束了例行的早朝，便在福宁宫书房召见了他的辅臣洪适。由于前日钱端礼的答对中留下的失望和不快仍聚积于胸，他开始追求"中兴大宋"的热情已沉入谷底。不等甘昇捧来极品"大红袍"礼款洪适，他便冷着脸子，手指敲着案头的《美芹十论》向洪适发出询问："这份奏疏《美芹十论》先生可曾阅览？"

洪适，字景伯，饶州鄱阳人，时年四十八岁，是建炎三年以徽猷阁待制、假礼部尚书使金国，被金国扣押流放于冷山十五年的洪皓（字光弼）的长子。其人博览强记，学识博洽，尤喜收藏金石拓本，并据以证史传之失误，著作颇丰，任事认真，忠于职守，时人以"有乃父之风"誉之。因其有着文人的敏感，对今日早朝中赵眘的神情不爽早有察觉；因其亦有文人的旷达，对此时皇帝神情的冷漠，并不十分在意，便以坦然的心态答对："禀报圣上，臣已认真阅览，三脍其味。"

赵眘骤然间被这"三脍其味"四字吸引了。他抬起头来，注视着洪适，目光中似有所期待。

洪适迎着赵昚的目光禀奏:"臣以父荫补修职郎（九品下阶文散官）,随着父亲弹劾秦桧而谪官安置英州而罢官。秦桧死,朝廷起臣知荆门军,再知徽州,提举江东路常平茶盐。身居偏野之地,孤陋寡闻。圣上禅大位,恩授臣以司农少卿,专心于仓廪、籍田、苑囿事务,乐其所为,对天下大事,鲜为专注;而且,臣有收藏金石拓本之好,沉迷于考证研究,以明史传之失误,乐在其中。前月,圣上施九天之恩,擢臣以'同知中书门下平章事兼枢密使'之职,臣茫茫然不知所措,惶惶然不知何以报圣上垂爱信任之恩。就在臣智短识拙、胆怯气馁之时,奏疏《美芹十论》被登闻鼓院送进集英殿,臣有幸览之。一览而心神震骇,如雷滚九天;二览而意气风发,如惊涛拍岸;三览而思绪翩翩,夜不能寐。臣愚蠢,不能尽知其奥秘;臣拙笨,不能尽述其精彩;只能以模糊梦幻般的感受敬献于圣上。"

赵昚沉闷的心情,随着洪适坦然真诚的禀奏而兴起,全神贯注,急切语出:"先生请讲!"

洪适恭然讲起:"臣的感受之一是《美芹十论》唱出了惊天动地、振聋发聩的时代最强音。签订'隆兴和议'以来,朝野万马齐暗,人心凄凄不振,在此哀无声息的沉沦时刻,《美芹十论》闯进朝廷,以其雷霆般激荡天宇的声威,发出了'金国不足畏''金国有离合之衅可乘''南北定势论是谬见''楚虽三户亡秦必楚'等气壮山河的呼号呐喊。这般胆识与自信,朝廷中的主和臣子自不必论,就是朝廷中那些主战的臣子,能喊得出来吗?敢喊出来吗?大宋文武官员数以万计,在此危难时刻,能以如此热烈急切的情怀关注国家命运的臣子,此时只有这个小小的广德军通判辛弃疾啊。"

赵昚心神震动,目光专注而热烈,凝神而微微点头。

洪适目视赵昚,似乎得到了鼓舞,继续着语出肺腑的禀奏:"臣的感受之二是《美芹十论》提出了一个朝廷急需的、统领全局的、切实可行的谋略筹划。从战争动员、内政改革、军旅建设、财力聚集……作战方针到进军路线,无不独具目光、振奋人心,真可谓是'济时方略满襟怀'啊!"

赵眘移椅而前,神情更显专注。

洪适似受到与皇帝"感受同知"的鼓舞,语出更为真切了:"臣的感受之三是《美芹十论》无往日一些文人策士的天马行空,更无一些御史谏官的无中生有,其煌煌十论,皆呕心沥血之述,是来自现实、来自战场、来自历史兴亡成败的经验教训。臣忝为辅臣,自察自省,较之这位广德军通判辛弃疾,确有追求、才情、气度不逮之羞愧。臣的二弟、现任中书舍人洪迈,三年前在建康曾与辛弃疾有一面之交,其所得印象是'壮声英概,懦士为之兴起'。臣斗胆禀奏,这位上呈《美芹十论》的辛弃疾,也许就是圣上所寻觅的文种、范蠡、张良、陈平啊!"

赵眘跌入谷底的"中兴大宋"的热情,突地被洪适的禀奏推上了峰顶。他扶案而起,放声高呼:"来人,进茶!"

恭候于书房门外的甘昇高声应诺,片刻,急匆匆捧盘而入。赵眘亲自从盘中取来茶杯,放置在洪适的面前,笑而语出:"先生忠贞坦直,确有'忠宣公'(洪皓)之风,朕受教了。特以贡茶极品'大红袍'为先生润喉解渴!"

洪适原本是文人,嗜茶如命,亦是品茶高手,品茶唱赞:"贡茶极品'大红袍',天成之物,天赐之物,果然是'七泡八泡有余香,九泡十泡余味存'。圣上,臣洪适叩谢天恩了!"

洪适跪拜于地,叩头者三。赵眘亲自搀扶,携手而语:"茶香省人,你我君臣品茶论道吧!朕极愿聆听先生关于《美芹十论》中《防微》论和《久任》论的见解和感受。"

洪适心中一震,《防微》论、《久任》论中,确有触及祖训、朝制不便谈论之处。皇上有询,能不答吗?事君当忠!事君当忠啊!他急忙跪地应诺……

十二月四日卯时,赵眘在早朝之后,便在福宁宫书房召见了他的另一位辅臣叶颙(字子思)。这是一位矢志北伐的老臣,时年已六十五岁,有着福建仙游人的耿直,也有着耿直臣子的坎坷生涯。他是绍兴年间的进士,在秦桧专权时期，由于力主北伐，被秦桧排挤外任，仕于州县，不屈其志。绍兴末，秦桧死，他立即上书奏请恢复张浚宰辅之职，开始了清算秦桧罪行、为冤者平反的新作为，立有拨乱反正先声之功。赵眘禅得大位，召叶颙入朝，任右司郎中，旋擢吏部侍郎，再擢吏部尚书，三擢参知政事兼同知枢密院事，君臣相知！赵眘相信他也会像洪适一样重视奏疏《美芹十论》，一定会根据实施《美芹十论》的需要，为他推荐一批文武干才。

情之所至，倚之所重，当叶颙应召进入福宁宫，赵眘亲自迎接。叶颙感激涕零，急忙跪地叩拜。赵眘搀扶他落座，呈现出君臣敬慎如仪的亲和。甘昪急忙捧贡茶极品"大红袍"进献，叶颙望之眼眉而发愣，赵眘立马想到此公是只喝水不饮茶的主啊！君臣相视一笑，便开始了"上贵见肝胆，下贵不相疑"的答对。

赵眘手抚《美芹十论》语出："这件名曰《美芹十论》的奏疏，先生可曾阅览？"

叶颙回答："臣已阅览。"

"有何见解？"

"一篇奇文。"

赵眘兴味高扬："奇在何处？"

叶颙似早有准备："奇在气势磅礴，奇在精彩纷呈，奇在疑点多多，奇在出于一位归正人之手。"

赵眘闻这"四奇"而惊诧，神情肃穆凝重。

叶颙似乎不曾注意皇帝神情的变化，高声谈起："圣上，这件奏疏煌煌一万五千言，一气呵成，其气势之磅礴，气度之恢宏，论点之尖锐，信念之坚定，用心之殷切，为我朝自岳元帅岳飞死后二十多年之所未有。堪称奇文，臣奇而嘉之！"

赵眘点头，默然心许。

叶颙继续着他的侃侃而论："圣上，这件奏疏涵盖面极广，涉及军情政情、内事外事、田赋税收、祖制国策及战略筹划、作战方针。每论皆引经据典，言之有物；纵横阐述，多有创见；且紧扣现实情状之所需，多有裨益。堪称奇文，臣奇而誉之！"

赵昚心喜，举杯品茶以自慰。

叶颙突然放慢了语速，加重了语气："圣上，臣在兴奋赞赏之余，或因理念僵化，对其《美芹十论》中的某些提法，心存疑惑。惑其为奇而奇。如在《自治》论中，'都金陵'之说，臣不解。国都乃国家中心之所在，是圣上、太上皇安居之圣地。在此北强南弱，金兵不时南侵的今天，弃钱塘而都金陵，安全吗？若万一有个闪失，又要带着扈骑扈吏撤离都城到处漂泊吗？臣奇而惑焉！如在《屯田》论中，'籍归正军民，厘为保伍，择归正不厘务官，擢为长贰，使之专董其事……无事则长贰为劝农之官，有事则长贰为主兵之将'，臣亦奇而惑焉。圣上明察，朝廷偏安江南三十年来，由于种种原因，对北来的归正人疏于安抚，照顾不周，致使流落街头、荒野，温饱无继，遂怀异心，各地皆有盗窃抢劫之事发生，已成为内政一患。今若屯田，令其群而聚之，若归正之人能感恩朝廷，消其异心，自耕自食，勤于操练，自然可收足兵足饷之效。若群而聚之，怨愤相传，生变而叛朝廷，则干戈在手，粮秣在握，不仅为内政之一患，而且是国家之一灾了。如在《防微》论中，奏疏者提出'不吝爵赏以笼络天下智勇辩力之士'，这自然是对的。但在论述中，似有彰显归正军民之所长，发泄对朝廷不信任归正军民之愤懑。臣更是奇而惑之。如在《久任》论中，奏疏者亦有借彰显越勾践、汉高祖之英明和文种、范蠡、张良、陈平之才智，而影射我朝一百多年的祖制国策之嫌。臣确有奇而惊心之感。"

赵昚此时已是目瞪口呆，手举的茶杯僵住在嘴边。"疑点多多"，竟是出于矢志北伐的老臣叶颙之口，这轰毁了这煌煌万言的《美芹十论》，也轰毁了他心中轰轰烈烈的追求。

叶颙根本没有注意到赵昚神情的变化，话语更加冷峻沉重了："臣蒙圣上垂爱，近年来主管吏部事务，在荐举臣僚中，坚守'慎之又慎'的原则。一个月前臣览此奏疏后,对其奏疏者辛弃疾做了尽其可能的考察了解,并调阅了三年前其上呈的奏疏《论阻江为险须藉两淮疏》和《议练民兵守淮疏》,对辛弃疾稍有了解:其人聚众两千,起义反金;聚义山寨,辅佐耿京;决策南向,纳款于朝;以五十骑夜袭金兵五万大营,活捉叛逆,献俘阙下,并召回万余名迷途义军士卒;忠、信、智、勇俱见,但都是一役之见,一隅之识。而《美芹十论》煌煌万言,总揽全局,一纲既举,众目自张,其论点高深莫测,臣疑其并非出于一位小小的广德军通判之手。且其祖父辛赞,原为我朝散大夫,爵陇西郡开国男,在靖康之乱中却滞于敌占区,并接受金人授官,历宿州、亳州、沂州、海州,虽'常思投衅而起,以纾君父所不戴天之愤',但毕竟是附污在身,辱及子孙。臣为辛弃疾惋惜啊!"

赵昚心头一震,一股冷意凛遍全身,手里茶杯中茶水斜溢而出,他浑然不觉,心中翻腾着惆怅的悲哀:叶公好龙,叶公好龙啊,指望不得了。他长长吁了一口气,语出:"'四奇'之论甚为精妙!谢先生,朕受教了!"

叶颙仍沉浸在兴奋的坦直答对中,忽然发现皇上手中的茶杯倾斜,茶水已滴湿了皇上红色宽大的衣襟,急呼:"圣上,茶浸衣襟……"

赵昚猛地醒悟,手松杯落,"砰"的一声,茶杯落地碎了。


赵昚在四天的君臣答对中,被钱端礼的"深文周纳"、洪适的"力不从心"、叶颙的"疑点多多"搞糊涂了。特别是叶颙的"疑点多多",动摇了他的自信,扰乱了他对《美芹十论》的赏识,使他又一次陷于优柔寡断的状态中。他感到孤独无助、心慌意乱,但又放不下、丢不掉,连续三日不再早朝,寝食不安地咀嚼着五味杂陈的焦虑和痛苦。朕不解啊!为什么主和的钱端礼和主战的叶颙,在往日的议政中水火不容,今日在《美芹十论》的认知析解上,却有着异曲同工之妙?朕不解啊!为什么面对《美芹十论》与朕同识同心的洪适,偏偏是一位忧于金石拓文、自称只有"补瓦筑篱"之才,无力为朕的中兴伟业冲锋陷阵、决胜千里。洪适确实是一位生性忠贞、处事谨小慎微的守成贤臣,朕敬佩而不能苛求于他啊。昏庸在作弄朕,天意在惩罚朕。朕思念殁于贬途中小镇小巷小店的张德远,殁于集英殿的陈康伯,贬知饶州的王十朋,安置在筠州的李显忠,朕更思念为朕分忧、'以臣为鹊'、被朕罢去参知政事兼知枢密院事、令其'奉祠归养'的虞彬甫。也许只有虞彬甫才能再一次解朕之难之窘啊!"

赵眘不顾宫灯灿烂、夜已入更,霍地从御椅上站起,高声召来甘昇,厉声吩咐:"速驱车前往余杭门外虞府,召虞允文进宫!"

甘昇发蒙,误其听错,一时愣住。

赵眘戟指谕示:"记住,不是召,是请!请虞彬甫进宫。"

甘昇应诺,快步退出书房。片刻,骏马的萧萧声和车辆的辚辚声爆起而远去。

随着宫门掌事报二更的梆鼓声传来,一阵熟悉的骏马嘶鸣声响起,赵眘停止了踱步,一股欣喜冲上心头:虞允文应召进宫了。他快步推开书房的大门,转身至桌案内的御椅落座,神情矜持肃穆地等待虞允文到来。少顷,脚步声匆匆闯进书房。走进书房的是甘昇,根本不见虞允文的影子。赵眘神情一怔,心里腾起一种悸怖之感。甘昇的跪地禀奏声响起:"禀奏圣上,虞公已归养故乡蜀地仁寿县了。"

赵眘蒙了,失神怒吼:"重奏!"

甘昇急忙提高嗓音,放慢语速:"禀奏圣上,虞公带着侍从,归养故乡蜀地仁寿县去了。"

赵眘心颤了:"什么时候走的?"

甘昇回答:"虞府管家称,离开临安已有四天。"

赵眘再询:"是私自离开的吗?"

甘昇回答:"虞府管家称是报请辅臣恩准后离开的。"

赵眘三询:"恩准的辅臣是谁?"

甘昇回答:"虞府管家称恩准者是首辅钱端礼钱大人。"

赵昚眉头皱起，紧咬的牙齿中自语般喷出了阴沉的不快："是他……"

恰在此时，钱端礼手捧奏折神情昂扬地出现在书房门口，骤然间与赵昚四目相对。他根本不知皇上召虞允文进宫之事，看见甘昇跪地低头，以为是甘昇侍奉不周而引起皇帝的不快和愤怒，便以辅臣和亲家翁的双重身份为皇上解忧，立即跨步进入书房，高举奏折禀奏："圣上万岁。近四天来，圣上因国事烦劳而不朝，群臣忧圣上操劳伤身而议论纷纷。闻知广德军通判辛弃疾上疏万言为圣上添乱添烦，莫不义愤填膺。御史台诸位侍御史，联名上疏弹劾广德军通判辛弃疾'越职言事'之罪，敬请圣上裁决！"

甘昇见状，乘机爬起，从钱端礼手中接过奏折，转呈皇上。赵昚怒目一扫，拍案戟指钱端礼而怒吼："好一个'越职言事'之罪！首辅钱大人，你说该怎么裁决？是罢官，流放，还是杀头？荒唐至极啊！"随即揉奏折成团，狠狠砸向跪拜在桌案前的钱端礼。

在纸团出手的刹那间，他气结心胸，面色苍白，跌坐在御椅上。甘昇反应极快，箭步上前，紧紧地抱住了气喘吁吁的皇上，急声呼唤着御医。

赵昚真的病了……

福宁宫惊骇万状……

跪伏在地的钱端礼一时吓呆了……


因赵昚的病，心神最为沮丧的是首辅钱端礼："倒霉啊，自己是皇上病发时的目击者，又是御医诊断病情结论的亲闻者。《美芹十论》是自己第一个在君臣答对中抨击否定的，其奏疏者辛弃疾是自己第一个在君臣答对中蔑视攻击的，这些'抨击否定''蔑视攻击'，完全可以成为会知御史们煽动其联名上疏弹劾'越职言事'的疑点和根据，完全可以得出'阴谋活动'的结论。皇上在病发前揉'御史台奏折'成团砸向自己的一击，不就是皇上心中疑点成团的一击吗？"

钱端礼心虚，睡不着觉了。他黎明即起，急奔福宁宫向皇上请安，却被当值内侍拦阻在宫门外。他顿觉双腿发软,在返回府邸后即和衣而卧,五内煎熬,卧床不起了。

圣上病了,心神最为沉重压抑的,是辅臣洪适和叶颙。他俩都是主战者,对赵昚禅得皇位以来"志在恢复"的鲜明态度是赞赏拥护的,对赵昚对自己破格晋升至辅臣高位,是铭记五内的。在对待辛弃疾的奏疏《美芹十论》的看法上虽有"赞赏"和"疑虑"之别,但在"矢志北伐""以战恢复""精心筹划""富国强军"这些原则上并无分歧。皇上病得突然,他俩不约而至福宁宫探视皇上的病情,并向皇上请安,被当值内侍有礼貌地拒绝。他俩在忧心忡忡的打听中,得知皇上的病发与首辅钱端礼的深夜进宫有关。有关何事?有关何为?更添忧愁啊!他俩担心在皇上医病过程中朝政大权将落入首辅钱端礼之手,谁知这位嗜性主和的首辅又会干出什么样丧权辱国的事情来。他俩心照不宣搬进了集英殿,食宿坚守,耳听八方地处理朝政。这全然是尽职尽忠于皇上,也是防止嗜性主和的首辅钱端礼别有企图……

此时,心神最为昂扬舒畅的,是御史台嗜性主和的御史们。他们都是才智力辩之士,原为散官,现已具有正官名籍,掌"纠察官邪、肃正纲纪、大事廷辩、小事奏弹"之权,在强势皇帝面前,他们几乎全都是喜鹊;在弱势皇帝面前,他们几乎全都是乌鸦。他们对奏疏《美芹十论》及其奏疏者辛弃疾并不十分了解,但一个小小的广德军通判竟然以煌煌万言的奏疏指点江山、议论朝政国策,并且受到皇帝的青睐,使他们感到十分不爽,且有一种不屑、鄙视之感,他们遂联名以"越职言事之罪"弹劾其所为。这个弹劾,与其说是警告狂妄自大、不知天高地厚的小小广德军通判辛弃疾,不如说是对优柔皇帝的一个"小事奏弹"的提醒。谁知这个优柔的皇帝竟然发怒,竟然揉奏折成团砸向首辅,真是长了脾气、硬了性子。他们的乌鸦性子发作了,联络谏院中那些"掌规谏讽喻之权"、嗜性主和的谏官,掀起了新的一浪弹劾辛弃疾"越职言事"的高潮,弹劾的奏折雪片般飞向集英殿,落在辅臣洪适、叶颙的案头。

## 十四 赵昚的决策

赵昚的病情,果如御医的诊断,在内室服药静养七天就完全康复了。但久居皇帝身边的御医,颇谙宫中行事的规矩,没有得到皇帝的明确谕示,圣躬安康的喜讯是不能向外宣示的。群臣依然压低嗓音、放慢脚步、唉声叹气地沉浸在肃穆焦虑的气氛中。当然,谁都知道沉浸在这种气氛中的臣子,真心者少,假意者多。

是日,是民俗中的"祭灶日",俗称"小年",亦称"交年",是礼送灶神"上天言好事,下界降吉祥"的日子,也是腊月迎接春节到来的最后一个节日。南北习俗大体相同,北人多以腊月二十三日为祭灶日,南人多以腊月二十四日为祭灶日。

是日,临安城内坊巷街道的豪富细民,都以"钱塘自古繁华"的性情与气派、制饴饧糖、杀猪宰羊、箫鼓陈列、悬灯结彩等,习惯性地展开了又一次大张旗鼓的攀比。喧闹声震撼着高墙城阙内因皇帝病情而清冷寂寥的皇宫。

皇宫确实是清冷的。

是日卯时三刻,神情惶惶的首辅钱端礼前往福宁宫,循十日来叩拜宫门之礼,探视皇帝的病情,向皇帝请安,遭当值内侍十日来冰冷不变的回答——拒见。他惶惶而返回府邸,神情更加惶惶了。

是日未时正点,神情悒悒的辅臣叶颙前往福宁宫,循十日来以"禀报午朝决事"之责探视皇帝病情,向皇帝请安,遭当值内侍十日来热情不变的婉拒——当转禀叶公之意。他悒悒而返回集英殿,心神更加忧愁郁闷了。

是日酉时三刻,散朝之时,六部、九寺、五监的官员,在不时惦念家中的祭灶之礼的极度焦急中,耐着性子熬过了这清冷寂寞的一天。他们端着身架,稳步稳行走出宫门之后,立即放下身架、放开脚步,奔向各自的府邸宅屋。年老的辅臣叶颙,十天来住宿于集英殿,心情因皇上病情而沉重哀伤,已呈身体不支之状,经洪适苦苦相劝,在群臣散朝之后,也被集英殿侍役送回了府。

清冷的集英殿,更显得冷清了。

是日戌时正点,一阵密集持久的鞭炮声宣布了临安城"祭灶"仪式的开始。满城灯火,照亮天宇;满城欢呼,地动山摇。豪富人家,以箫鼓盈门、开筵饮酒、大会宾朋、赋诗吟曲的豪华气势祭祀灶神,展现他们的富有;并以焚烧纸钱、纸马、纸车、灶神夫妇的彩色巨幅绘像的高规格礼典恭送灶神夫妇上登天门,展现他们的诚心诚意。小巷小户人家,多以自制猪头肉、鱼虾、豆沙、层饼等物祭祀灶神,以焚香、敬酒和高声叮嘱"上天言好事,回家降吉祥"切话语送灶神夫妇前往天宫。宋代诗人范成大(字致能,号石湖居士)的《祭灶诗》,生动地展现了民间祭灶的有趣情景:

> 古传腊月二十四,灶君朝天欲言事。
>
> 云车风马十留连,家有杯盘来典祀。
>
> 猪头烂熟双鱼鲜,豆沙甘松粉饵团。
>
> 男儿酌献女儿避,酹酒烧钱灶君喜。
>
> 婢子斗争君莫闻,猫犬触秽君莫嗔。
>
> 送君醉饮登天门,杓长杓短勿复云,乞取利市归来分。

深夜亥时,就在这爆竹轰鸣的辉煌时刻,甘昇神情肃穆地来到集英殿,冷声冷语地宣示了赵眘的圣旨:"召洪适进宫!"

洪适一时愣住了。

洪适在甘昇的引导下进入福宁宫。当他走进书房，望见皇上端坐御椅，神采奕奕，似乎比十天前更显精神时，他喜悦满怀，急忙跪倒高呼："臣洪适恭请圣安！恭祝圣安！圣上万岁！"

赵眘被洪适真诚而激动的情感震动，霍地站起，伸出双手致意："先生请起，朕感谢先生的挂念。"随即命令甘昇移座献茶。

赵眘舒气畅怀而语："今日是祭灶日，此刻是礼送灶神登天之时，朕召先生舍全家祭灶送灶之乐趣而进宫，歉疚至极。然朕旬日病卧床榻，诸事忧心，忧而成结，唯先生能为朕释解啊！"

洪适毕竟是尽职尽责、谨小慎微之人，在乍然奉召进宫，喜忧莫测之时，迅速梳理了十天内朝政中的特殊事件，并携带"特殊事件"的有关材料于袋中。故此时他的答对，一如既往地从容确切："禀奏圣上，旬日来朝廷重大事务，均由首辅钱公、辅臣叶公亲自掌管，精心处理，群臣协力，上下通畅，边陲安宁，一切运转正常。唯御史台弹劾辛弃疾'越职言事'的奏折有增无减，且谏院几位谏官也加入了弹劾的行列，其奏折已达十二份之多。其中言辞最为激烈者，是侍御史林安宅，要求将其奏折交朝臣共议，并请求圣上作答。"

赵眘面呈不悦之色，冷声询问："林安宅何人？是曾诬告叶颙的公子受宣州富人钱百万的林安宅吗？"

洪适有着文人思虑问题的专一和单一，根本没有注意皇上神情的变化，坦然回答："正是此人。更为离奇的是，在一份署名御史卢仲贤的奏折中，竟弹劾辛弃疾的'越职言事'与致仕老臣辛次膺有关。"

赵眘出语急切了："有关何事？何处有关？"

洪适坦然回答："卢仲贤的奏折称，辛弃疾与辛老同宗，皆辛；籍同地，皆山东；性情同，皆狂而狷；风格同，皆恃才傲物；政见同，皆主战主伐。六年前太上皇巡游建康，虞允文大人曾宴请以五十骑奔袭金兵大营的辛弃疾，在这个宴会上，辛老曾以'此吾家之千里驹'誉辛弃疾。"

赵旮严词询问："先生以为卢仲贤之弹劾论据如何？"

"荒诞至极！圣上明察，姓同宗，天下辛姓之人多矣；籍同地，辛老籍齐鲁莱州，辛弃疾籍齐鲁历城，两地相距千里之遥。且辛老于靖康元年（公元1126年）举家南迁福建，辛弃疾于绍兴三十二年（公元1162年）决策南向，三十六年的时不同啊！性情同，皆恃才傲物，何罪？风格同，皆正直坦荡，何罪？当赞而敬之；政见同，皆主战，何罪？朝野主战主伐者，皆具刚毅血性，皆国家民族之脊梁；'此吾家之千里驹'之誉，若确有此事，'吾家'二字的感叹，也只能是民间习俗中'五百年前是一家'的'吾家'啊！"洪适坦然回答，"圣上明察，辛老一生中为朝野赞颂的几件大事，可为他官场生涯的高尚耿直做出最为完美的诠释。其一，秦桧专权时期，辛老任右正言，不仅坚决反对秦桧卖国，而且弹劾秦桧为其妻叔王仲嶷迁叙两官，弹劾秦桧妻兄王唤违法佃官田、不输租、投拜金国的罪行，弹劾秦桧的岳父王仲山屈膝金人出卖抚州的罪行。时太上皇包庇秦桧亲属，对其奏表，皆中不发，辛老强项上书，谏奏曰：'近臣奏二人，继闻追寝除命，是皆桧容营救，陛下曲从其欲。国之纪纲，臣之责任，一切废格。借使贵连宫掖，亲如肺腑，宠任非宜，臣亦得论之，而大臣之姻娅，乃不得绳之耶？望陛下奋乾刚之威，戒蒙蔽之渐。'其刚正之气，威慑秦桧，震动朝廷，谏不从，辞官求去，离临安而提刑湖南。及岳飞被害，金兵攻陷三京，秦桧以'次膺反议和而惹怒金人'为由，追杀辛老，遂被罢职回乡，隐居十六年，不屈其志。其立朝謇谔之忠，可为朝臣表率。其二，辛老在任右正言期间，其友韩世忠元帅北伐有功，吏部以其子直秘阁，辛老上奏曰：'攻城野战，世忠功也，其子何与？石渠、东观，图书府也，武功何与？幸门一启，援例者从……'字字珠玉，可鉴天日，德化信友之义，堪为朝臣之表率。其三，隆兴元年（公元1163年）三月，辛老任同知枢密院事。符离之战开始，李显忠连陷三城，捷奏日闻，朝廷欲隆重庆祝，以彰显胜利，辛老手疏千言，乞持重。未几，军果溃。及见，上颜色不乐。辛老奏言：'师浩而归，张浚弹压必无他，此上天大儆戒于陛下。'圣上曾叹其先见。其虑事精细，处事审慎之风，堪为朝臣之表率。其四,符离败后,辛老拜参知政事。首辅汤公不顾国格民心,一味乞和。辛老反对无效,愤而辞参知政事之职,并自申心迹:'臣与思退,理难同列。'其清介坦直之浩气,堪为朝臣之表率。这位志在恢复、效国以忠,仕宦五十年无丝毫挂吏议的朝臣典范,能与辛弃疾及辛弃疾上呈的《美芹十论》有如卢仲贤心期臆造的那种关联吗?"

赵昚神情凝重了,辛次膺立朝謇谔之忠,信友德化之义,朕焉能不知?虑事精细、处事审慎、为人清介坦直,朕焉能不晓? 可辛次膺那肃穆的神情、锐利的目光、宁折不弯的性格、简短尖锐的论点和奏言,常常使朕惊骇、惊服,也常常使朕尴尬、厌恶和不快啊! 先贤有语:"千人之诺诺,不如一士之谔谔。"形势逼人,该走出"诺诺"舒坦的包围和劫持,向"谔谔"厌恶的奇境险峰寻找出路了。他恨从心起,语从口出,含有一股杀伐之气:"侍御史林安宅的气势猖狂,谏官卢仲贤的深文周纳,总得有所本吧?后台是谁?该不是首辅钱端礼吧?"

洪适闻皇上的猜疑声而震惊,他毕竟是老实人,急忙为钱端礼辩解:"圣上明察,臣与钱公同僚同职,钱公虽对奏疏《美芹十论》十分厌恶,对辛弃疾嗤之以鼻,但确无煽惑一些不曾知晓《美芹十论》为何物的谏官御史,妄作弹劾的荒唐之举。"

赵昚冷语究之:"你何以知之?"

洪适似乎仍不察皇帝已怒气浮眉,坦然回答:"臣留心察之,所获知另有其人。"

赵昚愤然语出:"谁? 讲!"

洪适似乎不察皇上已是怒形于声了,依然是坦然回答:"据谏院左谏议大夫王伯庠和御史台侍御史唐尧封告知,串联煽动这场弹劾风波者,是近日由两淮归来的曾觌大人。"

赵昚一下子颓然失神,陷入茫然的尴尬中。曾觌是朕居建王府时的内知客,朕禅得大位后的心膂之臣,竟悖逆朕的心愿而阴为啊! 难道昔日与曾觌

209

同为内知客的王抃、甘昇、龙大渊皆与曾觌有知有通吗?灯下黑啊!他一阵心酸,感到一丝无力与孤独,双眼似乎有些湿润了。望着神情专注的洪适,赵眘苦笑而语:"洪爱卿,在这腊月二十四祭灶的喜庆日子,你向朕禀报的都是孬事、坏事、闹心的事、难办的事。"

洪适一下子傻眼了,跳出了思绪专一单一的积习,突地恍悟到自己的糊涂和粗心,也突地恍悟到人们常说的"百无一用是书生"这句至理名言的妥帖和悲哀,急忙离座跪地请罪。

赵眘语出激昂而深情:"洪爱卿,你不欺骗迎合朕,朕谢你了;你敢于揭露朕亲信近臣的阴谋活动,朕更钦佩你。谏院、御史台那些乌鸦们上呈的这些奏折,全部留中,不交议、不批答、不理睬。"

洪适跪地急呼:"圣上英明,圣上万岁!"

赵眘走出桌案,双手搀扶洪适:"先生请起,朕还有一事相求。"

洪适感激于心,拱手致谢:"臣洪适感恩五内,愿听圣上驱使。"

赵眘执手询问:"辛老起季家居何处,先生可知?"

洪适回答:"辛老之家居凤凰山下,臣前年任职中书舍人,曾有过一次拜访。"

赵眘再询:"辛老晚年家境如何?"

洪适回答:"据臣所知,辛府人丁不旺,现伴于辛老身边者,仅一女一孙一仆及男女用人十数。其孙尚年幼,绕于膝下,当有饴孙之乐;其女年逾四十,有东汉班昭之高才,据说现时正在整理辛老的文稿诗词,以备付梓传世,有'俊彩莹莹'之誉;其仆年已七十有余,据说是辛老幼年的玩伴,辛府家人敬若主人。"

赵眘大喜:"好!朕决意向辛老请示治国之道,特请先生作陪。"

洪适意外,一时呆了,旋即恍悟,深深一揖,向皇上作贺,俯身而请示:"圣驾移动,当做充分准备,选定吉日而成行。"

赵眘微笑而挥手:"不张扬,朕要微服出访。明日午时正点,与先生共乘府上的马车前往,朕要给辛老一个意想不到的惊奇!"

洪适满怀喜悦拱手领旨。

腊月二十五日,午时正点,微服装束的赵眘和洪适,乘坐着洪府那辆旧马车,在年老车夫的驾驭下驰出皇宫正丽门。

他俩乘车前行,在雕车宝马、欢乐鼎沸的正丽大街,受到一群年轻"游人"的追捧。赵眘笑谓洪适曰:"从未有过的新奇乐趣啊!"洪适也以"新奇乐趣"和之……

他俩乘车进入富丽堂皇的京都建筑群。两百多座殿宇,楼堂、寺庙、教坊……排列有致,鳞次栉比,展现了临安城超越历朝历代京都的纷华盛丽。一群年轻的"僧侣"伴随而至,双手合十,发出啧啧的赞叹声。赵眘亦有年轻"僧侣"之感,询问洪适:"这种纷华盛丽的辉煌,是我朝几十年来的所为吗?"

洪适回答:"这种纷华盛丽之状,原为吴越国国王钱镠及其子孙前后七十年所创造,后遭战火焚毁之灾。我朝几十年复建之劳,使其比昔日更加纷华盛丽了。"

赵眘默然。

他俩乘车行至西湖西岸苏堤起点处,折而沿着一条坎坷道路西进。四野寥廓,农舍显现,山影突兀迎面,凤凰山形如一只跃起的凤凰,展翅于眼前。赵眘四顾车后,那群年轻的"学子"已不见踪影,只有七八个年轻的"樵夫"挑着山柴零散地站在路旁,为他俩乘坐的双马四轮双座车辆让道。之前的"游人""僧侣""学子"和现在的"樵夫"其实是皇宫侍卫装扮,为的是保护皇上的安全,只是赵眘不知罢了。

洪适扶轼远望,遥指山谷口西侧一座郁郁葱绿中闪着一片红光的屋舍高喊:"那,那,那就是辛老起季大人的府邸啊!"

马车碌碌,没多久戛然停驶在辛府门前有二十级台阶相通的山坡下。洪适禀报"辛府到了",并挽扶赵眘下车。赵眘在近一个时辰的马车颠簸中,已有腰酸腿麻之感,遂推开洪适的挽扶,以整装整冠、活动双臂双腿掩饰之。忽见那群年轻"樵夫"以疲惫之状停歇于相距百步的路边,喟然叹曰:"山路难行,樵夫也知累啊!"语毕,抖擞精神,在洪适搀扶下,拾级而上,走向辛府。

赵眘驻足于辛府柴门前,立即被柴门内松瘦、竹清、梅红的情景吸引了,他制止了洪适的叩门召唤,贪婪地观赏着柴门内的一切。

院内左侧一口水井旁,一位衣着不凡、举止不凡的中年妇女,伴着几位年轻的女仆,忙碌着年节用物品的洗涤晾晒,低声笑语,欢情怡怡。这位中年妇女,大约是辛老身边那位"俊彩莹莹"的女公子吧!

院内右侧,一片翠色袅袅的竹林中,一位身体微弯的老人,伴着几位年轻的男仆,正为林中三间瓦屋的整洁忙碌着,这位老人必定是辛老孩提时玩伴了。

庭院中央,如火如焰的红梅树下,一位老者,仰倚在一张竹制的圈椅上,沐浴着阳光,闭目养神;一个年幼学童,立于圈椅旁,神情专注,稚声背诵着唐代边塞诗人岑参的诗作《轮台歌奉送封大人出师西征》:

> 轮台城头夜吹角,轮台城北旄头落。
>
> 羽书昨夜过渠黎,单于已在金山西。
>
> 戍楼西望烟尘黑,汉军屯在轮台北。
>
> 上将拥旄西出征,平明吹笛大军行。
>
> 四边伐鼓雪海涌,三军大呼阴山动。
>
> 虏塞兵气连云屯,战场白骨缠草根。
>
> 剑河风急雪片阔,沙口石冻马蹄脱。
>
> 亚相勤王甘苦辛,誓将报主静边尘。
>
> 古来青史谁不见,今见功名胜古人。

赵眘兴致勃发,脱口而赞:"好!稚声豪情,天下之奇啊!"

唱赞声惊动了柴门内的人们,诵诗的学童在刹那间发怔之后快步跑至柴门开门迎客。洪适笑语戏询："请问诵诗小主人，这是辛老的府邸吗？"

学童回答："正是辛家庭院。请问大人何人？"

洪适戏曰："我是你的叔叔，我知道你的名字叫辛助。"

学童惊异："我怎么不认识你呀？"

此时辛大姑疾步赶来，一眼就认出了微服装束的现任朝廷辅臣洪适，急忙敛礼迎接："是洪大人啊！民女失敬了，恭迎大人光临！"并移目光于赵昚，"这位大人是……"

不待洪适语出，赵昚高声回答："我是辛老的门外学子，特来拜见辛老！"

一语惊天，一语动地。闭目养神的辛次膺听出了皇上的声音，猛力站起，圈椅后移，棉帽脱落，显露出一头白发，险些跌倒，踉跄前行，跪地叩头，高声迎驾："臣辛次膺恭迎圣驾，圣上万岁！"

众人几乎在同一时分扑地跪倒，叩头唱赞："圣上万岁，万岁，万万岁！"

赵昚疾步向前，双手搀扶起白发苍苍的致仕老臣辛次膺，并向庭院中其他人发出"平身"的谕示。

男女臣民们奉旨叩头谢恩后离开了，赵昚搀着辛次膺的手，在洪适陪同下，仔细观赏赞扬着庭院中的虬松、红梅和翠竹。

由于皇上来得太突然了，且皇上的食饮酒肴在安全上都有着宫外人无法知晓的严格举措，辛大姑在犯难犯窘的思索中，不及请求父亲，毅然做出"以辛家日常接待亲朋的简朴方式，在书房兼客厅中接待皇上"的决定。她信心满满，如此接待一代君王，只怕是千古之奇，纵有简慢隘窘之咎，断不会有祸生无由之虞。

辛大姑率领女仆跪拜于竹林的幽径两侧迎接赵昚进入书房兼客厅，洪适、辛次膺随入。三间屋舍的书房，空荡荡地摆放着一张几案、几张交椅、一盆新燃的炭火、一壶热茶、几只茶杯、四盘冬贮水果和一种尚未完全消失的寒意和凄凉，使洪适感到意外，使赵昚感到寒酸的震撼。辛次膺神情坦然而若有所思。赵昚感慨生焉："苍政不烦，居约有守。众誉不假，辛老致仕，亦约守有恒啊!"他举目遍视书房里满满当当整齐排放的书匣,心中的震撼,立即升华为由衷的崇敬。有儒家经典朝臣传说辛老自幼聪明好学,嗜书如命,有此书房为证,此言不诬啊!

赵眘突然发现几十匣兵书典籍之侧,有五匣签标为《山海经》的典籍抢入眼帘,他兴致腾起,这不就是传说中的奇书、巫书、玄怪之书吗?他停步伸手,打开书匣随意翻阅,发现书上有多处辛老工整严谨的批注。

目之所及,一种奇异的联想浮上赵眘心头:辛老致仕,以这部无奇不有、无事不奇的《山海经》怡娱天年,还能有心思和精力为烦乱的国事分神操心吗?他兴致顿失,不再留恋欣赏未尽的书橱,走向辛大姑为他特意安置的高背座椅上。

年已七十四岁高龄的辛次膺,仍然有着一颗思维敏捷的头脑。从赵眘踏进庭院柴门的瞬间起,他就判断出皇上屈尊来访的用心。他虽然已致仕两年,但他对朝政仍有着难以割舍的挂牵,并且通过老友间的走访相聚,闻得了一些可叹可哀的讯息:金国使者完颜仲的撒野、钱端礼的卑膝、虞允文的抗争和贬离、辛弃疾奏疏《美芹十论》的上呈,一波又一浪冲击着"心存恢复"而"优柔寡断"的皇上。特别是辛弃疾上呈的《美芹十论》,以谋略家的精辟分析和朴实无华、不尚空谈的严谨态度,论据充分、举措明确地提出了一个强国强军的治国方案,自然会激励"心存恢复"的皇上;但这个方案的执行难度极大,特别是执行这个方案的领军人物的缺乏,同样会使"优柔寡断"的皇上却步,知难而退。唉,天意捉弄人啊!皇上的"心存恢复",从绍兴十二年(公元1142年)封普安郡王,再封建王,再立为太子,寻授内禅的二十年间,是强烈的、坚定的,朝臣尽知的;而皇上"优柔寡断"的性格,却是从绍兴二年(公元1132年)选育宫中起始的三十年间,由谨小慎微、唯唯诺诺、恭良俭让的自身修养和环境挤压塑造而成的。这样的谦谦皇帝,要创造旋转天地的伟业,难啊!事君以忠,致仕老臣只能以余生晚年的全部忠诚奉献于这位"微服出访"的皇上了。

赵眘落座在几案内的高背圈椅上,呈居高临下之状。辛次膺面皇帝跪拜于几案前,不待赵眘语出,他抢先叩头禀奏:"圣上驾临臣舍,臣惶恐万分,此乃浩天之恩,亘古少有,臣五内感激,辛家后代亦将永远铭记。臣三十多年来,蒙大宋两代皇帝恩遇训诲,不敢须臾忘怀,虽致仕居此柴门之内,这一颗衰敝之心,依然效命于圣上。臣近日所思,略有所得,本当以奏表呈献,奈何眼花手抖,字难成形成行,欲托拙女代为,又觉于礼不恭。天高听卑,皇恩浩荡,圣上光临,解臣困窘,容臣斗胆面奏。"

赵眘大悦,心想辛次膺知礼亦知朕啊,免去了朕一时难以出口请教的尴尬,遂平伸双手欢声致意:"辛老请起,朕恭听辛老进言。"

洪适急忙向前,搀扶年迈的辛次膺落座,心里默赞辛次膺的机智:"此老亦野狐精啊!"遂向皇上致礼而退出。

恭候在书房门口的辛大姑迎上,神情蹙然语出:"洪大人,家父年迈,右耳失聪……"

洪适知辛大姑意,佯作不察,截断其语,以辅臣之尊谕之:"我有急事离开片刻,汝当守候于此,恭听圣上召唤!"语毕离去。

辛大姑目视而致谢,心想:"洪大人亦野狐精也。"书房里传出辛次膺高扬而缓慢的禀奏声,辛大姑凝神静听着……

书房里的君臣答对很快进入了佳境,辛次膺似乎又回到昔日立朝謇谔的状态。他挺胸昂首,神采矍铄,其声音虽不似昔日响亮有力,但坦直如故,锋利如故;赵眘居高临下,倾身注目,双手把玩着两只金橘,全神贯注地捕捉着辛次膺说出的每一句话:"圣上明察,近二十年来,我朝与金国相持的主要特点,是'战''和'二字。在今后两国生死决战之前,这'战''和'二字仍然是两国相持的主要形态。故'主和'与'主战'之争,是我朝急需解决的问题。在'主和'群臣中,除秦桧里通金国、奸计卖国外,其余'主和'臣子的理念并不一致,有'乞和'与'战和'之分。恕臣直言,'乞和'人物,当以史直翁、汤思退、钱端礼、王之望为代表,他们奴颜卑骨的'乞和'、不惜血本的'乞和'、不顾后果的'乞和',首先瓦解了军民的斗志,鼓舞了金国的贪婪和残忍,埋下了亡国的祸根。在'战和'群臣中,当以陈康伯、胡邦衡、陈俊卿为代表,以为我方军力虽然处于劣势,但敢于挥剑迎敌,以战求和,虽自损千人,敢杀敌八百,虽败犹荣。其胆略勇气,激励军心民心,前仆后继,以求决战于未来。在'主战'群臣中,其理念亦有所不同,有'浪战'和'谋战'之分:张德远、李显忠、叶子昂皆'浪战'代表,他们忠勇有余,谋略不足,一时之愤慨,失周密之考虑,故有符离之败;虞允文、蒋子礼、王十朋皆'谋战'代表人物,他们呕心沥血、默默耕耘,谋强国之策、谋强军之举,谋未来一战而决胜乾坤,他们痛恨'乞和',他们赞'战和',他们不赞成'浪战',但对其'忠勇敢为'唱赞。他们就是我朝现有的范蠡、文种啊!臣斗胆奏请圣上,远'乞和'佞人,近'战和'良臣,重用'谋战'忠信臣子为将相。"

赵昚被辛次膺禀奏中忠耿坦直的气势情感吸引了,特别是辛次膺对三十年来宋金"战""和"的精细分析,使他的心神有骤然恍悟之感,他早就停止了手中把玩的金橘,陷入了自省的思索。

辛次膺的心神,仍在立朝謇谔的禀奏中:"圣上明察,我朝承隋唐之制,朝廷中枢制度是职位分等、权力分层,宰执辅臣是权力的核心,既要忠诚贯彻陛下的意志督令,又要保障六部、九寺、五监事务的正常运作,造福于天下黎庶。故宰执辅臣的遴选,高于一切,重于一切。特别是在战事频仍之际,宰执辅臣的人选,确乎关系国家之安危。历史经验,当予记取。昔赤壁一战而三国势成,成在有一位诸葛孔明;淝水一胜而南北势定,定在有一位谢安石;三年前采石矶一胜而我朝转危为安,安在有一位虞允文啊!臣斗胆奏请圣上,速召虞允文入朝任事。"

赵昚的一颗心突地兴奋起来,辛次膺以决战采石矶的虞允文与赤壁一胜的诸葛亮、淝水一胜的谢安并列而唱赞,是朕的骄傲啊!辛次膺呼吁虞允文"入朝任事"的奏请,使朕恍悟啊!虞允文不就是朕现时需要的领军人物吗?可朝廷有奉祠复出需经三十个月之制,能弃而不顾吗?朕真有些后悔两个月前对虞允文做出"奉祠归养"的决定了。三十个月,两年半漫长的岁月啊。

辛次膺发现赵眘神色中乍然呈现的茫然和优柔,抖擞精神,提高嗓音,尽其全力以搏:"圣上明察,秦汉以来,中央集权,君王专断,已成治国传统,各朝各代,虽有学者、文人议论攻讦,但一千多年来,已成为天下的共识。然而,历史上有作为的君王专断,依靠的不单是血统、祖荫、权力,主要依靠的是才智谋略、胆气魄力和应时顺势的霹雳手段及把握风云、惜才爱才、海纳百川的博大胸怀,以赢得天下人佐助和拥护。"

赵眘全然沉浸在辛次膺详释历史、激情洋溢的禀奏中,竟然不觉手中的金橘落地。他忽地站起,放声高呼:"清介的辛老,謇谔的辛老,朕的'山中宰相'啊! 赏!"

一个"赏"出口,书房的门被推开,洪适手捧精致红木茶匣奉上。辛次膺因皇上嘉誉的"山中宰相"一语而惶恐。他知道这"山中宰相"之典,是指南朝梁帝诸子侍读陶弘景辞官隐居山中,梁武帝每遇朝政大事,必前来咨询,以求稳妥,时人以"山中宰相"称之。惶恐惊心,他急忙起立,伏地跪奏:"圣上万岁!'山中宰相'之誉,臣,臣不敢当啊!"

赵眘接过洪适奉上的精致红木茶匣,笑而语出:"'山中宰相',辛老当之无愧!朕遇大事,亦将前来请益。朕愿以贡茶极品'大红袍'一斤,求辛老勿闭柴门!"

洪适从皇上手中接过茶匣转授于辛次膺,笑语:"辛老荣宠至极啊!这贡茶极品大红袍年产仅五斤,贡德寿宫太上皇二斤,留福宁宫三斤。圣上在上书房恩赐大臣者,仅一杯大红袍,今却以三分之一的贡茶极品恩赐辛老,真令天下臣子羡慕啊!"

辛次膺接过赐茶,连呼"圣上万岁",叩头不止。

赵眘自得而大笑,疾步绕过几案至辛次膺面前,伸手搀扶而笑语:"辛老请起,为朕作导,见一见府上为辛老殷勤服役的人丁吧!"

辛次膺踉跄站起,他的双腿有些发麻,借皇帝搀扶之力站定,含泪高呼:"天恩难酬,天恩难酬啊!"

辛府男女老少人丁约二十人,整齐有序地跪伏在庭院中央的红梅树下恭迎圣驾。跪伏于队列前的,是小主人辛助、辛老的女公子辛大姑、辛府的老管家。辛助以红巾束发,身着紫色短袍,腰束红巾,脚蹬高腰布鞋,英气勃勃。赵眘走近跪伏的小主人辛助,扶起而抚之:"小主人,你叫辛助吧?"

辛助毫无怯色,应声回答:"禀奏圣上,是。"

赵眘笑而嘉之:"你刚才背诵的那首唐代诗人岑参的《轮台歌奉送封大人出师西征》,声情并茂,意气风发,使朕十分感动。还能再背诵一首给朕听吗?"

辛助毫不犹豫,应声回答:"禀奏圣上,能!"

赵眘笑而鼓励之:"请!"

辛助稍做沉思,高声背诵:

火山六月应更热,赤亭道口行人绝。

知君惯度祁连城,岂能愁见轮台月。

脱鞍暂入酒家垆,送君万里西击胡。

功名只向马上取,真是英雄一丈夫。


辛助背诵声停,赵眘拍掌叫好:"这又是一首唐代诗人岑参的诗作《送李副使赴碛西官军》吧!'功名只向马上取,真是英雄一丈夫。'壮志雄心,千古绝唱!唐代诗人,志在边塞,今日辛府小主人辛助亦趣在边塞,文心相通啊!"语毕,接过洪适奉上的文房四宝赐辛助曰,"这是朕喜用的文房四宝,婺源狼毫十支、紫阳香墨十锭、萧江宣纸一令、紫金石砚一台,赏于辛府小主人辛助,盼后起之秀能继承辛老清介謇谔之风,忠于朝事,忠于黎庶,成为'功名只向马上取'的英雄大丈夫!"

辛助接过文房四宝,跪地高呼:"圣上万岁!"

全场人丁以"圣上万岁"应和。

赵眘从洪适手中接过锦缎,走近辛大姑。辛大姑叩头起立迎驾,赵眘赞语出口:"朕闻辛老女公子有东汉班昭之高才,现正在整治辛老的文稿诗词以付梓,功在本朝,功在后世,'俊彩莹莹'之誉,果然不诬。朕以一匹锦缎嘉而谢之!"

辛大姑接过锦缎,跪地高呼"圣上万岁"!

全场人丁以"圣上万岁"应和。

赵眘行至老管家面前,双手搀扶一时受宠懵懂的老管家,笑语询问:"老人家,听说你是辛老年幼时的玩伴。是真的吗?"

老管家懵懂应对:"是。"

赵眘笑语再询:"辛老官至宰辅,七十多年不忘玩伴兄弟之情,你高兴吧?"

老管家懵懂回答:"高兴。"

赵眘面向男女家仆拱手放声:"谢谢老管家,谢谢辛府的男女家仆,你们的辛苦劳作,为辛老的颐养天年创造了这座竹翠、梅红、松青的幽静环境,朕感谢你们了!"语毕,从洪适手中接过白银二百两,赐予辛府的男女家仆。

老管家接过银两,扑通跪地,放声三呼:"圣上万岁!圣上万岁!圣上万万岁!"

全场人丁应和。

赵眘在"圣上万岁"不停的欢呼声中,由洪适陪同,离开了辛府,走向山坡下驭马嘶鸣的车辇。

辛次膺率领家人立于篱笆柴门前,目送赵眘乘车离去。辛大姑挽着老父的手臂低声沉吟:"'正立无景,疾呼无响'真的能神化为'正立如山岳,疾呼如霹雳'吗?"

辛次膺默然良久,放声高呼:"天怜大宋啊!"

乾道二年(公元 1166 年)春节过后,赵昚发出诏令:诏虞允文入朝任事,并派专骑驰往四川仁寿县接虞允文回临安,并授以"端明殿学士,知枢密院事"参与朝政。违背祖制朝规的决定,群臣注目了。

乾道二年八月,赵昚纳侍御史唐尧封弹劾"钱端礼帝姻,不可任执政"的谏奏,罢钱端礼首辅之职,以"资政殿大学士"之虚名提举万寿宫。钱端礼"奉祠归养"了,朝臣中欢声爆起。

乾道三年三月,抗金老将、四川宣抚使、新安郡王吴璘(字唐卿)以享年六十五岁高龄逝世,西天一柱倒塌,哀恸京都。赵昚急派新近返回朝廷的虞允文入川,接任四川宣抚使之职,以稳定西南大局;诏令建康留守兼知府史正志兼任沿江水军制置使;并以前张浚部故前军统制张彦(字子才)所编的《武经龟鉴》及《孙子兵法》赐建康都统刘源、镇江都统戚方和各军将领。朝廷呈全军备战之状,军民振奋欢呼。

乾道四年,赵昚发出诏令:诏令朝廷太府少卿叶衡任户部侍郎;诏令坐责散官、筠州安置的主将李显忠为威武军节度使;诏令遭贬监南岳庙朱熹回枢密院,除编修待次之职;诏令遭贬归故里的陆游入蜀任夔州通判;诏令建康留守、知府、沿江水军制置使史正志入蜀任成都知府,其建康诸职由韩元吉暂代;诏令广德军通判辛弃疾任建康通判。

诏令抵达建康城,建康府衙鼓舞欢腾,韩元吉、赵彦端设宴赏心亭,请建康四大勾栏的歌伎乐伎与会,欢闹通宵,为史正志入川知成都送行,为辛弃疾"剑悬头顶"的厄运结束而庆祝!

乾道五年十二月,赵昚在重重困难中,完成了中枢的改组:以虞允文为左仆射,以陈俊卿、蒋芾为右仆射,以梁克家为参知政事,以王炎为签书枢密院事,以发愤图强、富国强军、中兴大宋为共识,开始了新的一次奋斗冲击,得到朝野官员黎庶强烈的赞同和支持。

乾道六年四月十日,赵昚的一道"谕示"由专骑送达建康府衙:"召建康通判辛弃疾进京入对。"时辛弃疾带着妻子范若水,正奔波于吴楚各地,脚踏实地地进行着深入考察。

韩元吉、赵彦端闻"进京入对"四字而狂喜大乐,派去召回辛弃疾的八路飞骑,风驰电掣般地奔向吴楚地区。

# 十五 应诏入对

赵眘的"诏令入对"，给辛弃疾带来了意外之喜，也给他带来了惶恐的、前途莫测的沉重。"入对"是什么？不就是对自己和自己呈献的《美芹十论》的面试审查吗？！是皇上一个人的"面试审查"，是主和朝臣的"面试审查"，还是主和朝臣和主战朝臣联合的"面试审查"？一言不慎，都可能招致一言九鼎的惩罚。

赵眘的"诏令入对"，还给辛弃疾带来了缜密的、关乎朝政大局的思索。

四年来，朝廷中枢的四次改组和虞公的两次入蜀、两次出蜀，都反映了皇上"心存恢复"和"恢复无术"的窘迫心结。乾道元年，虞公遭罢参知政事和知枢密院事，奉祠归养而返回蜀地和朝廷中枢第一次改组，自然是皇上的"心存恢复"遭受金国使者逼迫而失落的无奈；虞公于乾道二年三月出蜀入朝，出任参知政事兼知枢密院事和朝廷中枢的第二次改组，反映了皇上"心存恢复"的奋起，并明显地重用了主战的臣子；乾道三年三月，虞公第二次离职入蜀和朝廷中枢的第三次改组，分明是由于抗金老将吴璘病亡而应对西南一线出现的危局；乾道五年虞公的出蜀入朝表明西南一线的危局已基本改观，朝廷中枢的第四次改组，以陈俊卿为左仆射，以虞公、蒋芾为右仆射，以梁克家为参知政事，以王炎签书枢密院。这种主战朝臣执权中枢的壮举，气势磅礴地表明皇上"心存恢复"强国强军方略要付诸实施了。《美芹十论》重见天日，也许是虞公的手拂乌云，也许是虞公的进言，这个朝廷罕见的"诏令入对"也许是虞公中兴谋略中一系列举措的开端。果其如此,是犹豫不得、等待不得的,当迎风而搏、破浪而进!

就在前往临安前夕,他以近几个月来关于军事用兵上战略战术之所思所虑,诉知于他的爱妻。范若水强烈赞同,并坦言这些军事策论当为皇上当前变革所急需,可在"入对"中乘时乘势呈献。因为任何中兴大宋的方略,离开强大的军队都是空谈,都是梦想,都是自欺而不能欺人。她立即端坐桌案前,为她的辛郎口授策论作录。

辛弃疾侃侃而谈,范若水笔走龙蛇,一气成九篇战略战术奇文,并以《兵事九议》而命名。不觉外面已是天光大亮。


乾道六年五月十五日午后未时,辛弃疾持"诏令入对"牒文急匆匆走进临安城。首先要办的事,是遵照岳父岳母的吩咐,护送妻子住进"钱塘倜傥公子"王琚的府邸。及至余杭门内的"听风楼",范若水拍环叩门,少顷,门訇然而开,"听风楼"年长的管家殷弘(字道远)出现在面前,并深深一揖,笑语出口:"范家小姐,老仆等你已有五天了。"

范若水急忙施礼请安,连呼"殷叔",表达五年来的思念之情,并将身边的辛弃疾引见给年长的管家。殷弘凝目打量着眼前的辛弃疾,捋须而语出:"雄姿英发,目光如炬,豪气勃勃,配得上'范家才女'。天作之合,天作之合啊!老仆向辛郎和小姐祝福了。恭请辛郎和小姐进入听风楼!"

范若水捧出父亲的书信呈与管家,殷弘接过,含笑告知:"我家主人厌烦近日天气燥热,已于五日前避暑于湖滨别墅,特留老仆在此恭候'诏令入对'的辛郎,并料定小姐当伴辛郎而至。小姐、辛郎暂居之处,就是楼上五年前小姐居住的房间,请辛郎和小姐登楼安歇。这封书信,老仆将亲自去湖滨别墅,呈与我家主人。"

范若水、辛弃疾同时向殷弘执礼致谢。辛弃疾因"诏令入对"牒文在身,急需向朝廷复命报到,遂向殷弘长揖告辞,疾步奔向东华门外的东华驿馆。

　　东华驿馆,因地处东华门外而得名,是礼部为接待京外路、府进入临安奏事、领旨的六品以下官员开设的,较之西湖赤岸的班荆驿馆,仅够得上三等馆所。其院落,原是南越国时的一座兵营,屋舍是一溜灰瓦平房,小室二床、大室三床,陈旧简陋,也供京外中下级官员过往四处短暂歇足之用。

　　也许因为出于"短暂歇足"之旨,此馆在礼部官员的眼中,视若无物,不重视、不督察,遂使主事失职,馆役因循,接待不周,规章松弛。加之地处闹市,酒楼歌场左右为邻,日夜酒令歌声不绝于耳,使京外初涉临安的六品以下官员神魂颠倒地干出一些召妓入室的荒唐事件。确有几位年轻官员竟葬送性命于驿馆二床小室,东华驿馆遂被时人誉为"娱乐至死之地"。传说当时临安年轻诗人林升吟出的不朽诗句"山外青山楼外楼,西湖歌舞几时休? 暖风吹得游人醉,直把杭州作汴州",就是闻得这"娱乐至死"的荒唐悲情而发出的。

　　近几年来,赵眘几次改组朝廷中枢,六部、九寺、五监确已呈现一种蓬勃向上之气,礼部郎官杜伊(字愚我)出任东华驿馆主事。他时年四十岁,越州山阴人,亦昔日普安郡王府内知客,掌府内日用购物事,为人耿直,任事勤勉,随着普安郡王的晋封、禅位而晋升礼部郎官、东华驿馆主事。他出任东华驿馆主事一年多来,调整驿馆人员,改善驿馆条件,严管入驻驿馆官员,以霹雳手段洗刷东华驿馆"娱乐至死之地"的臭名,声威震动临安。

　　是日申时二刻,辛弃疾满头大汗至东华驿馆主事室,呈"诏令入对"牒文于主事杜伊,以示报到。杜伊似早闻辛弃疾之名,接过牒文一瞥,目光闪动着肃穆森严的光芒,手推桌案上大字书写的《驿馆纪规》示辛弃疾阅览,待辛弃疾阅览完毕,立即吩咐身边的馆役,为辛弃疾安排住室、制肴接待,并严词告诫辛弃疾:"住室等待,听候上峰谕示下达,不许外出,以免误'入对'大事。馆纪森严,当自尊自重,若有违犯,严惩不贷!"语毕,不待辛弃疾回答,拿起辛弃疾上呈的"牒文",快步走出主事室。

　　辛弃疾被馆役安置在一间无人居住的二床小室,进餐和冲澡之后,已是入夜时分,顿觉疲倦困乏,遂倚被而卧,闭目速求入睡以恢复体力。但驿馆主事杜伊冷漠的神态和冷漠如对罪犯般的训诫,在他的眼前闪现,令他心潮翻滚,辗转反侧……

此时的范若水,正在"听风楼"上誊抄《兵事九议》。由于是工整誊抄,近万字的《兵事九议》竟用了五个时辰,至翌日卯时三刻才竟其全文。

"听风楼"女仆照顾周到,适时送洗漱净面之汤以驱散疲劳、清醒神志,厨娘适时以早餐解辘辘饥肠。就在这进餐将尽之时,殷弘叩门进入,范若水停箸迎上,殷弘含笑急语:"我家主人已从别墅返回。"

殷弘话语未了,门外传来爽朗的笑声,王琚呼唤着范若水的名字飘然进入房间。

今日的王琚虽年近七十,潇洒倜傥依然,只是因为三年前的一场大病,比五年前消瘦了许多,傲然不俗之态似乎变得亲切了许多。他双手爱抚着执礼请安的范若水的双肩,仔细打量着,赞语出口:"出嫁了,结婚了,成人妻了,更显得慧敏淑雅了。只是这一双会说话的眼睛少了几丝尖刻,多了几分温存。"

范若水乖巧回答:"谢王伯关爱。"

王琚举目四巡而询问:"幼安何在?"

范若水乖巧回答:"禀报王伯,辛郎牒文在身,去东华驿馆报到去了。"

王琚摇头叹息:"邦彦的乘龙快婿,放着'酒熟脯糟学渔父'的日子不过,硬是要顶着'剑悬头顶'的厄运到处碰壁,愚不可及啊!"

范若水乖巧应和:"王伯训诲的极是,辛郎不仅是'愚不可及',还是'不知悔改'!"

王琚意外而惊诧出声:"哦?"

范若水转身从桌案上捧起一夜辛劳誊抄的《兵事九议》恭呈于王琚:"这是'愚不可及'的辛郎'不知悔改'之作,恭请王伯勘审教诲。"

王琚接过,以手掂之,以目视之,出语赞之:"《兵事九议》,又是一篇《美芹十论》啊！其旨何在？"

范若水回答："以战去战，以杀去杀，金戈铁马，当务之急。只怕辛郎又要招灾招祸了。"

王琚的神情骤然凝重而激越，语出凛然："血性男儿，雄略丈夫，欲挽狂澜于既倒，欲支大厦于将倾，又一次使我心神震撼啊！"语毕，默然挥手示诸人退出，伏案低头凝视《兵事九议》。

楼上楼下，寂静无声。

半个时辰的工夫，屋内突地响起一记重重的拍案声，接着是王琚急切的呼唤声："来人！"

殷弘应声而入，范若水亦疾步跟进。王琚神情激越而专注，对着殷弘而呼："召幼安进屋！"

殷弘蒙了，范若水亦惊诧茫然。

王琚自觉情急失态，摇头微笑致歉，致语管家："我要见幼安！我要在'入对'前见到这位金戈铁马的辛弃疾！"

殷弘微笑应对道："幼安待命于东华驿馆，在此期间，是不能离开东华驿馆的。"

"蠢！白天在驿馆待命，晚上也要在驿馆待命吗？如今在这临安城有为军国大事熬夜劳神的官员吗？你亲自前往东华驿馆，告知驿馆主事杜愚我，今夜戌时，我要请辛弃疾到听风楼赏月，特请他前来作陪。就说，我在躬身等他到来！"王琚语毕，不待殷弘回答，手捧《兵事九议》快步出屋，扭头吩咐，"请南瓦清冷桥勾栏杖子头唐安安来！请云水楼老板钱隐之来！"

殷弘应诺。

王琚快步进入楼上东端宽敞的、窗外竹影婆娑的书房。

驻足门外的殷弘望着王琚消失的背影，转动着眸子思索着。

驻足门外的范若水，望着王琚消失的背影，耳边突地响动着"杜伊"这个陌生的名字。

是日午前辰时正点,殷弘至东华驿馆,会见了驿馆主事杜伊。他与杜伊是熟知的朋友,了解杜伊面冷心热的性格和任侠重义的为人,更了解杜伊曾任普安郡王府内知客、礼部郎官的特殊经历和与当今皇上的特殊关系,在相见几句寒暄之后,便以郑重坦直的姿态转达了王琚今夜要请辛弃疾"听风楼赏月"的请求。杜伊肃然起立,遥向王琚致意,旋即皱着眉头,侃侃谈起"朝制难违"的铁纪铁律,显出"爱莫能助"的无奈,且叹声连连:"前日金国通问使团抵达临安,朝廷惊恐万状,已明令示知六部九寺五监官员,绝对禁止惹是生非,违者严惩。"

殷弘见状,急切关怀询问:"金国通问使团落驾于西湖赤岸班荆驿馆,与你这东华驿馆何干?与你杜伊何干?哦,明白了,愚我心地善良,哭丧着脸在为你的对头、和议迷王抃操心啊!"

杜伊苦笑摇头。

殷弘旋即以诙谐、雄辩的论述,把杜伊列举的"京外官员应召来此,在待命中,严禁外出""辛弃疾上交的'诏令入对'牒文,已于昨日午后申时上呈集英殿,辛弃疾现时已处候示时刻""虞丞相处事快捷,执法严厉,'入对'之令随时可能下达"等有关朝制森严的论点,权变为"事在人为""智者能为"的现实急需。杜伊一下子瞠目结舌了。殷弘知杜伊有机智权变之才,激将之:"因这点小事而瞠目结舌,还是昔日普安郡王府的内知客吗?还是当了三年的礼部郎官吗?真给当今圣上丢人啊!"

杜伊一笑,拱手求助:"计将安出?"

殷弘笑语:"来时我家主人有示:'计'在愚我的肃然中,'计'在愚我的叹息中,'计'在愚我的瞠目结舌中。愚我,殷弘在这里俯首领教了!"

杜伊握拳顿足,精神一振,做决断之状:"准辛弃疾戌时正点赴宴赏月听风楼,亥时三刻返回东华驿馆!"

殷弘急语:"愚我,我家主人邀你作陪,有'躬身候驾'之语……"

杜伊笑曰:"请老兄代弟告罪于王公,虞相处事执法,确有雷霆之厉,千万大意不得。我今夜居东华驿馆,愿充当听风楼听差,若有关辛弃疾'入对'的谕旨下达,我当亲自飞马报信于听风楼!"

殷弘拱手向杜伊致意告别。

是日午前辰时三刻,殷弘至南瓦清冷桥勾栏,以"钱塘倜傥公子"的名义,特请杖子头唐安安率麾下精英助兴今晚戌时的"听风楼赏月"。唐安安是听风楼酒宴的常客,欣然应诺。殷弘低语:"今夜我家主人所邀赏月之人,是一位当世俊才,亦与杖子头有文字之缘,其歌曲备选,多些酒香、酒气、酒的深沉和酒的浓烈。"

唐安安会意点头。

是日午前巳时三刻,殷弘至武杖园南街云水楼。云水楼老板钱隐,字隐之,以字行世,时年三十岁。此人有着不凡的身世,其曾祖父钱惟治(字和世)乃吴越国国王钱弘俶(chù)之养子,为奉国军节度使。宋军下江南,钱弘俶纳土归降,钱惟治奉献兵民图籍,宋太宗喜,委以藩任,卒赠太师。钱府以读书传家,泽荫三代而斩,现时的朝廷有谁还能记得一百五十年前在临安纳土归降的吴越王钱弘俶和奉献兵民图籍的钱惟治。

乾道二年(公元1164年),钱隐在大考中因批判主和国策而涉及崇文抑武的祖制落选,遂厌恶政坛,投入了祖宗留下的唯一产业——云水酒楼。其人性豪爽,善交际,疏财仗义,仰慕王琚的为人,借王琚宴请宾朋于云水楼之机,以师友待之,因其风度相近,习性相近,"钱塘倜傥公子"喜而嘉之,遂与年轻的钱隐结为忘年之交。

钱隐经过几年的商场拼杀,一跃而成为临安娱乐界的后起之秀,云水楼成为临安城各色风云人物聚会宴饮的头号选点,也就成了临安城各种讯息的集散地。此刻,钱隐正在二楼雅间接待吏部侍郎一行人物的宴饮,闻得听风楼管家殷弘光临,急忙下楼迎接,行晚辈之礼,并向"钱塘倜傥公子"问好。殷弘喜而嘉之,以今晚戌时"听风楼赏月"一事告知。钱隐请求赐知美酒佳肴名目,殷弘笑语:"一桌酒席,佳肴十样,美酒十坛,面食十种,按听风楼主人

'食不厌精,脍不厌细,琼筵生花,飞觞醉月'的老规矩置办吧!"

钱隐之拱手应诺:"请老伯禀报王公,今晚戌时,隐之当亲至听风楼执壶侍酒!"

殷弘拱手告辞:"有劳隐之了。"

是日午时二刻,殷弘返回听风楼,直奔楼上东端书房。他轻轻推开书房红木板门,看见王琚手捧《兵事九议》,倚椅闭目,神情肃穆而沉重。他知道主人正在沉思之中,打扰不得,便屏着气息,默默地等待着。

此时的王琚,确已陷于极度的焦虑不安中,初时阅览《兵事九议》的喜悦和激动已悄然散去,剩有的只是惶恐和悲凉:时不予幼安,势不予幼安啊!

"时耶!命耶!前日有讯息称,金国通问使完颜襄率领使团十余人已于前日抵达临安,居西湖赤岸班荆驿馆,名为催促'岁币'银两锦绢北上,实为察看临安朝廷的不臣作为。甫至一日一夜,即引起中枢纷争,朝廷再度出现混乱,赵眘再度陷于'优柔寡断'的苦闷中。幼安的'诏令人对'还能举行吗?幼安这《兵事九议》还有机会上呈赵眘吗?这篇《兵事九议》确是《美芹十论》的姊妹篇。《美芹十论》旨在强国,《兵事九议》旨在强军。大宋偏安江南四十年来,有过如此全面切实'中兴社稷'的文武方略吗?有过如此忠诚于'中兴社稷'的臣子吗?没有!只有一个资兼文武的辛弃疾啊!可在这朝廷如此混乱的情势中,上呈金戈铁马的《兵事九议》,不就是幼安自投罗网吗?这篇《兵事九议》的上呈,能顺利地抵达福宁宫书房的案头吗?若按正常渠道上呈,层层审查,层层加压,谁知道何年何月才能送进福宁宫。再说这篇《兵事九议》,在朝廷主和大臣眼里,是洪水猛兽,是滚雷炸药,是背离'崇文抑武'祖制朝规的十恶不赦,不等上呈福宁宫案头,早就被他们搞臭了。这篇《兵事九议》即使能够冲过层层关卡抵达福宁宫,就一定能得到赵眘的赏识、认可而全面推行吗?前景难料啊,我们的圣上,毕竟是天纵英明的'志在恢复'和天纵英明的'优柔寡断'。这篇《兵事九议》较之《美芹十论》,有着更为强烈的针对性、尖锐性、挑战性。它默默地挑战着'崇文抑武'的祖制朝规,挑战着几十年来朝廷中枢的思维定式,挑战着朝廷一群醉生梦死的臣子们的生存之道,必将在朝廷引起一场比《美芹十论》更为强烈的风波,其后果,对辛弃疾的命运,也许更为惨烈。但能因此而匿藏废弃、不呈不奏吗?否!幼安不能为,'范家才女'不能为,连自己这个懒顾国运日衰的沉沦散人也不敢畏缩踟蹰啊!在若水住室初览《兵事九议》时灵机一闪的应对之策是什么?是倚靠右仆射虞彬甫这棵大树,为幼安遮蔽风雨、借水行舟,取得皇上的认可和赞同。这一切,都寄托在东华驿馆主事杜伊的身上,寄托在杜伊与皇上众所周知的关系上,寄托在杜伊能够上通虞彬甫府邸的'终南捷径'上。但愿此时金国通问使团掀起的朝廷混乱不要给虞彬甫带来麻烦,但愿关乎《兵事九议》和幼安命运的'终南捷径'能够走通。世情莫测,谁能想到辛弃疾的命运,此时竟然落在杜愚我的肩上。"

王琚微微摇头一笑,他知道殷弘就在面前,轻声语出:"道远,辛苦你了,说吧!"

殷弘轻声禀报:"今晚'赏月'一事已安排妥切。东华驿馆主事杜伊向公子问好,并遵照公子旨意,特准辛弃疾在今晚戌时至亥时三刻进听风楼赏月。"

王琚仍闭着眼睛,语出:"杜愚我不来听风楼作陪吗?"

殷弘急忙为朋友杜伊解脱:"杜愚我托老仆向公子请罪,驿馆事急,不能脱身。其一,辛弃疾所持'诏令入对'牒文他已于昨日午后申时上呈集英殿,辛弃疾已处于随时待命境地,他也处于随时等候谕旨下达状态;其二,虞公任相以来,处事快捷,执法甚严,有关辛弃疾'入对'的谕旨随时都可能下达。"

王琚仍闭着眼睛,神情凝重了。

殷弘稍稍提高嗓音,为朋友杜伊说项:"老仆以公子'躬身候驾'四字示之,杜愚我惶惶回答:'杜愚我今夜居东华驿馆,愿充当听风楼听差,若有关辛弃疾'入对'的谕旨下达,愚我当亲自飞马报信于听风楼。'"

　　王琚默默点头,他隐隐感到通往相府的这条"终南捷径"难走了,也许根本就没有时间走了,得另谋应对之策啊! 他沉思良久,语出道:"辛次膺大人近日身体健康状况如何?"

　　殷弘回答:"近半年来没有联系,辛老健康状况不知。"

　　王琚猛地睁开双目,目光灼亮,令出:"立即派人查明!"

　　殷弘应诺欲离去,王琚再做叮嘱:"酉时三刻,你亲自驱车偕若水小姐前往东华驿馆,接辛弃疾进听风楼!"

　　殷弘应诺。

# 十六 听风楼赏月

入夜戌时正点,辛弃疾在殷弘和范若水的陪同下走进"听风楼"。

甫一照面,他立即判断出身着白绸左衽宽袖长袍、银发盘于头顶、举止不凡的长者,就是他心仪已久的"钱塘倜傥公子"王琚。不待范若水提醒,他疾步向前,跪拜于王琚面前,行晚辈谒见大礼。

王琚双手扶起跪拜的辛弃疾,纵声大笑。他久久地打量着眼前的辛弃疾,赞语出口:"英俊、雄武、目光如炬、文若其人、人若其文,《美芹十论》《兵事九议》横空出世,奇之当然,理之当然!'河朔孟尝''宗室公主'得此佳婿,天之所赐;'范家才女'得此伴侣,天作之合;伯玉得此贤侄婿,人生奇遇佳缘啊!"语毕,左携辛弃疾,右携范若水,拥诸位来客入席,举酒碰杯,开始了专为迎接辛弃疾"诏令入对"的"听风楼赏月"。

清冷桥勾栏杖子头唐安安及其麾下的歌伎乐伎们,弹唱起古诗《今日良宴会》:

今日良宴会,欢乐难具陈。

弹筝奋逸响,新声妙入神。

令德唱高言,识曲听其真。

齐心同所愿,含意俱未伸。

人生寄一世,奄忽若飙尘。

何不策高足,先踞要路津。

无为守贫贱,坎坷常苦辛。

歌声中,王琚介绍唐安安与辛弃疾相识。他盛赞唐安安是辛弃疾词作《念奴娇·我来吊古》在临安城的第一位弹唱者,曾产生了"一歌百应"的强烈轰动,是临安歌场第一个传颂着辛弃疾名字的。

辛弃疾心头一亮,豁然明白了,王伯是借瓦肆歌场在为自己的"诏令入对"造形造势啊!他急忙站起,连饮三杯,向唐安安致谢,向正在弹唱的乐伎致意。唐安安亦举杯还礼,连饮三杯,放声明志:"愿听辛大人驱使,愿为辛大人效劳!"

席间人们举酒共饮以贺。

歌声中,王琚介绍云水楼老板钱隐之与辛弃疾相识。辛弃疾急忙拱手为礼,致敬慕之情。钱隐之今夜乍与辛弃疾相晤,事出突兀,如在梦中。近年来,辛弃疾这个名字频频从王琚口中说出,辛弃疾这个汉子遂成为他心中惊异和神往的人物。三年前,辛弃疾上呈的《美芹十论》,在朝廷引起轩然大波,主战主和两派官员争论不休,最终被朝廷无声搁置,辛弃疾却因"越职言事"而"剑悬头顶"。但这个名字在他心中扎根了,一跃而成为智者勇者的代身。今夜相晤,天遂人愿,大喜大乐啊!

他忽地站起,举酒相邀,二人碰杯共饮,连饮三杯,成"高山流水"之交。

席间人们举酒共饮以祝贺,同声唱起《今日良宴会》这首质直中见婉转、浅近中寓深意的赞歌:

今日良宴会,欢乐难具陈。

弹筝奋逸响,新声妙入神。

令德唱高言,识曲听其真。

齐心同所愿,含意俱未伸。

......

　　歌声琴音缭绕于竹丛莲池。王琚感慨语出："人生最难得的'患难与共'之谊，'高山流水'之交，就在这'令德唱高言，识曲听其真''齐心共所愿，含意俱未伸'的婉转深邃中产生了，出现了。惺惺相惜，人生快事，我为勾栏女侠唐安安祝贺！我为钱隐之叫好！我为辛弃疾唱赞啊！辛幼安何人？一位揭竿抗金的齐鲁汉子，一位'决策南向'的山寨将领，一位以五十铁骑夜袭五万金兵大营的英雄，一位弘'中兴社稷'之道的智者，一位弥天大勇的斗士，以其雄才大略赢得了圣上的信任，'诏令入对'来到临安，必将在朝廷引起强烈的轰动，必将在'中兴社稷'的功业上取得理想的成功！举杯畅饮吧，为幼安而鼓而歌！"

　　席间的人们欢呼唱和，唐安安携众艺伎弹唱起时下文人雅士聚会的"酒歌"：

新丰美酒斗十千，咸阳游侠多少年。

相逢意气为君饮，系马高楼垂柳边。

（唐·王维诗）


试借君王玉马鞭，指挥戎虏坐琼筵。

南风一扫胡尘静，西入长安到日边。

（唐·李白诗）


秦王骑虎游八极，剑光照空天自碧。

羲和敲日玻璃声，劫灰飞尽古今平。

（唐·李贺诗）

欲为生平一散愁,洞庭湖上岳阳楼。

可怜万里堪乘兴,枉是蛟龙解覆舟。

（唐·李商隐诗）


宝马雕弓金仆姑,龙骧虎视出皇城。

扬鞭莫怪轻胡虏,曾在渔阳敌万夫。

（唐·欧阳詹诗）


知章骑马似乘船,眼花落井水底眠。

汝阳三斗始朝天,道逢麹车口流涎,恨不移封向酒泉。

左相日兴费万钱,饮如长鲸吸百川,衔杯乐圣称世贤。

宗之潇洒美少年,举觞白眼望青天,皎如玉树临风前。

苏晋长斋绣佛前,醉中往往爱逃禅。

李白一斗诗百篇,长安市上酒家眠。

天子呼来不上船,自称臣是酒中仙。

张旭三杯草圣传,脱帽露顶王公前,挥毫落纸如云烟。

焦遂五斗方卓然,高谈雄辨惊四筵。

（唐·杜甫诗）


歌声悠悠,觥筹交错。

辛弃疾确已被这盛情的歌中之酒、酒中之歌震撼了、惶恐了,他感到盛情难解的不安和沉重。

范若水此时确已在这豪放、雅趣的"酒歌"和美酒"蓝桥风月"强烈芳香中醉迷了。她更醉迷于唐安安及其麾下的姊妹们,用美好的旋律与歌声,为诗人们华美的诗章插上了飞翔的翅膀,拂动着莲池的水波,摇曳着翠竹的枝叶,飞向院外,飞向星空,美化着这银晖清亮的月夜和这圆月辉映下酒香弥漫的“听风楼”。这一切都是王伯精心策划的啊！她用醉迷致谢的目光向她的王伯一瞥，王琚醉意蒙眬地踉跄扶案站起，放声高吟：“游人莫笑白头醉，老醉花间有几人？今夜在这临安城，怕只有一个老而昏庸的‘临安倜傥公子’王琚啊。”

席间的人们全都愣住了，话语卡在嗓里，酒杯停在手里，目光聚在王琚的神态上。

王琚醉语侃侃：“年老的太子宾客贺知章缘何而醉？幸遇明主唐玄宗啊！王侯显贵李琎、李适之缘何而醉？拨乱反正、天下去周还唐啊！文人墨客缘何而醉？大唐中兴、天地翻覆啊！黎庶布衣缘何而醉？开元盛世、扬眉吐气啊！此刻，‘临安倜傥公子’缘何而醉？醉在幼安上呈的中兴大宋的方略，醉在幼安即将上达天听的‘诏令入对’上。酒侍们，快进酒，我要饮，我要醉，我要醉饮三江，我要醉倒昆仑……”

两位“殷勤相向”的酒侍斟酒，王琚狂饮三杯，神情迷离，醉语更显不羁了：“古人有语，‘人能弘道，非道弘人。’至理名言，血泪名言啊！幼安上呈《美芹十论》，弘强国富民之道；幼安即将上呈《兵事九议》弘强兵强军之道。可幼安弘扬的强国强军之‘道’，能实现‘中兴社稷’的理想抱负吗？能保证幼安的人身安全吗？一篇《美芹十论》招致了‘越职言事’剑悬头顶的三年之灾，这篇即将上呈的《兵事九议》，有着大智大勇的创见，其后果又将如何？‘诏令入对’比科举殿试更为光彩辉煌，但在这‘淮阳市井笑韩信，汉朝公卿忌贾生’的今天，谁能保证这光彩辉煌的‘诏令入对’只是一种轰轰烈烈，而不是一种惨惨戚戚？我们无根无荫的幼安，也需要英明、识才、位高权重的大人物保护啊！可今天的萧何在哪？今天的汉文帝在哪？月色茫茫，天地默默啊。”

听风楼哑了声息，人们全都沉默了，连同竹丛中清澈的溪流，莲池边绿的翠竹。

辛弃疾揪心了，王伯睿智的“醉语”印证了自己乍入东华驿馆时朦胧的不祥之感，揭示了“诏令入对”喜悦中的凶险，恍悟到这“听风楼赏月”的深邃含意。心在感激啊!感激王伯的指点,感激王伯这温馨的安排,辛弃疾泪水盈眶了。

范若水心焦了,震撼了。这"听风楼赏月"的琴音歌声昭示着"青山一道同云雨"的乐观,而这睿智的"醉语",却隐喻着一种沉郁无奈的悲凉啊!

唐安安常侍宴于王琚身边,对他的性格思路浅有所知,这睿智的"醉语",展示了辛弃疾带给王琚的喜悦和骄傲,也透露了临安现实对辛弃疾的忌恨和排斥,更展现了王琚对辛弃疾的强烈希望,以韩信、贾谊的"决胜千里""运筹帷幄"鼓励辛弃疾勇往直前。她侠义之情难禁,猛地弹起胸前的琵琶,吟唱起唐代诗人李商隐的诗作《赠刘司户蕡》:

> 江风扬浪动云根,重碇危樯白日昏。
> 已断燕鸿初起势,更惊骚客后归魂。
> 汉廷急诏谁先入,楚路高歌自欲翻。
> 万里相逢欢复泣,凤巢西隔九重门。

切切琴音,郁郁歌声,激荡着席间人们怆然默默的心灵。

人们都熟知这首沉郁凄婉之歌,熟知唐代诗人李商隐和晚唐政治家刘蕡(字去华)的友谊,熟知刘蕡其人博览多智、耿直坦荡、抱负宏伟的性格和坎坷际遇的人生。

人们静听着、沉思着。"江风扬浪动云根,重碇危樯白日昏"的晚唐险恶危局,不就是今日大宋朝廷的写照吗?"已断燕鸿初起势,更惊骚客后归魂"的刘蕡、屈原的命运,不就是今日辛弃疾面临的厄运吗?"汉廷急诏谁先入,楚路高歌自欲翻",人生最大的悲哀啊!难道汉廷贾谊的哀伤丧命和楚人接舆的佯狂避世,就是今天辛弃疾要走的一条路吗?

突然,一声长啸响起,钱隐之放声呼号:"君门九重,宫墙千仞,拒贤拒能啊!杖子头勾栏女侠,请赐我一曲,我要为辛兄唱赞!"

唐安安应诺,急拨琴弦,钱隐之和弦而歌:

　　燕台一去客心惊,笳鼓喧喧汉将营。
　　万里寒光生积雪,三边曙色动危旌。
　　沙场烽火连胡月,海畔云山拥蓟城。
　　年少虽非投笔吏,论功还应请长缨。

　　席间的人们都知道,这首《望蓟城》是唐代诗人祖咏为幽州节度使张守珪征战中勇斩契丹王屈烈及可突干而高吟的一首颂歌。此刻以此诗赠予辛弃疾,使人们立即想起七年前辛弃疾以五十铁骑夜袭五万金兵大营的壮举。情出自然,情出必然啊!

　　钱隐之借诗中东汉定远侯班超"投笔从戎、定西域三十六国"和西汉书生终军向皇帝"请发长缨,缚番王来朝"的伟大业绩,鼓励辛弃疾迎难而上、烟凌封侯。豪气干云啊!席间的人们神情振作了、活跃了,酒醉酩酊的王琚闭目举杯更频了。

　　此时的辛弃疾,更是心潮澎湃,情难自禁,他遂请求唐安安赐以曲牌《玉楼春》,放声歌吟:

　　人间反复成云雨,凫雁江湖来又去。十千一斗饮中仙,一百八盘天上路。　　旧时"枫落吴江"句,今日锦囊无着处。看封关外水云侯,剩按山中诗酒部。

　　"反复云雨""凫雁江湖",祸福难料!"十千一斗""一百八盘",道路艰险,总得咬着饥寒一步一步跋涉啊!"枫落吴江""锦囊无着",不就是《美芹十论》招祸,《兵事九议》难呈的淡定自嘲吗?"关外水云侯""山中诗酒部",这也是何等的洒脱啊……

范若水心酸了。辛郎在咀嚼着前代圣哲的古训、箴言，苦中作乐啊！这首词作中的"反复云雨"得自杜甫的诗句"翻手作云覆为雨，纷纷轻薄何须数"；这首词作中的"十千一斗"来自白居易的诗句"十千一斗犹赊饮，何况官拱不著钱"；这首词作中的"一百八盘天上路"是偷得黄山谷的诗句"一百八盘天上路，去年明日送流人"；这首词中的"枫落吴江"是引自唐代扬州录事参军郑世翼览崔明信诗集未终而"投诸水，引舟去"的典故；词作中的"锦囊"二字得自唐代诗人李商隐传记中"背古锦囊，遇所得，书投囊中，及暮归，足成之"。"今日锦囊无着处"分明是喻《兵事九议》前景的可哀了；这首词作中曹魏时期"关外水云侯"这一虚职的出现和"剩按山中诗酒部"的自嘲，分明是辛郎已做好了"遭贬流放"的准备，侠骨铮铮，无所畏惧了！她拂去心中的哀伤，双手击节，和着她的辛郎放声而歌。

这夫唱妇随的歌吟，增添了人们心中的别样凄楚。王琚猛地睁开眼睛，举酒豪饮，酕醄酩酊之状尽现："我，'钱塘倜傥公子'，懒散成性，荒唐一生，孤陋寡闻，嗜酒如命。唐代诗坛大师如林，我只记得一位流放于新州的诗人郭震；唐代诗作数以万计，我只记得一篇诗作《古剑篇》。'大雅废已久，人伦失其常''天眼何时开，古剑庸一吼'，我仅以唐代诗人郭震的诗作《古剑篇》献给坎坷的辛弃疾，并向今夜光临'听风楼'的诸位圣人、贤人、诗人致敬。勾栏女侠唐安安，请赐我一曲！"

唐安安高声应诺，携麾下艺伎弹奏起高昂而奔放的乐曲。王琚推开殷弘，踉跄出席，手舞足蹈，和弦而歌：

> 君不见，昆吾铁冶飞炎烟，红光紫气俱赫然。
>
> 良工锻炼凡几年，铸得宝剑名龙泉。
>
> 龙泉颜色如霜雪，良工咨嗟叹奇绝。
>
> 琉璃玉匣吐莲花，错镂金环映明月。
>
> 正逢天下无风尘，幸得周防君子身。

精光黯黯青蛇色，文章片片绿龟鳞。

非直结交游侠子，亦曾亲近英雄人。

何言中路遭弃捐，零落飘沦古狱边。

虽复沉埋无所用，犹能夜夜气冲天。

沙哑而带有酒气的歌声和粗犷而踉跄欲跌的舞蹈，一下子把席间人们的心吊挂在嗓子眼。临安早有传闻，"钱塘倜傥公子"年轻时能歌善舞，且使临安勾栏男女艺伎望而生愧。传闻总归是传闻，随着岁月流逝，须发变白，这个"传闻"已成为人们不再相信的妄语。此刻，"传闻"出现了，妄语成真了。人们目瞪口呆，肃然起敬，此老真的成神、成仙、成精了。

在肃然起敬中，人们恍悟了，领会了。这首《古剑篇》是唐代大足元年（公元701年）时任安西大都护之职的郭震（字元振）应女皇武则天"诏令入对"时，化用春秋时期吴国干将和越国欧阳冶炼制龙泉宝剑的传奇写就的，以喻人才之难得；立意鲜明，语言犀利。武则天"览而佳之，令写数十本，遍赐学子李峤、阎朝隐等"。诗中赞赏的宝剑冶炼、宝剑品格、宝剑适时自处，诗中哀叹的宝剑弃捐埋没和诗中高吟的"虽复沉埋无所用，犹能夜夜气冲天"，不都是辛弃疾"决策南下"近十年坎坷命运的写照吗？剑在人中，人在剑中，席间的人们伴着王琚的歌吟舞蹈放声唱和，歌声如龙泉之霜雪寒光，划过夜空，直射牛斗。

此时的辛弃疾、范若水，携手而出，跪拜于王琚膝下，抱住老人的双腿，哽咽大恸。

舞停，歌歇，琴息。席间人们的目光，都聚集在王琚的身上。

恰在此时，一声马啸越墙而入，接着一阵急切沉重的敲门声闯进听风楼。殷弘神情不安地急趋开门迎客，果然是杜伊飞马而至。杜伊进入听风楼，见眼前之状，惊骇了，沉默了。

王琚似乎仍在酒醉之中，出语喃喃："汝何人？是杜愚我啊！何事而来？是奉命捕捉辛弃疾进宫'入对'吗？"

杜伊见王琚醉了，长揖而语："禀告王公，愚我有喜讯告知，今夜戌时一刻，愚我为探知辛弃疾'诏令入对'牒文上呈情状，进入虞相府叩见。"

王琚似乎仍在酒醉之中，醉语急切："虞相……虞相神情……神情如何？"

杜伊回答："虞相面色憔悴，呈疲惫之状；神情焦虑，呈压抑之色。但突闻辛弃疾进入临安，神情一振，憔悴之状尽去，甚喜，连声说'好'，特赐三日假期，供辛弃疾浏览如画临安。"

王琚似仍在酒醉之中，喃喃语出："目昏耳聩，听不清啊，烦愚我再次赐知。"

杜伊提高嗓音，放慢语速重禀。

在杜伊放慢语速重禀中，王琚急速确定了走上这条安全的"终南捷径"的方案：改《兵事九议》篇名为《呈虞公书》，由杜愚我去相府直接上呈；其《呈虞公书》是否上呈皇帝、何时上呈皇帝，由虞彬甫决定。如此幼安的"诏令入对"也许安全有倚了。

杜伊重禀声停，王琚突地高声呼号："重开酒宴，欢度通宵，感谢愚我这默默无闻的豪侠之举啊！幼安，若水，快请热血救助你俩的杜叔入席！"

酒宴重开，欢度通宵。人们用酒令、歌声、笑语、友情，迎接着临安城不可预测的黎明。

## 十七 耄耋老人辛次膺

"听风楼赏月"于翌日黎明前鸡鸣丑时结束,人们都在尽兴尽乐的精疲力竭中返回了各自的窝巢。

殷弘奉命驾送杜伊离开了,听风楼迎来了新的黎明。王琚张臂伸腰,周身一抖,似乎一下子抖落了一夜的沉重和疲劳,呈现出奕奕的飘逸和清爽,笑吟吟地望着辛弃疾夫妇,亲切语出:"否极泰来,又是一个黎明。你俩上楼安歇吧!午后未时,酷暑渐消,该把握时机去凤凰山下拜见'山中宰相'、你家祖公辛次膺大人了!"

午后未时,辛弃疾、范若水依据王琚的指点,改《兵事九议》标题为《呈虞公书》捧交王琚后,便乘车前往辛次膺府邸。

庭院内空无一人,江南中夏午间消暑的习惯,更突现了这山中庭院的宁静。

辛弃疾为眼前的情景吸引,赞叹出声:"好一座简朴典雅的庭院啊!青松、翠竹、虬梅、瓦屋……"

范若水亦为眼前的情景触动幽思,愕然放声:"好一座'富丽堂皇'的'山中宰相'府邸啊!柴门、木篱、白云、清风。辛郎昨夜词作《玉楼春》中的词句'看封关外水云侯,剩按山中诗酒部'的自嘲,竟是眼前这般情景啊……"

辛弃疾苦笑摇头,举手敲响了柴门。

少顷,一排瓦屋中右端的一间房门被推开,一位年约十四岁的少年手捧书卷走出,曼声回应叩门的来客:"草绳系门,可自解之!"忽地停步,似觉急慢失礼,收起书卷,热情放声,"欢迎贵客光临寒舍!"

辛弃疾认出眼前这位少年是三年来不曾相晤的小弟辛祐之,情急而呼:"祐之小弟,我是辛弃疾啊!"

辛祐之闻声大喜,扑至柴门,望着辛弃疾夫妇急呼"大哥大嫂",转身跑到一排瓦屋前,放声急呼:"姑姑,幼安大哥来了,若水嫂子来了!祖公,幼安大哥来了,若水嫂子来了!"

闻讯走出房门的男仆女仆笑声朗朗地拥出,争睹老爷屡屡称赞的侄孙辛弃疾,果然是风度翩翩,气势不凡啊!女仆们笑语盈盈地迎上,争睹着辛大姑屡屡夸奖的侄媳范若水,果然是端庄秀丽,美若天仙啊!一向清冷的辛府一下子热闹了起来。

就在这笑声朗朗的欢乐中,辛大姑搀扶着辛次膺走出来。他高大的身躯微弯了,浓密的发须稀疏雪白了,迈动的脚步蹒跚碎颠了,苍白的面容消瘦了。但浓眉下的一双眼睛依然是炯炯有神,袒露着饱经沧桑的坦荡和精明。八年前(公元1162年)辛弃疾在建康城虞公彬甫的宴会上曾与再度出山、时任给事中的祖公有过一晤,那种老而弥坚、凛凛生风的形容笑貌仍存心头。八年的风雨消磨人啊,此时陡生岁月苍凉之感。范若水是首次拜见这位为官清正、刚耿敢言的祖公,崇敬之情,洋溢五内。

走下廊檐台阶的辛次膺,在男仆女仆躬身迎接的恭敬宁静中,举止四望,高声呼唤着辛弃疾、范若水的名字。辛弃疾、范若水趋身急前,高呼"祖公",行跪拜大礼。机灵的辛祐之,适时移来竹椅。辛次膺落座,喜气洋洋,放声高呼:"喜从天降啊!在这风烛耄耋之年,能与幼安、若水一晤,天赐之喜啊!"

辛弃疾、范若水同声为老人祝福:"孙儿、孙媳,恭祝祖公健康长寿!"

辛次膺手抚辛弃疾语出:"八年不见,神采显矣!《美芹十论》带来的一切,当荣耀人生。'柔亦不茹,刚亦不吐,不侮矜寡,不畏强御',辛家遗风有继了,我高兴啊!"

辛弃疾叩头应答:"祖公训诲,孙儿弃疾当铭记终生!"

辛次膺手抚范若水亲切询问:"'宗室公主'可好?'河朔孟尝'可好?"

范若水叩头回答:"家父家母托祖公之福,粗安如意,特向祖公请安。"

辛次膺笑了,高声吟诵:"百闻不如一见啊!'西上莲花山,迢迢见明星。素手把芙蓉,虚步蹑太清。霓裳曳广带,飘拂升天行。'这是唐代诗人李白赞颂西岳华山仙女的诗句吧,今晤孙媳若水,亦有李白登临西岳华山之感。"

范若水叩头伏地向祖公致谢。

辛弃疾拱手向辛大姑致谢:"谢大姑飞笺教诲,一句神奇的'诞语',救侄儿于惶恐无倚的迷惘中。"

辛大姑摇头语出:"此古之巫书,山珍海馐《山海经》之奇效。远古北狄国、寿麻国之兴衰存亡,乃祖公之化腐为奇啊。"

辛次膺望着女儿辛大姑一笑,令出:"聚会书房!全家上下人等同为幼安的'诏令入对'祝贺!"

辛大姑应诺,男仆女仆齐声欢呼。


辛家祖孙三代欢聚于一片翠竹中的书房里,围绕着一张方桌坐定。

家常叙话之后,辛弃疾揣摩着该是俯首请教的时候了,便从怀中取出妻子范若水工整誊抄的《兵事九议》呈上:"禀祖公,三年前孙儿呈《美芹十论》于朝廷,遭受非议,招'越职言事'之祸。三年来,孙儿自省于两淮,思忖于吴楚,终不知错在何处。唯一所得者,乃《美芹十论》中的军情军事论述不足,憾疚于心,不能自拔。突得'诏令入对'恩典,披肝图报,遂以三年来自省自疚之所得,成兵事论文九篇,取名《兵事九议》,欲借'诏令入对'之机上呈朝廷。然孙儿华盖覆顶,命途多舛,身负罪疚,心神惶恐,特请祖公审查指教。"

辛次膺接过文稿,视其标题《兵事九议》,默然不语。

范若水神情专注了……

辛大姑闻《兵事九议》四字心惊:军旅之事,皇家专之,有雷池之禁,好个幼安,竟然要闯雷池了! 她凝目注视着耄耋之年的父亲……

辛次膺望着凝神期待的辛弃疾,微笑语出:"《兵事九议》四字耀眼惊心,何所图耶?"

辛弃疾铿锵回答:"图'正立无景'者景如山岳,图'疾呼无响'者响若雷霆,图'以乞和为宗'者知耻而勇、仗剑而起! "

辛大姑闻辛弃疾铿锵之语,心神飕然而恍悟。父亲三年前由《山海经》托出的奇语妙论,幼安闻而有感、闻而有为、闻而《兵事九议》出。而三年前屈尊驾临这个书房、声称'请益'的'天纵英明'者,却已把这样的'谏奏'抛向九霄云外了。她愤然语出:"蹉跎岁月,已过三年,'正立无景'者依然无景,'疾呼无响'者依然无响。天之大哀,人之大哀啊! "

辛次膺闻辛弃疾铿锵之语,心神欣然——知我者幼安,践我谏言者亦幼安啊! 但愿这篇《兵事九议》如风暴雷电,能冲刷掉圣上双目中的翳障,重振圣上心底的雄风。他豪情放声:"古人有训,'唯克果断,乃罔后艰。'只有坚毅勇敢,才能征服以后的艰难险阻啊! "语毕,推《兵事九议》至辛大姑面前,"读! 读给我听! "

辛大姑翻开《兵事九议》一览,但见文字、结构方正端庄、严谨典雅;风格流美多姿、圆润秀丽,这分明是出于范若水的笔下。这篇《兵事九议》,当为幼安、若水的珠联璧合,若由若水读出,必能尽现文稿中的气势神韵,必能展现若水的聪颖慧敏,必能博得老父识才爱才的赞赏。她兴致激越而语:"好一篇工整秀美的文字,好一篇典雅洒脱的书法。'会桃李之芳园,序天伦之乐事。'天伦之乐,祖孙为最。父亲,今日合家团聚,该由典雅灵慧的孙媳若水孝饴祖公啊! "

辛次膺恍然,笑语:"好好! 我昏庸了。孙媳若水,今天你就是祖公的耳目,侍奉祖公审查孙儿幼安上呈朝廷的《兵事九议》吧! "

辛祐之高声叫好。

辛大姑笑着把《兵事九议》推至范若水面前,范若水含笑向辛大姑致谢,翻开《兵事九议》,放声读起。

范若水的朗读声,果如辛大姑之所料,字正腔圆,脆若滚珠、畅若琴音。一个时辰的光阴一闪而过,竟至申时二刻。她一鼓作气地完成了朗读,恭敬地把《兵事九议》文本推至祖公辛次膺面前,恭候大姑、祖公指教。

辛大姑率先开口:"昔日曾览春秋齐人田穰苴的《司马穰苴兵法》,孙武的《孙子兵法》,战国卫人吴起的《吴子兵法》,心虽仰之,情虽敬之,但终觉与自己很远,一览而过,懒于究理。今闻《兵事九议》,篇篇入心,字字惊魂,心神悚然,起哀鸿之思,有切肤之痛,腾切齿腐心之恨,恨几十年来朝廷执权者自毁长城的误国害民!"

辛次膺手拍《兵事九议》而放声:"笔势浩荡,智略辐辏,论事有据,析理精微,高介有节,凌峻奇卓,又是一部为国为民泣血呼号之作。撼我心神,壮我心神啊!"

辛弃疾神情更现专注……

辛次膺娓娓谈起:"历代兵家都是善于思索的智者。他们都能从错综复杂的时局中,清醒地把握敌我斗争的态势,都能从敌我综合力量的对比中制定最佳的战略布局,都能抓住关键,奇正相生,仁诡相济,以谋求战略的转机,并能以深思熟虑的所得,凝结为极为精练的语言文字,揭示战争的变化、规律,以驾驭战争,是为'兵法'。幼安在这部《兵事九议》中的'识才选将'之论、'战略布局'之论、'战役决胜'之论、'兵事诡诈'之论、'兵事间谍'之论、'战场用兵'之论、'兵事阴密'之论、'迁都造势'之论、'张扬军威'之论中,闪烁着兵事权谋、兵事策略、兵事技巧等鞭辟入里的智慧光芒。就朝廷现实需要而言,《兵事九议》足以与《孙子兵法》《孙膑兵法》《吴子兵法》《尉缭子兵法》并列了。"

辛弃疾神情惶恐了……

范若水神情惊悚了……

辛大姑神情激扬了……

辛次膺继续侃侃而谈："历代兵家的成功,不唯在天,也在人啊!时势造兵家,但兵家要实现自己的才智理想,就得倚仗帝王的信任。春秋时齐国人孙武,以《兵法》十三篇求见于吴王阖闾,得阖闾赏识,任其为将,孙武率军西破强楚,五战五胜,攻入楚都,北威齐、晋,使吴王阖闾称霸于天下,亦使《孙子兵法》名于世。战国时,齐国人孙膑,习业于鬼谷子门下,为兵家奇才,其同窗好友庞涓任魏国统兵之将,忌孙膑之才阴招于魏,假他事处以膑刑。齐国使者识其才,秘藏归齐,孙膑以兵法呈于齐威王,得齐威王信任,拜为军师。孙膑率军大败魏军于桂陵、马陵,擒魏将庞涓,威震诸侯,亦使《孙膑兵法》名于世。战国时卫国人吴起,善用兵,入魏国为将,得魏文侯信任,委以兵权,屡建战功,任西河使以拒秦、韩。魏文侯死,吴起遭朝廷大臣迫害,逃奔楚,以《兵法》四十八篇呈于楚悼王,得楚悼王重用,任为相。吴起率军南平百越,北并陈、蔡,西伐强秦,威却三晋,使楚雄踞天下,亦使《吴子兵法》名于世。战国时魏国人缭曾对魏惠王讲用兵取胜之道,主张'分本末、别宾主、明赏罚',魏惠王听而哈欠,目视卑之,挥手逐之。缭怒奔投秦,以《兵法》三十一篇呈秦王政,得秦王政信任,任为国尉。缭以诡诈行间,用银两收买六国权臣,佐秦王政统一了六国,其功大焉,《尉缭子兵法》亦名于世。现时临安,有吴王阖闾、齐威王、楚悼王、秦王政那样的明君吗?我们的幼安,有孙武、孙膑、吴起、尉缭子那样的幸运吗?"

辛次膺语停而闭目,神情中露出一层薄薄的怆楚。

辛弃疾一股凉意漫心,他憋着一口愤懑之气,紧紧咬住了牙关。

范若水骤然感到心跳似乎要停止了。

辛大姑一直生活在父亲身边,她懂得父亲此时关于"兵家成功"与"兵法行世"论述的深刻含意和苍凉心结:三年前赵睿屈驾来访,父亲曾以《美芹十论》的基本精神,转借为老臣之思奏知,得皇帝"山中宰相"之誉。三年过去了,朝廷因循如故,既无"雨点",又无"雷声",蹉跎岁月啊!这次张罗的"诏令入对",只怕又是一次心血来潮的闹剧。她此刻不仅为幼安的《兵事九议》的前景担忧,更为父亲耗尽心血的健康担心了。

辛次膺仍在闭目,庄重放声,似在自语:"也许只有虞允文能识才识人,能赏识这部《兵事九议》对于北伐大业的特殊价值,为幼安的建功立业打开九天难登之门!可他毕竟只是一位宰辅,一位来自蜀地隆州一个偏僻县镇的宰辅啊!"

书房里寂静极了,人们都把心思和目光投向闭目沉思的耄耋老人——为国为民为子孙操心劳神的辛次膺。

辛次膺长长吁了一口气,猛地睁开眼睛,豪气凛人,放声诵颂:

操吴戈兮被犀甲,车错毂兮短兵接。

旌蔽日兮敌若云,矢交坠兮士争先。

出不入兮往不反,平原忽兮路超远。

带长剑兮挟秦弓,首身离兮心不惩。

诚既勇兮又以武,终刚强兮不可凌。

身既死兮神以灵,子魂魄兮为鬼雄。

忠烈之家,心灵相通。辛次膺所诵的这振奋人心的诗句,是楚国三闾大夫屈原心血吟就的《楚辞·九歌》中的《国殇》,是慷慨激昂的战歌,是忠魂勇士之歌,是精神永存之歌。辛弃疾忽地站起,拱手放声,情若明誓:"感谢祖公教诲,孙儿弃疾当铭记终生。"

范若水、辛大姑、辛祐之同时庄穆站起。此时,书房门被推开,厨房女仆进入,见状悚然语滞。

辛次膺捋须,欣然语出:"幼安,若水,祖公唠唠叨叨,让你们挨饿了。女管家,该给我们饭食了!"

辛大姑急声应诺,高声吩咐厨房女仆:"进酒进肴!"

在人们的欢笑声中,书房门外捧盘捧盒的四位女仆,将辛府的"传统大餐"送进了书房。

所谓的辛府"传统大餐",是与辛府平日简朴清淡的生活相对而言。辛府平日的饮食,只是四菜一汤,馒头米饭。辛府的"传统大餐"则是八盘八碗,美酒助兴。肴为齐鲁菜肴,酒为自酿米酒,而且只能在大年春节、九九重阳和流落江南的齐鲁亲朋来访时治席推出,全府人丁共享,分明含有"思乡怀故"之意。按以往宴宾之例,宴宾之席,设于书房;家丁自享之席,设于餐厅。

书房桌案上摆好了一桌酒宴。佳肴八碗是凉拌山菜白菇、肉丝拉皮、锅塌豆腐、家常熬鱼、金针肉、鸡里爆、香酥炸肉、肉糜蛋羹;面食是荞麦面煎饼、煎饼蔬菜卷、煎饼盒子、黑豆小饼、栗面包子、香炸栗面饼、绿豆饼及辣酱、大葱、香菜、豆芽各一盘。美酒是自酿米酒,名曰"东岳流香"。

酒坛四方红纸上工整书写的"东岳流香"四个大字,针刺电击般地触动了辛弃疾"思乡怀古"的激情,他望着餐桌上的"家常菜",想到了他的出生地历城四风闸,他的屋舍、他的孤独的幼年、他的山寨生涯,一种悚然滚烫感觉传遍全身,他鼻酸心跳、泪水盈眶。

范若水生于河朔,长于河朔,河朔与齐鲁比邻,习俗相近,面对眼前餐桌上的美酒佳肴,心生凄楚,神魂恍然而悟。失乡之痛,思乡之苦,涌上心头,一串泪珠,顺颊滚落。

辛次膺察觉到辛弃疾夫妇的怆然沉重,振作精神,捋须而语:"齐鲁辛家三代子孙今日相聚,难得啊!故乡饭食,简朴自然,是齐鲁儿女的生命之源、成长之源,忘不得啊!快举起酒杯,痛饮而欢!"语毕,举起酒杯,扶案而起。

豪气惊人的耄耋老人啊!辛弃疾等人举杯站起,与老人碰杯而欢。

辛次膺放下酒杯,倚椅而亲切语出:"幼安、若水,端起酒杯,拿起筷子,尽兴痛饮,吃好吃饱。祖公陪着你俩,看着你俩,心里舒坦啊!"

深沉的大爱啊,导之使达。辛弃疾心中的郁闷消散了许多,恢复故乡故土的意志沸腾了。他举起酒杯,向祖公敬酒,向大姑致谢,连饮三杯,展现了齐鲁汉子特有的豪气。辛大姑举酒应之。辛次膺点头称赞,浅呷几口语出:"古人有语,'忘战必危'。幼安主战、筹战、谋战,以战去战,当无愧于今人,亦无愧于后人。你要牢记,这一切都是弘扬本朝太祖、太宗以金戈铁马统一天下的雄武灵魂啊!"

辛弃疾心头骤然一亮,祖公在授我出征战旗啊!他胸中的疑窦忽地开窍了。

"历史无言,历史有情,历史可鉴啊!西汉史家司马迁在他的文章《报任少卿书》中写道:'文王拘而演《周易》;仲尼厄而作《春秋》;屈原放逐,乃赋《离骚》;左丘失明,厥有《国语》;孙子膑脚,兵法修列;不韦迁蜀,世传《吕览》;韩非囚秦,《说难》《孤愤》;《诗》三百篇,大底贤王贤圣发愤之所为作也。'"辛次膺嘱咐女儿,"我家幼安的这篇《兵事九议》,乃出于'剑悬头顶'之作,当与历代兵家之作并列于书橱中以待传世。汝当珍而藏之、研而习之、评而论之!"

辛大姑恭然受命拜谢曰:"遵父亲教诲。"接过《兵事九议》放进书橱历代兵家著作栏内,转过身来,捧起酒杯,向辛弃疾、范若水祝贺。书房里的酒宴,再一次掀起高潮。

在这全家举杯痛饮的高潮中,十五岁的辛祐之也举起酒杯为祖公敬酒。辛次膺兴致极佳,制止了女儿对辛祐之的训教,接过唇边的酒杯,一饮而尽;拉起辛祐之的左手抚摸着,拍打着,感慨道:"祐之啊祐之,你是祖公的快乐,你是祖公的希望,你是祖公的挂牵,你是辛家血脉的继续啊!"

亲昵深情,沉重的爱抚啊,席间的辛弃疾、范若水、辛大姑都屏声静气了。辛次膺仍在含饴弄孙沉重的感慨中,声音愈显庄重:"祐之啊,你要长大成人了,要想继承祖志、发扬门风、立足世间、扶危济贫,就得扎扎实实地学习。向谁学?向你幼安哥学!学你哥的做人、处世、博识、壮志,忠信耿直,信仰坚定,心通黎庶,舍生取义……"

辛弃疾望着祖公一语一拍的教诲,百感噎喉……

辛大姑望着父亲这从未有过的一语一拍的教诲，突然感到一种不可言状的不安，她泪水盈眶，惊骇失声："父亲……"

辛次膺声停手停，望着女儿泪水盈眶的形容，欣然一笑，呈现出一种明月清风、无戚无悲的坦然。

父女心通啊！辛大姑凄然一笑，语出："父亲，祐儿的手背已被父亲拍打得红肿了……"

辛次膺恍悟，抚摸着辛祐之确已红肿的手背笑语："手心手背都是肉啊！祐之，疼吗？"

辛祐之高声回答："禀祖公，不疼不悟，祖公教诲，孙儿牢记在心，永世不忘！"

辛次膺扶案站起，挽辛祐之而放声："孺子可教！幼安，我把祐之交给你了，兄长为师，责无旁贷，就让祐之跟随你剑击风云吧！祐之，快捧起酒杯，向你哥行拜师之礼！"

辛弃疾陡地感觉到一种异样的不安和沉重，他站起离席，猛地跪倒在辛次膺的面前，叩头放声："孙儿弃疾遵祖公教诲！"

辛祐之捧酒向辛弃疾走去……


黄昏戌时，夕阳余晖漫照山坡，晚风习习，离情依依，辛弃疾、范若水在向辛次膺、辛大姑、辛祐之告别。辛次膺在女儿孙子左右搀扶下，默默点头，用手拍抚着辛弃疾的双肩，用手轻拢着范若水被晚风吹乱的发丝，挥手送别。辛弃疾哽咽滞喉，挽着眼含泪水的范若水转身快步离开，他俩走下山坡，登上"听风楼"华丽的马车，在马车的行进中，同时回头张望：夕阳余晖中，白发飘拂的耄耋老人，在女儿孙子的搀扶下，仍在挥手为自己送行……

## 十八　垂拱殿风云

五月十八日傍晚，辛弃疾带着王琚和辛次膺的关怀教诲离开听风楼和范若水，匆匆返回东华驿馆，向驿馆主事杜伊报到后，仍住进三日前居住的那间里。

当天入夜时分，杜伊驾临小屋探视，低声告知"《呈虞公书》已亲呈虞公"，更加强烈了辛弃疾对"诏令入对"的期盼。三天来，他严守驿馆规纪，集中全力进行着"诏令入对"的准备。唯一使他分心骛的，是惦念着他的若水。还好，这三天来，妻子总是在黄昏时分来到东华驿馆，按照驿馆规纪，做短暂的会晤，以慰他的焦思。

五月二十一日傍晚，杜伊又驾临小屋探视，但视而无语，神情似乎变得特别沉重，长长地吁叹了一声摇头离去，在辛弃疾心头留下了一片沉闷的阴影。在这片阴影闷压心神的不祥预感中，范若水急匆匆地来到驿馆相晤，神情沉重地带来了一个惊人的讯息：大前天，金国使者在垂拱殿逼圣上降阶受书，朝廷震动。

辛弃疾急询："朝廷震动情况如何？"

范若水摇头："殷叔不讲，王伯不说，也许他俩都不知实情。也许实情过于严重，他俩不愿讲也不敢说！"

金国使者意欲何为？是恐吓？是敲诈？是离间？是行谋？辛弃疾送走妻子后，彻夜难眠。

五月二十二日黄昏,杜伊准时地驾临辛弃疾居住的小屋探视,神情似乎更为低沉,连一声叹息也没有,只是望了一眼皱眉思索的辛弃疾便悄然离开了。而准时前来会晤的范若水,却把一件更让人焦虑的讯息摆在辛弃疾面前:前日集英殿朝廷纷争爆发,虞公遭到圣上问罪。

朝争缘何而起?是起于中枢重臣应对金国挑衅的分歧吗?是起于谏院御史台的辩论争吵吗?圣意如何?是乞和,是谋战?虞公何罪?怎么又是"问罪"虞公啊?

范若水感知着眼前她的辛郎的焦虑和痛苦,她的神情更显惶恐,话语更显沉重了:"问罪虞公,难道三年前虞公三次出入蜀地的荒唐悲剧又要重演吗?辛郎当知,虞公此时虽任右仆射,他的头顶还有一位左仆射、同中书门下平章事兼枢密使陈俊卿大人。这位陈俊卿大人,原为普安郡王府教授,圣上禅得皇位后,这位陈大人迁中书舍人、迁吏部侍郎、迁左仆射、同中书门下平章事兼枢密使;与虞公同为右仆射的蒋芾大人,据说与陈俊卿大人同为绍兴进士,四年前(乾道二年,公元 1166 年)曾上呈《筹边志》,主张'精兵省费'而赢得圣上信任,由权参知政事而迁右仆射。这场朝廷纷争,若真是起于中枢重臣应对金国挑衅的政见分歧,虞公的命运堪忧啊。"

范若水的声声语语,更增添了辛弃疾心头的焦虑和无奈。他想也不敢想,若三年前虞公贬去蜀地的悲剧重演,什么"心怀恢复"、什么"志在北伐"、什么"诏令入对",什么《美芹十论》、什么《兵事九议》,统统都归于遗恨千秋了!

为了安抚惶恐哀怨的妻子,他深深吁了一口长气,紧紧抓住妻子的双手,含笑而喟然吁叹:"'天意从来高难问'啊,不能问,也就不必问了,默默地等待吧!人世间的许多事情,都在等待;等待的结果,不是淬火成剑,就是蜡炬……"

不等辛弃疾"成灰"二字出口,范若水举起手掌捂住了她的辛郎的嘴巴。

正如辛弃疾的判断,这次朝政纷争的主因,确是起于金国报问使完颜襄的伪善奸狡,而且巧妙而疾速地搅乱了临安的朝廷中枢。

五月十四日午后酉时,金国使团十五人在报问使完颜襄的请求下,由礼部侍郎郑闻迎接陪同,不事声张地进入临安,住进西湖赤岸的班荆驿馆。

完颜襄时年三十岁,金国宗室子弟。其人沉静好学,城府极深,不似三年前完颜仲的凶蛮粗野、狂妄傲慢,而是文质彬彬、举止有度,使班荆驿馆上下人等惊讶而刮目以待,私下窃窃赞誉。

五月十五日辰时,完颜襄以敬慕为由,请郑闻作导,主动拜访了久闻盛名、不附秦桧、行事果敢的陈俊卿。

陈俊卿,字应求,福建莆田人,时年五十七岁,绍兴进士,先授泉州观察推官,因不附秦桧,贬为睦宗院教授;秦桧死,任普安郡王府教授;普安郡王禅得皇位,以治国三策"用人、赏功、罚罪"呈献,迁中书舍人,乾道元年(公元1165年)迁吏部侍郎,乾道四年(公元1168年)迁左仆射、同中书门下平章事兼枢密使,乃赵昚心腹之臣。

完颜襄的前来拜访,使陈俊卿感到突然,他不了解这位金国报问使的身世底细,更讨厌金国使者的无知、狂傲和蛮横,默忍着郑闻不报而为的昏庸荒唐,遂心存戒备地迎接完颜襄至客厅,以冷脸热茶待之。

然而完颜襄入境问俗、入门问讳、修身洁行、俯首长揖、款款请教、谦谦问学的如礼如仪,都令陈俊卿感到亲切而舒坦。

完颜襄在谈到此行对宋室"迟输岁币"的违约事件时,神态是委婉的,留有情面的;在请求早日叩见宋室皇帝举行"受书礼"时,神态是真诚殷切的友善的。陈俊卿骤生奇异之感,孔孟之道,也在改变着北国的臣子啊!"其争也君子"的教诲,当成为宋金关系中的共识。当投桃报李了,当竭力消除宋金之间的猜疑了,陈俊卿以中枢左仆射的权威坦诚以告:"去岁秋雨连绵,江河泛滥,稻谷歉收;今春旱灾,吴楚夏粮减产;加之湘、鄂、闽、浙暴民滋事,呈天灾人祸之状,致生'迟输岁币'之咎。乞报问大使谅解。"

完颜襄惶恐拱手：“承蒙左仆射大人坦诚赐知，多谢多谢。”

陈俊卿毕竟是左仆射，他要为即将举行的宋金会谈做准备，便试探性地以完颜襄关注的三事告知：“报问使谈及‘受书礼’一事，某将禀报圣上，以期早日举行。报问使谈及‘贡输岁币’一事，当于十日内备齐，押送北上。有关‘迟输岁币’违约之责，大宋将自罚粮米千石，以赎罪愆！”

完颜襄长揖拜谢：“‘其争也君子’，宋室真礼仪之邦，左仆射大人真礼仪之长者。”

完颜襄一副如礼如仪的感激之状，似乎要落泪了。

五月十六日卯时早朝之后，陈俊卿进入福宁殿书房，向赵眘禀报了完颜襄前一日主动登门拜访的特殊事件。他如实禀报了完颜襄的文质彬彬、举止有度以及自己就完颜襄此行问责“迟输岁币”事件做出的三项回答，并得到完颜襄善意回应之事。他的见解是这位崇尚孔孟之道的金国报问使，也许是易于沟通的，也许有益于宋金关系的缓和。

赵眘七年来不懈追求的，是洗雪“隆兴和议”带来的屈辱。他厌恶金国派来的使者，特别是三年前金国使者完颜仲的临安撒野和由此而引起的朝廷纷争和中枢的几次改组，使他确有“心神憔悴”之感，他默默决定今后不再接见那些凶蛮粗野的混账使者，而且两年来金国使者几次抵达临安，他都借故推辞了金国使者的请见，让中枢重臣陈俊卿、蒋芾代而行之。

一个文质彬彬、崇尚孔孟之道、殷切请见的金国使者使赵眘三年来拒见金国使者的心志动摇了。他在把握不定的思索中相信了他左仆射“识人、用人”的智慧，果敢地做出了决定，第二日午朝在垂拱殿接见金国报问使完颜襄。

五月十七日巳时三刻，垂拱殿大门敞开，在禁军武士的唱赞声中，一队金国使者，在陈俊卿、郑闻的引导下，如礼如仪地步入大厅，其中一位身高六尺、年约三十岁、形容雅致、身着紫色长袍、头戴四梁冠者，就是传闻中的金国报问使完颜襄！

在官员们屏静气息的观赏中，金国使者十五人如礼如仪地迅速分别站立在十五块黄色暗缎团垫前，表现出训练有素的恭敬和真诚。大厅里的大宋官员们，都被金国使者这从未有过的如礼如仪的谦恭作风镇住了。

恰在此时，大厅高台左侧御道传来"圣上驾临"的喝道唱赞声。大厅内的群臣跪地叩首欢呼"圣上万岁万万岁"，包括高台下十五位身着异服异冠的金国使者。赵眘在入内押班甘昇和高擎伞扇宫女的拱卫下落座于高大华丽的御椅上，立即呈现出尊贵的威严，并发出高扬亲切的谕旨："众卿平身！"

大厅里的官员在高唱"谢旨隆恩"的朝仪声中站起，十五位金国使者却仍以恭敬礼仪之态跪地不起。

群臣惊讶，赵眘注目……

在这惊异、紧张的微妙时刻，完颜襄挺起腰身，拱手跪奏："金国报问使完颜襄满怀无限敬仰之情，向大宋皇帝请安。敬祝大宋皇帝万寿无疆，万岁万岁万万岁！"

其余十四位使者，亦附赞："敬祝大宋皇帝万寿无疆，万岁万岁万万岁！"

大厅里的群臣意外得神采飞扬，腹议而赞：这个完颜襄，与以往金国使者果然不同，如礼如仪，有儒家之风……

右仆射虞允文皱着眉头沉思着……

右仆射蒋芾微微摇头而愁眉尽展，真想不到啊……

左仆射陈俊卿和礼部侍郎郑闻相顾一笑，长长吁了一口沉重的滞气，心定胆壮了——好个完颜襄，言而有信啊！

赵眘脸上有光，心里舒坦了："欢迎金国使者光临，请诸位使者平身！"

完颜襄闻声站起，挺身一抖，从怀中取出一封书信，高高举起，语出洪亮而坚定："大金国圣明仁孝叔皇帝完颜雍致书与宋室侄皇帝眘，侄皇帝眘降阶受书！"

十四位跪地的金国使者乘完颜襄强硬的气势站起，颇有逼宫之势。

大厅里的群臣惊呆了，"图穷匕见"，圣上被耍了。

郑闻一下子傻眼了,险些跌倒,颤抖的双腿硬撑着沉重的身躯……

赵昚猛地如从高峰跌入谷底,心里寒飕飕地冷,脸上火辣辣地热,头脑一阵嗡嗡轰响之后,一下子清醒了:什么"圣明仁孝叔皇帝完颜雍",什么"侄皇帝昚",躲不过的耳光,去不掉的屈辱!俊卿误朕啊!

蒋芾目睹赵昚神情痛苦之状,凄然地闭上眼睛。

虞允文此时已是义愤填膺,肝胆似乎要炸裂了。奇耻大辱啊!这是比三年前金国使者完颜仲"撒野临安"更为残忍的侮辱。侮辱的是圣上,也是大宋的臣子和大宋的黎庶!作为臣子,该见危效命了!可圣上何以改变三年来拒见金国使者的常例?左仆射陈大人、礼部侍郎郑闻与金国报问使完颜襄会谈情状如何?自己茫然不知啊!在这皇权至上、一言九鼎、圣上权威不容有丝毫触犯的特殊场合,就是板荡诚臣也是回转不得、替代不得的,就是板荡诚臣急生智谋也是不敢贸然而动的。

陈俊卿在一阵昏愧无措之后猛地清醒了,他挺身而前,对着完颜襄怒声吼喊:"我是左仆射陈俊卿,我愿代圣上接受书信。"

完颜襄拒绝了陈俊卿的吼喊:"左仆射陈大人,你忘了先贤孔子'君君、臣臣、父父、子子'的教诲了。"

陈俊卿戛然语塞。

完颜襄款款语出:"陈大人请谅,'其争也君子',是孔孟之道,也是我与陈大人的共识。'隆兴和议'有约,我作为金国使者,已如约'北面跪进'呈献叔皇帝的国书,现在该侄皇帝如约'降阶受书'了。这是臣子无法代替的,也是臣子不可僭越的。这就是'礼',是孔子所言的'礼尚往来'的'礼'。完颜襄不敢违'礼'而行啊!陈大人请鉴,我的随行使者十四人都在'受书礼'约定之外,恭行大礼,跪请'侄皇帝'如约'降阶受书'!"

金国随行使者"唰"的一声面对赵昚跪倒。

陈俊卿无言以对,转过身来,泪水盈眶地望着赵昚凄然高呼"圣上",猛地双膝跪倒,泪水滂沱,痛哭失声。

大厅里的群臣悲愤交加,心乱如麻,欲语无言,欲哭无泪。

就在这无声无泪的大哀中,赵眘忽地站起,大步走下高台,从完颜襄手中接过"国书",却未如约如仪地"循其例""授内侍",而是当场开启,取出笺纸阅览。当笺纸上"'岁币'迟呈何故?是车马舟楫不备吗?叔皇帝当遣十万车马舟楫径趋临安取之"这些恐吓威胁的字句闯入眼帘,他陡觉头脑一眩,屈辱刺目,痛苦烧心,凄然发出一声尖厉的苦笑,猛地撕碎手中的"国书",挥手撒向空中。

群臣"哗"的一声向赵眘跪倒,用无语的忠诚向赵眘致敬……

纸屑在空中飞舞飘落,虞允文目不转睛地注视着神情不安的完颜襄——此人不凡,何所图耶?

完颜襄被赵眘这突兀的一撕一掷惊悚了:传闻中"佢皇帝眘""生性懦弱""优柔寡断",失实啊!更堪忧者,此时宋室臣子对"佢皇帝"无语的跪拜和无语的忠诚,是"哀兵"的忠诚,是"哀兵"的心态,是"哀兵"的斗志。"哀兵"可畏啊!

纸屑飘落在高台,散落在完颜襄的衣袍上、四梁冠上。赵眘的心情平静了许多,他望着跪伏在地的左仆射陈俊卿发出谕旨:"左仆射陈俊卿听旨!"

陈俊卿惊悚抬头,惶恐回答:"臣,臣在。"

赵眘走到陈俊卿面前,弯腰挽扶起他的左仆射,气宇亲切而轩昂,旨出:"五天之内,备齐输金岁币银绢和卿应诺的千石米粮,以解金国皇帝之所急需。届时当于西湖华贵楼设宴,为金国使者送行!"

赵眘如礼如仪发出了逐客令。

陈俊卿高声领旨,群臣放声欢呼,完颜襄垂下了高昂的头颅……

赵眘在垂拱殿短兵相接仓皇反击战中的智勇表现,震撼了群臣,震撼了金国使团,也震撼了他自己。回到福宁殿书房后,他周身瘫软,似乎失去了全部力气,回想起自己手撕金国皇帝完颜雍的"国书",并掷向空中的举动,他心神惊骇了:这是明目张胆地对金国皇帝完颜雍的反抗和挑战,若金国使者以实情告知金国皇帝,并添油加醋以煽动,完颜雍能不恼羞成怒吗?他极有可能借机报复,极有可能发起一场战争。孟浪招灾,咎由自取啊!赵眘只觉得头脑一圈一圈地变大,陷入了无措无奈、无所适从的慌乱痛苦中。

黄昏戌时,陈俊卿来到福宁殿书房。他在识别金国报问使完颜襄上闯了祸,在垂拱殿风云搏击中却得到赵眘的格外开恩和信任,他似往日一样地如礼如仪,但年近六十岁的身躯似乎一下子弯曲了,神情似乎一下子怆楚了。

赵眘望着陈俊卿的形容身影一阵心酸,骤然间消失了对这位股肱耳目之臣的怨恨和不满,急忙站起迎接。陈俊卿凄然地拜跪于书案前,声哀情切地禀奏:"罪臣陈俊卿恭奏圣上,遵圣上谕示,臣与户部尚书王佐议定,并实地查实,临安库存银绢尚丰,输金岁币银二十五万两、绢二十五万匹,三日内即可制纲装车;'迟输岁币'自罚米粮千石,三日内亦可从临安三座粮库调齐组纲装车;所需车辆三百辆、驮马六百匹三日内亦可编组成队。臣与兵部尚书黄中议定,三日内可调集两浙西路'厢军'三百人至临安,专负押点'岁币'之责,同时派出'禁军'百骑,保证'岁币'车辆在我境内的绝对安全。关于在西湖华贵楼设宴为金国使者送行一事,臣已与刘章议定,由郑闻亲自办理。妥否,恭请圣示。"

赵眘从陈俊卿进入书房的第一时刻起,就察觉到这位股肱大臣神情举止的异样,而禀奏事务的沉重、恳切,似乎含有一层意味深沉的苍凉。他遂以高度欣赏的情绪为这位股肱大臣解忧:"两个时辰内,就妥帖落实了这桩大事,卿处事快捷周密,朕感谢了!"

赵眘"感谢"二字出口,陈俊卿再也控制不住心中自罪自疚,泪水涌出,从怀中取出一份奏表,双手呈上。

赵眘急忙接过奏表阅览,惊诧出声:"辞呈!陈卿,朕,朕不曾怪罪你啊!"

陈俊卿叩头自诉罪咎:"圣上,臣有罪,罪当诛!臣轻信完颜襄的诡诈,向圣上提供不实信息,招致圣上蒙辱于垂拱殿。臣万死莫赎!"

赵眘也动情了:"陈卿,勿再自责自咎了!朕也犯有轻信之咎嘛!朕不批准你辞职,朕信任你,朕需要你佐助啊!"

赵眘站起,走到陈俊卿身边,搀扶而起,把"辞呈"放在陈俊卿手里。他突地发觉陈俊卿双手发凉,且在颤抖。他心疼心急了,高声唤来甘昇,郑重吩咐立即亲自驱车送陈老回府安歇。

赵眘心神混乱了,焦虑了,六神无主了,他茫然无措地徘徊于书房。

入夜戌时三刻,右仆射蒋芾进入福宁殿。蒋芾,字子礼,时年四十岁,常州宜兴人,绍兴进士,亦江南才子,著有《逸史》行世;赵眘禅得皇位后,曾任起居郎、权中书舍人,并上呈《筹边志》,主张"精兵省费",为赵眘赏识,迁任签书枢密院事;乾道二年除权参知政事、同知国用事;乾道四年拜右仆射、同中书门下平章事兼枢密使。他为人谦和清廉,任事勤恳,善于思索,亦赵眘股肱耳目之臣。他此时急急进殿要禀报的朝廷动态,正是赵眘徘徊中最为担心的事情,他望着徘徊的赵眘拱手禀报:"圣上,朝政纷争再次出现了……"

赵眘猛地刹住脚步,担心的事情终于来临了!他拖着沉重的脚步走向书案,坐在御椅上,镇定了一下慌乱跳动的心神,说出了一个字:"讲!"

蒋芾走近书案,拱手禀奏:"垂拱殿午朝后,群臣议论纷纷,在对待金国使者和处理宋金关系问题上,誉会议成功者有之,毁会议失败者有之,赞张扬国威者有之,贬孟浪使气、招祸招灾者有之……"

赵眘听得真切,这"孟浪使气、招祸招灾"八字,是对着自己来的。他心生愤怒,本能地挺起腰身,神情更为专注了。

蒋芾似乎没有注意到赵眘神情的变化,禀奏声更为激愤了:"更为甚者,谏院御史台一些谏官、御史,竟为金国报问使完颜襄的言论举止唱赞。有的认为金国使者能崇尚孔孟之道,是奇迹,难能可贵;有的认为完颜襄依'隆兴和议'条款'捧书升殿,北面立榻前跪进'全部合乎礼制,其言论举止可嘉;有的更是荒唐至极,竟赞誉完颜襄依'隆兴和议'条款坚请皇帝'降阶受书'是依礼而为,且神情肃穆、意志坚定,颇有东汉'强项令'史官董宣之遗风。"

为虎作伥,认贼作父!这些空谈误国的臭嘴乌鸦们真该杀头啊!赵眘咬紧牙关,无可奈何地捶击着书案。

蒋芾看得清楚,皇上是真的震怒了!他不敢再把这些言论的扩散情状和那些更为荒唐、更为刺耳的议论说出,是怕逼疯了这位懦弱的皇上,遂委婉地提出了他临时思谋的应对之策:"圣上明察,当务之急,是防止这些言论的扩散,是消除这些言论引起的混乱。谏官御史们虽享有'规谏讽喻''纠察官邪'的特权,但这种诌媚言论是超越他们所持权界限的,当下诏训斥问责;对于六部重臣和九寺五监官员,当以臣道'百官不敢侵职,群臣不敢失礼''报得黄金台上意,提携玉龙为君死'的道义去其昏昏,封其口舌。"

赵眘神情凝重地沉默着,思索着:如今的谏院御史台,奉养着一群信口开河、空谈误国的伪君子,其"规谏讽喻""纠察官邪"的目光,时刻盯着朕啊!朕稍做批驳辩解,这些伪学者、伪君子就哭爹喊娘,似乎受到天大的委屈,哭泣号啕地诉于天下,硬是要做东汉"强项令"董宣式的人物,以求青史留名,千年不朽,真是混账到家了。惹不起啊,也犯不上生那个闲气!他长长嘘了一口气,似乎要"嘘"走这些为虎作伥的伪君子。

蒋芾察觉到皇上在认真地听,认真地想,便压低声音说出自己思谋的第二个应对之策:"圣上,臣观完颜襄的所言所行,实为诈故之人,以孔子言论提高自个儿的身价,以孔孟言论取悦我朝重臣,以孔孟言论行诈取胜。圣上今天在垂拱殿天威展现,撕掷金国'国书',诏示逐客之令,已使诈故之徒完颜襄诈气尽失,铩羽雌伏,使我朝官员大快人心。但完颜襄这种诈故之人,有一个通病,就是贪得无厌,金银珠玉可使其忘掉贵族身世,忘掉礼义廉耻,消弭其诈故报复之心。三年前金国报问使完颜仲的骄横凶蛮和遭受虞公斥责戏弄后的怀恨报复,就是被当时的宰执大臣钱公端礼用奇珍异宝摆平的⋯⋯"

赵眘听明白了,用岁币、土地、尊严向金国皇帝买和平,用奇珍异宝向金国使者买和平。这叫"和平"吗?欺人、欺天、欺祖宗、欺子孙!何时才是尽头啊!他心底突地涌起一股凄楚,看着眼前的股肱耳目之臣蒋芾,有话说不出口啊!

　　蒋苕毕竟是聪明人,他理解皇上的心意和难处,拱手恭然告退。

　　时至夜深亥时,虞允文急匆匆走进福宁殿。他发觉赵眘在闭目沉思,不敢扰,但屏气等待良久,仍不见皇上有所反应,遂拱手轻声禀报:"臣虞允文恭请圣安!"

　　赵眘仍闭着眼睛,微微点头,算作回应。

　　虞允文稍稍提高声调:"圣上明察,臣此时是从班荆驿馆转来……"

　　他"班荆驿馆"四字出口,赵眘猛地睁开眼睛,惶惑的目光直逼虞允文。

　　虞允文迎着皇帝的目光跪倒,拱手放声:"臣向圣上热烈祝贺,圣上今日在垂拱殿展现天威,创我朝四十年来尊严之最,使金国使者胆战心惊。"

　　赵眘扶案而起,神情惊诧而专注地盯着书案前跪地禀奏的虞允文,一时说不出话来。

　　虞允文出语侃侃:"今日垂拱殿午朝后,臣微服前往班荆驿馆观察金国使者的动静,出臣意料的是,驿馆上下人等,不似往日金国使者进驻时的神情紧张、噤若寒蝉,而是喜形于色、笑逐颜开。据专侍金国使者的馆役反映,完颜襄今日午朝返回驿馆后,便一头扎进房间闭门不出了;其随行使者,亦哭丧着脸,乱作一团。"

　　赵眘的神情惊诧而疑惑……

　　虞允文看得清楚,疑惑当解:"臣当时惊诧而茫然,询问驿馆中专侍金国使者的馆役,得知金使随员在惶恐中相聚而窃窃私语:'俺负主子,俺辱主子,俺罪当死……'"

　　赵眘的神情更是疑惑,目光更显沉重急切。

　　虞允文巧语解惑:"这'俺'字作何解呀?是习惯语?是惊叹语?是特殊用语?臣茫然不解。为释解这个'俺'字之谜,臣令驿馆主事王抃招金国随行使者中的年长者询之,询知这个'俺'字乃完颜襄的本名,并询知完颜俺改名完颜襄的缘由。"

　　赵眘的神情立马轻松了,兴趣生焉,目光中流露出几分兴奋。

虞允文朗声道出谜底："这个本名完颜唵的宗室子弟，乃金国开国将领完颜什古之孙，金国参知政事完颜阿鲁带之子，有文武才，十八岁袭万户爵。五年前二十四岁的完颜唵在符离战役中，奉金国将领破移剌窝翰之命，以三千兵马败我御前诸军都统制邵宏渊两万兵马于清流关，金国皇帝完颜雍闻讯大喜，特以完颜襄的名字赐予。"

赵眘神情凝重了，闻符离战役四字心起余悸，喃喃语出："这、这、这、完颜襄这个名字有特殊含意吗？"

虞允文的神情亦肃穆了："四十年前的绍兴十年（公元 1129 年），金国兵马统帅完颜宗弼（金兀术）统兵南侵，以金国海陵王完颜亮之弟完颜襄为先锋，其人有文武才，诡计多端，作战凶猛，破清流、陷建康、掠临安，迫太上皇入海暂避。金国皇帝完颜晟盛赞其功，迁辅政将军，死后封卫王。而今金国皇帝完颜雍更完颜唵之名为完颜襄之义，乃借尸还魂，欲把这个诡诈奸狡的完颜唵造就成另一个破清流、陷建康、掠临安的完颜襄啊！"

赵眘木然，目光一下子畏缩了。

"画虎类犬，金国皇帝完颜雍是枉费心机！今日圣上在垂拱殿对金国'国书'的一撕一掷，使金国皇帝完颜雍的威风扫地、尊严尽失，完颜襄处于无法向其主子交代的窘境；圣上在垂拱殿对金国使者'逐客令'的下达，使完颜襄的阴谋破产，更使他处于有苦难言的绝境。其随行使者窃窃私语的'唵负主子，唵辱主子，唵罪当死'的哀音，也许正是这位满口'孔孟之道'的报问使此时最为闹心、最为失魂落魄的写照。圣上今日在垂拱殿对金国'国书'的一撕一掷，若为金国皇帝完颜雍知晓，这位'唵辱主子'的报问使还能活命吗？还能成为第二个'破清流、陷建康、掠临安'的完颜襄吗？圣上今日在垂拱殿展现的天威，已产生了神奇的效果，现时陷于困境的，不是我们，而是金国使者！"

赵眘一下子挺直了腰身，神情呈现出自信和欢愉……

虞允文看得清楚，该是向皇上禀奏下一步当采取的举措了："圣上明察，为取得这场斗争的最终胜利,臣斗胆进言,立即组建通问使团,随金国使者北上,并再次向金国皇帝提出'求陵寝地及更定受书礼'的要求。"

赵眘的神情复显凝重……

虞允文急忙详做阐述:"'组团北上'乃以攻为守之举,一则可继续保持对完颜襄的压力;再则可以牵制完颜襄北返后可能对我方的诬陷和报复;三则可以表明我方立场。当然,'求陵寝地及更定受书礼'这两项要求,金国皇帝是不会答应的,我们亦不作此幻想。但对外可以展现圣上强烈的心愿,对内可以赢得群臣黎庶'孝亲敬祖'之心。臣也曾斟酌考虑,这次使团的通问使也可用'祈请使'名之,以缓和因这次'垂拱殿事件'可能引起的宋金关系的更为紧张。"

赵眘思索良久,神情为之一振,语出道:"使金祈请使责任重大,何人堪任?"

虞允文回答:"臣考虑朝臣中有二人堪负此任。一为敷文阁学士李焘,一为中书舍人范成大。李焘,天下名士,史学大家,德高望重,博学而精通儒家典籍,金国皇帝完颜雍自誉为孔孟学子,崇儒皇帝;若李焘任使北径,或有益于会谈。范成大,行政干才,诗坛名家,有智辩之才,且春秋鼎盛,现居中书舍人之职,居圣上左右,有着一般臣子无法比拟的优势;若范成大任使北上,必不辱使命。"

赵眘精神抖擞,语出坚定而亲切:"虞卿所言极是。组团选使之事,由卿审慎决定。"

虞允文见皇上兴致极佳,借机将辛弃疾"诏令入对"进入临安,现居东华驿馆一事禀告。赵眘的心神似仍在"遣使北上"的事宜中,漫而应之:"好,好!但愿这个辛弃疾能人如其文,有虎变之美,朕将重用。请卿代朕颁旨,明日辰时正点,召六部、九寺、五监、谏院、御史台主事官员于集英殿,议商组团遣使北上事宜。"

## 十九 集英殿政争

五月十八日午前辰时，皇帝亲自主持的朝廷重臣会议在集英殿议事厅准时举行。由于前一日午朝中金国报问使和赵眘的言论举止太惊人，会后六部、九寺、五监官员中爆起的议论，惊人地水火不容，至今仍堆集在这些臣子的心胸，凝结在各自冰冷的面颊和憋着沉默的气势上。

饱经朝政纷争折磨的赵眘，此时端坐在高台的御椅上，望着眼前的一群跪地昂首沉默的群臣，心情突地乱了。这不就是朝政纷争再起的前兆吗？他转眄向群臣中的谏官、御史扫去，右正言袁孚、御史中丞尹穑冷峻的形容和阴沉的目光使他心厌心烦，竟然忘记了往日议事中回应群臣的"众卿平身"，以严厉坚定的神情口气询问户部尚书王佐关于"贡输岁币"的筹措情况，询问兵部尚书黄中关于"护卫岁币北上"的兵马调集情况，在得到王佐、黄中的满意答复后，立即乘势宣示了"遣使北上""求陵寝地及更定受书礼"的重大决定。

纷争果然爆发了："圣上，衅不可再起，祸不可再招啊！"

放声呼号者并不是谏院、御史台的臭嘴乌鸦，而是吏部尚书陈良祐。赵眘意外地发蒙了，群臣"唰"的一下把目光投向这位皇帝信任的吏部尚书。

陈良祐，婺州金华人，字天与，时年四十六岁，绍兴二十四年进士。赵眘禅得皇位后，起用为左司谏，乾道五年擢为吏部尚书，其人性耿直、有文才，有"愿为良臣，不为忠臣"的自况。

"圣上，遣使乃启衅之端，万一敌骑南侵，供输未有息期。将帅庸鄙，缺乏远谋，孰可使者，臣未敢保其万全。且今之求地，欲得河南，昔岁尝归版图，不旋踵而失之。若其不许，徒费往来，若其许我，必邀重币。陛下度可以虚声下之乎？况只求陵寝，地在其中，昔亦议此，观其答书，近于儿戏；若必遣使，则请钦宗梓宫，羞为有词……"

言果若其人啊！陈良祐这"愿为良臣，不为忠臣"的声音，震撼了集英殿议事厅，字字句句都是直对赵昚的宣示而发。

赵昚脸色变白；陈俊卿神情惶然；虞允文闭目沉思；蒋芾神色慌乱；袁孚喜形于色；尹穑侧耳静听。

人群中忽有一位老者挥臂站起，戟指陈良祐怒吼："住口！身为吏部尚书，妄兴议论，出此不忠不孝之言，理当严惩！"

群臣的目光，"唰"的一下投向年老的兵部尚书黄中，袁孚、尹穑都睁大眼睛。赵昚精神一振，望着这位气宇轩昂的老臣，心底生热了。

黄中，福建邵武人，字通老，时年六十五岁；绍兴五年（公元 1135 年）进士，历任普安、恩平府教授，每晋见赵构辄言边事，陈述方略，赵构赞善，但不用其谋，仅授给事中之职。赵昚禅得皇位后，擢兵部尚书兼侍读之职。

黄中移步阶下，从容拱手进言："遣使北上乃英明之举，折冲樽俎不也是战场、不也是战斗吗？圣上昨日垂拱殿的展现天威，不就取得了我朝四十多年来最光彩的尊严和最伟大的胜利！至于'求陵寝地及更定受书礼'坚定不移的要求，更是忠孝之举、大得人心之举。今钦庙梓宫未返，朝廷置之不问，何以面对列祖列宗、黎庶百姓；且敌人正以此而窥视我之虚实志向啊！"

不待黄中语尽，跪伏的群臣响起一声不阴不阳的哀叹声："又是一个老而不聪的张浚，又是一席为符离兵败招魂的误国之论。"

群臣愕然，左右盼顾而寻找，原来是袁孚正在挺着瘦小精干的身躯站起。赵昚望着袁孚一股凉意透入脊梁。

袁孚，婺州金华人，字信之，时年三十二岁，绍兴二十八年（公元 1158

年)进士,除秘书省正字(掌订正典籍讹误)。其人任事认真,性格怪僻,善为惊人之语、惊人之举,得时任左仆射汤思退的赏识,擢任右正言之职。

袁孚移步于阶下,面对赵昚跪地叩头三响,然后站起,开始了他的"规谏讽喻":"昨日垂拱殿的一撕一掷,已经轰毁'隆兴和议',种下了战争的祸根。什么'遣使北上',不就是送羊入虎口、白白断送臣子的性命吗?汉代苏武出使北国,牧羊于北海十九年的苦难不必说了,我朝建炎三年(公元1128年)人称'洪佛子'的洪皓出使金国,被流放于冷山十五年之久,其遭受金人的凌辱迫害足以使人心惊胆寒啊!什么'求陵寝地及更定受国书礼',协约已定,白纸黑字,能随意变更吗?五年前时任参知政事的虞允文大人曾以此事蛊惑圣上遣使北上,得到金国皇帝的'书答'是轻蔑,是戏弄,是威胁。今日闹剧重演,难道就不怕金国皇帝真的以二十万兵马'护送'陵寝进入江南吗?圣上英明天纵,是断不会以此损招招灾招祸的,必定是奸佞之臣妄奏唆使。这种着意恶化宋金关系的臣子,不论是左右仆射、六部尚书,都当痛斥严惩。圣上英明,五年前的参知政事虞允文大人,不就是因为自作权威,恐吓金国使者完颜仲而被圣上撵出朝廷,贬往蜀地吗?"

阴损尖刻的"规谏讽喻"啊!群臣都惊骇屏气了。这是对赵昚前一日在垂拱殿言论举止最露骨的"讽喻",也是对虞允文最凶狠的攻击,更是对皇权尊严最放肆的蔑视和伤害。连陈俊卿和蒋芾也觉得其人太猖狂、太失臣礼了。他俩都想奋起反驳,但一时想不起、说不出理直气壮之言辞,在窘迫无奈中,向身边的虞允文一瞥。虞允文似乎不为袁孚的恶言邪语所动,仍在从容安静地听闻着。他俩仰望着高台上的赵昚,皇帝的眉间堆起一股郁结的愤怒。他俩惶恐沉重的心,一下子提吊在嗓闸,紧张得喘不过气来。

袁孚阴损尖刻的"规谏讽喻"声刚一停歇,御史中丞尹穑乘势而上,行使了御史"纠察官邪、肃正纲纪"的职能:"坦荡正直的规谏讽喻!袁公信之,不负右正言之职。朝廷之大幸啊!"

气势夺人,声势夺人,群臣都仰目而视,连赵昚似乎也惊悚于尹穑这强力逼人的气势和声势,神情有些紧张了。

尹穑,兖州(山东)人,字少稷,时年七十岁。建炎二年(公元 1128 年)追随太上皇南渡,与太上皇共过患难,挨过辛苦,得太上皇信任,擢枢密院编修官,并赐进士出身。赵眘禅得皇位后,历任监察御史、右正言、殿中御史等职。其人博学有文,有辩才,生平政见,仰秦桧之所谋,尊汤思退之所为。隆兴元年(公元 1163 年)符离兵败,金兵索地,他力主割地议和,在汤思退的指使下,弹劾元帅张浚"拥兵跋扈",攻击反对割地议和的主战官员三十多人,并劾出朝廷。因其背后有所倚重,群臣厌而恨之,但无可奈何,故其气焰更为嚣张,倚老卖老,成为朝廷主和派的领袖人物。

尹穑在"一鸥入林,百鸟噤声"的沉寂中,竟然挺立阶下,拱手放声:"圣上遣使北上的决定,确实是英明之举。但遣使北上的使命,不应是'求陵寝地及更受书礼',更不应是兵部尚书黄中所叫喊的'折冲樽俎,如上战场',而应是以虚心、诚心的姿态求和、议和、固和。虚心自责'迟输岁币'之过失,诚心自责垂拱殿'一撕一掷'之鲁莽;虚心保证'隆兴和议'的切实执行,以巩固宋金关系的和平。"

这不是拿着赵眘开涮吗?主和、主战臣子全都错愕惊骇沉默了,连高台御椅上的赵眘都皱起了眉头……

倚老卖老的尹穑神情更显放肆:"圣上天纵英明的雅量和天纵英明的从谏如流,使臣五内感激。臣蒙圣上知遇之恩,不能不坦诚禀奏。我朝南渡四十年间,宋金关系基本上保持了和平,使我朝在这临安城站稳了脚跟。赖太上皇夙兴夜寐,劳神焦思,在短短二十年之内创造了天下奇迹,重建了一个繁荣富庶的临安城。这一切,都归功于太上皇天纵英明的治国方略;在宋金关系上的以'礼'致和,以'让'致和,以'岁币'致和……"

尹穑对赵构三十多年来对金国求和乞和方略的释解和歌颂,使群臣瞠目结舌心悸心跳,感觉到一种理不清的苦楚和尴尬,连同高台御椅上的赵眘立即陷入不可言状的哀痛历史的回溯中,集英殿议事厅出现了死寂的宁静。

尹穑神采飞扬,气势更为猖狂了:"历史上的秦、汉、隋、唐,都有'送子为质'、'公主和亲'之举。我朝三十多年来奉行的'岁币和亲'、'仁义和亲'更具有特殊的功效。三十多年来,金兵的多次南侵,不都在我朝的'岁币'面前勒住了马蹄吗?'岁币'是我朝的强项,年年有商人纳税,有农夫纳赋,有织女纳绢,有矿工纳金,而且取之不尽用之不竭,较之我朝的'禁军'、'厢兵'更为有力,而且绝无'将帅拥兵跋扈'之忧。至于'求陵寝地及更受书礼'二事,自然是绝顶重要的,五年前曾遣使北上专议此事,遭金国皇帝的'书答'拒绝。在此'迟输岁币'、'垂拱殿撕掷国书'、'怒发逐客令'的异常险恶之时,再次以'求陵寝地及更受书礼'二事相逼金国皇帝,不仅有破坏'隆兴和议'之嫌,更有自招灾祸、自起战端之咎。难道我们要逼着金国皇帝率领二十万兵马'护送'徽、钦二帝的灵柩进入江南吗?"

倚老卖老的尹穑,仍在喋喋不休地"规谏讽喻"着,已显沙哑的声音似一把钝刀接连不断地刺着赵眘的心胸。他咬着牙关、红涨着面颊、焦躁着目光,急切地盼望高台下跪伏的群臣中能有人愤而站起,仗义执言地教训这位倚老卖老的臭嘴乌鸦。他的目光掠过陈俊卿、蒋芾、王佐等人身上,他们都是怒目衔恨,呈现出敢怒不敢言的恐惧。他把目光落在虞允文的身上,这位资兼文武的倚重之臣,依然低头闭目,不曾有一丝一毫的反应。他失望了、恍悟了,尹穑背之所倚,毕竟是压在自己头顶、享有绝对权威的尊神啊!他一颗充满活力的壮心、雄心和"心存恢复"的刚烈之心,一下子泄气了。他怆然地闭上了眼睛,不再理睬臭嘴乌鸦尹穑的喋喋鼓噪。

此时的虞允文,在尹穑的喋喋不休、胡说八道中,暗自进行了激烈的思绪斗争。在会议之初,他打定主意不说一句话,祈求会议没有纷争地平安结束。会议开始,吏部尚书陈良祐的发言,他不大在意,认为只是陈良祐的一时糊涂;及至右正言袁孚声色俱厉奇言奇语的"规谏讽喻",他蓦地惊觉到来势不凡,但仍归结于斯人怪僻性情和故作高深的做法,不必计较,希望会议能在这小的纷争中结束;但御史中丞尹穑的发言,荒唐傲慢,篡改历史,以谬论为三十多年来可悲可哀的误国国策唱赞，狐假虎威地拿着赵昚的尊严和治国方略开涮，完全丧失了臣子的道德和身份，这是断然不可容忍的，他决定发言反击了。

他当然知道这位狐假虎威的老者并不可怕，但他背后倚重的老虎却是一开口就可以吃人的。顾不了这么多了，若眼前这场纷争失败，则皇上的处境更加困难，皇上"心存恢复"的雄心壮志将再次受挫，就连辛弃疾的"诏令入对"也将取消。该拼死一搏了！

背有所倚的尹穑，以其嘲弄尖刻言辞，直接否定了赵昚的宣示："'求陵寝地及更受书礼'二事，只是一个面子问题，只是感觉上虚无的尊严，我们只能宽容等待。完颜雍不是已经自称为孔孟弟子、儒家皇帝吗？也许有一天他会自觉地偿还圣上'求陵寝地及更受书礼'这两大崇高的愿望的！"

尹穑扬扬自得地结束了他的"演讲"，等来的不是他的同伙的喝彩，而是一阵霹雳般的棒喝："无耻的谎言，无耻的颠倒是非、蛊惑人心……"

集英殿议事厅的气氛，"轰"的一下升温了，骚动了，继而肃穆了。

赵昚猛地睁开眼睛，定神望去，怒吼者虞允文，是右仆射虞彬甫啊！他一时灰颓的心境突地振作了。

虞允文提袍站起，彬彬有礼地向满脸惊愕的尹穑拱手语出："御史中丞尹大人，虞允文敬重大人御史台长官的职位，也敬重御史台'纠察官邪、肃正纲纪、大事廷辩、小事奉弹'的职能。我无权纠察大人的'官邪'，也无权肃正大人的'纲纪'，但我有权为四十年来大宋血泪交织的历史辩护，有权揭露任何人篡改历史的阴谋和欺人欺天的无耻勾当。"

议事厅的气氛一下子紧张起来。赵昚紧张地挺直了腰身，群臣紧张地屏住了气息。尹穑煞白了面孔，透出了一层冷飕飕的杀气。

虞允文迎着尹穑凶煞的目光从容地发起了攻击："尹大人，你刚才放声高喊'我朝南渡四十年间，宋金关系基本上保持着和平'。真是这样吗？全然是一派鬼话！天日昭昭，这四十年来，金国掠得中原广阔的土地，中原百姓沦为奴隶而呻吟,南渡朝廷和江南黎庶因中原沦陷愤怒呼号,这是和平吗?不!对我大宋朝廷和大宋臣民来说,是江山破碎,是奇耻大辱。尹大人,你今日如此猖狂地歪曲历史、歪曲事实,其足之所立,心之所向,是大宋的御史中丞,还是金国的御史中丞?你就不怕大宋的臣民对你的'官邪''纲纪'进行'纠察''肃正'吗?"

议事厅的气氛更为紧张了。赵眘神情悚然,伏地的群臣神情凛然。御史中丞尹穑颤抖着腮帮子正要含恨反击,虞允文以更为犀利的攻势堵住了尹穑的嘴巴:"尹大人,你刚才不是侃侃放声,把我朝南渡之初的二十年间,重铸前朝吴越国临安的辉煌归功于你所谓的'以礼致和''以岁币土地致和''以仁义致和'吗?天日昭昭,你这是别具心机的颠倒历史。不错,我朝在南渡之初,太上皇仅用二十年的时间,重建了被金兵抢掠焚毁的临安城,重铸了前朝吴越国临安昔日的辉煌,其根本力量之所在,是太上皇的英明决策。绍兴二年(公元 1132 年)二月,太上皇返回临安,即以'中兴社稷'激励江南臣民出力出钱;以'收复疆土'召唤中原臣民起而反对金兵统治,并委任韩世忠、岳飞等将帅布防江淮秦蜀,使朝廷所在的江南地区趋于安定,为重铸临安辉煌提供了条件。根本不是你称颂赞扬的秦桧专权弄权的所谓'以礼致和''以岁币土地致和'。建炎四年(公元 1130 年),金兵攻打楚州,早被金兵俘虏的秦桧,自称'杀死监守金兵夺船逃回'。绍兴元年(公元 1131 年)被太上皇任以参知政事,旋即拜相。绍兴二年(公元 1132 年)秦桧因弄权专主和议被弹劾而罢官,直至绍兴八年(公元 1138 年)再起。这就是说,太上皇重铸临安的辉煌,与秦桧和秦桧绍兴八年后所实施的乱七八糟的和议毫无干系。尹大人,你今天明目张胆地把太上皇重铸临安辉煌的功绩挪到奸相佞臣秦桧的头上,就不怕御史们弹劾你的心怀不轨吗?"

议事厅紧张的气氛一下子变得炽热了,虞允文以史为据的雄辩,不仅使尹穑与其背后所倚者处于对立的地位,也把谏官御史们置于尴尬的境地,哪个还敢为讨好尹穑而抹杀太上皇的功绩。赵眘神情昂扬了,虞彬甫为朕出了一口恶气啊！主战群臣心旷神怡了，虞彬甫"以其人之道还治其人之身"，痛快啊！尹穑的神情一下子慌乱紧张了：虞允文，这个蜀地龟儿子出手狠啊！

虞允文专注着尹穑神情的变化，他根本不给尹穑反击的时间，向尹穑发起了更为猛烈的攻击："尹大人，天下百姓不会忘记你四十年来的言谈举止。不错，建炎二年(公元 1128 年)太上皇南渡，你随驾辗转于浙赣，任职于信州玉山，勤于政务，抚民有功，展现了你生平最为光彩的亮点。绍兴七年(公元 1137 年)，金国废伪齐刘豫，遣左副元帅完颜昌南侵；绍兴八年(公元 1138 年)秦桧二次拜相，你从信州玉山进入临安，投入秦桧门下，仰秦桧鼻息，高唱你的'以土地致和''以仁义致和'，为秦桧的'主和'国策呐喊，在秦桧弄权签订丧权辱国、割让土地的'绍兴和议'中，你充当了秦桧主和国策嗓门最高的吹鼓手……"

尹穑挥手，意欲辩解，被虞允文激烈的气势压住："绍兴十年(公元 1140 年)，金国得岁币、土地而毁约，金兵统帅完颜宗弼出兵侵占我陕西、河南疆土，太上皇忍无可忍，下令北伐，岳飞、韩世忠、张俊、吴玠等将帅举兵全面出击。岳飞一路兵马，挺进中原，连克蔡州、郑州、洛阳等地，取得了郾城大捷，发兵朱仙镇，直逼故都汴京，形势一片大好。秦桧暗通金国，弄权挑拨离间，力主议和；你仰秦桧鼻息，旧调重弹，又唱出了'以退兵致和'。于是，以十二道金牌强令岳飞退兵班师，解除韩世忠、刘光世兵权，贬逐张浚，并以'莫须有'之罪名杀害岳飞及其麾下将领，制造了大宋二百年来最黑暗、最残忍的冤案。你尹穑大人，充当了秦桧卖国求荣、陷害忠勇将领的帮凶。"

尹穑情急了，欲以太上皇的决定自辩，高声唱冤："这，这不是我，是……"

尹穑突然语歇，"太上皇决定"五字说不得啊！他声哑了……

虞允文却抓住这个机会开了口："天日昭昭，蛇蝎之心，终难改啊！六年前隆兴元年(公元 1163 年)，金兵渡河南侵，张浚奉旨举兵迎敌，不幸兵败符离。你时为殿中御史，不察兵败之因，不纠兵败之实，而是与时任宰执大臣的汤思退沆瀣一气，再次高唱'以岁币致和''以土地致和'的滥调，依秦桧弄权的阴险残忍,弹劾主帅张浚、主将李显忠,致张浚命丧贬途,李显忠贬居潭州,使朝中二十多位反对割地赔款的官员贬离临安。你与汤思退屈从金国的要求,签订了割让商州、秦州,贡纳岁币的'隆兴和议',竟然背着圣上把'金宋二帝以叔侄相称'和'凡来使至……帝降阶受书'列为'隆兴和议'条款。世间屈辱,莫此为大,莫此为最。这样侮辱性的称谓和条款,难道不应该废除更改吗?今日圣上英明决策遣使北上论争,庙堂之上,你竟敢讽喻戏弄,公然为金国君臣的霸道行径唱赞,你还有身份和臣子的道德吗?"

尹穑又欲张口争辩,虞允文厉声棒喝:"闭上你的嘴巴!你几十年来迷恋高唱的 '以礼致和''以让致和''以岁币致和''以土地致和''以仁义致和',统统是欺人欺天的鬼话。这些虚妄苟活的鬼话和作为,为害之烈,罄竹难书。对侵略成性的金国而言,是资敌,是养虎遗患;对沦落于金兵马蹄下的中原黎庶而言,是哀音,是悲讯、失望,是无耻的背叛,连中原近年来出生的儿女,都不知自己的祖先和血脉在哪里;对江南黎民百姓而言, 是花言巧语的欺骗,是歌舞升平的麻醉,是自卸甲胄、自毁长城。你睁开眼睛看看,昔日太祖太宗皇帝金戈铁马统一天下的豪气豪情, 已毁灭在你们几十年来虚妄苟活的和平迷雾中。你和秦桧一样,终将被天下黎庶吊挂在历史的耻辱柱上,而且永劫不复! "

尹穑气噎心胸,高举紧握的双拳而号吼:"你,你,你混账!你限制谏官御史的言论自由, 你堵塞言路。这集英殿不让谏官御史讲话, 自有讲话的地方。"

由于这最后的一句"自有讲话的地方"吼得用力过猛,他猛烈地咳嗽起来,发出一声瘆人的惨叫,身子直挺挺地向后倒去,幸被身边的袁孚紧紧抱住,跪伏在地的群臣紧张地注视着发出呻吟声的尹穑。

赵昚听得真切,尹穑号吼的"自有说话的地方",不就是德寿宫吗?不就是向赵构告状吗?他心里腾起一股苦涩的滋味,在这位年老的御史中丞眼里, 自己只怕还是普安郡王府那个不声不响的赵伯琮啊!他望着呻吟的尹稽，眉宇间浮出几丝快意，发出谕示："御史中丞尹老，你嬉笑怒骂的'纠察官邪'开阔了朕的'雅量'，朕谢你了！"

尹稽一时木呆，群臣茫然……

赵昚霍地站起，戟指虞允文而怒声斥责："虞允文，你知罪吗？"

虞允文悚然，跪地低头无语。

群臣错愕，圣上此刻突然变得诡谲莫测、恩威莫测，也许那"优柔寡断"的痼疾又发作了。他们不自主地左顾右盼，议事厅混乱了。

赵昚森然令出："议事毕，散！"

群臣仓皇发出纷乱的唱赞声："圣上万岁万岁万万岁……"


集英殿的纷争，在赵昚宣布"议事毕，散"的退席后，便急速地、猛烈地扩展起来。从五月十八日午后至五月十九日傍晚的一天半时间内，送进福宁殿书房的奏疏竟达二十七件。这阵势前所未有，连甘昇都有些心神紧张了。

一向优柔寡断的赵昚，却展现了从未有过的镇定和坚定。他下令拒绝任何人（包括后宫）的打扰，而是废寝忘食地阅览上呈的二十七件奏疏。在这二十七件奏疏中，多数照例以"彼此相互攻讦"的形式出现：在攻讦右仆射虞允文的七件奏疏中，多数来自谏院、御史台，其内容要点，无出于右正言袁孚和御史中丞尹稽在集英殿发言之右；攻讦御史中丞尹稽的十六件奏疏，多出于九寺五监的官员，其内容要点多为声讨、批驳其人弄权欺上、弄权离间德寿宫和福宁殿的关系，都是可知而不可查询的问题；直接指向赵昚的奏疏仅为四件，分别为左仆射陈俊卿、右仆射蒋苪、给事中梁克家（字叔子）、吏部员外郎张栻（字敬夫）所上呈。赵昚特意拣出，置于案头，以备仔细阅览。

蒋苪的奏疏极短，仅九个字：


　　　天时人事未至，乞缓行。

陈俊卿的奏疏很长,且言辞犀利:

陛下痛念陵寝,思复故疆,臣虽疲驽,岂不知激昂愤切,仰赞圣谟,庶雪国耻!然性质顽滞,于国家大事,每欲计其万全,不敢轻为尝试之举。是以前日留班面奏,欲俟一二年间,彼之疑心稍息,吾之事力稍充,乃可遣使。行进之间,又一二年,彼必怒而以兵临我,然后徐起而应之,以逸待劳,此古人所谓应兵,其胜可六七。兹又仰承圣问臣之所见,不过如此,不敢改词以迎合意旨,不敢佯佯以规免罪戾,不敢佯佯以上误国事。

给事中梁克家的奏疏仅五句话:

当用实才,勿喜空言。用兵当以财用为先,用度不足,不可对金用兵。

吏部员外郎张杓的奏疏观点明确,言简意赅:

臣窃谓陵寝隔绝,言之至痛。然今未能奉辞以讨之,又不能正名以绝之,乃欲卑词厚礼以求于彼,则于大义为已乖,而度之事势,我亦未有必胜之形。夫必胜之形,当在于早正素定之时,而不在于两阵决胜之日。今但当下哀痛之诏,明复仇之义,修德立政,用贤养民,选将练兵,以内修外攘、进战退守之事,通而为一。且必治其实而不为虚文,则必胜之形,隐然可见矣。

字字惊心,句句撼魂!赵眘倚椅闭目沉思了:"古例,天子听政,瞽献曲、史献书,公卿列士献诗。今日蒋芾献给朕的是躲闪,是推诿;陈俊卿献给朕的,是顶撞,是对抗。朕感到意外,惊骇和臣下背离的悲哀!中枢离心,危中至危,险中至险,断不可使群臣知晓,断不可为金国使者察觉,断不可让其存在以葬送朕刚刚起步的'中兴'之举啊！上苍佑朕，今日列士中声名不显的梁克家献给朕的是五句真言，平实而意味深长。三十多年来的国势日衰，不就是为轻柔甜蜜的'空语'所误吗？'用兵当以财用为先'，道出了'中兴'谋略上的根本。难得啊，这样的才俊之士，当进入中枢为国谋啊！上苍佐朕，吏部员外郎张杕献给朕的是力量，是信心，是激情满怀。张杕何人？已故军旅主帅张浚的长公子。'必胜之形，隐然可见。'与朕同心，天以张杕赐朕。天意冥冥中也许是军旅主帅张浚之灵又一次对朕的关爱吧！"

赵昚毕竟还是一位"志在恢复"的皇帝。得皇位后近十年的帝王生活，使他在窘迫中学会了忍耐，在屈辱中学会了适应，在八面围攻中学会了帝王之术。他猛地睁开眼睛，提笔濡墨，以从未有过的坚定果敢，发出了六项敕令：

　　敕：户部尚书王佐，务于五月二十三日戌时正点，完备纳金岁币银绢及增纳粮米千石，并装载车辆成列。误者严惩。

　　敕：右仆射蒋芾亲临户部督查。

　　敕：礼部尚书刘章，务于五月二十三日戌时，于西湖华贵楼设宴为金国使者送行。宴席要丰盛，气氛要炽热，随手礼当丰于往年一倍，馈赠金国报问使完颜襄的礼品，当珍奇雅致，丰于空前，美于空前。

　　敕：左仆射陈俊卿亲临宴席，代朕向金国报问使完颜襄致意，并宣示朕将尽全力以增强宋金友好关系。

　　敕：兵部尚书黄中，调集禁军兵马一百，明确任务，严其军纪，善其兵器，随时听令护送纳金岁币银绢、粮米北上，保证在我大宋境内的绝对安全。

　　敕：右仆射虞允文即刻入内晋见。

赵昚掷笔于案，高声召来甘昇，令其持六项敕令立刻颁出。

甘昇应诺，手持六项敕令急步退出。

赵眘转身至窗前，用力推开窗扉，夜色朦胧，繁星缀于夜空，呈现出璀璨瑰丽的美景。一阵清风飘来，他顿生酣畅淋漓之感：这是朕禅得皇位近十年来第一次舒坦心灵的感觉啊！

敕令颁发，且在夜间，有效地增强了赵眘行权的霹雳，震撼了已入梦乡的朝廷重臣们。

户部尚书王佐、兵部尚书黄中、礼部尚书刘章，原本都是"主战"的血性臣子，内心早已厌烦赵眘行事的优柔寡断，惊梦而接此敕令，心神振奋，睡意尽消，鸡鸣而起，日出而出，分别奔赴银库、粮仓、军营、酒楼，为落实敕令而事事过问，件件查验……

左仆射陈俊卿、右仆射蒋芾被夜半闯入府邸的敕令弄糊涂了，惊梦后茫然于赵眘突然间的"谲诡莫测"，也茫然于这"敕令"中委托的"督查"的"恩威莫测"。他俩虽然不赞同、不支持赵眘的"遣使北上"，但都是忠君忠国、尽职尽责的臣子，为落实敕令的委托而尽职尽责，不敢有丝毫的懈怠……

右仆射虞允文深夜得敕令入内晋见，得赵眘"以平等原则立即组建十五人北上使团"的谕示后，便于翌日卯时，进入了紧张的"组建使团"的活动。

他首先至敷文阁拜访敷文阁学士李焘。

李焘，字仁甫，蜀地眉州丹棱人，时年五十五岁，以著有追念"靖康变故"的《反正议》十四篇见称海内外。其人长于吏治，关心民疾，博览强记，且为人坦荡，质实简朴。时正伏案埋头劳作，致力于他宏大抱负的史学巨著《续资治通鉴长编》的精研纂修。

虞允文高叫着"仁甫"的名字进入李焘的书房，李焘似仍在史料的精研中，停笔、抬头，竟忘了站起，以同乡之谊放声"宰执大人安好"以恭迎。几句寒暄之后，虞允文便抛出了"恭请仁甫担任北上使团祈请使"的议题，并申述了赵眘决意"求陵寝地及更受书礼"以雪屈辱之殷切。

李焘思之良久，坦然语出："今往，金必不从；不从，必以死争之。是丞相欲杀李焘啊！"

虞允文惊诧。

李焘起手推《续资治通鉴长编》书稿于虞允文面前。虞允文恍悟，举手拍额连连，语出："惭愧啊！虞允文急眼前之危难，险些毁掉这千古之业，昏庸至极，祈仁甫见谅。北事紧急，允文告辞，来日携酒捧肴，向仁甫谢罪！"语毕，拱手离去。

李焘抬头望着疾步走出书房的虞允文，连连点头，喃喃语出："允文彬甫，真宰相啊！"

虞允文离开敷文阁，直抵舍人院，拜访中书舍人范成大。

范成大，苏州吴县人，字致能，绍兴进士，时年四十四岁。赵昚禅得皇位后，赞范成大知处州"修建通济堰，民得灌溉之利"的业绩，擢进朝廷任中书舍人。其人生性刚烈，关注黎民疾苦，关心国家安危，不畏强暴，敢作敢为；且辩才极佳，尤工于诗，其诗作感事伤时，无愧史笔。此时正以其职务的责任和诗人的敏感，全然沉浸在"感圣上有垂拱殿、集英殿非凡之事和伤宋金关系屈辱日甚之时"的痛苦思索中。

虞允文的来访，似乎给他的"感事伤时"增添了更加严峻沉重的感受和猜想。他急忙设座奉茶，接待这位年长自己十六岁的师友兼上司。

虞允文呷茶致谢，打量着这位知心朋友询问："致能眉宇间纹结不散，何所思耶？"

范成大眉宇间纹结似乎更为隆起了，吟诗出口：

碧芦青柳不宜霜，染作沧洲一带黄。

莫把江山夸北客，冷云寒水更荒凉。

虞允文知道，这首《秋日绝句》是范成大十六岁时震动诗坛的成名之作，是讽刺秦桧弄权与金国签订《绍兴和议》的卖国行径，是讽刺朝廷重臣以江南风光谄媚金国使者的无耻丑态；是以"秋霜""冷云""寒水""荒凉"的冷意，哀伤大宋半壁江山的萧瑟和诗人心头凄咽的悲愁。

时光荏苒,愁日难度,近三十年来"隆兴和议"的签订和金国使者一年一度、一年几度的颐指临安、嬉戏西湖风光的屈辱,仍在折磨着诗人的心神灵魂啊!岂止致能一人,自己的心神,何尝不为这"冷云寒水更荒凉"的景象椎心泣血啊!他再鼓勇气,再抖精神以应之:"《秋日绝句》,愤世绝唱,堪称史笔!今日时值盛夏,夏雷滚滚,火云凌空,五岭炎热,已呈斗转星移之势,致能当察……"

范成大神情一振,更显肃穆,语出:"谢虞公训诲。成大心中仍有三事梗胸,乞虞公指点。其一,金国现时真有力量渡江亡宋吗?其二,'求陵寝地及更受书礼'之争,金国皇帝能答应吗?其三,'斗转星移','斗'真的在转,'星'真的在移吗?"

虞允文立即做出回答,出语铿锵,字字千钧:"金国若有力量渡江亡宋,还用得着如此'仁慈'地遣使敲诈、遣使催促岁币吗?'求陵寝地及更受书礼'之争,金国皇帝是断然不会让步的。须知,由战争失败而蒙受的屈辱,只能由战争胜利来洗雪!'斗转星移','斗'确在转,'星'确在移。垂拱殿里的'一撕一掷',是'心存恢复'者对内的一次强烈展示;'遣使北上',是'心存恢复'者在另一条战线的有力反击!"

范成大忽地站起,豪情勃发:"捐躯赴难,拔剑报国,男儿本分,成大愿听宰相大人调遣!"

虞允文亦挺身站起,拱手向范成大致谢:"致能握灵蛇之珠,抱荆山之玉,圣上寄以重望啊!"遂以组团北上任祈请使之职告知,并与范成大就有关"一撕一掷"事件的应对、完颜襄可能的陷害与报复、使团十四名随员的挑选和可能发生的危情险事进行了周密的研究,并拟定了应对的方略。直至日落黄昏,虞允文才迈着疲惫的步伐向福宁殿走去……

五月二十三日寅时一刻,赵眘在虞允文的陪同下,在福宁殿丹墀召见了北上使团十五名成员。当赵眘走出福宁殿,丹墀上跪伏的使团十五位成员同声唱赞,其声音洪亮而壮烈,赵眘精神抖擞,快步上前,亲手搀扶起跪拜的每位成员。至祈请使范成大面前,他赞语出口:"卿气宇不群,朕亲自选择而赋予重任,勿负朕意。"

范成大高声回答:"臣谢圣上九天之恩。"

赵眘殷切叮咛:"卿此次使金,虽名曰'祈请',实为为国家尊严而战斗,与虎狼共舞,亦有险啊!"

范成大高声回答:"臣已立后,为不还计!"

赵眘神情亦显怆然,手拍范成大双肩而抚之:"朕不发兵败盟,何致害卿?啮雪餐毡或有之。汉朝苏武,我朝洪皓,皆人杰英豪,朕仰慕而敬之。北事艰辛,使者任重,朕拜托卿率领十四位壮士北上征战,胜败不计,唯愿大宋豪气震撼北廷!凯旋之日,朕将在这福宁殿为诸卿摆设盛宴,接风洗尘。"

范成大与十四位随行壮士同声唱赞,向赵眘跪拜辞行。随即于卯时正点出发,会同纳金岁币车队及北返金国使者,向北国进发。

五月二十四日卯时早朝,赵眘以禅得皇帝九年来从未有过的果断坚定,发出了"志在恢复"、训诫朝臣的诏令:

> 朕嗣承大业,所赖荐绅大夫,明宪度,总方略,率作兴事,以规恢远图。属者训告在位,申饬检押,使各崇尚名节,恪守官常。而百执事之间,玩岁愒日,苟且之俗犹在,诞谩之习尚滋。便文自营以为智,模棱不决以为能,以拱默为忠纯,以缪悠为宽厚,隆虚名以相尚,务空谈以相高。见趋事赴功之人,则舞笔奋辞以阻之;遇矫情沽誉之士,则合纵缔交以附之。甚者责之事则身谕,激之言则气索,曾微特立独行之操,安得仗节死义之风!岂廉耻道丧之日久,而浸渍所入者深欤,抑告诫恳恻,未能孚于众也?继自今,其洒心易虑,激昂砥砺,毋蹈故常,朕则尔嘉。或不从朕言,罚及尔身,弗可悔。

严厉、尖锐、切中要害、杀气腾腾，全然是一派革故鼎新、锐意恢复的气势，毫无优柔寡断之意。垂拱殿丹墀下沉静至极，紧张至极，突地一阵唱赞狂欢爆响，六部、九寺、五监、谏院、御史台阵列中都有官员站起，神情激昂，欢舞跳跃。赵昚看得清楚，这般情真意切、声出肺腑的臣子，惜乎只占全部朝臣的四五成；群臣中亦不乏随而应景、故作姿态、违心唱赞之人，其中右正言袁孚和御史中丞尹穑及其身边的几个人，只是张口而不曾出声。赵昚默默心语：决意恢复就是这样难啊，看来没有霹雳手段，是制服不了这些倔强的臣子的。他提高嗓音高喊"谢谢众卿"，结束了这次早朝。

五月二十四日入夜戌时，东华驿馆主事杜伊，刚走出驿馆大门，忽见一辆马车飞驰而至。他驻足望去，车上走下一位老者，他凝眸细瞧，是右仆射虞公啊！他心头一亮，虞公是为辛弃疾来的吧？他疾步上前恭迎请安。虞允文劈头询问："辛弃疾近日可好？"

杜伊以"辛弃疾六天来安居驿馆待命"回答，并请虞允文落驾驿馆接待高间，以便传召辛弃疾晋见。虞允文摇头拒之，令杜伊作导，径向辛弃疾住室走去。

此时的辛弃疾，仰倚床榻，在孤灯昏暗的斗室中经受着祸福莫测的煎熬。六天来，他自觉地囚居驿馆，每日黄昏，妻子的看抚，是他心灵最甜蜜的慰藉，也是驿馆外消息传入的唯一渠道。特别是关于朝廷动态的消息，几乎都是风传的、零碎的、真假难辨的。什么"垂拱殿金国使者强逼皇帝失态"，什么"左仆射陈俊卿垂拱殿发呆"，什么"集英殿右仆射虞允文受责"，什么"近日来虞允文不曾露面"，等等，在他的心头卷起了团团阴影："诏令入对"将成泡影？虞公将再次遭贬？虞公手中的《呈虞公书》或将成为罪状？他闹心了，头大了，一向镇定坚忍的神经似乎要爆裂了。他忽地坐起，欲借屋外的星空夜风消却胸中的忧烦焦虑。突地房门被敲响，接着房门被推开，杜伊高声关照："辛弃疾，迎宾！"语毕，闪身一旁，虞允文出现在辛弃疾面前。

辛弃疾木呆了，眼花了，神情恍惚如在梦中。这不就是九年前在建康城屈尊关爱自己的虞大人吗？他高呼"恩公"，纳头欲跪拜于地。虞允文双手拦住，欢笑而语："近日朝事烦乱，冷落幼安了，快落座叙话。"

杜伊轻步离去，并顺手拉闭了房门。

虞允文从怀中取出一沓文稿，授予辛弃疾："这是圣上今日早朝颁发的一道诏令，幼安当知！"

辛弃疾神情萧然地接过诏令阅览，随着目光的移动，神情由萧然而专注，而振作……

虞允文询问："幼安何感？"

辛弃疾似仍在沉思中，漫然应之："雄风乍起，霸气乍现，心存恢复之状已见。"

虞允文拊掌叫好："好！幼安感觉极佳。圣上已非昔日之优柔寡断，处理朝政已是霹雳生风。今日圣上决定，两天后，也就是五月二十七日，诏令幼安入对延和殿。"

"入对延和殿"五字，雷声滚滚，令辛弃疾心中淤积的块石冷岩一下子化解消融了。他的头脑恍悟了，清爽了，双目炯然而泪水涌出："谢谢恩公。大恩难报啊！请恩公指点教诲。"

虞允文亦神情昂然："近日圣上行事，多大刀阔斧之气。亦决定于明日下发幼安上呈的《美芹十论》于六部、九寺、五监、谏院、御史台官员议论。"

辛弃疾神情凛然。

虞允文语出："《美芹十论》上呈已六年，主战者嘉之，主和者毁之，几乎以'越职言事'而罪毁。束之高阁六年的形势所迫，圣上赞而誉之，欲以《美芹十论》而规一群臣言行，以期切实进行'心存恢复'的朝政变革。故即将举行的'入对延和殿'不似隆兴元年（公元1163年）十月朱熹'入对垂拱殿'时'圣上询问，宰臣旁听'那样的小范围答对，而是改作规模宏大的'群臣询问，圣上听审'。也就是说，幼安将应对六部、九寺、五监、谏院、御史台众多官员的质询，特别是朝廷内那些'议和迷'们的攻击和谣诼。"

辛弃疾神情严峻了,眉宇间浮起一股凶悍之气。

虞允文的口气亦显刚烈:"这次'入对延和殿',不仅有关个人的功名前程,而且关系着圣上的名节,更关系着国家社稷和黎庶百姓的安危祸福。幼安当知,我朝南渡三十多年来,屈辱苟活,偏安偷生;奸佞弄权,以卖国为荣;官吏腐败,以享乐为尚。矢志恢复的年老一代,零落殆尽;歌舞升平成长的一代,不是全部,而是大部已被声色犬马酥软了筋骨。我担心这次'入对延和殿'一旦失败,大宋将再无'中兴社稷''恢复故疆'的机缘了。"

辛弃疾默默点头。

虞允文从怀中取出《呈虞公书》付与辛弃疾曰:"《呈虞公书》之名称改为《兵事九议》或《九议》吧。"

辛弃疾瞠目而不解。

虞允文的神情更为迫切了:"我识幼安,已近十载。从'决策南向'至《美芹十论》至《兵事九议》,受教受益啊!也恍悟'高位不能给人以智慧'的真谛。'决策南向'使我心神激荡,《美芹十论》使我心神震撼,《兵事九议》使我心潮澎湃而彻夜难眠。它不仅弥补了《美芹十论》有关军旅建设部分的不足,更是填补了我朝近两百年来军旅建设上的缺失。若在延和殿激烈廷辩的紧要关头上呈《兵事九议》于圣上,必将产生奇异的效果,上天以幼安赐大宋啊!"

辛弃疾恍然拱手致谢:"恩公指点教诲,弃疾牢记在心。"

虞允文连连称"好",起身欲离去,忽而停步,再作叮咛:"我有八字你要牢记,激辩中要'柔中寓刚,绵里藏针'。"

辛弃疾沉思……

虞允文附耳低语:"论敌奸狡,圣上多疑。"

辛弃疾领悟点头。

虞允文告辞,辛弃疾起立送行,始知是赤脚受教;急找布履,不得。虞允文大笑,拉开房门离去。辛弃疾再寻布履而不得,赤脚追至驿馆门外,虞允文已在杜伊的搀扶下上了马车,驭手已扬鞭驱马而去。辛弃疾顿赤脚而悔恨:

"我失礼于恩公！来晚了！"

杜伊拍着辛弃疾肩而抚之："不晚,不晚,右仆射有示于我,亲自驱车送幼安前往听风楼！"

辛弃疾一时蒙了。

杜伊推辛弃疾而教之："这东华驿馆毕竟不是准备'入对延和殿'的地方啊！快穿鞋去,总不能赤脚去见'钱塘倜傥公子'和你的'范家才女'啊！"语毕,去车马厩套车去了。

辛弃疾笑了,望着杜伊的背影,心生感激,弯腰鞠躬致敬。

## 二十 延和殿辛弃疾杀出重围

五月二十五日,早朝不举。右仆射虞允文奉旨宣示了赵昚决定于五月二十七日午时在延和殿召对辛弃疾,并诏六部、九寺、五监、谏院、御史台主事、谏官、御史参加的谕示,立即在朝臣中掀起了更为强烈的震撼。几天来被赵昚混乱举止折腾得垂头丧气的主和派官员忍无可忍:"延和殿何地?皇帝冬至、正旦等节日郊祀前斋宿之所,何时召对过策士?召对策士不是有集贤殿、垂拱殿吗?皇帝此次破例而为,居心何在,何所图啊?辛弃疾何人?一个'越职言事'的建康府通判,有什么资格进入延和殿这座庄穆高雅的殿宇?皇帝这般破格恩遇,居心何在,所图为何啊?一切都昭然若揭,'黔驴技穷'的皇帝,走投无路的皇帝在虞允文的唆使下,饥不择食地弄来了一个辛弃疾解困解危。小小的建康府通判辛弃疾真能为皇帝重振那个心存恢复的壮志雄风吗?"

主和派臣子中的领军人物尹穑、袁孚、卢仲贤等人都具有谏官、御史职务上的敏感,都具有精细的、见微知著的才能,他们刹那间感到"辛弃疾"这个名字对他们心神意志的猛烈冲击。

他们聚于密室,费尽心机琢磨着这个陌生的对手辛弃疾,在辛弃疾的性格中寻找可以利用的弱点——冲动粗疏;烈酷刚戾。冲动粗疏在政坛上是失误的隐穴;烈酷刚戾在政坛上是招祸的渊薮。"为人刚戾忍诟能成大事"的伍子胥,不是被吴国太宰伯嚭(pǐ)的诡谲阴柔诛杀了吗?

他们聚于密室，集中全部精力研讨诏令下发的辛弃疾的奏策《美芹十论》。三年前，他们借助当时皇帝的心腹近臣、权知阁门事兼干事皇城司曾觌的力量，弄到一份《美芹十论》的抄本，草草研讨之后，便以御史台的名义掀起了一场"辛弃疾越职言事"的浪潮，迫使"优柔寡断"的皇帝束《美芹十论》于高阁，使这个陌生的归正人处于"剑悬头顶"的心惊胆寒中。此次翻阅这份《美芹十论》研讨，心中不自主地腾起一股杀气，在一万五千字的字里行间，寻找挖掘的不再是"越职言事"那样轻松的罪名，而是足以断送辛弃疾前途的深文周纳。他们很快地从《美芹十论》的"审势""察情""观衅""自治""守淮""屯田""致勇""防微""久任""详战"论述中，找到了可以随心所欲加以引申臆造的"隐语""隐情""隐射""隐讳"，精心精意地罗织成对祖制朝规"莫须有"的、不容辩解的弥天罪行，并制订了周密的行动方案。

在主和派官员串联、密谋的同时，朝中主战派官员也飙起了一股神情振奋、气势振振的狂欢。主战派官员中的领袖人物兵部尚书黄中、刑部尚书汪大猷、殿中侍御史唐尧封、吏部员外郎张栻等人，原本就与几十年来因主战而遭殁去的仁人志士有着某种难割难舍的关系，都有着深厚的仁风义气的爱国情怀。他们对几十年来乞和屈辱的国策有着切肤切心的痛恨，对现时"心存恢复"的赵眘有着真心实意、以生命相托的期待。赵眘每次心存恢复的决定，即使是微不足道的决定，他们都会全力支持，为之唱赞，何况这次即将举行的辛弃疾"入对延和殿"，将是圣上"心存恢复"意志大张旗鼓的宣示，辛弃疾上呈的《美芹十论》也许将成为"心存恢复"国策实施的蓝本和依据，他们能不高声唱赞吗？他们如饥如渴、深夜不寐地研讨辛弃疾上呈的《美芹十论》，感受到的是振聋发聩，是壮怀悲慨，是雄才大略。他们能不为此高声唱赞吗？

在朝廷数以千计的官员中，与辛弃疾相识者仅有四人。他们是现任权给事中周必大（字子充）、现任中书舍人兼侍读洪迈（字景庐）、现任户部侍郎叶衡（字梦锡）、现任发运使史正志（字致道）。

在这四个人中，周必大、洪迈与辛弃疾八年前在建康驿馆仅有一面之识，辛弃疾的雄风英气、忠义慷慨给他俩留下了极佳极深的印象，至今意气相投、惺惺相惜之情仍激荡于胸中。如今辛弃疾已进入临安，即将"入对延和殿"，《美芹十论》束之高阁数年而重现，已成为朝廷群臣议论的中心话题。

英雄时势，时势英雄，他俩心中骤然腾起一种时势适然的特殊感受和从未有过的强烈期待，已暗暗准备在必要时助辛弃疾一臂之力。

叶衡、史正志与辛弃疾的友谊是在建康府共事时结交的。论年龄，他俩是辛弃疾的兄长；论职务，他俩是辛弃疾的上司；论从政经验，他俩是辛弃疾的师长。他俩从"决策南向"的行动中，看到了这个年轻人的目光胆略；从"夜袭济州金兵大营"的举止中，看到了这位年轻人的智勇豪情；从"符离之战"前急急献给张浚的一卷锦囊用兵图中，看到了这位年轻人的军事才能；从日常刻苦奋进、孜孜以求的谋军谋政中，看到了这位年轻人的非凡追求。与这位年轻人结交，确有"意气倾九州"之感，遂以破例机变应诺了这位年轻人"漫游江河湖海"的请求。

"秦淮宝镜"重现于世啊，这位年轻人竟在一年的风波锤炼中，炼出了这篇"笔势浩荡、智略辐辏"的《美芹十论》，震动了临安朝廷，文遭封杀，人遭问罪。悲夫，沉寂三年有余。乾道元年（公元 1165 年），叶衡上迁朝廷，任户部侍郎之职；乾道三年（公元 1167 年），史正志调任蜀地成都知府，乾道五年（公元 1169 年），史正志上迁朝廷任发运使之职。他俩五年来不论身处何地，都在为年轻的挚友辛弃疾及其《美芹十论》操劳操心。

"青山一道同云雨"啊，如今与辛弃疾相会于临安，相会于"入对延和殿"之际，碍于朝制，只能是酒熟孤斟、梦中聚笑，以俟"入对延和殿"后的豪情醉酒，抒挚友相会之义和震荡风云之欢。他俩对辛弃疾的胆识、辩才有着强烈的信心，唯一忧愁于心者，是幼安首次抵达临安，对于对手一无所知，更不了解其狡诈阴险。而这些对手的首领人物尹穑、袁孚、卢仲贤等人，谁知又在设置怎么样的阴损陷阱。他俩在朝臣中地位低下，恨无搅动延和殿风云之力，只能以夙夜难眠的焦心焦虑,注视着即将决定辛弃疾仕途的延和殿。

延和殿位于垂拱殿北侧,自成院落,亭台楼阁,尽显精巧。主殿四周环水,微波漾漾,绿萍团团,短桥卧波,游舸阵列,托起了一座金碧辉煌、宏大精丽的殿宇;黄瓦绿檐、屋脊展翅,负托着品字形三座高低相谐、金色闪光的屋顶直插云端,展现了延和殿美轮美奂的英姿。屏绕主殿四周的,不是坚固精美的墙壁,而是一幅幅可以移动的方格木制的红色长窗。春秋气爽,长窗上部固定,下部移去,可享受春光之明媚、秋色之趣雅;三伏炎夏,长窗全部移去,可享清风纳凉之快怡;风雪寒冬,长窗全部安置,外挂竹帘,内挂帷帐,可享采光保暖之惬意。这种兼有舒心、悦目、散热、取凉、防寒、保暖功能的精妙建筑,构成了延和殿有别于皇城内其他殿宇的特点,反映了建筑师们独特的匠心,更展现了南宋临安建筑史上空前的伟大创造。

五月二十七日巳时三刻,延和殿迎接了它建成三十年来第一次"入对延和殿"的盛举。此时神情沉郁凝重的辛弃疾,在杜伊的带领下急急赶向延和殿来。他俩走到延和殿院落门前,见一队皇城司"宫干"执戈警戒,门前两侧有序地排放着十多辆达官显贵乘坐的单座马车和十几位身着皂衣的年轻仆役。杜伊低声语出:"六部、九寺、五监、谏院、御史台的'审判官'已入场了。"

辛弃疾默默点头。

杜伊以皇城司发放的准入殿门的"黄绢方牌"示警戒之"宫干",率辛弃疾进入延和殿院落,沿着五花石铺垫的宽阔宫道,穿过景色各异的亭台楼阁,直抵延和殿大殿前,见几位皇城司"三卫官"(亲卫、勋卫、翊卫)亲率一队披甲戴胄、腰系弓刀的"宫干"列阵于短桥两侧,直到大殿门前,森然之气逼人。

杜伊知道,这是一群由皇亲国戚、高级文武近臣子弟组成的特殊护卫队,是惹不得的,低声语出:"圣驾已抵大殿,停步听诏!"

辛弃疾默默点头。

喘息少时,延和殿内报时钟节奏七响,宣告午时正点,短桥上列队警戒的"三卫官"及其所属"宫干"神情一振,仰首举目,齐刷刷把目光投向大殿。杜伊和辛弃疾的神情骤然间也呈现出肃穆紧张。只听得大殿一阵滑木滚动的声浪传来,大殿四面一幅幅木制长窗移动消失,宏大精丽的大殿骤然间变成一座四面通风的凉亭。映入眼帘的,是水面怒放的荷花,白萼似雪,朱萼似火,相倚相托,织就了一幅神奇的云水彩屏,衬托着大殿高台御椅上身着红色宽袖大袍、头戴通天冠、脚蹬高腰靴的赵眘高大的身影,显现出高台下八字形依序落座于圆形宫凳的数十位峨冠博带的官员。水面清风轻拂,芳香溢润殿宇,沁人心脾!这是人们心中即将发生论列是非、决定国策的战场吗?怎么突然间变成了一座消暑纳凉的场所? 大家自然瞠目结舌。

就在大家发呆发愣中,甘昪从赵眘身边奉旨走下高台,直奔大殿前沿,放声高呼:"圣上颁旨,诏建康府通判辛弃疾进殿! "

圣旨出朝,地动山摇!大殿内外发愣的人们一下子恍悟了:这神奇的"水殿钩帘四面风,荷花簇锦照人红"的情景,原是为了迎接这个小小的建康通判辛弃疾啊!

杜伊急语辛弃疾:"快! 快放声接旨! "

辛弃疾恍悟,昂首睁目,镇定自若,放声应诏:"微臣建康府通判辛弃疾躬身接旨! "

也许由于天生的嗓音高昂,也许由于一时的激情迸发,辛弃疾一声"应诏",如平地雷声霹雳,威慑人群,包括短桥上警戒的"三卫官"和高台上的赵眘。

辛弃疾移眸向杜伊致谢,迈步跨过短桥,向大殿走去。

好一派潇洒矫健的步伐! 好一副健壮高大的体魄! 好一双目光有棱的眼睛!

人群中的尹穑、袁孚、卢仲贤等人神情一凛,一股凉气透入脊骨。

人群中的黄中、汪大猷、王佐、唐尧封、张栻等人眼睛亮了,胆气壮了,望着这位年轻人的身影和那双目光有棱的眼睛，几乎要唱赞出声。

人群中与辛弃疾相识的朋友叶衡、史正志、洪迈、周必大四人意气风发、神采飞扬:壮哉辛郎,雄哉辛郎!

大殿高台上的赵昚是第一次看到辛弃疾，全然为辛弃疾的形容风采所吸引,突然间心中腾起一股自得自赏的骄傲:朕没有看错人,人果如其文啊!朕"诏令人对"的决策是英明的,世有伯乐,然后才有千里马啊!

在赵昚自得自赏的窃窃享受中,辛弃疾跪拜于高台下,叩首禀奏:"微臣建康府通判辛弃疾,恭请圣安,敬祝圣上万岁万岁万万岁!"

赵昚心情愉悦出语亲切:"好吉祥的祝福，朕的心神从来没有此刻的清爽舒畅。抬起头来,朕要真切地认识一下这位名声如雷贯耳的辛弃疾。好,好!年轻英俊,气度不凡,特别是这一双目光有棱的眼睛,透出了沉着、坚定、耿直不阿的神韵,使朕相信那篇指点江山、横议朝政的《美芹十论》确是出于你这位小小通判之手。你站起来,让朕的这班股肱之臣见识一下你这位小小的建康府通判!"

辛弃疾奉旨站起:"微臣辛弃疾谢圣上九天之恩!"

赵昚提高嗓音放声:"诸位爱卿,这位就是敢于'越职言事'的小小通判辛弃疾,他上呈的《美芹十论》在你们中间引发热议。朕虽愚钝,尚知'兼听则明'之理,故颁《美芹十论》与众卿,奇文共赏,并特诏这位小小通判辛弃疾来到临安'入对延和殿',供众卿疑义相析。今日朕以洗耳恭听之态,广直言之路,启进善之门,循名而责实,以谋取朝政审时适变之方略。朕的股肱之臣们,请你们向这位小小的建康通判和他上呈的《美芹十论》询事考言、直抒胸臆、二论相订吧!"

赵昚发出了"论战"的诏令,延和殿的气氛一下子紧张凝重了。清风停拂,水波不兴,水面层层红蕖似乎把炎夏酷暑的焦炙火焰送入大殿,使大殿成了一片血色的战场,映照着高台上举目遍视群臣的赵昚,映照着大殿高台下八字形排列的神情各异的朝臣，映照着大殿中央孤零零挺身直立以备四面围攻的辛弃疾。

是啊，这确是"论战"展开前最为紧张、最为沉寂的时刻。群臣中的各方力量，都在盘算着"论战"的爆发。

赞赏辛弃疾及其《美芹十论》的主战官员，从赵眘诏令"论战"的开场白中得到鼓舞，皇帝已把辛弃疾推上今日政治舞台的中心，是圣上"心存恢复"理念的进一步强化。社稷之大幸，主战臣子之大幸，辛弃疾之大幸啊！他们中的领军人物兵部尚书黄中等人，已精心研讨了《美芹十论》，准备在"论战"中随时给辛弃疾以声援。此刻他们心中所虑的是，地位卑微、乍入庙堂的辛弃疾的辩才，能抵挡住谏院、御史台那些臭嘴乌鸦颠倒是非的毒舌利齿吗？

诋毁辛弃疾及其《美芹十论》的主和官员被赵眘诏令"论战"的开场白激怒了，容忍"越职言事"的违制行为是昏庸，诏令"越职言事"者"入对延和殿"更是头脑发胀的昏庸，此刻的一通"论战"的开场白，简直是别有用心的昏庸。他们知道，皇帝是不可明火执仗反对的，他们早就把攻击的目标铁定在辛弃疾的身上。他们看得清楚，眼前这位小小的建康通判"入对延和殿"的唯一本钱，是他的《美芹十论》，赵眘爱屋及乌的也是这篇《美芹十论》。这篇《美芹十论》中的治国谋略，确实是论点分明、论据确切，结论切实而鲜明，且易于执行，若真切地展开"论战"，他们毫无取胜的可能。何必按着皇上画出的框框前行，别理睬高台上的皇上，别理睬皇上那段提高一介武夫辛弃疾身价的开场白，抛开那篇讨人嫌的《美芹十论》另辟蹊径，向对手们意想不到地方出击。他们中的领军人物尹穑等人以目沟通，附耳低语，迅速确定了出击的方略。

这另辟蹊径的出击首先由一种沙哑、盛怒、轻蔑的叫喊声引爆："嗟！回答我！"

大殿里一阵骚乱，紧张沉寂的群臣都被这种荒诞无礼的沙哑叫喊声惊呆了。人们循着声音望去，是资深侍御史卢仲贤戟指辛弃疾而发出……

卢仲贤，字守礼，开封人，时年七十一岁。宣和三年（公元 1121 年）进士，靖康国难中,随危难中自立的康王逃难江南,知饶州。绍兴九年(公元1139年),秦桧再次任相专权,卢仲贤附秦桧卖国政见,唱赞"议和",得秦桧赏识,擢迁侍御史。其人在任侍御史至现时的三十一年间,是专唱"议和"的;在唱赞"议和"中,养得肥肠满满、满面红光,而且是倚老卖老,越唱越邪。主和者视之为"宝",紧急时刻用之为利器以制服政敌;主战者视之为"妖",本当制而降之,降而因之,但虑其与太上皇的特殊关系,都烦而避之。此刻,高台上的赵眘也是皱着眉头斜睁以视。

此时,傲立大殿遭受"戟指"轻蔑的辛弃疾在刹那间的愕然之后,紧咬着满腔的愤怒,打量着这位大腹便便的发号施令者。他不知此人姓甚名谁,居何高位,有何来历,但从这刹那间的目光撞击和四周人群的喜怒交错中,断定此人身份特殊、权势极大、性情狂妄。他刚烈无畏的性格,爆发戏弄虎须的抗争,遂目视大腹便便的发号施令者,举起手指一钩,放声召唤:"喏,大人有何咨询?讲!"

出人意料啊!骇人听闻啊!庙堂之上,对待猖狂而倚老卖老的资深侍御史卢仲贤,何时有过这般针锋相对的戏弄和轻蔑?人们都把目光转向年轻的挑战者和年老位高权重的侍御史。连高台上的赵眘也挺直了身躯,睁大了眼睛。

在众目睽睽的关注中,卢仲贤猛地发作挥臂咆哮:"嗟!回答我,你是什么出身?是国学进士?是免解进士?是漕贡进士?是监贡进士?是乡贡待省进士?是待补进士?是武举进士?你师承何人?你、你……"

离奇荒诞啊!不是要遵从圣上的谕旨借辛弃疾上呈的《美芹十论》"论战"治国之策吗?怎么当头一炮竟是追索辛弃疾的"出身"与"师承"?难道"出身"低微、"师承"无名就无权参与国策的议论吗?

人群中与辛弃疾相识的朋友叶衡、史正志、洪迈、周必大四人,也为卢仲贤这卑鄙险恶的"出身""师承"的邪招惊心了。这是精心策划而发,更是有的放矢而发。在这以"出身""师承"为尚的虚荣腐败的官场,出身低微、师承无门的英才俊才是很难出头的。此刻,辛弃疾面对这大殿里几乎全是"进士出身"、几乎全是"师承名家"的大小官员,能赢得人们的信任吗?他们着实为他们的辛郎担忧了。高台上的赵眘扪心自问,也迷茫于卢仲贤咆哮的"出身""师承"中,默默闭上了眼睛。

大殿里的气氛再度跌入紧张沉寂,人们的目光悄悄地投向大殿中央傲然直立的辛弃疾。

卢仲贤关于"出身""师承"的咆哮质询,确使辛弃疾陷于意外的茫然。两天来他精心准备的,是人们对《美芹十论》可能提出质疑的申述答辩。突然间他消失了对手,而对手似乎只是一种离奇的荒诞。"出身""师承"似两只铁拳撞击着他的胸膛,他的心神一下子恍悟了,在这挤满"出身"进士的大殿里,自己确实只是一个"另类"。一个"出身"僻壤的白丁,一个"出身"山野的草莽。"白丁"何妨,"草莽"何妨,无官一身轻,无师无牵挂,断不可在权势炫露威胁面前低头却步啊!辛弃疾决定放手一搏,他迎着卢仲贤的咆哮语出:"喏!大人听真。辛弃疾命途多舛,降生于被金兵侵占的齐鲁历城四风闸。一岁时父母惨死于金兵烧杀掳掠的血火中,赖祖父抚养,方能存活于世。少时承祖父训诲,思投衅而起,'以纾君父所不共戴天之愤',其'出身'为白丁;及长,聚众两千,揭竿反金,呼啸风云,其'出身'为草莽;继而山寨举义,举旗成军,袭金兵占据之城,夺金兵盘踞之营,威震齐鲁,其'出身'为义军;八年前,奉义军首领耿京之命'决策南下',以二十五万义军兵马献于朝廷,其'出身'为归正人,蒙太上皇谕示,其'出身'为山东天平军掌书记。大人听真,辛弃疾这般丰富离奇的'出身',比那些以'进士出身'压人的朝廷糊涂官更为光彩夺目吧?喏!大人听真。辛弃疾的'师承'更为光彩夺目。少时穷乡僻壤,拜心怀大宋、仰望南天的亡国黎庶为师,深知民心民意;及长,拜历城四风闸揭竿而起与金兵拼杀的热血汉子为师,生死相交,患难与共,树立忠义侠雄之人生;割据山寨,袭击金兵,拜义军首领耿京及其诸位英勇将领为师,始知战场用兵之术;及至'决策南向',拜创造'采石矶大捷'的筹划者、决策者及诸位将领为师,遂平生之愿,得为圣上、朝廷、社稷、黎庶尽忠尽勇、尽才尽智之机。大人听真,辛弃疾这般光彩夺目的'师承',纵然未真正跪拜于门内,行焚香尊师之礼,但心之真诚、志之坚毅、言之汤汤、行之昭昭,比那些以'名师'压人炫耀的糊涂'进士'高官高尚得多吧?"

奇人奇言啊!辛弃疾的豪情壮语、英气魄力震撼了大殿里所有的人,包括高台上闭目关注的赵眘和阴险狡诈的对手卢仲贤及其同伙。

主战官员心神悚然而惊喜,几十年来,朝廷何曾有过这般坦荡、新颖、激昂、鲜活的声音?他们何曾有过这般在庙堂之上公然对世间底层黎庶、义士、侠客、白丁、草莽的歌颂? 他们心里骤然间对这陌生的辛弃疾产生了好感和钦佩,神情欣然,目光爽然。

主和官员愤恨俱增,恍惚中眼前似蓦然出现一群衣衫褴褛、粗野愚鲁的白丁草莽闯进大殿的形影。是可忍,孰不可忍! 他们希望卢仲贤进行更为发狂的攻击,使这场"论战"陷入更为难堪的尴尬。但此刻的卢仲贤,已被辛弃疾血淋淋的"出身"和火辣辣的"师承"镇住了,摧垮了。他突然觉得,这种从血火刀剑中闯荡出来的白丁草莽是吓不倒的。他一时头脑空白,再也找不到反击的话题,猛地转身跪拜于高台下,拱手向赵眘高声禀奏:"圣上,臣卢仲贤耻于与这般'出身'低微、'师承'无门的白丁草莽'论战'。"

赵眘睁开眼睛,微笑语出:"好,好,朕在听!"

卢仲贤望着赵眘冰冷的回答,木呆地低下了头颅。

一声高扬激怒的声音在人群中爆响:"亘古未有,奇中之奇! 天下竟有以'白丁''草莽'而骄傲的臣子,天下竟有以'师承'黎庶、莽汉、山寨兵卒而自豪的通判!真是大开眼界啊!看来我这栖居谏院的司谏真的要拜这位奇中之奇的白丁、草莽为师了。"

人们转动目光望去,这位出语酸楚、神情激愤的中年司谏,原是四年前(公元1166年)曾任参知政事、右仆射兼枢密使,被人称为学者、碧溪先生的魏杞。人们惊异心悱,四年不鸣,寂寞难耐啊!

　　魏杞,寿州寿春人,字南夫,时年四十八岁,曾受经于当时大儒、湖州教授赵敦临(字庇民)。其人聪颖勤奋,博学能文,有辩才,行事果断,高傲寡和;绍兴十二年(公元 1142 年)进士,蒙太上皇恩典,特授宗正少卿。隆兴元年(公元 1163 年)符离兵败,赵眘以宗正少卿魏杞为通问使出使金国议和,魏杞以其辩才果敢,"正敌国礼、捐岁币",不辱使命,被赵眘连擢为参知政事、右仆射兼枢密使,期盼之殷,朝廷少有。然魏杞却因出使金国,睹金国猖狂之势而政治取向遽变,由主战而转向主和,成了符离兵败后主战派官员分化的代表人物,屡以"金国兵强马壮""南北形势已定"之奏请逆阻赵眘"心存恢复"之举措。

　　赵眘毕竟是"优柔寡断"的,在罢去魏杞宰执之职的同时,却念及其才智和出使金国之功,留居谏院任司谏之职,赋予谏正"朝政阙失"之权,以期能转变其政治取向,支持北伐恢复之大业……

　　辛弃疾面对这位高傲、揶揄的攻击者仍保持着特有的冷静,等待他下一步的举止。

　　魏杞双袖一拂,挺身站起,步至辛弃疾面前,拱手为礼,傲然语出:"古代贤人有语,为政者应'指陈当世之宜,规划亿载之策'。通判盛名,如雷贯耳,今日'入对延和殿',当在'规划亿载之策'前,先行'指陈当世之宜'。乞通判以'当前宋金关系现状'赐知,以解众人心中之惑。"

　　一鸣惊人啊!主战官员愤怒了,卢仲贤以"出身""师承"压人,魏杞以"博学""博达"压人,"论战"用心之醒醒何其相似乃尔!卑鄙啊!

　　一鸣惊心啊!高台上的赵眘神情更加肃穆凝重了,他为眼前小小的通判辛弃疾担心。民间谚语:"秀才遇到兵,有理讲不清。"今日大殿之上,只怕是大兵遇秀才,有理讲不出,有理讲不赢啊!他更为眼前这场"论战"担心:辛弃疾"论战"的失败,也就是朕"心存恢复"理念的轰毁!他望着高台下盛气凌人的四年前的宰执大臣魏杞,心生厌烦:不知悔改啊,公然走入了主和误国的营垒。

295

此时的辛弃疾,全然处于临阵搏杀前高度冷静的状态,眼前这位身世不凡、自誉权威的大人物,也许就是今日这场"论战"的真正对手,他抛出的议题"当今宋金关系现状"无疑是当前制定国策必须确定的前提。这个"议题"自己在《美芹十论》"审势""察情""观衅"等论述中已有明确的表述,想必是这位大人物不遑一顾,或顾有所疑。不得不防啊!辛弃疾决定以更明确、更简练、更自信的语言应之,遂向挑战者魏杞执礼拱手回答:"大人所询,容在下禀报,当今宋金关系的现状,仍然是处于战时状态。"

"战时状态"四字出口,大殿里的人群轰地惊骇了,连高台上的赵昚也睁大了眼睛。

魏杞瞠目片刻,挥臂大声反驳:"不,不!战时状态?这是胡说!"

辛弃疾执礼拱手:"大人勿躁。这种战时状态从建炎九年(公元1127年)起,至今已有四十三个年头。这四十三年间,战争打打停停,停停打打,何时有过和平?"

魏杞反应极快,立马抓住辛弃疾"何时有过和平"一语出口,厉声反击:"荒唐至极!宋金'绍兴和议''隆兴和议'的签订不就是和平吗?"

大殿里的人群神情专注了。

辛弃疾的神情愈显冷静,执礼拱手:"大人勿躁,请冷静思之。大人提到的'绍兴和议''隆兴和议',实质上讲,是敌我双方谁也灭不了谁的暂时妥协,是战争的另样继续。大人也许是'绍兴和议'的唱赞者,这个'和议',金国赢得的是宋对金的'纳贡称臣',是'贡岁币银绢各二十五万两匹',是'宋割唐州、邓州、商州、泗州、和尚原、方山原',是'宋金间以西起大散关东沿淮河之线为界',是'宋放弃淮河以北的土地';我朝赢得的,只是'金归还徽宗皇帝的棺木'。请问这是不是战争的继续?这是不是处于战争状态?大人也许是'隆兴和议'的参与者、唱赞者,这个'和议',金国赢得的是'宋金二帝以叔侄相称',是'改岁贡为岁币,银绢分别为二十万两匹',是'宋割商、秦地,两国地界恢复绍兴和议原状'。我朝赢得的只是惊天屈辱啊!敌方欲壑难填,掠夺成性,以和议中掠得的声威、土地、岁币和居高临下的资源,扩充其实力,准备更大规模的南下战争;我方朝野的仁人志士、黎庶百姓义愤填膺、誓雪国耻,以知耻而勇的哀兵豪气,准备着再一次的北伐,以恢复故疆,洗雪国耻。天日昭昭,难道这不是实实在在的战时状态吗?尊贵的大人,你难道没有听见金国士卒霍霍的磨刀声,你难道没感觉到另一场战争正在悄悄地来临?"

辛弃疾的胆识、锐气、自信似乎一下子震慑了大殿里所有的人,大殿里的气氛静极了,似乎只有人们紧促的呼吸声。

主战官员惊喜,这"战时状态"四字,有力增强了"锐意北伐"的地位;主和官员惊恐,"战时状态"四字,是辛弃疾这厮献给皇帝的一把刀子;赵眘恍悟,突然感到全身生力,朝政的一切,似乎都应当纳入这"战时状态"之中。

"论战"的对手魏杞突然增强了高傲的气势,发出了撕裂人心的呐喊:"愚昧的草莽,无知的白丁,你可知道这战时状态的结局,对我大宋来说是什么? 是江山社稷的大悲大哀啊!"

辛弃疾望着眼前近于失态的"论战"对手,心神确有几分错愕。

魏杞的目光紧紧盯着眼前的辛弃疾,开始了他居高临下的训教:"议政者当知:'谶书纬典,预决吉凶;史墨史论,彰显未来。'周王朝末年,礼崩乐坏,天下大乱,十二诸侯国(鲁国、齐国、晋国、秦国、楚国、宋国、卫国、陈国、蔡国、曹国、郑国、燕国)大闹春秋,战时状态持续了三百四十多年,在尸骨血泪中产生了战国七雄(齐国、楚国、燕国、韩国、赵国、魏国、秦国),再越一百多年,尸骨遍野,血流成河,春秋战国四百五十多年的战时状态,产生了楚人一个神奇的谶语:'吴楚之脆弱,不足以争衡中原。''谶语'成真,果然,'六王毕,四海一',西北的秦国统一了六国,赢得了天下。秦王嬴政成了天下共主的始皇帝。形势之所定,天命之所赐啊!东汉末年,天下分为南北,群雄并起,曹魏、刘蜀、孙吴三国鼎立,各据一方。在烽火硝烟的'战时状态'中,南方的刘蜀、孙吴不敌北方的曹魏,由魏国宰相司马昭及其子司马炎灭蜀灭吴,建立了晋王朝,结束了三国六十年的天下分裂局面,'南北定势'之论遂出。西晋覆亡,东晋苟安于东南一隅,南北朝十六国(前凉、成汉、前赵、后赵、北凉、西凉、后凉、南凉、前燕、后燕、南燕、北燕、夏、前秦、西秦、后秦)对峙一百多年,在征战杀伐中,东晋身任三朝侍中、司徒、手执兵权、文苑贤人蔡谟(字道明)先生,参悟了'南北定势'的天机,曾发出警悟人心之哀叹:我朝不足以完成统一大业,倡言北伐,只能是劳民伤财,徒增朝廷之忧患。形势果然,天意果然,最后结束纷乱统一天下的正是北周宰相杨坚。言之凿凿,南北定势成律啊! 唐末,藩镇骄横,战乱频仍,七十年的烽火厮杀,形成了五代(后梁、后唐、后晋、后汉、后周)十国(前蜀、吴越、南汉、吴、闽、后蜀、南唐、北汉、南平、楚)分裂割据的局面。'南北定势'啊,结束这种混乱分裂局面、第四次完成天下统一大业的,不是别人,正是在陈桥驿众将拥戴、黄袍加身的我朝开国太祖。太祖皇帝应时应世,形势之所定,天命之所归啊! 无知无畏的草莽,越职言事的通判,这种'谶语成真'的史实你能改变吗?这种'南北定势'局面你能扭转吗? 你所谓的'战时状态'和你所鼓噪的北伐,不也是'劳民伤财''徒增朝廷的忧患'吗? "

魏杞的训教声戛然而止,但气势不减,目光逼视着眼前的辛弃疾,呈现出一种轻蔑的威严。大殿里的人们都被魏杞的高谈阔论和凶狠的目光镇住了:博学善辩,暗含杀机,以本朝太祖皇帝的开国业绩为其"南北定势"的"谶语成真"做证,设置了一个埋葬"论战"对手辛弃疾的陷阱,用心至毒啊!

主战官员察其情而神情焦虑,屏息以待辛弃疾的反应;高台上的赵昚见其状而神情凛然,着实为这个"诏令入对"的建康通判担忧了。

此时的辛弃疾,却表现出异常的镇定和清醒,他看得清楚,此时的"入对延和殿",已不是赵昚着意治国方略的研讨,更不是有关《美芹十论》正误得失的论争,而是一场以"南北定势"和"谶语成真"彻底否定皇帝"心存恢复"国策的较量。对手高举着本朝最高神明的灵牌出战,灵牌背后隐藏着"重文轻武""重内轻外""兵将分离"等奉行已久的"祖宗家法",都是禁区,都是说不得、碰不得的。它充分展现了这位大人居心的缜密、险恶和阴毒。一言不当,则全盘皆输,大意不得啊!

辛弃疾迎着魏杞凶狠的目光,依然执礼拱手,彬彬语出:"尊贵的大人,容在下禀报,大人博学,但治学偏宕!"

雷声乍响啊!"治学偏宕"不就是有违常规、多致乖忤吗?这四个字把负有"学者""碧溪先生"盛名的魏杞活脱脱地提了起来,挂在高处,作为矢射之的。大人物魏杞一时也失神发蒙了。

辛弃疾不等对手缓过神来,语出侃侃:"诚然战国末年,楚人有一'谶语':'吴楚之脆弱,不足以争衡中原。'且此'谶语'成真,秦国统一了天下。大人博学,引以为'南北定势'作解,且言之凿凿,大有不许愚者怀疑之势。然历史有据,就在同一时期的战国末年,楚人有另一'谶语',大人博学,亦当熟知,即'楚虽三户,亡秦必楚',而且此'谶语'亦成真。率领江东子弟亡秦者,切切实实是楚人项羽。大人博学,何其厚自己喜欢的彼'谶语'而薄自己不喜欢的此'谶语'啊?"

正色侃侃,简练尖锐啊!大殿里的人们都被辛弃疾的批驳言论吸引了,包括高台上的赵昚。此时的大人物魏杞似乎仍陷于对这位白丁草莽严重估计不足的慌乱中,四顾茫然而窘迫。他正要出语反击,却被辛弃疾更为激昂的批判声迎头压来:"大人博学,但治学昏庸。'南北定势'论的出现,原是史家对秦汉隋唐历史现象分析和历史思维的一种表达,其中包含着秦、隋两个王朝统一天下的伟业和秦、隋两个王朝速败速亡的历史教训,而不是昏庸地套用,为自己昏庸的言行作解。天下人皆知,我华夏大地人杰地灵,无分南北东西,皆有英雄豪杰推动历史前进。秦皇嬴政,北人,结束了五百年的天下大乱统一天下,其功大焉。汉武刘彻,南人,遣张骞通西域,扩展了民族融合和疆土的开拓;遣唐荣通夜郎,建立西南七郡;遣卫青、霍去病北伐,驱逐匈奴,保障了北方边境的安全,居功至伟。汉末三国鼎立,江南吴大帝孙权,南人,其文才武略,不亚于北人曹操、刘备。东汉建安十三年(公元208年),孙刘结盟,大破八十万曹军于赤壁,史称赤壁之战;孙吴黄武二年(公元223年),吴军大败蜀军五十万兵马于彝陵,史称彝陵之战,其雄才大略,彪于青史。西晋末年,京师大乱,西晋王朝迁于东南江浙,史称东晋,遍地藩镇称王称霸,北方诸国,以后赵、前秦最为强盛。后赵皇帝石勒(北方羯族)及其子石虎英勇善战,有底定中原之威;前秦皇帝苻坚(北人),博学多才,有经世称帝之志。东晋愍帝(司马邺)建兴元年(公元313年),闻鸡起舞的英俊志士祖逖(字士稚)时任豫州刺史,率军北伐,中流击水,誓复中原,扫荡群雄,势如破竹,屯兵雍丘,黄河以南,尽为晋土。闻晋室纷争再起,忧愤而卒,北伐中折。其自强不息、枕戈待旦的英气豪情,随着'闻鸡起舞'一语的世代流传,为衰败苟且的东晋王朝留下了一丝令人惋惜的豪气。可悲可哀啊! 就在此时,东晋王朝出现了一位对'南北定势'昏庸的痴迷者、执权者,此人正是尊贵大人刚才所敬仰赞赏的蔡谟明道先生。不错,这位明道先生,在其晚年曾著有《汉书集解》一书,立言于世,堪称学者,也确在东晋三朝(成帝司马衍、康帝司马岳、穆帝司马聃)担任过侍中、司徒,大权在握;但在政治上的作为却是一派昏庸。东晋愍帝(司马邺)建兴二年(公元314年),祖逖率军北伐,蔡谟时年三十三岁,任中郎将司马绍帐下参军,上呈奏表,以'文王身圮于麦里,故道泰于牧野,勾践见屈于会稽,故威申于强吴,南北定势不可违,宜抗威以待来时'谏止;及至祖逖愤亡,北伐中断,蔡明道更张扬'南北定势'之说,以显先见之明;成帝(司马衍)咸和九年(公元334年),都督江荆等九州诸军事庾亮(字元规)进号征西将军,握重兵,镇武昌,待命西征,蔡谟以'自沔川西,水急岸高,鱼贯潮流,首尾百里,若贼无宋襄之义,及我军未阵而出而身亡,将如之何'? 而严令制止,庾亮师未出而身亡;成帝咸康五年(公元339年),太尉郗鉴卒,蔡谟进入朝廷高层,拜为征北将军,都督徐、兖、青州诸军事,领徐州刺史,统兵七千,因专于防守,晋侍中司徒之职,在其后十七年间,对'南北定势'更加痴迷,行权更加武断,以退让、妥协鼓舞了北方后赵、前秦等国的野心膨胀和凶残之气,唱衰晋军兵马。穆帝(司马聃)永和二年(公元346年)时任荆州刺史桓温(字元子)继庾亮握重兵镇武昌,违背时任光禄大夫蔡谟的谏阻,率师北伐,永和三年(公元 347 年)灭成汉,后又攻入前秦关中,因粮运不久而退兵。永和十一年(公元 355 年),桓温北伐,恢复洛阳,屡请朝廷还都,年已七十四岁的蔡谟仍痴迷'南北定势'与痴迷蔡谟言论的东晋大族联手,坚决拒绝还都。蔡谟先生于翌年永和十二年(公元 356 年)病逝,享年七十五岁,自省生平,留有八字遗言:'惶惧战灼,寄颜无所。'痛切而坦直的自我剖析啊,不愧是一位著有《汉书集解》的学者。

"明道先生死后二十七年的东晋孝武帝(司马曜)太元八年(公元 383 年),被东晋'南北定势'痴迷者养强养壮的北方前秦皇帝苻坚,乘先后攻灭前燕、前凉、代国统一北方大部并攻占梁州、益州、邓州、樊州之威,率领九十万兵马南下,声称'投鞭可以断流',企图一举攻灭东晋,其气焰之嚣张,前所未有,江东震动,上下惊慌,为东晋建国六十年来危机之最。时任东晋宰执大臣的谢安(字安石),年已五十三岁,其人善谋善断,少有重名,善行书,与当时的文人雅士王羲之、许询、支遁为友,放情丘壑,年四十出仕,初在东晋穆帝时北伐名将桓温手下任职司马,东晋孝武帝登基,进中书监,录尚书事(宰相)。也许因其受北伐名将桓温的言行熏陶,也许因其对原司徒蔡谟痴迷'南北定势'的昏庸有所析解,也许因其对蔡谟的八字遗言'惶惧战灼,寄颜无所'有所鉴戒,从任'录尚书事'起,即令侄儿谢玄组建北府军于扬州,并严格训练以备战。在治军谋略上,张扬祖逖'闻鸡起舞'、枕戈待旦的精神,张扬庾亮忧愤死节的浩气,张扬桓温雄师复京的雄风,在强敌苻坚九十万兵马抵进淝水之际,毫无畏惧地遣弟谢石、侄谢玄率八万北府军迎敌,锐挫苻坚前锋军于洛涧,智败苻坚九十万兵马于淝水,并乘胜追击,收复洛阳、彭城等地。苻坚逃回关中,后即被其部将姚苌所杀,前秦不久灭亡,史称淝水之战,书写了历史上少有的'以少胜多''以弱胜强'的战例,创造了战争史上八公山上'草木皆兵''风声鹤唳'的传奇,也彻底清算了蔡谟痴迷'南北定势'的昏庸。人间是非,以史为鉴,'淝水之战'至今已七百八十多年,尊贵的大人仍然以蔡谟痴迷的'南北定势'为圭、为据,不是比当年昏庸的蔡谟更为昏庸吗? 不错,在'淝水之战'三十七年之后,东晋王朝灭亡了,但绝不是灭亡于'南北定势''谶语成真'。历史上朝代的更替,都有着自身特有的原因,我愚鲁无知,我赞同唐代诗人杜牧在《阿房宫赋》中的论述:'灭六国者,六国也,非秦也。族秦者,秦也,非天下也……'尊贵的大人,跳出'南北定势''谶语成真'的牢笼吧,在仰视蔡明道先生的同时,请把目光转向现实,转向'志在恢复''志在雪耻''志在北伐'的将领士卒吧。这些将领血染沙场的业绩和战场上冲杀时震天动地的呐喊声,会拂去你心头痴迷昏庸的阴霾,会使你变得正直而清醒。"

涛涛宏观,褒贬是非,无一谬说,大殿里的人们都沉浸在一种惊奇、惊服的震撼中。此人并非白丁草莽,而是奇人奇才。此时的魏杞感到屈辱,自己竟然栽在一个白丁草莽的脚下,丢人啊!他要反击,他不甘心这样的失败。他忽地想到辛弃疾方才对军旅众多将领的吹捧,头脑一闪,精力一抖,发疯似的厉声反击:"你丧心病狂,你吹捧军旅、吹捧骄将横兵,你在攻击我朝'重文轻武''崇文抑武'的祖制朝规! 你,你……"

大殿里的气氛一下子变了,变得肃杀冷峻。人们都知道,宋王朝建国后逐步走向衰弱的病根,就是"重文轻武""崇文抑武"的祖制家法。这个祖制家法的要害,就是唱衰军旅、唱衰将帅以保证"赵家天下"的万世为君。魏杞毕竟博学,且官位曾至宰执,当然洞悉这个祖制朝规的奥秘,他出此招是要辛弃疾的命啊!

辛弃疾反应极快,他决断神速,在魏杞杀气腾腾的吼叫声稍有停顿之时,便以雷霆般的雄辩截击压制了魏杞的吼叫:"尊贵的大人,我在拯救你的灵魂……"

魏杞神情一愣,哑了嗓音。

辛弃疾乘胜而语:"大人博学,但心术舛谬。我朝太祖皇帝,以其雄才大略结束了近六十年分裂混乱的局面,第三次实现了天下一统的伟业。其文才武略,堪比秦皇、汉武、隋文、唐宗;其征伐中亲临战场、运筹帷幄,先南后北、各个击破、战抚并用的战略胜越前贤;在文治上,改革官制,选贤任能,兴修水利,奖励农桑,盛开科举,繁荣文苑,倡导百业,均远胜秦汉隋唐。可你,尊贵的大人,你在论及我朝太祖皇帝的伟业及其历史地位时,竟以'形势使然''天命所归'八字,将其纳入你所痴迷的'南北定势'的昏庸虚无中。大人这般灵魂失落的论定,是大人'居心不慎'的疏漏,还是大人'心术舛谬'的贬低?"

好一句"居心不慎"的质询!好一句"心术舛谬"的追究!立即把魏杞置于被审讯的席位。自誉博学的魏杞当然懂得这些字眼的可怕,当然明白这二者之间选择的任何一种回答,都会跌入辛弃疾的审讯需要。他一下子颓了气势,垮了精神,转身跪倒在高台下,向着赵眘哀痛放声,叩头状告:"圣上,辛弃疾这厮'论战'理屈词穷,以'居心不慎''心术舛谬'诬陷谏臣,是想轰毁谏院'规谏讽喻'的职能啊。"

赵眘以手背拭双眼,微笑语出:"好,好,朕在听,朕在看啊……"

魏杞颓然,如卢仲贤模样,低下了头颅。

魏杞颓然低下了头颅,主和官员中的领军人物暴怒了。袁孚丢掉往日的优容雅致,勃然站起,高声号吼:"《美芹十论》,满篇荒唐,不能卒读。请问胆大妄为的建康通判,你在《美芹十论》中的'自治'论中,提出的'绝岁币''都金陵'是何用心?你可知'绝岁币'的后果是什么?你可知'行在临安'是谁决定的?你叫嚣的'都金陵'是在反对谁?你要造反啊!"

这已不是"论战",而是打压。大殿里的人们噤若寒蝉,连高台上的赵眘都皱起了眉头。辛弃疾强压怒火,正要回答,敷文阁待制吴益忽地站起,高声杀出,调门更响:"什么《美芹十论》,全是一派胡说,全是别有用心。'越职言事'的建康通判,你在《美芹十论》中的'屯田'论中,公然主张'籍归正军民厘为保伍,择归正不厘务官擢为长贰,使之专董其事'。你这是为朝廷'屯田'吗?不!你这是为同你一样的归正人割据地盘。你讲,是何居心?"

这不仅是打压,而且是栽赃诬陷!在大殿人群厌恶的惊骇中,谏官徐考叔乘势杀出:"《美芹十论》每论中,都暗藏杀机。'越职言事'的建康通判在'久任'论中,竟丧心病狂借彰显越王勾践、汉高祖刘邦的英明和文种、范蠡、张良、陈平的多谋影射我朝一百多年来的祖制朝规,狼子野心,昭然若揭。"

　　这不仅是诬陷,而且是制造诬陷的围攻。人们把目光投向大殿中央孤零零的被围攻者,辛弃疾正在以坦然镇定的神情迎接着史馆修撰吕游问杀入围攻。其攻击之术更为离奇:"拜读《美芹十论》,疑点重重。辛弃疾在'审势''察情''观衅'论中,尽述金国人力、财力、军力及其内外离合之状,甚为详细,甚为分明,如亲眼所视、亲耳所闻,令人不得不信。然详加察之,漏洞百出。如今日这位建康通判所述,他出身白丁草莽,幼居乡野,及长,投居山寨,决策南向,任职建康,何以对金国情况知之甚详?难道真的有一双顺风耳和千里眼?若无,这般详细军情从何而来?真耶?诈耶?谍耶?"

　　这是围攻的最终企图吧?是要以"莫须有"之罪谋杀辛弃疾啊!大殿里主战官员都心神凛然,这是近十年来朝廷议事中不曾出现的凶狠乖戾。他们不约而同地把目光投向高台上的赵昚,期望皇帝能及时做出一言九鼎的裁决。

　　此时的赵昚正在冷着面孔搅动着心机,他看得清楚,魏杞之流这般的所质所询,都是围绕"祖制家法"展开,以"祖制家法"捍卫者的面貌出现,再次掀起"严守家法"和"与时消息"这个长时期"主战"与"主和"纠缠不休的论争。

　　道理是明晃晃地摆着,古代哲人有语:"日中则昃,月盈则食,天地盈虚,与时消息。"世间哪有千百年不变的道理。但这个道理,朕说了不作数啊!他想起德寿宫的父皇,想到眼前这几位气势汹汹的谏官们,心底腾起一股厌恶和愤怒,同时产生一种对辛弃疾孤军奋战的同情和赞赏。他转眸望着辛弃疾毫无畏惧、准备反击的神态,心中暗暗叫苦:反击不得啊,此时的任何辩解和如实回答,都会跌入乌鸦们暗设的陷阱。但朕不能明言劝阻啊!他转眸望着人群中他信赖的虞允文,意欲传递救助辛弃疾的讯息,但此时的虞允文正在沉重无奈地闭着眼睛,他的心情骤然更加沉重,似乎有一种坠落谷壑之感。

恰在此时，一串高昂刺耳批判《美芹十论》的声音响起，更增添了大殿里的凶狠、乖戾，更加沉重地压抑着赵昚正在坠落的心。大殿里的人们举目望去，主和派领军人物、御史中丞尹穑鹤立人群，气势压人，出语尖刻："《美芹十论》之患，何止目无祖制朝规，其要害之处，在于居心叵测。

"《美芹十论》煌煌万言，仅有一论谈及军旅战争，名'详战第十'。'详战'者何？辛弃疾给我的方略是用三路分兵法，东出山东、西出关陕、中出荆襄，以竟其北伐大业。何其辉煌的'详战'啊！请问'越职言事'的建康通判，这现实吗？北上三路的雄兵在哪？能打胜仗的将帅在哪？什么'一举而取京洛，再举而复关陕''山东之民必叛虏以为我应，是不战而可定也'，全是痴人说梦！如此献策北伐，其结果必然是再一次的符离兵败，抑或引金兵借机南下，毁我江南。何其如此？真令人触目惊心。人们有权询问，献此'详战'者，真耶？诈耶？谍耶？"

短兵相接，血溅五步！

此时的辛弃疾，望着强势逼迫的对手，淡然一笑，语出侃侃："尊贵的大人，一篇议论国策的《美芹十论》竟然引起你和这几位大人的震怒、周纳、讨伐，我感到荣幸、振奋和骄傲。我向诸位大人躬身致意，谢谢诸位大人费心劳神了。但对诸位大人荒唐的批判和阴险质询，我概不赞成，也概不作答，只以虔诚的心聆听圣上的英明裁决。我想诸位大人总不会抗拒圣上英明的裁决吧！"

不等尹穑有所反应，辛弃疾展开了更猛烈的反击："尊贵的大人，恕我直言，你确实比你身边的这几位大人高明得多。你敏锐地指出了我在《美芹十论》中关于军旅建设上的严重缺失，更敏锐地指出现时朝廷无征战雄兵、无制胜将帅的现状，其头脑清醒，比这几位大人胜强百倍。尊贵的大人，你不必为军旅建设上的缺失操心劳神，我会为你解忧消愁的。"

辛弃疾语歇，不再理会尹穑，转身面对高台上的赵昚伏地叩首，从怀中取出一沓厚厚的文稿，高高举起，放声高呼："禀奏圣上，微臣辛弃疾接圣上'诏令人对'的谕旨，五内沸腾，面临安而跪拜。为报圣上九天之恩，微臣不避愚鲁，以忠贞忠谠之心，成兵事论文九篇，取名《兵事九议》，以补《美芹十论》有关军旅建设上的缺失，为圣上铸建一支忠于圣上、忠于社稷、忠于北伐、战之能胜的雄师劲旅而尽微薄之力。现呈献圣上，乞请勘审！"

大殿里的气氛似乎一下子变热了，变活了，人们的听觉全被"兵事九议"这四个字占有了，人们的目光齐刷刷地投向辛弃疾高举的文稿，全然被这厚厚的文稿吸引了。

此时高台上的赵眘，目睹辛弃疾以其机敏才智，四两拨千斤般轻松化解了围攻者的阴谋，并以嬉笑怒骂揶揄围攻者而颇感舒心快意时，忽听辛弃疾有论文呈献，心情激越，忽地站起，发出谕示："'《兵事九议》'？又一次'越职言事'啊！辛弃疾，朕需要一篇建军强军实施方略，朕更需要一支忠于朕、忠于社稷、忠于北伐的雄师劲旅。打开你的《兵事九议》，奏读给朕听，奏读给朕的这些股肱之臣听。在辛弃疾奏读中，有敢于干扰寻衅者，严惩不贷！"

赵眘令出，大殿肃然，群臣屏息静气，等待着辛弃疾的奏读，等待着《兵事九议》的面世。尹穑在颓然中落座时失控，跌坐在地，蓦地意识到自己声嘶力竭掀起的这一场围攻，却为辛弃疾的《兵事九议》的出台敲响了锣鼓。

此时的辛弃疾，遵奉赵眘的谕示，挺立大殿，气宇轩昂，放声奏读起他手中的《兵事九议》：

### 兵事九议

某窃唯方今之势，恢复岂难为哉。上之人持之坚，下之人应之同，君子曰"不事仇雠"，小人曰"脱有富贵"，如是而恢复之功立矣。虽然，战者，天下之危事；恢复，国家之大功，而江左所未尝有也。持天下之危事，求未尝有之大功，此缙绅之论，党同伐异、一唱群和、以为不可者欤？于是乎"为国生事"之说起焉，"孤注一掷"之喻出焉，曰"吾爱君，吾不为利"，曰"守成、创业不同，帝王、匹夫异事"。天下未尝战也，彼之说大胜矣；使天下而果战、战而又少负焉,则天下之事将一归乎彼之说,谋者逐,勇者废,天下又将以兵为讳矣,则夫用兵者讳兵之始也。

某以为他日之战,当有必胜之术,欲其胜也,必先定规模而后从事。故凡小胜不骄、小负不沮者,规模素定也。某谨条具其所以规模之说,以备采择焉。苟从其说而不胜,与不从其说而胜,其请就诛殛以谢天下之妄言者。唯无以人而废其言,使天下之事不幸而无成功,他日徒以某为知言,幸甚。

## 其一

恢复之道甚简且易,不为则已,为则必成。然而某有大患:天下智勇之士未可得而使也。人固有以言为智勇者,有以貌为智勇者,又有以气为智勇者。言与貌为智勇,是欺其上之人,求售其身者也,其中未必有也;以气为智勇,是真足办天下之事,而不肯以身就人者,叩之而后应,迫之而后动,度其上之人果足以有为,于是乎出而任天下之事,其规模素定,不求合于人者。

且恢复之事,为祖宗、为社稷、为生民而已,此亦明主所与天下智勇之士之所共也,顾岂吾君吾相之私哉。然而特怵于天下之士不乐于吾之说,故切切然议之,遂使小人乘间投隙,持一偏可喜之论以谋己私利,上之人幸其不徇流俗而肯为是论也。亦稍稍而听之,故施于事者或骇,用于兵者有未可知,此某之所以为大患软。

故某以为:“今日之论,不可白于天下。”所恶乎白者,为其泄也。然取天下智勇之士可与共吾事者而泄之,非泄之于天下也。今不泄于吾之共事者而泄于敌,其泄之也甚矣。盖天下有英雄者出,然后能屈群策而用;有豪杰者出,然后能知天下之情。欲乞丞相稍去簿书细务,为数十日之闲,抒写胸臆,延访豪杰,无问南北,择其识虚实兵势者十余人,置为枢密院属官,有大事则群议是正而后闻,敢泄吾情者罪之;议论已定,敢泄吾事者罪之。此古人论兵决事之大要也。

## 其二

论天下之事者主乎气,而所谓气者又贵乎平。气不平则不足以知事之情,事不知其情则败。今事之情有三:一曰无欲速,二曰宜审先后,三曰能任败。

凡今日之弊,在乎言和者欲终世而讳兵,论战者欲明日而亟斗。终世而讳兵,非真能讳也,其实则内自销铄,猝有祸变而不能应。明日而亟斗,非真能斗也,其实则恫疑虚喝,反顾其后而不敢进。此和战之所以均无功而俱有败也。孔子曰:"欲速则不达,见小利则大事不成。"昔越之谋吴也,二十余年而后动;燕之谋齐也,谓其臣曰:"请假寡人五年。"对曰:"请假王十年。"故疾之期年而无功,与迟之数年而决胜,利害相万也。符离之役断可见矣。故曰:"无欲速。"

凡战之道,不一而足,大要不过攻城、略地、训兵、积粟,与夫命使、遣间、可以诳乱敌人耳目者数事而已。然而知所先后则胜,否则败。譬之弈棋,纵横变化不出于三百六十路之间,巧者用之以常胜者,谚所谓知先后之着耳,败者反是。故曰:"审先后。"

凡战之道主乎胜,而胜败之数不可必,始败而奋,终则或胜;始胜而骄,终则或败。故曰:"一胜一负,兵家之常。"讵(反问词,哪里,难道)一败便沮成事乎!且高祖未尝胜,项羽未尝败,然而兴亡若此者,其要在乎忍与不忍而已。不能忍则不足以任败,不任败则不足以成事。故曰:"能任败。"

此三者虽非胜负之所以决,然能以是三者处之胸中,则其所施为措注气象宏远,浮论不能移,深涧不能窥矣。

## 其三

凡战之道,当先取彼己之长短而论之,故曰:"知己知彼,百战不殆。"

今土地不如虏之广，士马不如虏之强，钱谷不如虏之富，赏罚号令不如虏之严。是数者彼之所长、吾之所短也。

然天下有急，中原之民，袒臂大呼，溃裂四出，影射响应者，吾之所长、彼之所短也。

彼沿边之兵不满十万，边徼远阔，乘虚守戍，力且不给，一与吾战，必召沙漠。吾之出兵也，在一月之内；彼之招兵也，在一岁之外，兵未至而吾已战矣。此吾之所长、彼之所短也。

吾之出兵也，官任其费，不责之民，缓急虽小取之，不至甚病，虽病而民未变也；彼之出兵也，一仰给于民，预索租赋，头会箕敛，官吏乘时掊克，夺攘其财，斩艾其命，而天下大乱矣。虽有严法，不知而禁。此吾之所长、彼之所短也。

彼逾淮而来，长江以限之，舟师以临之，不过虏吾民、墟吾城，食尽而去耳；吾逾淮而往，民可襁负而至，城可使金汤而守，断其手足，病其腹心。此吾之所长、彼之所短也。

彼之所长，吾之所短，可以计胜也；吾之所长，彼之所短，是逆顺之势不可易，彼将听之，以为无奈此何也。故以形言之，是谓小谋大、寡遇众、弱击强；以情言之，则其大可裂也，其众可蹶（跌倒）也，其强可折也。举天下之大事而蔽之以一言，曰："攻其无备，出其不意。"是谓至计。

## 其四

既知彼己之长短，其胜在于"攻其无备、出其不意"而已也，故莫若骄之，不能骄则劳之。盖天下之言，顺乎耳者伤乎计，利于事者忤于听。上之人苟不以逆吾耳而易天下之事，某请效其说：

智者之作事也，精神之所运动，智术之所笼络，以失为得，转害为利，如反手耳，天下不得执而议也。日者兵用未举而泛使行，计失之早也。夫用兵之道有名实，争名者扬之，争实者匿之。吾唯争名乎，虽使者辈遣、冠盖相望可也。吾将争实乎,吾之胜在于攻无备、出不意,吾则捐金以告之:"吾将与汝战也。"可乎!

谋不可以言传,以言而传,必有可笑者矣。陈平之间楚君臣、与出高祖于平城者,其事甚浅陋也,由今观之,不几于笑欤?然用之而当其计,万世而下,功名若是其美也。

某闻其使人之来,皆曰:"南北之利莫如和。"某度之,必其兵未集而有是言;使之集,则使者健而言必劲矣。吾将骄彼,彼顾骄我,不探其情而为之谋,某未知胜负之所在也。故上策莫若骄之:卑辞重币,阳告之曰:"吾之请复陵寝也,将以免夫天下后世之议也,而上国实制其可否。上国不以为可,其有辞于天下后世,顾两国之盟犹昔也。"彼闻是言也,其招兵必缓,缓则吾应之以急,急则吾之志得矣。此之谓骄。

传檄天下,明告之曰:"前日吾之谓也,今之境内矣,期上国之必从也。今而不从,请绝岁币以合战。"彼闻是言也,其招兵必急,急则吾应以缓,深沟高垒,旷日持久,按甲勿动,待其用度多而赋敛横,法令急而盗贼起,然后起而图之,是之谓劳。故彼缓则我急,彼急则我缓,必胜之道也。兵法以诈立。

虽然,事有适相似者:里人有报父之仇者,力未足以杀也,则市酒肉以欢之,及其可杀也,悬千金于市求匕首,又从而辱之,意曰:"汝詈(lì,骂、责备)我则斗。"曾不知父之仇则可杀,以酒肉之欢则可图,又何以詈为哉!计虏人之罪,诈之不为不信,侮之不为无礼,袭取之不为不义,特患力不给耳。区区之盟,曾何足云!故凡用兵之名而泄用兵之机者,是里人之报仇者也。

## 其五

某闻之:"胜兵先胜而后求战,败兵先战而后求胜。"故善为兵者阴谋。阴谋之守坚于城,阴谋之攻惨于兵。心之精微,出而为智,行乎阴则谓之谋。

某以谓今日阴谋之大者，上则攻其腹心之大臣，下则间其州府之兵卒，使之内变外乱，其要领不可不知也。

求非常之事，必有非常之费。非常之费朝廷所不恤也。然而用之当其计，则费少而功多；不当其计，则费钜而功寡。何以言之？朝廷所谓经略秘计者，不过招沙漠之酋长，结中原之忠义。其招之者，未必足以为之固也。假使招之来，拥兵而强，则为我之师；释兵而穷，则为今之萧鹧巴（金军之骁将，自海道降宋）；不然，使甘听吾言而就战其地，虽婴儿之智亦不为此。结之者固非锄犁无知之民，则椎埋窃发之党，非有尺寸可藉以为变，甚则率数十百人而来耳。势不足以为朝廷重，祸不足以制夷狄命，徒费金钱，为之无益耳。

某以谓：欲其招沙漠之酋长，不若攻腹心之大臣；欲其结中原之忠义，不若间州县之兵卒。请言其说：

虏情猜忌，果于诛杀。其朝廷之上，将相则华夷并用而不相安，兄弟则嫡庶交争而不相下。某顷（短时间）游北方，见其治大臣之狱，往往以矾为书，观之如素楮（树皮）然，置之水中则可读，交通内外，类必用此。今之归明人中，其能通夷言、习夷书者甚多，可啖（引诱）以利，务得其心，然后精择上间，先至其廷，多与之金，结其酋贵，俟得其用事之主名，孰为贤，孰为党，用事则多怨，又知其怨者。俟得其情，然后诈为夷狄书画，若与其党交结为反者状，遗之怨家，事必上闻。嫡庶之间亦必有党，将令其争，又复如此。必将党与交攻、大为杀戮而后已。如是而其国大乱矣。是之谓攻其腹心之大臣。

中原州郡类以夷狄守之，故其卒伍之长甚贵而用事，然其心亦甚怨而不平。某尝揣量此曹，间有豪杰可与共事者，然而计深虑远，不肯轻发，非比陇上之民，轻聚易散、出没山谷间止耳。若威声以动之，神怪以诳之，重赏以饵之，若是而未有不变者。彼变则拥兵而起，据城而守，变一兵而陷一城，陷一城而难千里。

计无大于此二者。苟朝廷不以为然，择沉鸷有谋、厚重不泄之人，付以沿边州郡,假以岁月,安坐图之,虏人之变可立以待。

今两淮州郡,朝廷功名地也,盖河北可以裂天下,山东可以趋河北,两淮可以窥山东。朝廷不知重此,而太守数易、才否并置,类非可以语此事规模者,某窃譬之有其器而不知其用者也。

## 其六

既谋而后战,战之际又有谋焉。吾兵与虏战,众寡不相敌也。使众寡而相敌,人犹以为虏胜,何者?南北之强弱,素也。盖天下之势有虚实,用兵之序有缓急,非天下之至精不能辨也。故凡强大之所以见败于小弱者,强大者分而小弱者专也。知分之与专,则吾之所与战者寡矣。所与战者寡,则吾之所以胜者必也。故曰:"备前则后寡,备左则右寡,无所不备则无所不寡。寡者备人者也,众者使人备己者也。"又曰:"出其所不趋,趋其所不意。"又曰:"形之所在,敌必从之。"

今虏人之所备者,山东也,京师也,洛阳也,关中也。其备山东者轻,而京师、洛阳、关中则重也。彼山东者,于燕甚近,而其民好乱。天下有事,虏人常先穷山东之民。天下有变,而山东亦常首天下之祸。计不知此而轻其备,岂真识天下之势也哉!今夫二人相搏,殴其心则手足无全力;两阵相持,噪其营则士卒无斗志。故某以为兵出沭阳则山东可指日而定;山东已定,则河北可传檄而下;河北已下,则燕山者某将使之塞南门而守。请试言其说:

虏人沿边之兵不满十万,使招兵而来又必十万(若乘其不备则不及招兵),二十万之众,较其数则多,然其边徼(jiào,边界)阔远,势能分之使备我,则寡。将战之日,大为虚声,务使之分,命一使于川蜀,曰"收复关陕",建以旌旗而布以诏令,彼必聚兵而西;深沟高垒,勿与之战。如是而两月,又命一使于荆襄,曰"洒扫陵寝",建以旌旗而布以诏令,彼必召山东之兵而俱西;深沟高垒,勿与之战。如是而两月,又命一使于淮西,曰"御营宿卫",声言直趋京师,若为羽檄交驰、车马旁午状,以俟天子亲驾者,彼必竭天下之兵而南;深沟高垒,勿与之战。又令舟师战舰,旌旗精明,金鼓备具,遵海而行。四路备兵,势分备寡,内郡空虚,盗贼群起,吾之阴谋又行,援我者众。虽有良、平,不能为之谋矣。

然四路者非必以实攻也,以言耸之使不得去,以势劫之使不得休。何则?彼重之吾又重之,其信我者固也。然后以精兵锐卒,步骑三万,令李显忠将之,由楚州出沭阳,鼓行而前,先以轻骑数百,择西北忠义之士,令王任、开赵、贾瑞等辈领之,前大军信宿而行,以张山东之盗贼,如是不十日而至衮、郓之郊,山东诸郡以为王师自天而下,欲战则无兵,欲守则无援,开门迎降唯恐后耳。然后号召忠义,教以战守,传檄河北,谕以祸福。天下知王师恢复之意坚,虏人破灭之形着,城不攻而下,兵不战而服,有不待智者然后知者。此韩信之所以破赵而举燕也。彼沿边三路兵将,北归以自救耶?其势不得解而去也;抑为战与守耶?腹心已溃,人自解体,吾又将突出其背反攻之。当是之时,虏人狼顾其后,知为巢穴虑而已,遑恤他乎?故曰:"燕山者,将使塞南门而守也。"

今之论兵者,不知虚实之势、缓急之序,乃欲以力搏力,以首争首,寸攘尺取以觊下,譬之驱群羊以当饿虎之冲,其败可立待也。唯详择毋忽。

## 其七

正取之计已定,然后谋所以富国强兵者:除戎器,练军实,修军政,习骑射,造海舰,凡此所以强兵也。其要在于为之以阴,行之以渐,使敌人莫吾觉耳。

至于富国之术,民无余力,官无遗利矣,国不可得而富也。兵待富而举,则终吾世而兵不得举矣。虽然,某有富国之术,不在乎聚敛而在惜费,苟从其可惜者而惜之,则国不胜富矣。何以言之?自朝廷规恢远略以来,今三年矣,其见于施设者,费不知其几也:城和、城庐、城扬、城楚、筑堰、募兵,建康之寨,京口之寨,江阴之寨,与夫泛使赂遗,发运本钱,其它便业造次、恩泽赏给、不可得而纪者,合千有余万缗矣。一岁之币,三年而郊,又二千万矣。岁币、郊祀之费是不得已而为之者,其它得已而不已者,为恢复计也,然而于恢复之功非有万分一也。非有恢复之万一而费之,则费为可惜矣!若规模既定,断以三岁而兴兵。未战之岁,取是数费而聚之;当战之岁,岁币可绝也,郊祀可展也。如是而得三千万缗矣。今帑藏之储又仅二千万,合五千万缗而一战,岂不绰绰然有余裕哉!

其次则宽民力:可以息民者息之,可以予民者予之。盖恢复大事也,能一战而胜乎,其亦旷日持久而后决也。旷日持久之费,缓急必取之民,凡民所以供吾缓急,财尽而不怨,怨甚而不变者,以其素抚养者厚也。古之人君,外倾其敌,内厚其民,其本末先后未有不如此者。不然,事方集而财已竭,财已竭而民不堪,虽有成功而不敢继也。

今世之所病者,深根固本则指为迂阔不急之论,从事一切则目为治办可用之才。国用既虚,民力又竭,求强其手足而元气先弱,是犹未病而进乌喙,及其既病也,则无可进之药,使扁鹊、仓公望之而去者是也。

## 其八

方今之论,以为将有事于中原,必先迁都建业。某以为有不得已而必迁者,有既迁而又当迁者,又有不可得而迁者,及未可得而迁者,不可不知也。

不迁则不足以示天下之必战,中原之变也必缓,吾军之斗也必不力,深居端处以待舆地之来,是谓却行而求前,此不得已而必迁者也。

所谓战者,将姑为是名耶,其亦果有志于天下耶?姑为是名。虽迁都建业,徒费无益;志于天下,虽迁建业,犹以为近。何则?人主破天下庸常之论,图天下难能之事,而又阴得其所以必胜之权,不躬犯艰难而决之,天下有不信吾心而殆吾事者矣。向之城扬、城庐,费累百万,其实甚无益也。腐缣(细绢)败素,染而紫之,价必十倍。异时有急,敕庐、扬为车驾东西巡幸地,以决三军胜负之数,则城庐、城扬真恢复大计也。此既迁而又当迁者也。

天下无事，缙绅（高官）之论，人人得以自尽："主上方以孝养治天下，北内晨昏之问不可得而远也。""国用方虚，民力方困。千乘万骑、百司庶府，一动而百费出，迟留岁月，无从而给也。"苟缙绅之论以是而相持，上之人必无说而却此。此不可得而迁者也。

两敌相持，见之以弱，犹恐为强，示之以怯，犹恐为勇，见强示勇，敌必疑惧，敌既疑惧，吾事必去。故先事而迁，是见之强而示之勇也。两敌相持，士未致死，天子顺动，亲御鞍马，隆名重势，猝压其上，三军思奋，斗必十倍。敌势惊乱，变必内起。此古英雄之君御将决胜之奇术。故先事而迁，是兵未战而术已尽也。吾未战而迁建业，万一虏因是而迁京师（逆亮是也），此事之不可知者也。凡吾所以未战而求胜者，以中原之变为之助也，虏迁京师，胁以兵力，中原之民必不敢变，中原不变则战之胜负未可知也。故先事而迁，是趣虏人制中原之变也。此未可得而迁者也。

参四者而论之，则大计见矣。某以为宜明降约束，以禁传言迁都建业者，姑少待之。异时兵已临淮，则车驾即日上道，驻跸建业以张声势；兵已渡淮，则亲幸庐、扬以决胜负。如是则缙绅之论不见持于无事之际；敌国之重，不及虑于已战之后，最为得计。


## 其九


事有甚微而可以害成事者，不可不知也。朝廷规恢远略，求西北之士谋西北之事，西北之士固未用事也，东南之士必有悖（恼怒）然不乐者矣。缓急则南北之士必大相为斗，南北之士斗，其势然也。西北之士又自相为斗：有才者相媢（máo，嫉妒），有位者相轧，旧交愿其新贵，同党化为异论，故西北之士又自相为斗。私战不解则公战废，亦其势然也。武王曰："受有臣亿万唯亿万心，予有臣三千唯一心。"胜商杀受，诚在于此。某欲望朝廷思有以和辑其心者，使之合志并力、协济事功，则天下幸甚。

右某所陈皆恢复大计，其详可次第讲闻也。独患天下有恢复之理而难为恢复之言。盖一人醒而九人醉，则醉者为醒而醒者为醉矣；十人愚而一人智，则智者为愚而愚者为智矣。不胜愚者之多而智者之寡也，故天下有恢复之理而难为恢复之言。虽然，某尝为之说曰："今之议者皆言'南北有定势，吴楚之脆弱不足以争衡中原。'某之说曰：'古今有常理，夷狄之强暴不可以久安于华夏。'"夫所谓南北定势者，粤自汉鼎之亡，天下离为南北，吴不能以乱魏而晋卒以并吴，晋不能取中原而陈亦终毙于隋。与夫艺祖皇帝之取南唐、取吴越，天下之士遂以为东南地薄兵脆，将非命世之雄，其势故至于此。而蔡谟亦谓："度今诸人必不能办此，吾见韩庐、东郭俱毙而已。"某以为吴不能取魏者，盖孙氏之割据，曹氏之猜雄，其德本无以相过，而西蜀之地又分于刘备，虽欲以兵窥魏势不可得也。晋之不能取中原者，一时诸戎皆有豪杰之风，晋之强臣方内自专制，拥兵上流，动辄问鼎，自治如此，何暇谋人？宋、齐、梁、陈之间，其君臣又皆以一战之胜，蔑其君而夺其位，其心盖侥幸人之不我攻，而所以攻人者皆自固也。至于南唐、吴越之时，适当圣人之兴，理固应尔，无足怪者。由此观之，所遭者然，非定势也。

且方今南北之势，较之彼时亦大异矣：地方万里而劫于夷狄之一姓，彼其国大而上下交征，攻庞而华夷相怨，平居无事，亦规规然摹仿古圣贤太平之事，以诳乱其耳目，是以其国可以言静而不可以言动，其民可与共安而不可与共危，非如晋末诸戎，四分五裂；若周秦之战国，唐季之藩镇，皆家自为国，国自为敌，而贪残吞噬、剽悍劲鲁之习纯用而不杂也。且六朝之君，其祖宗德泽涵养浸渍之难忘、而中原民心眷恋依依而不去者，又非得为今日比。故曰："较之彼时，南北之势大异矣。"

当秦之时，关东强国莫楚若也，而秦、楚相遇，动以十数万之众见屠于秦，君为秦虏而地为秦墟。自当时言之，是南北勇怯不敌之明验，而项梁乃能以吴楚子弟驱而之赵，救钜鹿，破章邯，诸侯之军十余壁皆莫敢动，观楚之战士无不一当十，诸侯之兵皆人人慑恐，卒以坑秦军、入函谷、焚咸阳、杀子婴。是又不可以南北勇怯论也。方怀王入秦时，楚人之言曰："楚虽三户，亡秦必楚。"夫彼岂能逆知其事之必至此耶，盖天道好还，亦以其理而推之耳。故某直取古今常理而论之。

夫所谓古今常理者：逆顺之相形，盛衰之相寻，如符契之必合，寒暑之必至。今夷狄所以取之者至逆也，然其所居者亦盛矣。以顺居盛犹有衰焉，以逆居盛固无衰乎？某之所谓理者此也。不然，裔夷之长而据有中夏，子孙又有泰山万世之安，古今岂有是事哉？今之议者，皆痛惩曩时之事而劫于积威之后，不推项籍之亡秦而猥以蔡谟之论晋者以藉其口，是犹怀千金之璧而不能斡营低昂、而俯首于贩夫，惩蝮蛇之毒，不能详核真伪，而褫（chǐ，夺去）魄于雕弓，亦已过矣。昔越王见怒蛙而式之（向鼓足了气的青蛙致敬），曰："是犹有气。"盖人而有气然后可以论天下。

当辛弃疾奏读完《兵事九议》最后一行文字，风声乍起，水波飞扬，彩云消散，湖面闪烁起层层绿波金光，托着白萼红萼的关窗艳姿向大殿拥来。芳香阵阵，醉了赵昚，醉了群臣，醉了精疲力竭的辛弃疾……

兵部尚书黄中，神情昂然，跨步出列，跪拜于高台下放声禀奏："圣上，辛弃疾澄心静虑，敢于担当军旅之重；辛弃疾深思妙得，足以统率雄劲之师。人才难得啊。"

中书舍人兼侍读洪迈，亦出列跪拜于高台下，放声禀奏："圣上，《兵事九议》笔势浩荡，智略堂堂，立足实地，九议一体，实强军之道，朝廷之福。"

刑部尚书汪大猷走出人群，跪奏于高台下："圣上，辛弃疾忠义慷慨，胆识并美，气志俱至，成《兵事九议》强军之策，当重而用之。"

殿中侍御史唐尧封亦出列跪奏于高台下："圣上，辛弃疾敛雄才于方纪，纳大变于小篇。实当世之俊才，可嘉可用。"

谏官王伯庠亦出列跪奏于高台下："圣上，《兵事九议》与《美芹十论》同样精彩，兼而得之，兼而用之，富国强军之愿必成。天赐于我，不可错过啊。"

户部侍郎叶衡走出人群，亦跪奏于高台下："圣上，辛弃疾桀骜雄奇，股肱皇室之心可见;辛弃疾雄风英气,持论劲直不阿……"

赵昚忽地站起,截断叶衡的禀奏,放声高呼:"'桀骜雄奇,股肱之心可见''雄风英气,持论劲直不阿',人果若其文!古代贤人有语:'宰相必起于州部,猛将必发于卒伍。'金玉良言,言之不诬!辛弃疾,呈上《兵事九议》,朕将秉烛而详览!"

辛弃疾应诺,捧《兵事九议》行至高台下呈献,由甘昇下台接过转呈赵昚。

赵昚谕出:"兵部尚书黄卿听旨!"

黄中出列应诺:"臣在。"

"安排辛弃疾食宿之所,以便朕随时召唤!"

黄中应诺。

赵昚令出:"'入对延和殿'告成,散!"

群臣跪地高呼:"圣上万岁万岁万万岁!"

赵昚在山呼"万岁"声中离开大殿……

主和官员及其领袖人物尹穑、魏杞、卢仲贤等怀愤退出大殿……

精疲力竭的辛弃疾向着远处默默含笑的右仆射虞允文走去……

大殿沸腾了,欢舞笑闹声鹊起,主战官员弹冠相庆,蜂拥着向辛弃疾、虞允文祝贺;延和殿的侍者们,捧来瓜果,为欢庆的人们添兴增趣;湖面微波荡漾,清爽宜人;荷萼芳香,沁人心肺;清风呼啸,唱起轻柔甜美的欢歌。

此时的延和殿,真的成为四面透风、荷花环绕,宛若仙境的一座凉亭,为辛弃疾和朝廷主战臣子消解着心中的忧烦,营造着一种云水含情的清新舒畅。

## 二十一 "道"显易,"道"行难

五月二十七日入夜酉时三刻,在王琚号令下,听风楼办了一场为辛弃疾"入对延和殿"祝捷的隆重家宴。在王琚高呼"为辛郎胜利归来开怀畅饮"的号令中,大家举杯共饮。

辛弃疾、范若水高举酒杯,高吟着《诗经·大雅》中的诗句:"既醉以酒,既饱以德,君子万年,介尔景福。既醉以酒,尔肴既将,君子万年,介尔昭明。"跪拜于王琚的面前。

王琚并不推辞,双手接过两只酒杯,一饮而尽,望着眼前凝神注目的"听风楼"男女人丁,高呼:"'人生大笑能几回,斗酒相逢须醉倒!'幼安初露锋芒,初战告捷,来日可期!为幼安的'来日可期'痛饮!醉它个荡气回肠,醉它个重睹金戈,醉它个重整山河!"

听风楼男女同声应和。开坛倾酒,觥筹交错,众人醉意醺醺地沉浸在辛弃疾"来日可期"的殷切期盼中。

五月三十日,朝廷官员月末休班之日,现任户部侍郎叶衡和现任发运使史正志联手为挚友辛弃疾"祝捷"。鉴于辛弃疾第一次来到临安,他俩决定自携美酒觥筹及家制小菜,雇得一艘游艇,特邀辛弃疾、范若水畅游西湖。

辰时正点,主客依约相会于西湖南岸名曰"相宜"的码头。

今日的叶衡、史正志,都脱去了庄穆呆板的峨冠博带,也就头戴黑巾,脚蹬布履,显得年轻潇洒了许多。他俩突然之间,似乎恢复了几年前在建康蒋山、赏心亭踏雪寻梅、纵情宴饮时的神采。

今日的辛弃疾，身着紧身窄袖长衫，头戴四带巾，腰束鎊带，脚蹬软靴，一派壮士装束。他望见叶衡、史正志到来，偕妻子若水急忙迎上，恭行大礼："叶公、史公大安。弃疾抵达临安已有半月，未能去叶府、史府拜谒两位恩公，向叶公、史公请罪了！"

叶衡时年四十八岁，长辛弃疾十八岁，以师友之谊拱手还礼："幼安长进了，已知'朝廷大员忌于结交藩镇'的历史教训，可赞可贺啊！"

史正志时年三十九岁，长辛弃疾九岁，以兄长之情自嘲而笑道："史某胆小，也怕'朝廷小官结交藩镇'之罪及身，不敢于'入对延和殿'前为幼安、若水进入临安接风洗尘，自愧啊！"

范若水惶惶然向叶衡、史正志恭行大礼，从锦囊中取出两首由自己工整书写于锦缎上的辛弃疾的词作献上："向叶公、史公致谢了。辛郎阔别二位师友数载，须臾不敢忘却师友之情，晨昏常吟，得此大恩难报之词作，以表辛郎深情殷殷之思！"

叶衡、史正志大喜，接过词绢，拱手致谢。

史正志展开词绢，是一首《满江红》，放声朗读：

> 鹏翼垂空，笑人世，苍然无物。还又向、九重深处，玉阶山立。袖里珍奇光五色，他年要补天西北。且归来、谈笑护长江，波澄碧。　佳丽地，文章伯。金缕唱，红牙拍。看尊前飞下，日边消息。料想宝香黄阁梦，依然画舫青溪笛。待如今、端的约钟山，长相识。

史正志读罢，心潮澎湃，高声唱赞："深情的词作，秀美的书法，两美结合，已成稀世之宝，我当收藏以传于史门后代！谢幼安了。可现时我袖中所有的，只是淮浙江湖六路漕运和漕运船只上装载的茶盐粮帛啊！吉祥而梦境般的希望啊！'料想宝香黄阁梦，依然画舫清溪笛。'若真能'听事黄阁'，入阁拜相,我当如约钟山,实现'无事则都钱塘,有事则幸建康'的奏议。'谈笑护长江,波澄碧。'幼安知我啊!"

叶衡击掌唱赞,应和着史正志的神采飞扬,高吟起辛弃疾呈献的词作《一剪梅》:

独立苍茫醉不归。日暮天寒,归去来兮。探梅踏雪几何时。今我来思,杨柳依依。 白石冈头曲岸西。一片闲愁,芳草萋萋。多情山鸟不须啼。桃李无言,下自成蹊。

叶衡吟罢,抚辛弃疾而语:"'杨柳依依''芳草萋萋''多情山鸟不须啼'。幼安豪放,幼安婉约,昔日建康钟山踏雪寻梅的志同道合,山高水长啊!登船游湖吧,徜徉于西湖碧波之中,为幼安的初战告捷、来日可期祝福吧。"

水光潋滟,山色空蒙,轻舟短棹,绿波逶迤。他们沿着长约五里的苏堤而北行,阅夹岸杨柳之碧翠,赏映波桥之精巧,观东浦桥之卧波,叹跨虹桥之华丽。辛弃疾、范若水啧啧称奇……

史正志叹息,谓辛弃疾、范若水曰:"'苏堤春晓'居西湖名胜之首,春时已过,美景减其半矣!若二三月来此,艳桃灼灼,开遍长堤六桥,翠绿中团团炎焰,勾魂销魂啊!"

辛弃疾回应:"谢史公指点。此情此景,我已是勾魂销魂了。我在思念浚湖筑堤的苏公子瞻啊……"

叶衡笑而语出:"昔日苏公子瞻之进入临安,是因政见不和被皇帝贬逐而来;今日幼安之进入临安,是皇帝召请而至。天壤之别啊!苏公子瞻浚湖筑堤,造福西湖,造福临安,造福天下,人们以'苏堤'命名,彰显其千古不朽之业绩。幼安'入对延和殿',献给皇帝的是一道造福大宋、造福社稷、造福天下的长城啊!"

史正志高声叫好："绝妙的比喻！若天遂人愿，这道'长城'建成，千古奇功啊！"

辛弃疾惶惶而语："苏公子瞻，雄豪放达，天纵之才，其政见不为朝廷采纳，惜哉痛哉！在坎坷人生中，其才情纵横于文坛，成词坛之神，大江东去、天地奇观的雄健豪放，前无古人。弃疾当敬而仰之，追而随之。"

叶衡、史正志同声称"善"……

依史正志指点，游船穿过跨虹桥西行，划向湖岸名曰"曲苑"的港湾。这个"曲苑"原是昔日吴越王钱弘俶赏荷之地，曲尽其妙，苑尽其奇，"曲苑赏荷"遂成西湖一景。游船驶入，眼前突显出另一番绝妙、绝奇之景象：曲湾岸边，竹掩台榭，翠扶楼阁，笙歌弦音，若隐若现，青鸾舞空，紫燕哨林，一派宁静，呈现出人世间鲜有的幽雅；十里湖面，荷花竞美：白莲似雪，红莲似火，洒金莲映日闪光，并蒂莲相依相扶，在微风中展现着相恋相爱的亲密。莲叶田田，菡萏妖娆，船行花海，人在花中。范若水喜而忘情，高声吟诵："花照人影，人依花姿，花人合一，幸福至极！"

叶衡、史正志同声为范若水之感慨喝彩……

辛弃疾随叶衡、史正志喝彩之声默默心语："花人合一，美之至极。"

游船依史正志指点畅游湖面，浏览名胜"柳浪闻莺"吴越国王钱弘俶的祠地亭台楼阁，假山泉池，小桥流水，曲径通幽。史正志询问辛弃疾、范若水何感。

范若水赞叹："幽沉端雅，造诣巧奇！"

辛弃疾回应："柳浪闻莺四字雅趣足矣！"

叶衡笑而裁决："幼安心高志狂，大而化之，不及若水之目识紫阁丹楼之奇技，绣户文窗之精巧，小桥流水之雅趣，曲径通幽之奥秘。夫不如妻啊！"

一串笑声由游船飞起……

游船依史正志指点畅游湖面，仰望名胜"南屏晚钟"。南屏山的怪石耸秀，绿翠惬目，云烟聚散，佛寺隐显以及聚散隐显中峰峦变幻的奇景。史正志询问辛弃疾、范若水何感。

范若水赞叹:"峰峦爪舒鳞跃,光怪陆离,神秘中惹人遐想追觅啊!"

辛弃疾叹曰:"'南屏晚钟',钟声何在?我在寻觅隐显佛寺千百年来的晨钟暮鼓,这不厌其烦的钟声鼓声,真能使历代'英明天纵'的帝王清醒吗?"

叶衡笑语:"苏公子瞻有诗句曰:'何人识此志,佛眼自照瞭。'姑从之!"

辛弃疾、范若水、史正志大笑,拱手应诺。

游船至名胜"双峰插云"而靠岸。巍巍天目山,遇西湖而分为南峰北峰。众人弃舟登岸,攀登北峰。

北峰峻岩显露,绝壁峥嵘,石磴数千级,盘折三十六弯。奇甚,险甚!史正志兴致大发,高吟起唐代诗人李白的诗作《蜀道难》:

噫吁戏,危乎高哉!

蜀道之难,难于上青天!

蚕丛及鱼凫,开国何茫然。

尔来四万八千岁,不与秦塞通人烟。

叶衡年长,已是气喘吁吁,辛弃疾为其搀扶助力,相互戏谑,谈笑风生。

北峰山溪清流回转,淙淙潺潺,确有琴瑟之雅。范若水和溪流之声低吟起唐代诗人程太虚的诗作《清心泉》:

飞泉触石玉玎珰,中隐神龙岁月长。

多少人间烦恼事,只消一滴便清凉。

诗能悟人,诗能给力啊!"飞泉触石"的"玎珰"声给人以启迪,"只有一滴便清凉"的指点,使全身冒汗的攀登者欢呼起来。史正志净手舀水而痛饮,范若水巾湿清流以敷面,辛弃疾搀扶叶衡落座于溪边石砧之上,饮水舒其心,

323

浴水舒其足，享受着飞泉消暑的雅趣。

沿途松杉林木夹道，直节堂堂，确有冠缨傲立排列之威。辛弃疾突生前日"入对延和殿"面对峨冠博带之感，心底浮起几分涉险涉危之虞。年长的叶衡此时已是汗漫额头，步履蹒跚，辛弃疾负背而上，近半个时辰的攀登，安抵顶峰。据几块圆石围绕一块巨石天然形成的石桌石凳，美酒佳肴、觥筹糕点，碰杯而饮，取肴而餐，享受着松声带雨、岚气成云、离天三尺、俯视人寰的奇景奇趣，开始名副其实的"高"谈"阔"论。

史正志居"高"而谈："狂侠幼安，一炮走红啊！兵部尚书黄中，遵圣上谕示，在西华门外圣果寺禁军殿前司衙东侧觅得一座小院，供幼安、若水居住。皇恩浩荡，前所未有。"

叶衡处"阔"而论："幼安'入对延和殿'之捷，非幼安一人之捷，实朝野中主战精英的特大胜利，影响深远啊！六年前（隆兴元年，公元1163年），时年三十三岁的枢密院编修官朱熹上呈《陈政三劄》，以图富国强军，曾入对于垂拱殿；一言'大学之道，本于格物'；二言'国计有三：曰战、曰守、曰和。国家与北虏，其不可与共戴天，非战无以复仇，非守无以制胜'；三言'制敌之道，在于开纳谏诤、黜远邪佞、杜塞幸门、安固邦本'。时汤思退执权，与曾觌、龙大渊勾结，群起而攻之毁之，朱熹怀恨走出垂拱殿，遭贬外任，离开临安。惜哉！五年前（隆兴二年，公元1164年），符离兵败，朝廷割地议和之气嚣张，在垂拱殿议事中，时年三十九岁的枢密院编修官陆游强烈反对割地议和，痛批主和高官腐败误国的罪行，曾有'朱门沉沉按歌舞，厩马肥死弓断弦''笛里谁知壮士心，沙头空照征人骨'慷慨泪落之语。时汤思退执权，伙同曾觌、龙大渊诬陷陆游'违抗圣意''谣诼朝臣'而贬逐陆游回故里越州山阴，至今仍未回朝。惜哉！去年（乾道五年，公元1169年）年初，时年二十六岁的永康布衣才子陈亮上呈《中兴五论》，由登闻鼓院投入。他提出'清中书之务以立大计''重六卿之权以总大纲''任贤使能以清官曹''尊老慈幼以厚风俗''拣将才以立军政''调度总司之赢以佐军旅之储'等二十三项富国强军之举措。时魏杞执权,阅而厌之,览而恨之,扣押阻匿,不予上闻。陈亮苦待月余而不闻回音,至登闻鼓院询问,得知已早呈宰执。陈亮年轻气盛,怒而出语尖损刻薄,直击宰执。魏杞闻知,逐陈亮出临安。其上呈的《中兴五论》,亦不知所终。时耶! 命耶! 惜哉! 天有情,时可待,祸福相倚啊! 幼安负罪而起,《美芹十论》离奇再现,'人对延和殿'初战告捷,皆天时之所赐、人和之所成啊! 天时者何? 金国使者屡屡以'叔侄'之称辱于圣上,'知耻而近勇! '人和者何? 虞公执权,帷幄精妙;中书舍人洪迈亦进言天听。关于住宅居处,兵部尚书黄中之所择,全然是从便于圣上随时召见幼安出发,居心良苦。但圣果寺附近宅院皆禁军将领居所,其将领多为皇亲国戚,位高昏庸,沉迷弄权敛财,人们皆卑而睨之,幼安不可杂于其间,当力避而恭辞,并当自觅唐代诗人刘禹锡的那般'陋室',为朝廷带来一股清新之气。"

范若水急为叶衡斟酒,以示感激。四人同时举杯而欢。

史正志继续侃侃而谈:"文武幼安,三天来已成为朝廷官员议论的焦点,不断有喜讯佳音飙起。一曰兵部尚书黄中奏请圣上授予幼安'兵部郎中'之职兼掌厢军、乡兵、蕃兵的教训;二曰宰执虞公奏请圣上授予幼安'参赞军事'之职,参与军事谋划;三曰圣上似有授予幼安'枢密院直学士'之意,侍从圣上,以备顾问应对。三种传言,都在军旅,都为幼安实施《兵事九议》提供了难得的机遇,都是可以接受的。来,举杯,为幼安即将大展宏图畅饮! "

四人碰杯而欢。

叶衡继续高谈阔论:"幼安当知,兵部无权过问禁军事务,其实权所涉为厢军(州路兵马)、乡兵(亦称土兵、地方治安兵马)、蕃兵(少数民族兵马)。'厢军'现时实为役兵,其主要任务是修桥、铺路、搬运粮秣;'乡兵'的职责现时只是捕贼防盗、管辖百姓、维护治安;'蕃兵'情况更惨,归汉军管辖,遭汉官歧视,担当苦役,心存愤懑。这三种兵马,几十年不涉战事,亦无军事教训,几成溃军,要重振军威,任重道远啊! 若十年之内能练成一股敢于征战的兵马,就是千古奇迹了。'枢密院直学士'之职,皇帝侍从,光彩鲜亮。若'顾问应对'见用,则业绩可立竿见影;若'顾问'冷落,'应对'无措或'应对'不为所识,则后果难预。伴君伴虎,京官难当啊。'参赞军事'一职,乃高级属官,亦名御营使、都督宣抚使,职权分明,灵活机动,平日可过问禁军教训,战时可参与禁军调动,采石矶大捷,虞公即以此'参赞军事、都督宣抚使'之职权亲临战场,成其伟业。虞公以'参赞军事'一职为幼安发挥特殊军事才智着想,用心深沉啊。三种军职,若允许选择,当以'参赞军事'为先。"

史正志同感于胸,激情迸发,高声呼号:"虞公帷幄,叶公释疑,天时、地利、人和,机遇在我。幼安作何应对?"

辛弃疾捧起酒坛站起,向叶衡、史正志作谢,倾坛而饮,面对浩天滚云,放声吟出一首气势磅礴的《西江月》:

堂上谋臣帷幄,边头猛将干戈。天时地利人和,燕可伐与曰可。 此日楼台鼎鼐,他时剑履山河。都人齐和大风歌,管领群臣来贺。

史正志仰望晴空,放开嗓喉,为辛弃疾的词作《西江月》叫好!

叶衡纵情高吟:"好一句'堂上谋臣帷幄,边头猛将干戈',幼安忠耿心志可映日月!好一句'此日楼台鼎鼐,他时剑履山河',幼安忠勇豪气震荡风云!好一句'都人齐和大风歌,管领群臣来贺',幼安忠义情操可歌可泣!天纵英明的圣上,愚臣叶衡要把辛弃疾这首大忠大勇之作《西江月》呈献圣上,恭请圣上赐给文武全才的辛弃疾一个可为可期的现在和未来……"

辛弃疾、范若水向叶衡、史正志躬身致谢……

天时应和,松声带雨,岚气成云……

闰五月四日,云水酒楼主人钱隐与杖子头唐安安联手,为辛弃疾"入对延和殿"的胜利祝捷。

四日卯时时分,云水酒楼门前的告示牌上出现了"今日歇业"四个大字。

酒楼门内的大堂里,钱隐正在吩咐云水酒楼的师襄师傅仆役,要以云水酒楼最美最佳的礼仪举止和最具特色的美酒佳肴办好今天的夜宴。

同时,南瓦清冷桥勾栏门前也贴出了"今日歇业"的告示。大堂里,唐安安正在召集歌伎、乐伎、舞伎十数人,商议今日云水酒楼夜宴节目的安排,要求以最佳最美的琴音、歌声、舞姿为辛弃疾祝捷。

入夜戌时正点,"今日歇业"的云水酒楼门前,突然亮起了各式各样的花灯,火树银花,灿烂辉煌,轰动了大街上来往的人群,形成了万人争睹的欢乐。在这火树银花的变幻中,云水酒楼一队倩男敲响了喜庆的锣鼓,清冷桥勾栏一队靓女舒袖而舞,迎来了由钱隐之、唐安安亲自驾驭的华丽马车和从马车中走下来的着装朴素淡雅的辛弃疾、范若水。

辛弃疾、范若水在钱隐之、唐安安的陪同下,在击鼓起舞的倩男靓女的蜂拥下走进云水酒楼。迎接辛弃疾、范若水的,是一首激越豪放的歌《西江月》:

> 堂上谋臣帷幄,边头猛将干戈。天时地利人和,燕可伐与曰可。 此日楼台鼎鼐,他时剑履山河。都人齐和大风歌,管领群臣来贺。

倩男靓女们蜂拥辛弃疾、范若水进入雅室,落座在主席上的上位、左位,钱隐之、唐安安以主人身份居右位、末位;他们分别拥入左右靓女倩男的行列,也加入了震撼人心的合唱,更增添了这首词作的磅礴气势。

歌声停,钱隐之举酒高呼:"举酒!欢迎幼安兄长、若水大嫂光临。干杯!"

人们举酒欢呼。钱隐之举杯祝贺:"前日风闻'入对延和殿'之捷,不仅在于幼安兄长呈献的《美芹十论》重见天日,不仅在于幼安兄长呈献的《兵事九议》震撼天听,更为辉煌者,是幼安兄长在延和殿呈献了一桩震撼朝廷、震撼历史的'拍案惊奇'。"

"拍案惊奇"四字出口,雅室内戛然宁静,众人的目光齐刷刷地投向辛弃疾，连神情一直沉静的范若水也有些诧异了。

钱隐之拍案唱赞："诸位听真！在惯于以进士高贵出身压人的延和殿里，一个没有任何功名的白丁，在激烈辩论之前，竟然以凛然正气扳倒了一位端着高贵架子的侍御史，是不是一桩罕见的惊心之奇？"

倩男靓女回应："奇！惊心之奇！"

钱隐之拍案唱赞："在峨冠博带，惯于以学识压人的延和殿里，一位来自山寨、兵营的草莽，在激辩是非曲直的'论战'中，竟然以其卓识卓见，谈古论今，扳倒了进士出身，曾任朝廷宰执大臣的一代鸿儒，算不算是惊世之奇？"

倩男靓女回应："奇啊！惊世之奇！"

钱隐之拍案唱赞："在论战进入决胜的关键时刻，由于高官鸿儒的连连败北，主和派领军人物恼羞成怒，疯狂反扑，成围剿之势，以无中生有、栽赃诬陷的伎俩罗织罪名，并以祖制朝规对我们的幼安兄长进行攻击。斯文丧尽，卑劣至极！我们的幼安兄长以嬉笑揶揄、有理有据的雄辩和'以其人之道，还治其人之身'的反击，粉碎了主和派首领们似虎如狼的围攻，并以一篇《兵事九议》的强军方略，再一次展现了一位'越职言事'者的聪明才智、坚定无畏，奏响了'入对延和殿'的胜利凯歌，这算不算是惊天之奇？"

倩男靓女回应："奇啊！惊天之奇！"

钱隐之拍案唱赞："天纵英明的圣上，在殿堂之上，喊出了'宰相必起于州部，猛将必发于卒伍'这'拍案惊奇'中的最强音！举酒当欢，举酒当歌啊！"

人们哄地站起，同声应和，潮水般地向辛弃疾、范若水敬酒。

辛弃疾惶惶地陷于这"拍案惊奇"的风闻中。他感激朋友们热烈祝贺，心神虔诚地以举酒畅饮作谢。

"拍案惊奇"的祝福啊！人们在唐安安的带动下，合唱起辛弃疾的词作《南乡子·何处望神州》，掀起了第二波觥筹交错的高潮：

何处望神州？满眼风光北固楼。千古兴亡多少事？悠悠，不尽长江滚滚流。　年少万兜鍪,坐断东南战未休。天下英雄谁敌手?曹刘,生子当如孙仲谋。

在倩男靓女们狂热地借辛弃疾这首怀古伤今的词作《南乡子·何处望神州》歌颂辛弃疾"入对延和殿"拍案惊奇的英气雄风中,钱隐之爆响了他的第二个"风闻":"昨日风闻,圣上在看到幼安兄长那首气势磅礴的《西江月·堂上谋臣帷幄》后,立马决定举行继承大位以来第二次规模宏大的'御教'。"

"御教"二字,震撼了雅室内所有的人。事关皇上的举止啊!辛弃疾、范若水也被这"御教"二字扣住了心神。

钱隐之举酒扶案而起,开始了他对"御教"别具风采的诠释:"御教者何?圣上要亲自披甲戴胄地检阅兵马,以展示其'燕可伐与曰可'的决心。也就是说,圣上要以幼安兄长呈献的《美芹十论》和《兵事九议》为国策,发愤图强,富国强军,决意北伐了。四年前的乾道二年(公元1166年),圣上为展示对'隆兴和议'丧权辱国的愤怒,举行了大宋南渡三十年来的第一次御教,至今仍历历在目。时为三春时节,临安禁军十万,布阵于郊外白石校场。官兵披甲戴胄,战马前戴铜面,军幕、营帐、战车、马队、戈甲、旌旗,连亘二十余里,蔚为壮观,吸引了临安城及其四周村落城镇数十万百姓观赏,开创了大宋南渡三十年来军民的总动员。钱某时为落第浪子,也在其中。

"御教之日,天色拂晓,圣上着金盔金甲,乘宝鞍骏马,率领身着戎装、乘高头大马的太子、亲王、近臣人等,在三百名亲随军的簇拥下,驰出正丽门,由八百名骑兵做前导,军乐高奏,三十面大鼓作响,奔向白石校场,赢得了校场四周欢聚的数十万观赏者的欢号,圣上万岁的唱赞声震动山岳。在人声鼎沸、鼓声咚咚、战马嘶鸣的声浪中,圣上登上检阅台,禁军殿帅赵寰,请得圣命,下令二十门礼炮依序放响,宣布御教开始。

"三声鼓响,步马冲杀演练开始:左右两队兵马各五百人,从东西两阵杀出。骑兵跃马冲杀,步兵举长戈大刀格斗,在方阵、曲阵、直阵、长蛇阵、伏虎阵、八图阵的变换队形中,展现着士兵的英勇和战术的精妙。三声鼓响,弓弩兵演练推出:校场上空,突地飞起千百只红、绿两色纸鸢,左右两队弓弩手各二百人,从东西两阵飞马而出,以二十骑为一组,分别射向高空舞动的红、绿纸鸢。弓响霹雳,箭飞如雨,展现着'龙城飞将'的绝技。三声鼓响,'车骑大战'展开:右方以百匹铁骑从西阵杀出,左方以百辆战车出东阵迎击。战车无盖,由四匹战马拉动,驭手立于车箱,四名士兵执长矛弓弩居车箱两侧刺杀敌骑。此种车骑战法,乃春秋战国时的主要攻战形式,今借以对付金国的铁骑,颇为新颖。其车骑相逐,车骑相斗,烟尘如涛涌,杀声如雷霆,极具观赏性,特别是右方铁骑的人仰马翻,赢得了校场四周观赏者的呼啸狂欢……

"圣上大悦,赐重金、御酒抚谕参加御教的将领士卒计一万四千人,并当场赋诗一首。其诗曰:'春风归草木,晓日丽山河。物滞欣逢泰,时丰自此多,神州应未远,当继沛中歌。''沛中歌'者何?汉高祖刘邦的诗句:'大风起兮云飞扬,安得猛士兮守四方。'我们的圣上,也有着汉高祖刘邦一样的企盼啊!"

雅室内众人仍沉浸在钱隐之绘声绘色的御教描述中,钱隐之乘势推出了他的第三个"风闻":"今日午后申时'风闻'圣上已采纳了虞公的进言,决定任命我们的幼安兄长出任参赞军事之职,并决定在即将举行的御教出任殿帅指挥官!"

又一个声如霹雳的"风闻",雅室内激情迸发了,众人举酒欢呼,与辛弃疾、范若水碰杯以欢。乐伎、歌伎急抚琴弦,放喉而歌。

千里渥洼种,名动帝王家。金銮当日奏草,落笔万龙蛇。带得无边春下,等待江山都老,教看冀方鸦。莫管钱流地,且拟醉黄花。 唤双成,歌弄玉,舞绿华。一觞为饮千岁,江海吸流霞。闻道清都帝所,要挽银河仙浪,西北洗胡沙。回首日边去,云里认飞车。

琴声歌声飞扬,觥筹交错来往,辛弃疾已是心潮汹涌了。这接二连三的

"风闻"，铺就了一条通向梦境的奇丽坦途。这是真实的吗？"风闻"者何？不就是"捕风捉影"吗？信不得的。但钱隐之的"捕风捉影"，却包含着当前朝廷"风起云涌"的真实：词作《西江月·堂上谋臣帷幄》三天后出现于云水酒楼，"风闻"不诬！延和殿内"拍案惊奇"的造作，"风闻"有依！"御教"之说与四年前"白石御教"的回叙，"风闻"亦合情合理！以"参赞军事"之职而担任新的"御教"殿帅之职，"风闻"亦在情理之中。钱隐之的"风闻"弥足可信！

荒唐可叹啊，在今日腐败透顶、娱乐至死的临安城，酒席间的传闻多出于高官显贵之口，更具有真实性，有时甚至比皇帝的圣旨和谕示更多几分可信。且钱隐之乃类"钱塘倜傥公子"人物，亦狂亦侠的坦荡豪爽，更增添了这接二连三"风闻"的真实性。辛弃疾汹涌翻腾的五内，沸腾着对钱隐之、唐安安及雅室内倩男靓女的感激，挽钱隐之相对而坐，频频举杯畅饮。

范若水此时已是感激涕零了，这首词作《水调歌头·千里渥洼种》，是辛郎三年前赠给他的好友、时任江南东路转运使、驻节建康的赵彦端的。在这首词作中，辛郎称赞赵公的宗室出身和在金銮殿起草奏章力主北伐的壮举，并借以表达了自己的报国之志。唐安安如何觅得这首词作？她借辛郎的这首词作为辛郎祝福，用心超凡情谊深厚啊！哦，她一时激动失控，抱着眼前的唐安安哽咽出声，泪水滚落。唐安安亦喜泪莹莹，两人相拥而泣。

琴音歌声戛然而停，倩男靓女们都望着相拥而泣的范若水、唐安安沉浸在突然间的无声喜悦中。西窗烛蕾爆响，四壁瑞香灰长，屋角高大的花束在烛光闪亮中更显俏丽。辛弃疾望着眼前的情景诵叹："夫人，有朋如此，生平足矣！我们依'青山一道同云雨'的信念礼节，向朋友们致谢吧。"

范若水拭泪应诺。

辛弃疾放下酒杯，向着唐安安拱手为礼："歌坛女侠，请赐我一曲《鹧鸪天》！"

唐安安笑而应诺，她转身向范若水施礼，恭请范若水入座抚琴。范若水躬身应诺，抚琴奏响词曲《鹧鸪天》。辛弃疾低声歌唱：

剪烛西窗夜未阑,酒豪诗兴两连绵。香喷瑞兽金三尺,人插云梳玉一湾。　倾笑语,捷飞泉,觥筹到手莫流连。明朝再作东阳约,肯把鸾胶续断弦。

钱隐之、唐安安听得明白,幼安此时的心,已飞向故乡东阳。《左传》有载:"吴代鲁,克东阳而进。""鸾胶续断弦"之说,出于汉武帝典故:汉武帝弦断,西海人献鸾胶续之,汉武帝射续弦之弓而创造北征匈奴之伟业。辛兄幼安"肯把鸾胶续断弦"的应诺,正是今夜宴会之所企所求啊!他俩高声赞颂着辛弃疾"明朝再作东阳约""肯把鸾胶续断弦"的回答,放声加入了这首《鹧鸪天·剪烛西窗夜未阑》的唱和……

剪烛西窗,香喷瑞兽,笑语飞泉,觥筹交错,倩男靓女们举杯狂饮,为辛弃疾"明朝再作东阳约""肯把鸾胶续断弦"的豪情豪气祝福,也加入了这首《鹧鸪天·剪烛西窗夜未阑》的三唱……

剪烛西窗,香喷瑞兽,笑语飞泉,觥筹交错,歌声飞出西窗,夜未阑啊!

云水酒楼钱隐之的"风闻"真灵啊!

闰五月十日的早朝中,赵昚声威铿锵地发出了筹备第二次御教的谕示,极大地鼓舞了朝臣中主战派官员。

消息飞出皇城,八厢六十八坊的士庶惊喜鼓舞,临安城蓦地腾起一股新颖奋发之气。辛弃疾、范若水在管家殷弘道远兴高采烈的谈论中,心神沉浸在前景可触的喜悦中。

闰五月十日辰时,赵昚带着重礼前往德寿宫向赵构"问安"的隆重行动更助长了皇城内主战臣子的喜悦和皇城外士庶的兴致。人们奔走相告,扩大着赵昚即将举行御教的影响,连东华驿馆主事杜伊也来到听风楼会晤殷弘、辛弃疾、范若水,并为皇帝这个大得人心的行动唱赞:"这是列举,御教要筹备了,总得禀告太上皇知道啊!这是孝举,太上皇让出了皇位,作为皇位的继承者,总得小心地侍奉太上皇啊!圣上这次去德寿宫问安,带去的礼品照例是白银五万两,锦绢五千匹,钱五万贯,总会得到太上皇的一笑一诺吧!皇城内传说幼安将任'参赞军事'一职和御教中担任'殿帅指挥'一事,也许会得到太上皇的默许。"

殷弘连声叫好,辛弃疾、范若水沉浸于"前景可触"的喜悦思潮一下子沸腾澎湃起来,飞向正在走向德寿宫的赵昚。赵昚正进行着禅得皇位八年来又一次自强自立的强烈追求。他看得明白,辛弃疾"入对延和殿"的惊天表现和十多天来朝政上的一切活动,太上皇当知之甚详——他当然知道,这十多天来主和派重臣卢仲贤等人的状告诬告已左右了太上皇的视听;他看得清楚,太上皇是断不会赞赏白丁草莽出身的辛弃疾和辛弃疾呈献的富国强军方略;他痛苦地预感到,这次德寿宫"问安"得到的,很可能是更悲惨的自缚绳索、自戴镣铐。不可为而为啊!作为儿子,不能不奉行"朝夕跪请"的孝道;作为皇位的继承者,不能不奉行"国事上请"的家规。他在反复思谋后决定:这次德寿宫"问安",只字不提"辛弃疾"这个名字和上呈的《美芹十论》和《兵事九议》,仅以御教一事奏请。上苍佑我,四年前的白石御教,太上皇是勉强点过头的。太上皇啊,你就放手让你的儿子拼死一搏吧!他身着朴素的常服,辞去往日外出时宏大威严的仪仗,在五十骑内侍的护卫下,出和宁门,走向赵构居住的德寿宫。

德寿宫原为专权宰相秦桧府邸,方圆十里许,面积与皇城相仿;其殿宇楼阁布局,亦与皇城相似。绍兴三十二年(公元1162年)六月,赵构禅位后即移居此,并亲自取名德寿宫。在赵构移居于此地的六年间,赵昚出于孝心和感激,穷尽人力财力为太上皇建造了这座极尽奢华的安乐圣地。除风光无限外,小西湖南畔德寿殿的建成,超越皇城内正朝四殿(垂拱殿、文德殿、崇政殿、福宁殿)的宏大磅礴、辉煌灿烂,标志着太上皇权威的至高和永恒,满足了太上皇的权力欲望,赢得了太上皇的称赞。华美绝伦的德寿宫,骄傲而有标志性地响彻着太上皇自制曲牌、近臣康与之奉旨填词的《舞杨花》：

> 牡丹半坼初经雨，雕槛翠幕朝阳。娇困倚东风，羞谢了群芳。洗烟凝露向清晓，步瑶台、月底霓裳。轻笑淡拂宫黄。浅拟飞燕新妆。　　杨柳啼鸦昼永，正秋千庭馆，风絮池塘。三十六宫，簪艳粉浓香。慈宁玉殿庆清赏，占东君、谁比花王。良夜万烛荧煌。影里留住年光。

秾丽的琴音歌声从德寿宫里传出，一下子绊住了赵眘的马蹄，强烈地触动他敏感的心弦。太上皇在娱乐中，这次"问安"或当顺遂啊！他命随驾内侍铁骑停步于德寿宫大门外三百步处，解鞍静待，以示对德寿宫的尊敬。他立即跳下马鞍，整理衣着，亲自率领捧银负绢的内侍兵丁走向德寿宫。德寿宫门前护卫提举官和护驾卫士，对赵眘的不期驾临惶恐惶遽，急忙依礼恭迎，在检验收讫"问安"礼品之后，挥手献礼的内侍兵丁退去，依往日常例，恭请赵眘进入德寿宫，并亲自引导赵眘向太上皇正在娱乐的德寿殿走去。

在通往德寿殿的长廊长约一里，行至梧桐枝交的长廊尽头，豁然开朗，在晴朗的蓝天下，德寿殿前宽阔的广场、雄巍的丹墀，龙飞凤舞三迭而起的殿宇，呈现出直插云霄之势。丹墀中央，赵构、太皇太后吴氏、太皇贵妃张氏等人在一群年轻艳丽宫女的侍奉下颐娱年光。时年六十三岁的太上皇，禅位八年以后身体似乎强健了许多，对奇情奇趣的追求似乎更强烈怪异了。丹墀一侧，一群乐伎为太上皇抚琴弄瑟；一群歌伎为太上皇放喉高歌；一群舞伎为太上皇轻抒广袖。丹墀下二百名饲养白鸽的"鸟人"，在"饲鸟提举官"的率领下，手执精美的鸟笼，神情肃穆地等待着太上皇发出放飞的谕示。

引导赵眘前行的护卫提举官停步了，赵眘看呆了。恰在此时，太上皇举手指天，发出了无声的谕示，二百名"鸟人"齐刷刷打开鸟笼，二百只白鸽齐刷刷展翅出笼，在琴音歌声中结队而起，似朵朵白云，围绕着巍峨的德寿殿盘旋；鸽哨同时响起，清脆雅俏，融入琴音歌声之中，随着朵朵"白云"的上下翻飞,构成了一曲从天而落的曼妙梵音,为太上皇"影里留住年光"祝福。

赵眘醉迷了,忘乎所以,放声喝彩:"妙绝太空,妙绝人寰啊!"

多情闯祸,一语招灾啊!赵眘的喝彩声惊动了专注的太上皇,他移眸向喝彩声爆起的地方望去:是皇帝,是赵眘。他怒从中起,从座椅上站起,猛力摔掉手中的折扇。后妃夫人们惊呆了,宫女们跪伏于地,琴音突哑,歌声停绝,舞伎僵住了舞姿,饲鸟提举官垂下了手中的五彩旗,二百只飞舞的白鸽随着饲鸟提举官手中五彩旗的垂下,骤然结队从高空滑落而下,熟练地飞进各自的鸟笼里,雄伟的丹墀一派寂静。

赵眘恍悟闯祸了,疾步奔上丹墀跪拜在太上皇面前,不及问安请罪,太上皇的愤怒斥语劈头打来:"蠢!你也沾染上了白丁草莽的狂邪之气!"语停,甩手转身,走进了德寿殿。太皇太妃等人也惶惶随驾入殿。

赵眘被太上皇的一句"斥语"打清醒了,主和派高官,不仅左右了太上皇的视听,而且全然控制了太上皇的意念,几天来自己思谋应对的御教一事也无须再提了。他心寒气颓地抬起头,丹墀上空空荡荡,一派寂静,只有时年已五十六岁的太皇太后站在他的面前,用慈祥的目光关切着。他泪眼蒙蒙、哽咽凄楚地向太皇太后叩头请安:"母后圣安,儿子有罪啊……"

"读书万卷,翰墨尤绝,在朝臣中信誉极佳"的太皇太后吴氏微微一笑,为赵眘解压解忧:"官家何罪之有!只是不期而至,干扰了太上皇品味《舞杨花》的兴致罢了。官家当知,词曲中的'牡丹半坼初经雨'是排斥战火硝烟的;词曲中的'月底霓裳''浅拟飞燕新妆'是拒绝刀枪剑戟的;词曲中的'良夜万烛荧煌'是厌恶战马嘶鸣的;太上皇在'影里留住年光'的享受中,是见不得一星火光,闻不得一点刀剑相击声的。这是荒唐的,但太上皇着迷了,官家多担待啊!官家在此稍做等候,我这就去恭请太上皇,召见长年为社稷呕心沥血操劳的官家!"

赵眘连连叩头作谢,太皇太后吴氏向德寿殿走去……

太皇太后言之不诬!半个时辰之后,赵构在德寿殿召见了在丹墀上跪等将近一个时辰的赵眘。

一个时辰之后,赵眘走出德寿殿,神采依然奕奕,健步依然疾速,但一双凝神的眸子里却饱含着忧心的苍凉和失落的痛苦。德寿宫护卫提举官看得清楚,赵眘这次向太上皇"问安"情景虽秘不可知,但赵眘受斥受训之状昭然可见。

赵眘毕竟是"心存恢复"的皇帝,在跨出德寿宫大门的瞬间,面对随驾的五十骑内侍,突地拂去眸子中的苍凉痛苦,大吼一声"起!"飞身上马,不失风范地向德寿宫护卫提举官目视致意,率领随驾的五十骑内侍,风驰电掣般地离开德寿宫奔上御街,南行狂奔,引起御街两侧来往士庶停步注目、顶礼膜拜的喝彩。其情其景,堪称壮观。在"崇尚新奇"的临安城,一种人们臆造的"皇帝问安德寿宫,乘兴而狂奔"的消息成了临安城最大的轰动要闻,传进云水酒楼,传进听风楼,辛弃疾和他的朋友们、崇拜者都在等待着皇帝称赞的"宰相必起于州部,猛将必发于卒伍"任人用人圣令的下达。

赵眘飞马回到福宁宫,进入书房,挥手赶走了内侍宫女,关上房门,不及更换衣着,身躯瘫软似的跌坐在书案前的御椅上,心堵鼻酸,泪水涌出,伏案而泣:"父皇啊,你毁掉了儿子几个月来呕心沥血的谋划,又一次置儿子于尴尬难堪的境地啊。"

他咽泣,觉得无颜面对几个月来全力支持自己的主战臣子;他流泪,觉得无颜面对"诏令入对"忠心耿耿、文武奇才的辛弃疾;他以拳击案,自己这个皇帝当得憋气窝囊啊。

他病了,是心病,是于心不甘、只会忍气吞声的软骨病。

他病了,三天不再早朝。在这三天的更深静夜,他分别秘密召见了心膂之臣虞允文、兵部尚书黄中、刑部尚书汪大猷、中书舍人洪迈,安排了无可奈何的退却……

闰五月十四日,赵眘在匆匆早朝之后,发出了一道诏令:

建康府通判辛弃疾任司农寺主簿,掌仓廪、籍田、苑囿等事务。

惊诧人心的诏令,白纸黑字,明确无误地澄清了赵眘意欲重用辛弃疾的种种"风闻"!

辛弃疾被逐出军旅,放置在他根本不熟悉的司农寺,与鹿、羊、龟、鹤为伍,消磨时日,消磨其雄心壮志。

乌云压顶,天日无光,赵眘孝悌,群臣只能是敢怒而不敢言了……

主和派官员,特别是主和派的头面人物卢仲贤等人借机反扑,纠集同伙,同时上表弹劾辛弃疾"越职言事""浪言误国";并将攻击的矛头指向宰执虞允文等人,威逼赵眘严惩辛弃疾,罢逐虞允文,贬逐黄中、汪大猷,嚣张气焰,前所未有。

"辛弃疾任司农寺主簿"的消息传至南瓦清冷桥勾栏,杖子头唐安安和她的姊妹们都茫然了。钱隐之"风闻"失实?赵眘心肠有变?朝廷主和官员又在弄鬼?按理说,司农寺主簿一职,是朝廷九寺高官之一,难得啊,但她们心中向往的,是辛弃疾率师北伐,是"边头猛士干戈",是"他时剑履山河"。她们心头纳闷,神情不爽,高兴不起来,遂决定闭门歇业一日,盼望有关辛弃疾更为准确的讯息传来。

"辛弃疾任司农寺主簿"的消息传进云水酒楼,钱隐之木呆了:这个讯息表明,幼安已无可能进入军旅,更不可能在军旅中担任重要职务,幼安呈献的《美芹十论》《兵事九议》将再度被束之高阁或遭到焚毁。幼安之大哀,朝廷之大哀,大宋之大哀!联想到几天前赵眘的德寿宫"问安",他眼前突地一亮,惊骇出声:孝悌的皇上,软弱的皇上,"优柔寡断"的痼疾又发作了。

"辛弃疾任司农寺主簿"的消息传进听风楼,是东华驿馆主事杜伊亲自上门告知的。殷弘、辛弃疾、范若水都被这个消息震蒙了。也许由于十多天来朋友间酒宴祝福的团聚太亲热欢畅,种种"风闻"讯息太兴奋、太激励人心了,这个"辛弃疾任司农寺主簿"讯息的突然来临,形成了意外的剧烈差距,使人如居高峰之顶而突地跌入谷壑,感到天翻地覆的失落。特别是杜伊关于朝政剧变、主和派官员疯狂反扑,追杀辛弃疾,弹劾宰执虞允文等人,已使六部、九寺、五监的官员忌谈恢复,忌谈北伐,忌议《美芹十论》和《兵事九议》,朝廷似乎突地笼罩起一派血腥之味,更强烈地展现出辛弃疾处境的险恶。由于听风楼主人王琚避暑于城外别墅,人们四顾无倚,更加剧了听风楼眼前的急切沉重气氛。

就在此时,听风楼门外响起了急促的车辚马啸声,宅门被急声敲响。殷弘以为是主人回府,急忙开门迎接,定神打量,叩门者乃辛老次膺的孙子辛祐之。辛祐之仓皇进门,扑倒在辛弃疾、范若水面前,放声痛哭:"哥、嫂……祖公……祖公英灵归天了……"

霹雳雷声啊!人们一时都呆住了。大宋失去了一位力主北伐的老兵,朝廷失去了一位直言如矢的老臣,赵眘失去了一位立朝謇谔的"山中宰相"。

辛弃疾一时气噎,几乎昏倒,在范若水的搀扶下站稳了脚步,"哇"的一声哭出声来,泪水滂沱:"等什么'进入军旅'的诏令!待什么'筹划白石御教'的谕示!候什么'问安德寿宫'的佳音!悔恨终生啊!孙儿不孝,在祖公卧病期间,未曾侍病床榻,未曾聆听祖公最后一息的训诲和遗嘱啊!"

辛弃疾默然向杜伊拱手请假,偕妻子范若水,跟着祐之小弟向祖公的英灵请罪请罚去了。

殷弘、杜伊垂泪叹息……

## 二十二 辛次膺驾鹤

辛次膺的不幸,只是一时的疏忽大意所致。五月二十八日午后,听风楼管家殷弘奉王琚之命,亲自至辛府向辛老报告辛弃疾"入对延和殿",赢得皇帝赞赏的胜利消息。辛老大悦,亲自于书房制茶酬谢殷弘奔波报喜之劳。宾主相晤一个时辰,相谈甚欢。殷弘告辞,辛老执意送别于柴门外高冈。在返回柴门入院之际,竟被门槛绊倒,致脚踝骨裂,卧床不起,继而引发心悸头晕,以致出现昏迷之状。

乡野郎中治疗失效失措尴尬难堪时,辛老仍以重金赏之,并以"天命如此,非医术不精"抚慰。家人欲请朝廷太常寺太医局医师驾临治疗时,辛老斥而训之:"致仕之臣,无权惊动太医局医师。违制之事,断不可为。"

辛老病危,仍保持着清醒的头脑。当日卯时,神情似佳于前日,遂招女儿辛大姑、孙子辛祐之至床榻前;命辛祐之强力扶坐,口授遗嘱;命辛大姑提笔作记:

遗嘱一:我死后,薄棺薄葬,严禁奢侈。棺木暂厝屋后松柏山林之古庙,俟北伐成功,故土恢复,移葬于齐鲁莱州辛姓祖先之墓地。

遗嘱二:我幼孤,从母依外氏王圣美于丹徒。苦读书籍,于政和二年高中进士,授山东单父县丞。从政近五十年,立志以先贤为法,为国尽力,为民谋福,不敢稍有懈怠。性嗜诗词,以诗词明志,以诗词抒情,以诗词鞭策自己的灵魂。泊居中书，知无不言，言无不尽，上呈奏章几百件，皆出自心底，为泣血之作，其忠耿之心，可对天日。这些诗词属文，当由女儿整理勘定付梓，留遗辛家后代阅览。祐之当学而习之，知祖公之心，明祖公之志，以光大家风。所积存典籍万册，亦遗祐之传于后代。

遗嘱三：幼安"入对延和殿"奏捷，甚喜。幼安当知："果而勿矜，果而勿伐，果而勿骄，果而勿强"乃成功之道；"十年生聚，十年教训"之魂可借；坚定信仰，衔枚而疾行。

遗嘱四：禀奏圣上，愚臣辛次膺辞矣。臣以将竭之力拜奏：陛下用贤，必考核事功，勿以一人誉用之，勿以一人毁去之；出令要无反，纳善要知转圜……

语歇，声歇，气歇。辛祐之抱着祖公呼唤，辛大姑扑在父亲的怀里痛哭。辛次膺辞世，享年七十九岁。

辛弃疾、范若水是辛老辞世当日午后酉时与报哀的小弟赶回辛府的。他俩跪拜于祖公遗体面前，痛哭失声；特别是辛弃疾接过祖公的遗嘱，更是悲痛欲绝。他依礼披麻戴孝，脱掉鞋袜，赤脚追思祖公的教诲，叩头出血；范若水依礼披麻戴孝、散发去饰，真挚悼念祖公之恩典。他俩依古礼守丧三日三夜，陪伴着祖公关爱孙儿不忍离去的灵魂……

三日大祭定于午前辰时举行，大祭后即送辛老灵柩暂厝于屋后松柏山林的古庙中。

卯时正点，大祭灵堂摆置停当：祭案香火点燃，祭品陈列，依礼增添了辛老平生最喜食的佳肴；辛府男女仆役十多人，皆披麻戴孝跪于柴门内礼迎前来吊唁的亲友；守护灵柩的辛大姑、辛祐之、辛弃疾、范若水，披麻戴孝跪于灵堂两侧，依礼向吊唁的亲友叩首还礼；四邻乡亲陆续来临，焚香吊祭，洒泪致哀，跪拜于院落以待扶棺送行者达百人之多；近邻青壮汉子八人，披麻戴孝,备齐杠抬灵柩移往屋后松柏山林古庙之一切用物,跪拜于灵柩一侧,忍泪待命。是时,乌云密布,谷雾蒙蒙,谷风呜咽,天地万物似乎都在为辛老的逝去而忧伤……

辰时,在一阵车辚马啸声中,朝廷高官前来吊唁。他们是宰执虞允文、吏部尚书刘章、户部尚书王佐等五十多人。众人依序焚香祭拜,神情的真挚、肃穆、悲痛、伤感,更凝重了灵堂前沉痛的哀伤。

虞允文是宰执,是辛老力主北伐理念的支持者、继承者,他受赵眘之托,捧着皇帝亲笔题写的"直臣之首"四个大字,呈献于灵堂辛老的画像前,并恩准勒石镌刻于墓碑。辛大姑叩谢天恩,并借机捧出辛老的"临终呈表"请宰执虞允文转呈圣上。虞允文接过阅览,几行文字"陛下用贤必考核事功,勿以一人誉用之,勿以一人毁去之;出令要无反,纳善要知转圜……"映入眼帘。他喟然默默赞叹:"辛老,哲人,未卜先知啊!"他收"临终奏表"于怀中,再次跪拜于灵堂前,向辛老感激致哀。院落里怀悲衔哀的士庶官员,都为辛老的"临终奏表"而感激涕零,虽然不知其奏表内容,都坚信其为利国利民而发;他们哀情更切,随着虞允文的再次跪拜而凄然跪倒。

就在此时,身着白色衣装、悲情切切的二男一女闯进柴门,冲抵灵堂前,向辛老焚香跪拜,辛大姑等人惶惶叩头还礼。辛弃疾、范若水看得真切,是"钱塘倜傥公子"王琚,是云水酒楼主人钱隐,是清冷桥勾栏杖子头唐安安。他俩同时放声致谢:"谢王叔,谢隐之,谢女侠……"

朝廷官员们一时心神震撼了,王琚是皇亲国戚,亦狂亦侠,眼里有谁?心里有谁?只怕连当今皇帝在其心目中也无一瞥一念之福;现时身着白衣跪祭于辛老灵堂前,可见辛老声望之高,仰之弥高啊!这位年轻的钱隐之,吴越国皇族子嗣,亦侠义人物,与辛老素无交往,现时竟身着孝衣,哀祭泪流,足见辛老人格伟大高尚了。勾栏杖子头唐安安,一名歌伎,下等人也,传说此女因歌唱张元幹、张孝祥、陆游、朱熹及岳飞、辛弃疾等当代词人的主战诗词曾得到辛老的赞扬。此女知恩图报,戴孝致哀,其情真挚,亦奇女也,足见辛老之广得人心。

在朝廷官员心存仰慕的哀思中,王琚在焚香祭拜之后哀声呼号:"'更南浦,送君去!'举大白,听《金缕》!大白在哪?《金缕》在哪?生也清廉,死也清廉,大宋朝廷的高官,有几人能这般生活啊!生也忠耿、死也忠耿,大宋朝廷的高官,有几人能生死如一啊!清风明月,明月清风,辛老不朽!我愿抬棺送行,替我辈皇亲国戚向辛老请罪赎罪啊!"

唐安安亦跪倒在灵堂,洒泪哀诉:"辛老不朽,大爱永存!勾栏歌女,愿清唱一歌为辛老送行……"

风起云滚,清竹啸响,唐安安唱起了当代词家张元幹的词作《贺新郎》:

> 梦绕神州路。怅秋风、连营画角,故宫离黍。底事昆仑倾砥柱,九地黄流乱注。聚万落千村狐兔。天意从来高难问,况人情易老悲难诉。更南浦,送君去。　凉生岸柳催残暑。耿斜河,疏星淡月,断云微度。万里江山知何处?回首对床夜语。雁不到,书成谁与?目尽青天怀今古,肯儿曹,恩怨相尔汝。举大白,听《金缕》。

云掩山林,雾漫山林,唐安安的歌声融入天地山川。山雨渐渐落下,天流泪了……


辛老丧日"头七"过后,辛弃疾、范若水返回临安城,移居于东华驿馆主事杜伊在东华门外代为租用的一座屋舍。据说这座屋舍是一位名叫周孚的富家公子的书舍,因院内尽植翠竹,故曰名"竹苑"。四年前,周姓公子高中进士,任职真州学府,此屋遂闲置。辛弃疾、范若水嘉此屋淡雅,不改其名,仍以"竹苑"称之。

移居方定,辛弃疾得虞允文指示,即时去司农寺任主簿之职,并做长久打算。辛弃疾决定由范若水去建康搬家,偕辛茂嘉、范若湖同来临安,图个全家团聚。月归春瓮,江入夜瓶,夙兴夜寐、朝起幕眠。再说,无粮无以养兵,无铁无以制器,兵马未动,粮草先行,司农寺也管粮草啊!

辛弃疾进入司农寺,先用一个月时间,认真查验临安城十二座仓廪的现状。触目惊心啊,仓廪之状,根本不是朝廷炫耀的"丰盈富裕""富甲天下",而是千疮百孔、捉襟见肘。天下农桑渔猎、窑矿烧采之所得,大半为皇亲国戚、王侯高官所吞噬。仅德寿宫一年的耗费,等于《隆兴和议》中纳贡于金国的银两锦绢;皇亲王侯府邸的耗费,因其账目混乱,只怕要超过纳贡于金国银两锦绢数倍之多。富国强军需要银两,钱从何来?他心里发冷了,圣上知否?当如实禀报圣上啊!

辛弃疾又用一个月时间,认真查验了临安城内外十三处苑囿现状。痛心疾首啊! 奇木奇石、珍禽异兽的聚景园、真珠园、南屏园、集芳园、玉壶园、富景园、延祥园、翠芳园、玉津园、太湖石景观园,各呈异彩,竞放奇葩。这些范围人群熙攘,呈人山人海之状,入园人头票标价极高,闻之咋舌。富贾豪民,大张旗鼓,一掷千金,呈挥金如土气派;苑囿仙境,呈日进万金之辉煌。喜耶? 悲耶? 辛弃疾查验苑囿账目而得知,十年前太上皇在位时,已将十座苑囿的多数,以种种借口恩赐予王公贵胄及"以乞和为尚"的亲信臣子。辛弃疾瞠目结舌了,他蓦地恍悟到司农寺现时能真正管辖的苑囿,只有三处人们似已遗忘的苑囿了:秦皇系石、柳浦渡口、吴越国都城废墟。

保俶山下的"秦皇系缆石"已被荒草淹没,柳浦渡口已消失了桨声、橹声和船夫的号子声,凤凰山上的吴越国都城遗址已消失在皇亲国戚、一个王侯贵族的别墅豪宅中。他怆然而泪下,圣上知否? 当如实禀奏圣上啊!

辛弃疾进入司农寺后用一个月时间,认真查阅档案中各府各路的籍田情状,并用两个月时间亲自到荆湖北路,荆湖南路,江南东路的鄂州、潭州、赣州进行实地巡查。心神战栗啊! 鄂州、潭州、赣州水旱灾情连年不断,生民困窘;籍田兼并之状日炽,生民流离失所。为了活命,铤而走险,聚啸山林之状日显频仍。他出自农村,洞悉民情,心神忧虑了:当年的方腊之乱,水泊梁山之乱,不都是因为生民的生活无倚无望而引发的吗?圣上知否?当如实禀奏圣上啊。

辛弃疾在赣州巡查,因一桩棘手的土地兼并案查证的牵扯,急匆匆日夜赶路地回到临安,已是上元节的前夕——正月十四日的傍晚。流光溢彩的临安,使他几个月来看惯乡野农村衰敝情景的心神如坠梦中,目光惊诧地发愣发呆了。他疾步走向离别已有三个多月的新居"竹苑",推门而入,柴门"吱喽"的响声,猛地惊动了屋檐下愁眉紧锁的范若水。

丈夫的身影,立即消除了范若水几个月来的牵肠挂肚,她扑在丈夫的怀里,泪水如注。妻子的咽泣,立刻消解了辛弃疾几个月来的思念挂牵,他紧抱着妻子,窃窃私语。

寂静淡雅的"竹苑",似乎一下子活了起来:门上的楹联,帘下的红灯,窗纸上的剪花,庭院翠竹吊挂的彩球彩带,都随着辛弃疾闯进"竹苑"的身影一下子闪亮欢舞了。

烛光辉映的晚宴,全家团聚的晚宴,洋溢着亲人久别重逢的喜悦和幸福。

辛茂嘉举杯向兄长敬酒。

辛弃疾举杯询问:"进入临安三月,有何感想?"

辛茂嘉坦然回应:"天子脚下,果然不同凡响。有民谣曰:'恢复招灾,北伐惹祸,当官之道,唯唯诺诺。'三个月来,朝廷官员忌谈恢复、北伐,连皇帝也封口歇舌了。"

辛弃疾大声叫好:"十二弟言之侃侃,有长进,当连饮三杯!"语落,兄弟碰杯以欢。

范若湖站起,举杯向姐夫敬酒。

辛弃疾举杯询问:"小妹在这临安城还过得惯吗?"

范若湖回应:"天子脚下,天天歌舞,天天有醉汉横卧街头,看不懂,看不惯啊！眼下，为了过一个正月十五的'灯节'，从大年破五开始，就发狂发疯了，八厢六十八坊，都在搭架挂灯，都在练歌排舞，都在欢宴通宵。听说正丽门前广场，已成为灯山灯海。官府已传谕百姓：今年大宋临安的上元节，一定要超越盛唐长安上元节的辉煌灿烂。朝廷真敢花钱啊！"

辛弃疾高声赞誉："小妹聪慧，言简意赅，有河朔之风，更当连饮三杯！"语落，与范若湖碰杯而饮。

范若水举杯，高吟着唐代诗人苏味道的诗作《正月十五夜》向丈夫祝酒：

火树银花合，星桥铁锁开。

暗尘随马去，明月逐人来。

游伎皆秾李，行歌尽落梅。

金吾不禁夜，玉漏莫相催。

"辛郎当知，此情此景，乃盛唐长安上元节辉煌灿烂的写照，亦盛唐国威四扬、万邦咸至的展现。其中一句'明月逐人来'，展现了诗人的想象、骄傲和追求，足够辛郎享用了。在这上元节的前夕，明月适时地把辛郎逐进了临安城。明日的此时，明月将把辛郎逐进大宋临安超越盛唐长安的辉煌灿烂中。干杯吧，为大宋临安超越盛唐长安的辉煌灿烂祝酒！"

辛弃疾高声唱喏，与妻子举酒相欢，连饮三杯。

正月十五日傍晚戌时正点，连续三天的临安上元节在正丽门前十二响震撼天宇的礼炮声中开始了，其宏大奇丽的辉煌灿烂，实实在在地超越了盛唐长安的种种传奇。

明月东升了。在礼炮声中，临安城八厢六十八坊的华灯，几乎是同时点燃，形成了繁星降落人间的壮观；正丽门前广场上，架起了一座琉璃灯山，高达五丈，长达千尺，呈现出北斗七星的神奇；广场四周的烟火架，多达千余，色彩华丽，令人目眩；御街两侧，悬挂着各式各样精制奇特的彩灯，形成了灯的海洋、灯的洪流,通向八厢六十八坊;御街两侧的亭台楼阁、高墙巨树,拥护着欢度的人群,形成了真实的人山人海。

忽地,正丽门城楼金鼓号角声响起,太上皇、皇帝在宫女的蜂拥中登场了,"万岁万岁万万岁"的欢呼声雷霆轰鸣般地滚向八厢六十八坊,整个临安城都被雷动般的"万岁"声淹没了。

首先进入广场的是由一位银须飘飘佛门方丈率领的僧侣队伍。骑着狮子的彩结文殊大佛和跨着白象的彩结普贤菩萨领头,临安四周二十八处寺院僧侣数以千计随后,在手持法器奏响的梵音中,向正丽城楼上的太上皇、皇帝合十致敬。内侍押班奉命抛下黄绫包裹的五千银两,赏赐银须飘飘的方丈。巡游广场一周的彩结文殊大佛、彩结普贤菩萨和千人僧侣,向广场上膜拜的黎庶赐福,便转上御街,向临安城的黎民百姓布道去了。佛赐和平啊!

各厢舞龙社用七色布匹扎成的八条巨龙在锣鼓声中舞进广场,巨龙内密置数十盏红灯,在向正丽门城楼上的太上皇、皇帝伫立致敬时,八条巨龙形成了八道灯火的连环,并从巨龙口中喷出了绣有"太上皇万岁"的神奇条幅。广场上的人群欢呼了,沸腾了,城楼上立马飞下了八件红绸包裹的赏赐。八条巨龙狂舞,向着城楼谢恩。并向广场上欢腾的人群各显其技、各显其能地狂舞起来,在人群的叫好声中,舞向各自的厢区。龙舞吉祥啊!

八厢各具特色的技艺团社相继进入广场:清音社的合唱,凌风社的琵琶,遏云社的锣鼓,华津社的高跷,奇艺社的杂技,九龙社的秧歌,霹雳社的舞蹈,松云团的杂剧。歌声琵琶炽热了二更,锣鼓舞蹈陶醉了三更,杂耍、杂技、杂剧美不胜收地搅晕了四更。正丽门城楼彩云纷飞般地撒下了红绸包裹的赏赐。

五更时分,几十辆王侯贵族人家的宝马雕车肆无忌惮地进入广场。宝马的玉珂银铃、雕车的美轮美奂,在月光灯光中闪烁,展现了临安城上元节竞富竞奢、竞美竞丽的风尚;雕车上倩男靓女的奇装异服、别样头饰,展现出临安城的特有风采。放荡的喊声、呼唤声,引发了广场上年轻男女的追逐,他们跟着香车宝马潮水般地离开了广场,奔向临安城的风月迷人处。

在十二响礼炮宣布上元节开始的声浪中,辛弃疾和他的家人就站在广场一架绢灯下,在喧闹沸腾的人群中,观赏着临安城上元节轰轰烈烈地展开。今日之临安较之盛唐长安上元节的"游伎皆秾李""金吾不禁夜",切切实实是天壤之别,不可同日而语啊!

宝马雕车队列浩浩荡荡地离开了广场。潮退了,人散了,月落了,灯火将熄。辛茂嘉、范若湖迷恋着清音社的合唱和凌风社的琵琶,便追逐而去。广场御街上的辛弃疾、范若水形影相吊地品味着狂欢狂乐跌落后的凄凉。辛弃疾心潮翻涌,五味杂陈。超越盛唐长安上元节的豪华;超过盛唐长安上元节的灿烂!这是什么样的"超越"?这是什么样的"灿烂"?焦心、闹心、锥心、痛心啊!他泪眼蒙蒙,凄然吟诵出一首怆楚的《青玉案》:

> 东风夜放花千树,更吹落,星如雨。宝马雕车香满路。凤箫声动,玉壶光转,一夜鱼龙舞。 蛾儿雪柳黄金缕,笑语盈盈暗香去。众里寻他千百度,蓦然回首,那人却在,灯火阑珊处。

潮退了,人散了,月落了,灯火将熄了,范若水在聆听品味丈夫吟诵怆楚的词作中,心如刀绞,猛地扑在辛弃疾的怀里,咽泪出声:"天可怜见,我的'灯火阑珊处'的苦命人啊!"

泪眼蒙蒙的辛弃疾泪如雨下。